KB094841

뇌는 당신이 왜 우울한지 알고 있다

Copyright © 2020 by Yao Nailin
Korean translation copyright © 2021 by Gilbut Publishing Co., Ltd.
Korean edition is published by arrangement with CITIC Press Corporation through
Imprima Korea Agency.
All rights reserved.

이 책의 한국어판 저작권은 Imprima Korea Agency를 통한 CITIC Press Corporation과의 독점 계약으로
'(주)도서출판 길벗'이 소유합니다.
저작권법에 의하여 한국 내에서 보호를 받는 저작물이므로 무단 전재 및 복제를 금합니다.

뇌는 당신이
왜 우울한지 알고 있다

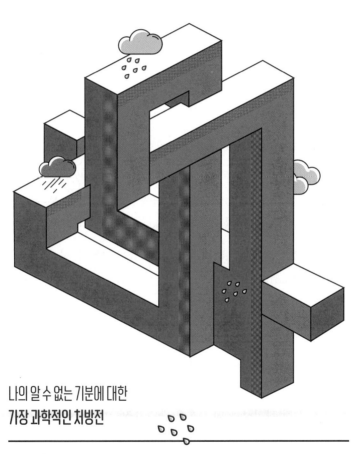

나의 알 수 없는 기분에 대한
가장 과학적인 처방전

야오나이린 지음
정세경 옮김 | 전홍진 감수

더 퀘스트

당신의 행동을 바꾸는 흥미로운 뇌과학서

사람의 뇌는 축구공 하나의 크기도 되지 않지만 그 사람의 감정과 판단 그리고 인생의 기억을 담고 있다. 이렇게 사람 속 작은 우주라고 할 수 있는 뇌의 비밀을 조금씩 풀어가고 있는 분야가 바로 뇌과학이다. MRI, fMRI 등 뇌영상기술의 발달은 실시간으로 뇌의 변화를 측정할 수 있는 과학적 진전을 가져왔다. 저자 야오나이린 박사는 이러한 뇌과학의 관점으로 뇌와 정신적 문제를 친절하고 흥미롭게 설명하고 있다.

이 책은 '뇌는 당신이 왜 우울한지 알고 있다'라는 제목처럼 뇌를 통해 사람이 느끼는 감정과 정신질환의 비밀을 쉽게 풀어낸다. 첨단 연구 결과를 근거로 한 〈뇌과학 처방전〉은 자신의 뇌를 스스로 잘 관리하는 데 도움을 준다. 1장 '마음의 감기가 아니라 뇌의 지독한 독감, 우울증'에서는 우울증의 개념과 우울증이 있는 뇌의 특징 그리고 스스로 우울증을 개선하는 방법을 제시해준다. 2장 '불안한 뇌가 당신을 예민하게 만든다'에서는 불안한 뇌에서 벌어지는 현상과 진화론적인 관점에서 불안의 발달 그리고 일상생활에서 불안을 덜 수 있는 방법을 흥미롭게 제시한다. 이 밖에도 대인기피증, 양극성정동장애, 외상후스트레스장애, 중독, 강박장애, 조현병, ADHD, 알츠하이머병, 사이코패스, 불면증, 기억장애 등 다양한 문제를 다루면서 뇌의 작용은 공통점이 있지만 개인마다 취약성과 강점이 다르다는 것을 알려준다.

저자는 일반인들도 쉽게 이해할 수 있도록 사례를 들어가면서 설명하고 있다. 복잡한 뇌과학 지식을 대중화하고 나아가 행동 변화를 이끌어내는 방법을 잘 알고 있다. 저자가 책에 언급한 '인지행동치료'처럼 독자 여러분이 뇌과학, 정신의학, 심리학을 잘 이해해서 자신의 인지와 행동에 긍정적인 변화를 가져오기를 바란다.

전홍진
성균관의대 삼성서울병원 정신건강의학과 교수

현대인에게는 뇌과학이 필요하다

최근 몇 년 사이에 정신질환의 발병률이 나날이 높아지며 우울증이나 불안장애는 꽤 흔히 볼 수 있는 질병이 됐다. 우울증에서 비롯된 자살은 심심치 않게 일어나 이미 암과 심혈관질환으로 죽는 사람보다 그 숫자가 더 많아졌다. 상황이 이렇게 심각한데도 뇌과학 측면에서 대중에게 심리와 정신질환에 뇌가 어떤 영향을 끼치는지를 설명해주는 사람들은 많지 않아 안타깝다. 보통의 뇌가 어떤 방식으로 일하는지 모른다면 어떻게 뇌의 회복을 이야기할 수 있겠는가.

현대 심리학은 오랜 역사를 자랑하는 물리학에 비하면 겨우 100여 년의 역사를 가진 젊은 과학으로, 철학에서 분리돼 나왔다. 19세기 말에서 20세기 초 사이 유럽에서는 현대 심리학자와 정신의학자들이 쏟아져나왔다. 대중에게 널리 알려진 지그문트 프로이트나 그의 제자 카를 구스타브 융 등도 이 시기에 등장했다. 그들은 개체의 발육과 사회의 영향, 뇌생리학 등 여러 측면에서 사람의 심리와 정신이상을 분석하고자 시도했다. 하지만 당시만 해도 심리상태와 정신이상을 관찰할 수단이 제한적인 탓에 그들의 이론을 검사로 검증할 수 없었다. 그 때문에 정신의학자와 심리학자들은 단순히 사람의 행동을 관찰하는 것만으로 이론의 옳고 그름을 판단해야 했다.

최근에 들어와서야 뇌파나 영상기술 등을 빌려 뇌에 손상을 주지 않으면서도 사람의 각 발달 단계나 다양한 정신상태에 따른 뇌의 활동을 관찰할 수 있게 됐다. 이러한 뇌과학의 발전 덕분에 사람의 심리와 정신질환의 속사정을 훨씬 더 많이 이해할 수 있게 됐다. 하지만 이러한 연구 결과들이 잘 알려져 있지 않아 많은 사람이 인생에서 만나는 대부분의 문제를 외부에서 온 것이라고 착각하고 있다. 인생의 문제 중 절반은 외부에서 우리에게 던져진 것이며, 다른 절반은 뇌가 우리에게 던져준 것이다. 우리에게는 이러한 사실을 알려주는 뇌과학의 어려운 내용도 쉽고 생생하게 설명할 수 있는 사람이 필요하다.

심리학, 정신의학, 뇌과학 분야에서 훌륭한 교육을 받은 이 책의 저자 야오나이린 박사는 여러 분야를 아우르는 매우 뛰어난 인재다. 저자는 심리학을 널리 알리는 일에 늘 앞장서왔다. 저자의 넘치는 에너지와 호기심은 많은 독자를 감명시키기에 충분하며, 예민한 학술적 후각은 진정으로 가치 있는 성과로 이어져 대중을 위한 상아탑을 세울 수 있으리라 확신한다. 분명 저자는 대중과 학계의 심리학 지식의 격차를 줄일 수 있는 적임자다.

《뇌는 당신이 왜 우울한지 알고 있다》는 작가의 해박한 지식을 제대로 선보인 훌륭한 서적이다. 또한 이 책은 잘 읽힐 뿐만 아니라 다양한 지식을 흥미롭게 담고 있다. 이해하기 쉬운 말로 생생하게 표현해 독자가 자신의 상태를 쉽게 평가할 수 있으며 실용적인 치료법을 적용해볼 수도 있다. 더불어 관련된 영역의 앞선 연구를 함께 만나볼 수 있다. 그런 의미에서 이 책은 정신질환 발병률이 높은 현대에 꼭 필요한 책이다.

선모웨이

저장대학교 심리행동학과 교수, 중국 심리학회 전 이사장

세상에 완벽하게 정상인 뇌는 없다

당신이 살면서 만나는 문제 대부분의 원인은 뇌에 있다.

이따금 며칠씩 기분이 가라앉아 세상이 온통 어둡게 보인 적이 있는가? 그렇다면 그때 당신의 뇌가 우울했기 때문이다. 가끔 몇 날 며칠을 초조해하며 나쁜 일이 생길 것 같다고 느낀 적이 있는가? 그것도 뇌가 불안했기 때문이다. 다른 사람과 대화할 생각만 해도 겁이 난다면 단순히 사람을 사귀는 기술이 부족한 것이 아니라 뇌가 그것을 두려워하기 때문일 수 있다. 또한 당신이 날마다 손을 반복해서 씻거나 문이 잠겼는지 몇 번이고 살펴보거나 패턴화된 행동을 되풀이하는 데에 많은 시간을 쏟아 일상생활에 지장이 있다면 당신의 뇌는 강박의 성향이 있을 수 있다.

가끔 어떤 사람은 '존재하지 않는 것'을 보거나 '존재하지 않는 소리'를 듣기도 한다. 남들이 자신을 싫어한다고 느끼거나 심지어 자신을 해치리라고 생각하는 사람도 있는데 이는 뇌가 만들어 낸 환각과 망상 때문이다. 이 밖에도 책을 읽을 때 매번 한 줄씩 건너뛰고 읽거나 정신을 어디에 뒀냐는 말을 자주 듣는다면 뇌의 주의력에 문제가 생긴 것이다. 일하면서 아무리 머리를 쥐어짜내도 좋은 아이디어가 떠오르지 않는다면 뇌의 창의력이 업무의 수요를 따라가지 못하는 것이다. 나이를 먹으면서 방금 한 말조차 금세 잊어버린다면 뇌가 늙은 것이다. 또한 좀처럼 잠에 들지 못하거나 막 잠에 들었는데 가위에 눌린다면 뇌가 수면장애를 겪는 것이다.

친애하는 독자들이여, 여러분은 분명 이 책 속에서 자신의 모습을 보게 될 것이다. 세상에 결점 하나 없는 완벽한 뇌는 있을 수 없기 때문이다.

모든 사람의 뇌는 어느 정도 '불완전'하거나 '비정상'이다. 이런 비정상은 때로 감정에 관한 것일 수 있으며, 때로는 인지에 관한 것일 수 있다. 이 책을 통해 내가 말하고자 하는 바는 '결점 없는 완벽한 정상'이라는 말 자체가 거짓 명제라는 것이다. 우리가 사는 대자연에서는 비정상이 정상적인 상태이며 완벽하지 않은 것이 바로 재능 그 자체다.

이 책의 각 장들은 오롯이 뇌의 문제에 집중하고 있다. 모든 뇌의 문제와 관련된 특징들은 잇닿아 있는 산등성이와 같아 경계가 뚜렷하지 않고 흑백이 분명하지 않으며, 각각의 뇌 속에서 심각한 정도가 서로 다르게 존재한다. 이 책은 흥미로운 과학실험과 고전적 사례, 생활 속 사례 등을 통해 그러한 분명하지 않은 뇌의 특징과 관련된 문제들을 최대한 쉽게 설명했다.

이 책의 1부는 감정에 의한 문제를, 2부는 인지에 의한 문제를, 그리고 3부는 일상에서 일시적으로 누구나 겪을 수 있는 문제들을 다루고 있다. 여기서 다루고 있는 정신질환을 중증 이상으로 겪거나 그로 인해 일상생활이 힘들다면 반드시 전문의의 도움을 받으라고 권하고 싶다. 하지만 전문의의 도움만큼 본인의 노력이 필요한 질환들이 있다. 그러한 경우에 한해 〈뇌과학 처방전〉을 따로 마련하여 개인이 할 수 있는 개선법을 일러놓았다. 그러므로 당신이 자신의 뇌에 관해 호기심을 느끼고 의심하며 걱정한다면 혼자서도 변화를 추구할 수 있을 것이다.

마지막으로 이 책이 나올 수 있도록 이끌어준 홍콩대학교 차이슈잉蔡秀英 교수와 그래니 매컬로넌Grannie McAlonan 교수, 예일대학교 데이비드 글랜David Glahn 교수에게 고마움을 표하고 싶다. 이분들 덕분에 나는 10년 가까이 학문을 연구하며 전공 분야의 자질을 키우고 다듬을 수 있었고 직업윤리관을 올바로 세울 수 있었다. 그리고 이 책을 선택해준 독자들에게도 고마움을 전하고 싶다. 뇌와 관련된 많은 양의 다양한 지식과 연구를 담고 있으나 필자의 능력에 한계가 있어 여러 차례 손을 봤음에도 글에 적잖은 누락이나 최신의 과학적 관점을 미처 보완하지 못한 부분이 있을 수 있다. 부디 이해해주고 필요하다면 지적해주기 바란다.

야오나이린

차례

1부 뇌는 당신이 왜 우울한지 알고 있다

1장 마음의 감기가 아니라 뇌의 지독한 독감, 우울증

2장 불안한 뇌가 당신을 예민하게 만든다

3장 인간관계가 유난히 어렵다면 성격이 아니라 뇌를 의심해야 한다

1부

뇌는 당신이 왜 우울한지 알고 있다

마음의 감기가 아니라 뇌의 지독한 독감, 우울증

병원에서 공부하던 시절에 키가 매우 크고 몸이 비쩍 마른 남학생 환자를 만난 적이 있다. 그의 아버지가 옆에 서서 초조한 얼굴로 지켜보는 가운데 의사가 환자에게 상태가 어떤지 물었지만 환자는 아무 반응도 보이지 않은 채 무심한 표정으로 멍하니 있었다. 이 환자는 입원한 지 이틀이 지난 뒤에도 여전히 무신경한 모습으로 부모와 의사의 물음에 어떤 대답도 하지 않았다.

사흘째 되는 날도 그는 무표정한 얼굴로 사람들의 질문에 아무 반응을 보이지 않았다. 하지만 다른 시간에는 혼자 왔다 갔다 하며 샤워를 한다든지 화장실에 간다든지 하는 기본적인 일을 했다. 나흘째 되는 날, 의사가 오늘은 기분이 어떠냐고 묻자 환자가 마침내 입을 떼며 많이 좋아진 것 같다고 했다. 그동안 왜 말을 하지 않았느냐고 물으니 그는 말할 기분이 아니었다고 답했다. 이는 중증 우울증depressive disorder의 전형적인 증상이다.

우울증 이름에 가려져 있는 증상들

사람들은 대여섯 명 가운데 한 명꼴로 살면서 한 번쯤 우울증을 경험한다. 그만큼 우울증은 주위에서 흔히 볼 수 있는 정신질환이다. 전 세계에서 해마다 3억 명이 우울증의 영향을 받으며, 그 가운데 80만 명은 우울증으로 목숨을 끊는다. 우울증으로 인한 사망은 15~29세의 젊은이들이 죽음에 이르는 두 번째 원인이다.

부유한 나라든 가난한 나라든 우울증의 발병률은 큰 차이가 없다. 이 말은 우울증이 가난이나 현대인의 생활패턴 때문에 걸리는 질병이 아니라는 뜻이다. 물론 사회와 문화의 요소가 어느 정도 영향을 끼치는 건 사실이다. 하지만 우울증 발병에 가장 큰 영향을 끼치는 요인은 바로 유전자다.

우울증에 처음으로 걸리는 시기는 보통 청소년기 중반부터 40여 세 사이다. 그중에서도 절반에 가까운 사람이 20세 이전에 첫 번째 우울증을 경험한다. 우울증은 성별에 따라 발병률이 다른데 여성이 남성보다 두 배 정도 높다.

우울증은 여러 가지 증상이 겹쳐서 나타나는데 그중 우울증

만의 고유한 증상은 없다. 그러므로 단순히 어떤 증상만으로 그 사람이 우울증에 걸렸다고 딱 잘라 말할 수 없다. 우울증의 여러 증상은 조현병schizophrenia(정신분열증), 양극성정동장애bipolar affective disorder(조울증), 강박장애obsessive compulsive disorder 같은 다른 정신질환에도 나타난다. 좀 더 정확히 말하자면 일련의 증상들로 이루어져 있는데, 그래서 우울증은 질병이라기보다는 증후군이라고 해야 옳다. 학술적으로 이를 '스펙트럼장애spectrum disorder'라고 부른다.

우울증은 보통 다음과 같은 증상을 포함한다. '2주 이상 부정적인 감정이 이어진다' '어떤 일에도 흥미가 생기지 않는다' '스스로 가치가 없다고 느끼거나 죄책감이 든다' '자살을 하고 싶다고 생각하거나 자살 계획을 세워본 적이 있다' '자살을 시도해본 적이 있다' '피곤하다고 느끼며 에너지가 부족하다' '잠이 많아졌거나 적어졌다' '몸무게와 입맛에 눈에 띄는 변화가 있다' '생각을 하거나 무언가에 집중하기 어렵다' '결정을 내리기 힘들다' '심리적인 요인 때문에 행동이 더뎌지고 불안을 느낀다' 등이다. 어떤 사람이 우울증의 기준에 부합하려면 앞서 말한 증상 가운데 적어도 다섯 가지 항목이 2주 이상 지속돼야 한다. 우울증은 일반적인 기분저하나 슬픔 또는 즐겁지 않은 기분과는 다르다.

보통 우울은 불안을 동반한다. 우울증 환자 중에는 불안 문제를 겪는 사람이 많은데, 3분의 2에 이르는 우울증 환자가 불안장애의 임상 기준에도 부합한다. 불안 문제는 대부분 우울증이 발병하기 1~2년 전에 나타나며 시간이 흐를수록 그 증세가 뚜렷해진다.

우울증은 기억력을 책임지는 해마hippocampus의 신경세포 20퍼센트를 손상시킬 수 있기 때문에 우울증 환자 중에는 인지저하가 일어나는 사람이 많다. 예컨대 기억력과 주의력이 떨어지거나 결정을 잘 내리지 못하는 등의 증상이 나타나는 것이다. 실제로 많은 우울증 환자가 예전과 달리 확실히 생각이 흐릿해졌다고 느낀다. 절반 정도의 우울증 또는 양극성정동장애 환자들은 완쾌된 뒤에도 인지능력이 회복되지 않는다. 과학자들은 에리스로포이에틴erythropoietin(신장에서 만들어지는 당단백 호르몬 - 옮긴이)을 복용하면 우울증 환자의 인지능력이 뚜렷이 강화되며 그 효과가 6주 뒤에도 지속된다는 사실을 발견했다. 에리스로포이에틴은 보통 운동선수의 운동능력을 향상하는 데 쓰이는데, 최근 중증 우울증 환자에게도 효과가 있다는 사실이 밝혀졌다. 그러나 모든 사람이 이 호르몬을 복용할 수 있는 건 아니다. 에리스로포이에틴은 혈관 내 적혈구 밀도를 높이므로 담배를 피우거나 혈전증thrombosis(혈관 속에서 피가 굳어진 덩어리에 의해 생기는 질환 - 옮긴이) 기록이 있는 사람은 복용하지 않는 것이 좋다.

우울증의 또 다른 전형적인 증상은 죄책감과 자책감을 느끼는 것이다. 우울증 환자는 자신이 부족하다거나 아무 쓸모가 없다고 느끼는 '부정 에너지'로 가득하다. 그들은 자기 내면의 고통과 막막함을 누군가에게 털어놓고 싶어하면서도 그러면 남에게 불편을 끼칠까 봐 겁내고 미안해한다. 또한 일도 생활도 스스로 잘하고 싶어하지만 우울감에 빠져 있는 동안에는 심리적 에너지가 떨어져 무력감을 느끼고 후회를 거듭하면서 자신을 미워하기도 한다. 언젠가 내가 운영하는 1인 미디어 '쿨브레인사이언스酷炫腦, cool brain science'에 이런 글을 남긴 적이 있다. "자신의 상태를 말로 할 수 있다면 우울증으로 자살하는 지경에는 이르지 않을 것이다. 때로 우울증 환자는 자신의 고통을 털어놓으면 기분이 나아지는 느낌을 받는다. 하지만 대부분의 우울증 환자는 남들은 모르는 고통을 떠안고 있으면서도 그것을 말하고 싶은 만큼 말하고 싶어하지 않는다."

우울증에 걸리면 행동도 달라지는데 한숨을 내뱉듯 숨을 쉰다거나 표정이 적어지고 어깨가 축 처지며 걸음걸이가 무거워지는 등의 모습이 나타난다.

때로 우울증 환자에게는 실제가 아닌 부정적 생각이나 환각이 나타나기도 한다. 몇 년 전, 멀리 오세아니아 지역으로 유학을 간 친구가 몇 년 만에 불쑥 내게 SNS로 연락해 자신이 겪고 있는 고충을 털어놓은 적이 있다. "요즘 왜 그런지 모르겠는데 샤워할 때 누가 이야기하는 소리가 들려. 그런데 수도꼭지를 잠그면 아무 소리도 안 들리는 거야." 혼자 살고 있던 친구는 자신에게 심각한 문제가 있는 건 아닌지 걱정했다. 나는 친구에게 환각은 우울증 환자에게 나타날 수 있는 증상이라고 알려줬다.

내가 아니라 뇌가 아프다

우울증에 걸리면 뇌의 기능과 구조에도 변화가 생긴다. 최근 20년 사이에 뇌영상기술이 임상에 적용되면서 오늘날 의사와 뇌과학자들은 MRImagnetic resonance imaging(자기공명영상)로 사람의 뇌 구조를, fMRIfunctional magnetic resonance imaging(기능적 자기공명영상)로 뇌 활동을 실시간으로 살펴보고 있다.

이 뛰어난 의료기술 덕분에 우리는 어떤 것에 집중할 때 뇌의 전두엽frontal lobe(뇌의 앞쪽, 이마 뒤쪽에 자리잡고 있으며 억제와 집중, 계획과 집행 등 고차원의 기능을 맡고 있다−옮긴이)이 얼마나 활성화되는지 볼 수 있다. 어떤 것에 집중할 때 전두엽은 다른 부분보다 훨씬 환하게 빛난다. 당신이 두려움이나 불안감을 느낄 때면 편도체가 활성화되어 유난히 밝게 빛난다. 편도체는 뇌 중간에 있는 아몬드 모양의 작은 영역으로 환경에 잠재된 위협에 반응한다.

MRI 연구에 따르면 우울증에 걸린 사람은 대뇌 해마의 부피가 건강한 사람보다 눈에 띄게 작다. 해마는 뇌에서 기억력과 인지기능을 책임지는 핵심 영역으로 감정 기능과도 관련이 있는데, 이 영역이 위축되면 기억력 쇠퇴와 인지능력 저하, 우울증을 불러일으킨다. 몇몇 연구에 따르면 해마와 그 주변 뇌 영역은 성인이 된 뒤에도 신경세포가 재생되는 유일한 영역이다. 만약 우울증 환자가 제때 치료를 받으면 해마의 부피는 원래대로 회복할 수 있지만, 그러하지 않으면 해마의 손상 정도도 커질 수밖에 없다.

fMRI 연구에 따르면 우울증은 뇌 신경망brain network의 활동 이상과도 관련이 있다. 그렇다면 뇌 신경망이란 무엇일까? 최근 20년 동안의 뇌 영상 연구를 바탕으로 뇌과학자들은 우리가 한 가지 일을 수행할 때 담당하는 뇌 영역은 특정한 하나의 영역이 아님을 발견했다. 뇌는 임무를 실행할 때 종종 서로 거리가 먼 여러 영역을 동원하며, 이런 뇌 영역들은 신경세포들이 망을 이루어 함께 힘을 모은다. 이를테면 당신이 주의력을 집중해 책을 읽는다고 해 보자. 이때 뇌 앞부분의 주의력 네트워크가 활성화돼 당신이 책에 집중할 수 있게 한다. 반면 당신이 할 일 없이 공상에 빠질 때는 뇌의 앞부분과 중간 부분과 좌우 양쪽의 뇌 영역이 모두 활성화된다. 이런 뇌 영역들이 함께 구성하고 있는 네트워크를 디폴트 모드 네트워크default mode network(멍한 상태이거나 몽상에 빠졌을 때 활발해지는 뇌의 영역으로 내측전전두피질, 후대상피질, 두정엽피질에 퍼져 있는 신경세포망이 이에 해당한다－옮긴이)라고 하는데 자기반성과 상상, 공상 등의 기능과 관련이 있다.

그렇다면 우울증과 관련 있는 뇌 신경망 이상에는 무엇이 있을까? 우울증 환자들은 뇌에서 감정조절과 반추사고, 흥분과 관련된 보상회로, 자아의식과 관련된 뇌 신경망에 이상이 생긴다. 우울증 환자들이 세상에 미련이 없다고 느낀다든지, 자신에 관해 나쁜 쪽으로 반복적으로 생각하는 것도 이 때문이다. 하지만 여러 뇌 영상 연구에 따르면 이는 많은 수의 우울증 환자가 겪는 평균적 특징일 뿐 환자 개개인을 구체적으로 살피면 결과가 다를 수도 있다. 다시 말해 개인마다 차이가 크기 때문에 개개인의 뇌 상황은 평균적인 특징과 관련이 없을 수 있다.

우울증 환자는 대뇌 기능도 일반인과 다르다. 중국 푸단대학교에서는 1천여 명을 대상으로 fMRI 검사를 실시해 우울증이 뇌 앞부분의 안와전두피질orbitofrontal cortex에 영향을 준다는 사실을 발견했다. 그런데 안와전두피질은 보상의 손실을 인지하는 역할을 맡고 있다. 따라서 안와전두피질의 활동에 문제가 생긴 우울증 환자는 자신들의 기대에 걸맞은 보상을 얻지 못했을 때 보통 사람들보다 훨씬 더 크게 실망한다. 안와전두피질은 뇌에서 기분을 담당하는 영역과도 연결돼 있어 우울증 환자는 외부로부터 보상의 피드백을 얻지 못하면 스스로 가치가 없다는 기분을 강하게 느낀다. 이를테면 자신을 칭찬해주는 사람이 없거나 자신에게 도움을 청하는 사람이 없거나 노력한 만큼 성과를 얻지 못할 때 '이 세상에 살 가치가 없다'라거나 '난 제대로 할 줄 아는 게 아무것도 없어' 같은 극단적인 생각을 한다.

우울증 환자의 느린 반응 또한 뇌 구조의 변화와 관련이 있다. 영국 에딘버러대학교에서 3천 명이 넘는 사람의 백질white matter을 촬영한 결과 우울증 환자의 백질은 보통 사람보다 연결성이 떨어진다는 사실을 발견했다. 백질은 뇌의 신경세포들을 연결하는 신경섬유의 집합으로 신경세포와 신경세포 사이의 신호를 전달하는 '고속도로'다. 그런데 우울증 환자의 백질은 연결성이 매우 떨어져 뇌의 다른 영역들 사이의 정보 전달 효율이 떨어지며, 그 때문에 반응 속도도 느려진다.

우울한 뇌는 어떻게 부정 에너지를 만들까?

우울증은 세로토닌serotonin의 분비 감소와도 매우 깊은 관계가 있다. 뇌 속 세로토닌의 농도가 너무 낮아지면 신경세포 사이의 교류에 장애가 생겨 '정신력과 체력이 모두 떨어지는' 우울증에 걸린다. 세로토닌은 사람을 끈기 있게 만드는 역할을 하는데, 세로토닌이 충족되는 동물(사람도 포함해)은 시간이 걸리더라도 보상을 기다릴 수 있다.

2018년 포르투갈 샴팔리마우드센터의 에란 로템Eran Lottem 연구진은 세로토닌이 여태껏 알려진 것보다 더 큰 작용을 한다는 사실을 밝혀냈다. 세로토닌은 끈기 있게 기다릴 수 있게 할 뿐만 아니라 꾸준함과 의지를 강화시켜 불확실한 결과와 마주해도 쉽게 포기하지 않게 만든다는 것이었다.

이 연구에서 과학자들은 실험용 쥐를 대상으로 간단한 실험을 했다. 과학자들은 긴 종이상자 양 끝에 코로 버튼을 누르면 물이 나오는 물통을 마련해두고 그곳에 쥐를 넣었다. 그런데 항상 한쪽 물통에만 물이 들어 있어 쥐는 종이상자의 양 끝을 오가며 마실 수 있는 물통을 찾아야 했다. 이는 현실의 불확실한 상황과 비슷하게 설정한 것으로 쥐가 코로 버튼을 누른다고 꼭 물이 나오는 건 아니었다. 쥐는 코로 버튼을 눌러도 물이 나오지 않는 실망스러운 상황을 참고 계속 누를까 아니면 한두 번 눌러보고 안 된다며 바로 포기할까? 결과는 뇌의 세로토닌 분비량에 달려 있었다.

과학자들은 광유전학 기술을 이용해 쥐의 뇌에서 세로토닌 분비를 맡고 있는 신경세포를 자극해 세로토닌 분비량을 늘렸다. 그러자 쥐는 물이 나오지 않아도 포기하지 않고 기꺼이 몇 번이고 버튼을 눌렀다. 이 연구 결과를 통해 우리는 세로토닌이 부족한 우울증 환자들이 왜 실패에 더 쉽게 좌절하는지 알 수 있다.

또한 우울증 환자는 스트레스를 일으키는 상황과 맞닥뜨리면 그 상황을 회피하려 하는데, 이는 기억력뿐만 아니라 감정과 동기를 조절하는 해마와 관련이 있다. 동물은 위협을 느끼면 전형적인 스트레스 반응을 보이는데, 이를 '투쟁-도피 반응fight or flight response'이라고 한다. 스트레스를 겪을 때 동물은 위협하는 대상과 싸울지 아니면 도망갈지를 선택해야 한다. 이는 마치 당신이 가장 좋아하는 음식점에 갔는데 그곳에 당신이 싫어하는 사람이 앉아 있는 것과 마찬가지 상황이다. 이때 당신은 보란 듯이 고개를 들고 음식점에 들어가 밥을 먹을지 돌아서 나갈지를 선택해야 한다.

최근에는 이와 같은 스트레스 상황에서 해마의 활동 패턴에 따라 다른 선택을 한다는 보고가 있었다. 워싱턴주립대학교의 레이안 스터블리웨덜리LeighAnn Stubley-Weatherly 연구팀은 실험용 쥐의 복측 해마를 연구했는데, 이 영역은 학습과 기억을 담당하는 CA1과 CA3 영역을 포함한다. 연구 결과 해마의 어느 영역을 자극하느냐에 따라 쥐는 스트레스 상황과 마주할 때 확연히 다른 선택을 했다. 해마의 CA1 영역을 잠시 억제했을 때 쥐는 스트레스 상황을 회피하는 경향이 있었다. 하지만 해마의 CA3 영역을 잠시 억제했을 때는 오히려 가까이 다가가거나 직면하는 선택을 했다. 이 연구 결과를 통해 우리는 해마 활동의 변화가 우울증 환자에게 문제를 피할지 아니면 적극적으로 문제에 맞서 해결할지 선택하는 데 큰 영향을 끼친다는 걸 알 수 있다.

우울증 환자는 종종 '게으르다'든지 '의욕이 없다'는 오해를 받는데 이는 시동이 늦게 걸리기 때문이다. 시동이 늦게 걸리는 어떤 사람이 우울한지 확인하려면 다음과 같은 질문을 해야 한다. "해야 할 일이 있을 때 시간이 얼마나 지나야 시작할 수 있나요?" 예를 들어 소파에서 몸을 일으켜 샤워를 하러 갈 때까지 '자신'에게 시동을 걸려면 몇 분이 걸리는가? 몇 분, 아니면 10여 분? 만약 이상할 정도로 시간이 많이 걸린다면 그것은 뇌에 있는 도파민dopamine의 보상 시스템에 문제가 생겼기 때문이다.

도파민은 사람의 욕망뿐만 아니라 운동도 책임지고 있다. 그런데 우울증 환자는 대부분 도파민 분비가 잘되지 않아 오랫동안 욕망을 거의 느끼지 않으며 어떤 일도 하고 싶어하지 않는다. 그러므로 뭔가 새로운 일을 시작할 때 그들은 '시동을 거는' 속도도 느릴 수밖에 없다. 그 모습이 마치 나무늘보처럼 보여 우울증 환자는 게으르다는 오해를 사는 것이다.

이외에도 우울증과 뇌의 관계는 계속 보고되고 있다. 2018년 중국 저장대학교의 연구팀은 《네이처Nature》에 실험용 쥐를 대상으로 한 연구 결과를 발표했다. 우울증이 시상상부 외측고삐핵lateral habenular nucleus의 과도한 활성화와 큰 관련이 있으며, 약물로 외측고삐핵을 억제하면 우울증도 크게 좋아진다는 내용이었다.

우울한 뇌를 만드는 네 가지 원인

모노아민 가설

우울증의 원인과 관련된 가설 중에 모노아민monoamine 가설이 있다. 우리 뇌에 있는 여러 신경호르몬은 너무 적거나 너무 많아도 좋지 않으며 서로 균형을 이뤄 안정적 상태를 유지해야 하는데, 정신건강의학과 의사들이 항우울제가 뇌의 모노아민 신경전달물질을 강화할 수 있음을 발견하고 이 가설이 세워졌다. 모노아민에는 세로토닌, 노르에피네프린norepinephrine, 도파민 등의 신경전달물질이 포함된다. 이 가설은 20세기 중반에 제기됐지만 오늘날에도 여전히 유효하다.

만약 사람들이 불행한 결혼생활을 오랫동안 한다든지, 업무에서 계속 인정받지 못한다든지, 학교에서 마음을 터놓을 친구를 사귀지 못한다든지, 주변 사람들로부터 소외되는 등의 만성적인 환경 스트레스에 시달린다면 어떨까? 이런 스트레스는 뇌에서 트랜스글루타미나제2transglutaminase 2(만성 두드러기의 발병 과정 중 비만세포에서 발현되는 단백질 성분의 하나-옮긴이)를 더 많이 분비시켜 사람들의 감정조절 능력을 떨어뜨린다. 과다한 트랜스글루타미나제2의 분비는 뇌 속 세로토닌의 농도를 낮춰 신경세포들 사이의 교류에 영향을 주며, 그로 인해 '정신력과 체력이 모두 떨어지는' 우울증을 일으킨다. 미국 오거스타대학교의 치라유 판디아Chirayu D. Pandya 연구팀이 실험용 쥐를 대상으로 한 연구에서도 뇌 속 트랜스글루타미나제2가 증가하면 신경세포가 위축돼 신경세포들 간의 연결 기능이 손상되는 것으로 밝혀졌다. 신경세포들의 원활한 연결은 신경신호 전달의 유지와 정상적 인지, 정서활동의 생리적 기초가 된다.

하지만 우울증의 많은 증상을 모노아민 가설만으로 설명할 수는 없다. 예컨대 '왜 우울증 환자들은 상태가 나빠졌다 좋아졌다 할까?' '왜 어떤 환자는 어떤 약물에 반응을 보이고 어떤 환자는 전혀 반응을 보이지 않을까?' '왜 어떤 환자는 약을 복용하고 몇 주가 지나야 치료 효과를 느끼는 걸까?' 이런 문제들은 모노아민 가설로는 명쾌하게 설명되지 않는다.

염증 가설

우울증에 걸리는 것은 몸의 염증 때문이라는 가설도 있다.

다양한 연구를 통해 사이토카인cytokine(면역세포에서 분비되는 단백질 면역조절제 – 옮긴이), 대뇌의 기능, 건강 및 인지가 밀접한 관련이 있음이 밝혀졌다. 뇌과학자들은 사람의 순환계 속 사이토카인이 혈액뇌장벽blood-brain barrier을 통과하거나 뇌의 말초신경 통로로 바로 들어가, 신경세포에 도움을 주는 기능을 맡은 다른 뇌세포(성상교세포나 소신경교세포)에 작용해 대뇌 기능에 큰 영향을 준다는 사실을 알아냈다. 이를 통해 자가면역질환이 있거나 심각한 질병이 있는 사람이 왜 우울증에 걸리는지, 다른 질병을 치료하려고 체내에 주사한 사이토카인이 왜 우울증을 함께 유발하는지를 설명할 수 있다.

염증은 우울감을 불러일으킬 뿐만 아니라 더 심화시킨다는 연구 결과들이 있다. 실제로 어릴 때 몸에 인터루킨interleukin(몸 안에 들어온 세균이나 해로운 물질에 면역계가 맞서 싸우도록 자극하는 단백질 – 옮긴이)의 수치가 높으면 성인이 된 다음 우울증에 걸릴 위험이 높아진다. 우울증 환자는 죽은 뒤에도 뇌 속 소신경교세포

microglia(뇌를 보호하는 화학물질을 생산해서 외부 침투균을 죽이는 일종의 면역기능 세포 - 옮긴이)가 지나치게 활성화되고 신경염증을 동반한다는 게 염증 가설의 또 다른 중요한 증거다.

그렇기에 우울증을 '뇌의 독감'이라고 표현하는 것도 어찌 보면 당연한 일이다. 하지만 이런 독감은 우울증 환자가 쉽게 견뎌낼 수 있는 병이 아니다. 만약 당신이 섭씨 39도까지 열이 오른다면 머리가 어지럽고 무거워 아무것도 먹지 못할 뿐만 아니라 텔레비전을 보거나 휴대전화를 만지는 간단한 일조차 하지 못할 것이다. 열이 심하게 오르는 날은 잠도 자기 힘들며 잠이 든다 해도 쉽게 깨고 만다. 이런 상황에서 주의력과 기억력이 어떨지는 말할 필요도 없으리라.

우울증과 다른 점이 있다면 독감에 걸린 사람들은 몸이 휴식을 필요로 한다는 걸 알고 잠시라도 아무 일을 하지 않는다는 것이다. 그러면 독감도 언젠가는 떨어지고 건강을 회복할 수 있다. 반면 우울증에 걸린 사람들은 몸의 증상에 딱 맞는 대처법을 찾지 못할 때가 많다. 그 때문에 병의 원인을 찾지 못한 채 안절부절못하면서도 자신은 정상이라고 우기기 십상이다. 하지만 그들도 속으로는 언제까지 이런 증상에 시달릴지 몰라 큰 두려움을 느낀다.

HPA축 변화 가설

우울증 발병에 관한 가설 중에 HPA축Hypothalamic-Pituitary-Adrenal Axis, HPA axis(시상하부-뇌하수체-부신 축) 변화 가설이 있다. 이 가설은 수십 년 동안 우울증을 연구하는 과학자들에게 지지를 얻고 있다. 여러 연구에 따르면 심각한 우울증 환자의 혈장에는 스트레스와 관련된 코르티솔cortisol(부신피질호르몬)의 함량이 매우 높다. 이는 우울증 환자들이 코르티솔을 과도하게 분비할 뿐만 아니라 코르티솔의 조절과 재생, 억제 기제인 당질코르티코이드 수용체glucocorticoid receptor가 손상을 입었기 때문이다.

HPA축의 변화는 인지능력의 손상과도 깊은 관련이 있다. 또한 우울증 치료 과정에서 HPA축의 불균형이 회복되지 않으면 치료 효과도 떨어질 수밖에 없으며 치료됐다고 해도 우울증이 재발하기 쉽다.

신경가소성 가설

우울증을 뇌의 신경가소성neuroplasticity 측면에서 설명할 수도 있다. 21세기에 이뤄낸 가장 중요한 발견 가운데 하나는 성인의 뇌에서 전능성줄기세포totipotent stem cell를 찾아낸 것이다. 이는 사람의 뇌가 성인이 된 뒤에도 여전히 새로운 신경세포를 만들어낸다는 것을 뜻한다. 이 과정을 신경재생이라고 하며, 이런 특징을 신경가소성이라 부른다. 뇌의 신경가소성은 염증 반응과 HPA축 기능 불균형의 영향으로 저하되는데, 이는 보통 지나친 환경 스트레스가 원인이다.

신경재생 과정에는 몇몇 조절단백질이 관여하는데 뇌유래신경영양인자brain-derived neurotrophic factor, BDNF도 그중 하나다. 우울증 환자의 뇌에는 이런 단백질이 유독 적다. 하지만 우울증 환자가 항우울 치료를 받으면 뇌 속 뇌유래신경영양인자의 수치가 올라갈 수 있다.

동물 연구에서도 비슷한 사례가 있다. 동물의 뇌 속 신경재생을 제한했더니 동물에게 우울증 증세가 나타난 것이다. 특히 동물은 스트레스가 큰 환경에서 쉽게 우울감을 느꼈다. 뇌과학자들은 신경가소성이 환경 스트레스를 낮추는 데 도움을 줘 동물이 스트레스를 받을 때도 더 나은 뇌의 회복력을 갖게 된다고 보고 있다. 다시 말해 신경가소성이 있으면 동물은 스트레스를 받는 환경에서도 지속적으로 뇌 손상을 입지 않으며, 스트레스가 사라지고 나면 뇌가 고무공처럼 회복되고 이후의 스트레스를 낮추는 능력이 강해지기도 한다.

우울증 환자의 시체 검안을 통한 연구에 따르면 치료를 받아본 적이 없는 우울증 환자가 건강한 사람이나 치료를 받은 적이 있는 우울증 환자에 비해 해마에서 치아이랑dentate gyrus(인지와 기억 능력을 책임지고 있으며, 성인이 된 뒤에도 신경세포 가운데 유일하게 계속 증식되는 영역 – 옮긴이)을 구성하는 과립세포가 훨씬 많이 손상되어 있었다. 그에 비해 치료를 받아본 적이 있는 우울증 환자의 뇌에는 분열 중인 신경 조세포synergid(배낭에서 난세포와 더불어 알을 형성하는 세포 – 옮긴이)가 더 많이 존재한다. 이 연구 결과를 보면 효과적인 우울증 치료가 신경재생에 어느 정도 도움을 줘 신경 가소성을 강화시킨다는 것을 알 수 있다.

스트레스가 우울증 유전자를 발현시킨다

부모에게 우울증이 있으면 자녀도 쉽게 우울증에 걸리지 않을까? 그 대답은 '확실히 그렇다'다. 만약 당신의 직계가족 가운데 우울증 환자가 있다면 당신이 우울증에 걸릴 위험은 다른 사람들보다 세 배나 높아진다.

하지만 오늘날까지 우울증 환자를 대상으로 한 대규모 표본 유전자 연구에서는 우울증의 발병률을 높이는 특정 유전자를 확인하지 못했다. 다만 전장유전체분석whole-genome sequencing, WGS(질환 및 약물 반응성에 대한 유전요인을 총체적으로 연구하는 기법 – 옮긴이)을 통해 우울증 발병률을 높일 수 있는 유전자 집합이 따로 있다고 밝혀졌으며, 유전자 하나하나가 끼치는 영향은 매우 적은 것으로 보인다.

우리가 우울증에 걸릴지 아닐지는 유전요인(유전이 우울증에 기여하는 정도)이 40퍼센트를 차지한다. 나머지 60퍼센트는 다양한 환경요인에 따라 결정된다.

초기 우울증 연구에 따르면 우울증이 발병하기 전 1년 안에 삶에서 큰 스트레스 사건을 겪은 이들이 많다. 생명의 위협이나 만성질환, 경제적 어려움, 실업, 배우자와의 이별, 가족 가운데 누군가의 죽음, 폭력적인 학대 등 중대한 스트레스 사건은 성인의 우울증 발병 위험률을 높인다.

큰 스트레스를 받은 모든 사람이 실의에 빠지지는 않으며, 많은 사람이 강한 심리적 복원력을 갖고 있어 이런 큰 스트레스 사건에 적절히 대응할 줄 안다. 물론 그러지 못하는 사람도 있다. 이는 사람들마다 생물학적 기초가 다르고, 서로 다른 어린 시절을 겪었기 때문이다. 스트레스는 사실 인생에서 누구나 겪어야 하는 경험이다. 하지만 어린 시절 심한 마음의 상처를 입은 사람은 성인이 된 뒤에도 스트레스를 받을 때 심리적으로 위축되고 우울증에 걸릴 가능성이 상대적으로 높다. 어린 시절의 생활환경이 그들의 유전자 발현gene expression(DNA 유전정보를 이용해 단백질이 합성되는 것 – 옮긴이)을 바꿔놓은 탓이다. 이를 DNA 메틸화DNA methylation 라고 한다.

어떤 유전자가 발현될지 아닐지는 이 유전자의 메틸화 정도에 따라 결정된다. DNA 메틸화는 유전자 위에 모자를 씌워놓은 것과 같다고 생각하면 이해하기 쉽다. 메틸화의 정도가 심하다는 것은 한 유전자에 두껍고 무거운 모자를 씌워놓았다는 뜻이며, 따라서 그 유전자는 발현하기가 힘들다. 반대로 한 유전자의 메틸화 정도가 낮을수록 그 유전자는 세포에서 활성화되기 쉽다.

수면과 우울증의 아이러니한 관계

수면은 우울증과 관계가 깊다. 실제로 우울증 환자 가운데 약 4분의 3이 불면증에 시달리고 있다. 또한 젊은 우울증 환자 중 40퍼센트, 중년 우울증 환자 중 10퍼센트가 과수면증hypersomnia을 겪고 있기도 하다. 다시 말해 우울증 환자는 날마다 이른 시간에 깨어 다시 잠들지 못하거나 반대로 수면과다에 시달려 하루 종일 잠을 자기도 한다.

인구통계학 조사에 따르면 우울증이 아닌 사람도 불면증이 생기면 우울증에 걸릴 위험이 높아진다. 불면증은 우울증 환자의 자살 가능성도 높인다. 반대로 우울증 환자가 불면증을 치료하면 우울증에서 회복될 확률도 배로 높아진다.

미국 터프츠대학교 연구진이 《네이처》에 발표한 연구를 포함해 최근까지 진행된 연구를 살펴보면 의외로 수면박탈sleep deprivation이 우울증을 빨리 낫게 하기도 한다. 실제로 우울증 환자 중 50~70퍼센트는 수면박탈을 통해 단기적이지만 즉각적인 우울증 개선 효과를 볼 수 있다. 이는 정상적인 항우울제 처방을 받고 6~8주는 지나야 나타날 수 있는 효과와 맞먹는다. 그렇다면 의사들은 왜 '수면박탈' 치료법으로 많은 우울증 환자를 치료하지 않을까? 수면박탈은 우울증 증상을 빨리 낫게 하는 만큼 '효과'도 빨리 사라지기 때문이다.

일반적인 수면박탈의 표준 치료 과정은 36시간 동안 잠을 재우지 않거나 하루에 3~4시간만 재우고 20~21시간을 깨어 있게 하는 것이다. 이렇게 깨어 있는 20여 시간 동안 대부분의 우울증 환자는 증상이 나아지는 느낌을 받는다. 하지만 보통 잠에서 깨어날 때 기분이 좋아지는 효과도 사라진다. 그러므로 수면박탈 치료는 실질적인 활용도가 매우 낮다.

우울증에 영향을 끼치는 그 밖의 요인들

일조시간의 길고 짧음은 우울증에 영향을 주는 요인 가운데 하나다. 일조와 관련된 우울증을 계절성우울증seasonal affective disorder(계절성정동장애)이라고도 하는데, 대개 해가 떠 있는 시간이 짧은 가을 또는 겨울에 시작되어 봄에 사라진다. 실제로 햇볕을 쬘 수 있는 시간이 짧은 고위도 지역에서의 유병률이 높다고 한다. 실험용 쥐를 4주 동안 내내 캄캄한 환경에서 살게 했더니 뇌 해마의 치아이랑 증식이 줄어들어 쥐가 우울증에 걸렸다는 연구 결과도 여럿 있다.

생활환경 또한 우울증에 영향을 줄 가능성이 있다. 인구통계학 연구에 따르면 혼자 사는 사람이 그렇지 않은 사람보다 우울증에 걸릴 확률이 두 배 가까이 높다고 한다. 남성들은 경기가 좋지 않거나 사회생활이 원만하지 않거나 가족이나 친구들로부터 인정을 받지 못하면 우울증에 걸릴 가능성이 높아진다. 반면 여성들은 거주 조건이 좋지 않거나 경제 형편이 좋지 않거나 교육을 제대로 받지 못하면 우울증에 걸릴 확률이 높아진다. 다시 말해 대개 여성의 정서적 건강에는 거주 조건이, 남성에게는 사회적 인간관계(배우자를 포함한 가족과 친구 관계)가 매우 중요하다.

젊은이들이 자주 사용하는 SNS도 우울증을 유발할 수 있다. 피츠버그의과대학교 리우 이 린Liu yi Lin 연구팀이 19세부터 32세까지 1,700여 명을 모집하여 조사한 결과, SNS를 자주 사용하는 사람은 우울증에 걸릴 확률이 그러지 않은 사람보다 2.7배 높았다. 우울증 경향이 있는 사람들이 SNS로 현실세계의 공허함을 채우려 하는 일이 많기 때문이다. 또한 SNS를 자주 사용하면 '남들은 다 잘사는데 나만 실패한 인생을 사는구나'라고 착각하면서 질투나 심리적 불균형을 느끼기 쉽다. 시시때때로 SNS를 드나들다 보면 시간을 낭비하는 듯한 자책감을 느낄 수 있으며, 자칫 인터넷 왕따를 당할 수도 있다. 이런 일들이 모두 우울증에 걸릴 위험률을 높이는 것이다.

남성도 산후우울증을 겪는다

부모가 되면 우울증에 걸릴 위험이 높아지는데 이를 산후우울증postpartum depression이라고 한다. 산후우울증에 걸리면 심각한 슬픔을 느끼며 기운이 떨어지거나 불안에 시달릴 뿐만 아니라 수면과 식습관에도 변화가 생긴다. 그 때문에 종종 눈물을 흘리거나 쉽게 화를 내기도 한다. 산후우울증 발병에는 호르몬의 급격한 변화라거나 크게 달라진 사회적 역할에 적응하지 못하는 것 등 다양한 요인들이 작용한다. 보통 아기를 낳고 일주일에서 한 달 사이에 많이 걸리며 산후우울증은 결혼생활의 만족도뿐만 아니라 아이의 뇌 발육에도 영향을 끼친다.

산후우울증이라고 하면 예전에는 여성이 아이를 낳은 뒤에 겪는 우울증이라고 여겨졌다. 실제로 사회는 남성이 아내의 산후우울증을 충분히 이해하고 아내를 보살펴주길 바랐다. 한마디로 남성은 산후우울증이라는 말에 끼어들 틈이 없었다. 하지만 남성도 산후우울증에 걸릴 수 있다.

내가 박사 과정을 공부하고 있을 때 같은 과정에 있는 친구가 바로 이 과제를 연구하고 있었다. 그 학생이 남성의 산후우울증 문제를 연구하고 있다고 말했을 때 처음에는 내가 뭔가 잘못 알아들은 줄 알았다. "남성의 산후우울증?" 하지만 친구는 대수롭지 않다는 듯 대답했다. "그렇다니까." 내가 흥미를 보이자 친구는 남성이 왜 산후우울증에 걸리는지, 남성의 산후우울증에는 어떤 증상이 있는지를 설명해줬다. 그러고는 적지 않은 남성이 아내가 아이를 낳은 뒤 기분이 답답하거나 세상만사가 귀찮아지는 산후우울증을 겪는다고 했다.

남성도 산후우울증에 걸릴 수 있다는 얘기를 들어본 적이 없는 남성들은 이런 이야기를 듣고 이해하지 못하는 반응을 보인다고 한다. 하지만 남성들 중에는 말주변이 별로 없고 평소에 가까이 지내는 사람이 자기 아내뿐인 사람이 적지 않은데, 이럴 경우 남성은 아내가 아이를 낳더니 자신을 예전처럼 대우해주지 않는다고 느껴 우울증에 걸리기 쉽다. 이런 남성들을 상담하면 주로 다음과 같이 말한다. "아내가 아이를 낳은 뒤에는 아이만 돌보고 저는 상대도 안 해줘요. 전 기분이 나쁜데 도대체 뭘 어떻게 해야 할지 모르겠어요." 사실 아이를 낳는 것은 남녀 모두에게 감정적으로 엄청난 변화가 생기는 일이다. 그러므로 아내와 남편이 서로 많이 소통하고 주변의 도움을 받는 것이 매우 중요하다.

아이가 생긴 첫해에 남성에게 우울증이 생길 확률은 4~25퍼센트 정도이며, 여성의 산후우울증과 동시에 나타날 가능성도 높다. 남성의 산후우울증 역시 아이의 행동과 심리적 건강에 영향을 끼치며, 결혼관계에서 충돌을 불러일으키기도 한다. 또한 남성의 불안과 우울은 심할 경우 폭력으로 변질돼 여성에게 상처를 입힐 수도 있다. 부모가 되는 것에 지나친 스트레스를 느끼거나 자식을 부양하는 일이 사회적 지지를 받지 못할 경우 또는 아내와 아이 사이에 자신이 낄 틈이 없다고 느낄 때(아이가 생긴 뒤 아내가 자신을 상대도 안 해준다는 식의) 남성은 산후우울증에 걸릴 가능성이 높아진다.

우울증의 이기적 기원

과학계의 한 이론에 따르면 우울증 유전자가 전염병에 걸리지 않도록 지켜준다고 한다. 인류 역사에서 가장 큰 적은 바이러스와 세균이다. 그런데 우울증 유전자가 음식을 멀리하고 정신과 몸을 피곤하게 만들어 인간관계를 맺지 않도록 해서 그 사람이 전염병에 걸리지 않게 보호해 유전자의 수명을 연장하는 것이다.

정신질환 유전자가 인류의 진화 과정에서 안정적으로 존재할 수 있었던 이유에 대한 또 다른 해석이 있는데, 이를 '난초와 민들레Orchid and Dandelion 이론'이라고 한다. 토머스 보이스Thosmas Boyce가 발표한 이 이론에 따르면 사람의 뇌를 스트레스 환경에 민감하게 만드는 유전자는 순조로운 환경에서 뇌를 튼튼하게 해 보통 사람의 수준을 뛰어넘거나 깜짝 놀랄 만한 성취를 이루게 해준다. 환경과 유전자가 서로 영향을 끼쳐 같은 유전자임에도 나쁜 환경에서는 정신질환에 걸리게 하고, 좋은 환경에서는 왕성한 생명력으로 환경에 강하게 적응하게 하는 것이다. 이렇게 환경에 따라 다르게 반응하는 유전자를 가진 아이를 '난초형 아이_{orchid child}'라고 한다. 반면 환경이 달라져도 큰 변화가 생기지 않는 유전자를 가진 아이를 '민들레형 아이_{dandelion child}'라고 부른다.

뇌의 부정적 사고를 바꿔야 한다

현재 정신의학계에서는 인지행동치료_{cognitive-behavioral therapy}가 폭넓게 적용되고 있다. 인지행동치료의 핵심은 환자가 뇌의 부정적 사고방식을 직접 인식하고 이런 사고방식이 그들의 우울증을 가중시킨다는 사실을 알게 하는 것이다. 다시 말해 인지행동치료를 활용하면 환자의 잘못되고 비현실적이고 비뚤어진 부정적 생각을 건강하고 현실적이고 객관적인 생각으로 대체하도록 가르칠 수 있다.

우울증을 치료할 때는 환자의 우울증이 경도인지 중도인지 고도인지에 따라 치료법이 달라진다. 경도나 중도의 우울증은 인지행동치료와 같은 심리치료가 비교적 효과적이다. 하지만 고도 우울증은 약물치료를 하는 것이 낫다. 우울증이 심각한 상태에서는 심리치료를 받아들이고 감당할 에너지가 모자라기 때문이다. 항우울제를 먹으면 속이 메슥거리거나 두통이 생기는 등의 부작용이 생길 수 있지만 환자가 이런 부작용을 지나치게 걱정할 필요는 없다. 나중에 약을 끊으면 이런 부작용도 저절로 없어진다.

우울증 치료는 심리치료나 약물치료 등 여러 선택이 가능하지만 어떤 치료법에도 뚜렷한 효과가 나타나지 않거나 전혀 효과가 없는 환자도 꽤 많다. 이러한 우울증을 치료저항성우울증treatment resistant depression(난치성우울증)이라고 하며 이 경우에는 전기경련요법electroconvulsive therapy, ECT도 고려해봐야 한다.

우울증은 사실 표준화된 하나의 질병이 아니라 우울증에 걸린 개개인의 실제 상황에 따라 증상이 매우 다르게 나타난다. 그래서 같은 치료법이라 해도 어떤 사람에게는 효과가 있지만 어떤 사람에게는 전혀 효과가 없는 것이다.

우울증을 완치하기란 정말 불가능할까?

대부분 우울증 환자의 증상은 주기적으로 나타난다. 그 때문에 우울증은 좋아졌다 나빠졌다를 되풀이한다. 이를테면 때로는 증상이 뚜렷하다가도 우울증의 이전 발병과 다음 발병 사이에 감정상태가 안정되기도 한다. 우울증이 일어나는 빈도나 지속되는 시간역시 사람마다 다르다. 그러므로 우울증이 언제 발병할지 예측하기란 쉽지 않다.

우울증은 평생을 안고 가는 질병으로, 많은 우울증 환자가 평생에 걸쳐 여러 번의 우울증 재발을 겪는다. 그렇기 때문에 '완치'라는 말로 그들의 회복 상태를 정의하기 힘들다. 보통 우울증의 완치란 우울증을 겪은 뒤 오랫동안 증상이 나타나지 않고 일상생활을 회복하게 된 것을 가리킬 뿐이다.

만약 우울증 환자가 적극적으로 치료에 협조하면 우울증은 보통 3개월 이내에 호전될 수 있다. 하지만 3분의 1 정도는 치료를 여러 번 받아도 효과가 거의 나타나지 않는 치료 저항성을 보인다. 그렇다면 장기적으로 봤을 때 얼마나 많은 환자가 여러 해 동안 우울증이 재발하지 않거나 완치될 수 있을까? 사실 현실은 그리 낙관적이지 않다.

2년을 기준으로 했을 때 우울증 환자의 60퍼센트는 건강이 회복된 상태를 유지한다. 하지만 기간을 4년으로 늘리면 겨우 환자의 40퍼센트가 건강한 상태를 유지한다. 만약 6년으로 기간을 늘리면 30퍼센트만이 간신히 건강한 상태를 유지하고 있을 것이다. 우울증의 장기적인 회복률이 이렇게 낮은 이유는 불안감이 적지 않은 역할을 하기 때문이다. 어쨌든 우울증의 재발 위험은 매우 높으며 환자의 80퍼센트는 적어도 한 번의 우울증 재발을 겪는다.

재발이 한 번씩 일어날 때마다 다시 우울증이 재발될 위험은 훨씬 높아지며, 발병 뒤에 건강을 되찾기도 점점 더 어려워진다. 첫 번째 우울증 발병을 겪고 난 뒤 절반 이상이 6개월 안에 건강을 되찾으며, 4분의 3은 1년 안에 건강을 되찾는다. 하지만 25퍼센트 정도의 환자는 1년 뒤에도 건강을 되찾지 못하며, 만성 우울증으로 발전하기도 한다.

이런 결과는 환자가 얼마나 적극적으로 치료에 임하는지에 달려 있다. 이를테면 어떤 치료법이 병원, 지역사회, 집 등 어떤 환경에서 환자에게 제공되고 있는지는 물론이고, 환자의 주관적인 요인도 우울증의 치료 효과에 영향을 끼친다. 또한 환자의 성격과 나이도 우울증 치료에 영향을 준다. 그러므로 당신이나 주변 사람이 심각한 우울증에 걸렸다면 자신의 주치의와 상의하여 적극적으로 적절한 치료법을 찾아보는 것이 좋다.

개인이 우울증에 대처하는 올바른 자세

과학적으로 증명된 운동의 효과

스스로 우울증을 극복하는 데 도움을 받을 수 있는 방법은 없을까? 수 많은 정신의학 전문가는 우울증을 치료할 수 있는 효과적인 방법 가 운데 하나로 운동을 추천하고 있다.

스웨덴 카롤린스카연구소의 조지 루아스Jorge L. Ruas 연구진이 《셀 cell》에 발표한 연구 결과에 따르면 실제로 운동은 스트레스로 생기는 우울감을 개선하는 데 뚜렷한 효과가 있다. 우리가 운동으로 몸을 단 련하면 몸의 근육에서는 PGC-1α1Peroxisome proliferator-activated receptor γ coactivator 1α1이라는 특수 단백질이 생성된다. 연구진은 실험용 쥐들 의 유전자를 조작해 그들의 근육에서 PGC-1α1 단백질이 더 많이 생 성되도록 했다. 그런 다음 유전자가 변이된 이 쥐들을 다른 보통 쥐들 과 함께 시끄러운 환경에 놓아뒀다. 주변이 시끄럽고 빛을 자꾸 비추 는 통에 생활리듬이 매우 불규칙해지는 환경이었다. 이런 환경에서 5주 동안 산 뒤 보통 쥐들은 우울증에 걸렸다. 하지만 PGC-1α1 단백질이 나오도록 유전자를 조작한 쥐들은 큰 영향을 받지 않았으며 우울증 증상도 없었다.

한발 더 나아간 연구에 따르면 근육에 PGC-1α1 단백질이 많을수록 KATkynurenine aminotransferase(키뉴레닌 아미노기 전이효소)도 많아진다고 한다. 본래 동물은 스트레스를 받으면 몸에서 키뉴레닌이 만들어지는데 정신질환이 있는 사람의 몸에는 키뉴레닌의 함량이 높은 편이다. 하지만 KAT가 청소부 역할을 해 키뉴레닌을 뇌에 들어갈 수 없는 키뉴렌산으로 바꿔 몸과 뇌의 해독을 돕는다. 유산소 운동이 몸에 좋다고 하는 이유 중에 하나도 바로 이 해독 작용 때문이다.

캘리포니아대학교 데이비스캠퍼스의 연구에 따르면 격렬한 운동을 30분에서 한 시간 정도 하면 뇌 속 신경전달물질인 글루타민산과 GABAy- aminobutyric acid(감마 아미노부티르산)의 함량이 크게 늘어난다. 글루타민산과 GABA는 뇌에서 가장 흔히 볼 수 있는 신경전달물질로 뇌 신경세포들 사이의 신호전달에 매우 중요하다. 운동을 하면 뇌에서 이 두 가지 신경전달물질이 증가해 뇌 신경세포들 사이의 신호전달을 촉진한다. 이것이 바로 우울증 치료에 운동이 효과적이라고 하는 이유 가운데 하나다. 운동으로 생긴 여러 신경전달물질의 분비 강화 효과는 길면 일주일 넘게 이어진다.

우울증에 가장 효과적인 운동은 무엇일까?

유산소 운동은 우울증을 치료할 뿐만 아니라 예방에도 효과적이다. 실제로 적은 양의 운동(날마다 걷기 20분 또는 정원 가꾸기 20분 같은)이라 해도 어떤 연령대의 사람들에게든 우울증 예방에 큰 효과가 있다.

　그중에서도 암벽등반은 우울증 개선에 탁월한 효과가 있다. 우울증 환자들에게 8주 동안 매주 세 시간씩 암벽등반 치료에 참여시키자 증상이 눈에 띄게 나아졌다. 특히 우울증 환자의 반추사고 개선에 매우 효과적이었다. 반추사고란 우울증의 전형적인 증상으로 머릿속으로 부정적인 생각을 거듭해 스스로 부정적인 기분에 깊이 빠져드는 걸 말한다. 암벽등반을 할 때는 암벽을 타는 순서와 행동에 집중하지 않으면 아래로 떨어질 수 있기 때문에 잡다한 생각을 할 틈이 없으며 자연히 반추사고도 할 수 없게 된다. 뿐만 아니라 암벽등반은 자기효능감(성취감)을 향상시키며, 함께 암벽을 타는 사람들과 인간관계를 맺는 데도 도움을 준다. 자기효능감과 인간관계를 맺는 일은 우울증 환자들에게 특히 부족한 부분이다.

　몇 년 동안 뇌과학 분야를 연구해온 내게 깊은 인상을 남긴 친구가 하나 있다. 늘 웃는 얼굴에 날마다 예쁜 치마를 차려입는 친구는 겉보기에는 재능 많고 성격이 밝은 사람이었다. 실제로도 누구와든 이야기를 잘 나눴으며 아는 사람도 많았다. 나와 대화를 나눌 때도 재미있는 이야깃거리를 잘 찾아냈다. 그러던 어느 날 오후, 휴가를 낸 사람들이 많아 텅 빈 사무실에 식사를 마친 친구가 들어오더니 내 책상으로 다가와 몇 마디 인사말을 건넸다. 그런데 어느새 우리는 우울증에 관한 이야기를 하고 있었다(어차피 다들 정신의학 박사가 아니던가). 대화 중에 친구는 깜짝 놀랄 만한 이야기를 들려줬다.

　친구는 고등학교 시절 꽤 심각한 우울증에 시달렸다고 고백했다. 우울증인 데다 약을 먹은 탓에 친구는 다른 사람과 이야기를 하다가도 갑자기 머리가 텅 빈 것처럼 앞뒤가 안 맞는 이야기를 하거나 멍한 얼굴로 혼잣말을 중얼거렸다고 한다. 행여나 이런 모습 때문에 다른 사람들이 놀랄까 봐 친구도 제대로 사귀지 못했다. 똑똑했던 그녀는 생각이 더뎌지면서 정해진 시간 안에 시험을 다 치를 수도 없었다. 이런 증상이 1, 2년 동안 지속되자 어느 날 문득 더 이상 이렇게 살면 안 되겠다는 생각이 들었다. 그때부터 친구는 날마다 마라톤과 계단 오르기 같은 고강도 운동을 더 이상 몸을 움직일 수 없을 때까지 계속했다. 한동안 그렇게 운동을 지속하다 보니 우울증 증상이 점차 줄어들었으며, 천천히 정상적인 생활로 돌아올 수 있었다.

햇빛을 쐬는 작은 행동이 일으킨 큰 변화

광光치료도 우울증 치료에 매우 효과적인 방법이다. 캐나다 브리티시 컬럼비아대학교 정신의학과 레이먼드 램Raymond W. Lam 교수 연구팀은 무작위 임상시험을 통해 광치료와 일반 약물이 우울증에 끼치는 효과를 비교했다. 연구진은 환자에게 아침에 일어난 뒤(7~8시 사이) 빛이 나오는 상자 앞에 30분 정도 앉아 책이나 신문을 읽거나 텔레비전을 보는 등 자신이 하고 싶은 일을 하게 했다. 이 빛이 나오는 상자의 밝기는 여름 아침 7시쯤 실외의 밝기와 비슷했다. 그 결과 광치료로만 치료한 환자들 가운데 44퍼센트는 8주 뒤 증상이 눈에 띄게 나아졌다. 또한 광치료와 더불어 항우울제를 복용한 환자들은 8주 뒤 증상 완화율이 59퍼센트에 이르렀다. 그에 비해 광치료로 치료받지 않고 항우울제만 복용한 환자들은 8주 뒤 증상 완화율이 19퍼센트에 지나지 않았다. 심지어 아무 치료도 받지 않은 환자들의 증상 완화율도

31퍼센트나 됐는데 말이다. 이 결과를 통해 알 수 있듯이 아침에 일어나 30분 동안 햇빛을 쬐면서 걷는 것만으로도 우울증이 뚜렷이 완화될 수 있다.

인간관계가 중요하다

인간관계에서 응원을 받는 것도 우울증을 크게 감소시킨다. 노르웨이에서 4만 명을 대상으로 한 조사에 따르면 인간관계에서 많은 응원을 받을수록 우울증에 걸릴 가능성도 낮아진다. 연령대에 따라 응원받고 싶은 대상이 달라지는데 아이와 청소년은 부모의 지지를 원하며, 성인은 배우자의 응원을 바라고 다음으로 가족과 친구의 응원을 기대한다. 앞서 언급했던 친구도 자신이 우울증에 걸린 동안 가족과 선생님이 보여준 이해와 응원이 큰 힘이 되었다고 말했다. 이를테면 제시간에 기말시험을 마칠 수 없었을 때 선생님이 특별히 시험 시간을 연장해줘 무사히 공부를 마치고 학교를 졸업할 수 있었다. 친구는 박사 과정을 막 시작했을 때도 한동안 우울한 기분에 빠져 있었는데 이전의 경험 덕분에 스스로 어떻게 우울감에서 벗어날지 계획을 세울 수 있었다. 예를 들면 기분이 유난히 좋지 않을 때 일부러라도 친구를 찾아가 이야기를 나눴다고 한다. 인간관계에서 에너지를 얻어 부정적인 기분에 빠지지 않기 위해서였다.

첨단기술이 일으키고 있는 변화

일상생활의 몇몇 습관을 바꾸는 것 외에도 최근 들어서는 첨단과학 기술로 우울증을 치료하는 일이 점점 더 많아지고 있다. 예를 들어 뉴로피드백치료neurofeedback therapy는 우울증 환자의 뇌파를 EEGelectroencephalogram(뇌파검사)로 찍어 실시간으로 자신의 뇌 활동을 보게 하는 것이다. 이 치료법으로 우울증 환자는 자신의 뇌를 실시간으로 보며 의식적으로 뇌 활동을 조절할 수 있다.

미주신경vagus nerve을 자극하는 것도 난치성우울증 치료에 쓰이는 방법이다. 혼합신경에 속하는 미주신경은 사람의 뇌신경 가운데 길이가 가장 길고 폭넓게 분포되어 있는데 뇌에서 골수를 따라 식도 양쪽 아래로 이어져 경부頸部(목 부분 - 옮긴이)와 흉강胸腔(가슴 안 공간 - 옮긴이)을 지나 복부까지 퍼져 있다. 이런 특별한 분포 방식 덕분에 체외에서 미주신경을 자극해도 뇌 안쪽을 자극해 뇌의 기능을 나아지게 하는 할 수 있다.

2장

불안한 뇌가 당신을 예민하게 만든다

6년 전 어느 화요일 오전 11시쯤 나는 노트북을 안고 연구팀 회의실로 들어서 평소 앉던 자리에 앉았다. 잠시 뒤 동료들이 하나둘 들어왔다. 나는 친한 동료와 연구의 진척 상황에 관해 이런저런 이야기를 나눴다. 동료는 자신의 실험용 쥐가 심해어유深海魚油를 먹고도 항정신질환 효과가 보이지 않는다고 했고, 나는 연구 순서가 잘못돼 처음부터 다시 데이터를 모아야 한다고 말했다. 우리가 이렇게 잡담을 하고 있는데 교수님이 회의실 안으로 들어섰다.

우리는 모든 회의를 영어로 진행했는데 영어 실력이 좋지 않았던 나는 발표를 하기 전에 몇 번이고 할 말을 속으로 되뇌곤 했다. 행여나 보고를 하다가 갑자기 영어 단어가 생각나지 않을까 봐 겁이 났기 때문이다.

교수님은 평소처럼 이번 주 동안 보고 들은 소식에 관해 연구원들과 이야기를 나눴고, 곧이어 업무 보고가 시작됐다. 그런데 그때 불쑥 심장이 미친 듯이 뛰었다. 순간 '심장병인가?' 싶어 오른손으로 왼손의 맥을 짚어봤다. 나는 어떻게든 침착하려 했지만 교수님의 말씀은 한마디도 귀에 들어오지 않았다. 그저 주변에서 웅웅거리는 소리만 들렸고, 손바닥에서는 땀이 배어났다. 그렇게 빨라진 심장박동은 3~5분쯤 지나자 점점 정상으로 돌아왔다.

그 뒤로 3개월 사이에 비슷한 일이 6~7번 일어났고, 횟수를 거듭할수록 상태가 심각해졌다. 하루는 밤 12시에 침대에 누워 자려고 하는데 갑자기 심장이 1분에 140번이나 뛰기 시작하더니 도무지 진정되지 않았다. 결국 나는 룸메이트에게 부탁해 택시를 불러 타고 홍콩 퀸메리병원 응급실로 향했다. 응급실에는 대기 환자가 많은데 심장에 문제가 있는 것 같다는 내 이야기를 들은 간호사가 내게 먼저 심전도를 포함한 여러 검사를 받게 해줬다. 하지만 검사 결과 심장박동이 빠른 것 외에는 다른 지표가 모두 정상으로 나왔다. 그 때문에 나는 좀 더 기다려 진료를 봐야 했다. 진료 대기실 의자에 앉아 순서를 기다리는데 룸메이트가 휴대전화로 인터넷을 뒤져보더니 불쑥 고개를 들고 말했다. "너 혹시 공황발작panic attack 아니야?" 내가 얼른 휴대전화를 건네받아 증상을 살펴보니 내 증상과 딱 들어맞는 게 아닌가. 말하기 좀 우습지만 그날 이후로 나는 공황발작을 심장병으로 착각하는 실수를 저지르지 않았다.

공황발작은 불안장애 증상의 하나로 불안 때문에 일어나는 급성 발작이다. 내게 공황발작이 일어난 건 아마도 박사 과정을 공부하는 동안 학업 스트레스가 컸던 데다 홍콩의 문화와 언어에 적응해야 했기 때문일 것이다. 여러 가지 스트레스가 지속되는 시간이 길어지면서 내 몸과 뇌의 생리적 균형이 서서히 깨졌고, 그로 인해 '갑작스러운' 공황발작이 일어난 것이리라.

몸에 불안이 나타나는 형태는 사람마다 서로 다르다. 또한 인생의 각 단계에서 나타나는 불안도 다르다. 이를테면 학생 때는 진학에 대한 불안이, 졸업을 앞두면 취업에 대한 불안이, 취업을 하면 직장에서의 처우나 동료와의 관계에 대한 불안이, 결혼을 하면 가족관계에 대한 불안이 생기게 마련이다. 게다가 주변 사람의 수입이 좋다고 하면 직업을 바꿔야 하는 건 아닌지 불안이 생기고, 아는 사람이 여기저기 여행 가는 걸 보면 자신을 위해서 시간을 보내지 못하는 것 같아 불안해진다. 결국 삶의 모든 일이 엄청난 스트레스와 불안의 요소가 될 수 있다. 그러다 보면 딱히 불안의 대상이 없는데도 늘 불안을 느끼는 상태가 되기도 한다.

사람들의 삶에는 불안과 두려움이 뒤섞여 있는데 사실 이 두 감정은 근본적으로 차이가 있다. 바로 현장에서 위협을 받는지 여부와 감정 반응이 지속되는 시간이다. 이를테면 두려움의 반응은 현장에 위협이 있음을 감지한 뒤 일어난다. 5분 뒤에 시험을 봐야 한다든지 눈앞에서 지진이나 해일이 일어날 때 사람은 두려움을 느낀다. 하지만 일단 이 위협이 사라지면 두려움도 바로 줄어든다. 그와 달리 불안은 멀리 있거나 불확실한 위협에 대한 반응으로 지속되는 시간이 두려움보다 훨씬 길며, 실제적인 위협과 정비례해서 느끼는 감정이 아니다.

불안장애의 일곱 가지 유형

한 심리건강 조사 결과, 전 세계 인구 네 명 가운데 한 명은 불안장애를 겪어본 적이 있거나 앞으로 겪게 될 것이라고 한다. 불안장애는 증상에 따라 종류가 다양하다. 예를 들어 아무 때나 별 이유 없이 불안을 느끼는 범불안장애generalized anxiety disorder, 많은 사람 앞에서 이야기를 못하거나 특정한 사람들에게 말을 하지 못하는 사회불안장애social anxiety disorder가 있다. 이 밖에도 광장공포증agoraphobia, 강박장애obsessive compulsive disorder, 공황장애panic disorder, 외상후스트레스장애post traumatic stress disorder, 특정 공포증specific phobia 등이 있다.

불안장애의 핵심 특징은 위협을 마주했을 때 지나친 두려움과 불안, 회피가 지속된다는 것이다. 이런 위협은 대인관계의 어려움 같은 외부의 위협과 몸의 느낌 같은 내부의 위협을 모두 포함한다. 불안장애의 회피행동은 정도에 따라 드러나는 방식이 다른데 심각한 불안장애 환자는 어떤 특정한 상황에 들어가는 것 자체를 거부하며, 가벼운 불안장애 환자는 어떤 사물이나 사람을 대할 때 억지로 하는 느낌이 있다.

불안장애는 보통 다음과 같은 일곱 가지 유형으로 나뉜다.

첫째 유형은 분리불안장애separation anxiety disorder다. 우리는 흔히 아이나 사랑하는 연인에게서 이런 유형의 불안증상을 볼 수 있는데 사랑하는 상태에서 심리적 퇴행이 일어나기 때문이다. 사랑하는 대상, 이를테면 어머니나 연인과 떨어지게 됐을 때 눈에 띄게 두려워하거나 불안을 느끼는 것이 분리불안장애의 주요 증상이며 나이나 상황과 상관없이 일어날 수 있다. 분리불안을 느끼는 사람들은 사랑하는 대상과 헤어지지 않으려 하며, 분리의 스트레스로 위통이나 악몽 같은 생리적 증상을 겪기도 한다.

두 번째 유형은 선택적함구증selective mutism이다. 이는 말을 해야 할 특정한 사교적 장소에서 말을 하지 못하는 증상을 가리킨다. 이런 유형은 많은 사람이 참여하는 업무 회의나 낯선 이들과 함께한 모임 자리에서 이야기하지 못하거나 시트콤 〈빅뱅이론The Big Bang Theory〉의 등장인물 라지처럼 여성 앞에서 말을 하지 못한다.

세 번째 유형은 특정 공포증이다. 뱀이나 거미를 유난히 무서워하는 사람이 많은데 어떤 사람은 특정 단어를 듣기만 해도 바로 불편한 기분을 느낀다. 특정 공포증은 특정한 상황에서 어떤 물체를 보면 실제로는 위험하지 않은데도 심한 공포와 불안을 느끼고 회피하려는 증상이다. 환자들도 자신의 반응이 지나치게 과장되고 불합리하다는 걸 잘 알고 있다. 내 친구 중 하나는 자잘한 털이 있거나 작은 비늘이 있는 동물을 몹시 무서워한다. 학교에 다닐 때 한번은 새 한 마리가 실수로 교실에 들어와 한 남학생이 잡은 적이 있다. 당시 다른 아이들은 새가 귀엽고 불쌍하다며 새를 보려고 다가갔지만 깜짝 놀란 그 친구는 아이들에게서 3미터는 떨어져 새

쪽으로는 눈길조차 주지 않았다. 또 다른 친구 하나는 능력도 있고 성격도 꽤 강한 사람인데 뜻밖에도 로봇, 그중에서도 걷거나 움직이는 로봇을 매우 무서워한다.

네 번째 유형은 사회불안장애다. 사회불안장애가 있는 사람은 자신이 많은 사람에게 주목의 대상이 되는 걸 매우 두려워하고 불안해하면서 회피하려 한다. 그들은 특히 남들에게 부정적인 평가를 받을까 봐 두려워하며, 난감한 상황에 처하거나 모욕을 당하거나 거절당하거나 무시당할까 봐 겁을 낸다. 사람들과의 만남에 대한 이런 두려움은 실제적인 위협과는 거의 관련이 없으며, 본인도 자신의 태도가 불합리하다는 걸 알고 있다. 사회불안장애가 있는 사람은 자신이 두려워하는 상황에서 얼굴이 붉어지거나 구역질을 하거나 화장실에 가고 싶은 등의 신체 증상이 나타나기도 한다.

다섯 번째 유형은 공황장애다. 공황장애는 아무런 전조 없이 공황발작이 반복적으로 일어난다. 그 때문에 공황장애가 있는 사람은 더 강한 공황발작이 어떤 전조 없이 일어날까 봐 늘 걱정한다. 공황발작 증상은 지속 시간이 짧지만 강력하며, 몇몇 신체 증상과 함께 나타나는 것이 보통이다. 공황발작이 일어나면 매우 불편한 기분을 느끼며 숨을 쉴 수 없을 정도로 가슴이 답답하고 두근거리며, 땀이 나고 위통이 오기도 하고, 온몸이 떨리고 손발이 저려 금방이라도 죽거나 미칠 것 같다는 느낌을 받는다. 또한 통제력을 잃은 것 같은 증상이 나타나기도 한다. 이런 공황발작은 보통 15분 정도 지속되는데 10분 안에 최고조에 이르렀다 몇 분 뒤 서서히 저절로 사라진다.

공황발작은 보통 명확한 원인이 없어 대부분은 자신이 갑자기 심장병에 걸린 건 아닌지 착각한다. 또한 어떤 사람은 붐비는 사람들 틈에서 또는 가게나 버스 같은 특수한 장소나 상황에서만 공황발작을 일으킨다. 공황발작은 사실 꽤 흔한 증상으로 성인 중 10퍼센트가 겪어본 적이 있으며, 지금도 겪고 있거나 앞으로 겪을 일이다. 그중에서도 여성이 남성보다 공황발작을 경험할 가능성이 두세 배 더 높다. 만약 당신도 언젠가 공황발작을 겪게 됐을 때 자신의 신체 반응이 불안한 기분 때문임을 정확히 인식한다면 좀 더 쉽게 대처할 수 있을 것이다.

여섯 번째 유형은 광장공포증이다. 광장공포증은 단순히 탁트인 광장에 대한 공포심뿐만 아니라 공공 교통수단, 밀폐된 공간, 늘어선 줄, 인파 속에서, 또는 혼자 집을 나설 때 뚜렷이 느껴지는 두려움과 불안한 감정 또는 회피심리를 두루 가리킨다. 광장공포증이 있는 사람은 이런 장소를 무서워하며, 아무런 전조도 없이 공황발작 같은 돌발적인 증상이 나타날까 봐 두려워한다. 또한 얼굴이 빨개지거나 손이 떨리고 심장박동이 빨라지는 등 난감한 증상이 나타나 스스로 사태를 통제할 수 없거나 그 상황에서 벗어나지 못할까 봐 걱정하기도 한다.

일곱 번째 유형은 범불안장애다. 보통 20명 중에 한 명은 범불안장애를 경험한다. 범불안장애가 있는 사람은 일상적인 일에 아무런 까닭 없이 불안감을 느낀다. 딱히 긴장할 만한 상황이 아닌데도 나쁜 일이 생길지 모른다고 느끼는 것이다. 그들은 건강, 가정, 인간관계, 업무 같은 일상의 작은 일을 지나치게 걱정한다. 게다가 쉽게 피로와 불안감을 느껴 집중력이 떨어지고 근육이 긴장되거나 수면장애를 겪으며, 과호흡이나 빈맥 등의 증상이 나타나기도 한다.

위에서 언급한 불안장애의 유형 외에도 민족과 문화에 따라 독특한 불안장애를 겪기도 한다. 이를테면 사회불안장애 가운데 가장 보편적인 불안 증세는 자신이 인간관계에서 난감한 상황을 겪게 될까 봐 걱정하는 것이다. 하지만 아시아인 중에는 독특한 사회불안장애를 겪는 사람이 많다. 이들은 자신이 난감해지는 게 아니라 오히려 '남에게 무례를 범하게' 되거나 '남을 난감하게 만들까 봐' 불안해한다.

불안장애는 오래된 본능의 오류

아주 먼 옛날 숲에서 생활하던 우리 조상들은 갑작스레 커다란 검은 곰과 마주치는 등의 위협을 당해야 했다. 이런 위기의 순간 보이는 첫 번째 반응을 '투쟁-도피 반응'이라고 한다. 이 개념은 1915년 하버드대학교 의과대학의 생리학자 월터 캐넌Walter Cannon 이 처음으로 제시했다. 투쟁-도피 반응이란 위험에 처할 때 몸의 교감신경계와 내분비계에서 빠르게 반응을 보여 온몸의 자원을 긴급히 사지로 보내 싸움이나 도망을 준비하는 것을 말한다.

우리 몸에서 투쟁-도피 반응을 주로 책임지는 것은 오장육부를 통제하는 자율신경계다. 이 자율신경계는 교감신경계와 교감신경계와 길항拮抗(상반되는 두 가지 요인이 동시에 작용하여 그 효과를 서로 상쇄시키는 것 – 옮긴이)하는 부교감신경계로 나뉜다. 교감신경계가 흥분하면 복강의 내장과 피부의 말초혈관이 수축되고, 심박수가 빨라지며, 심장 수축 능력이 강화되고, 동공 확대와 신진대사율 상승 등이 일어난다. 이런 잇달은 몸의 변화는 외부에 더 민감하게 경계하도록 하며, 근육 에너지가 많아져 몸이 언제든 외부의 변화에 반응하게 한다. 그에 비해 부교감신경계는 동공을 축소하고, 심박수를 느리게 하며, 피부와 내장의 혈관을 이완하고, 위장의 연동을 강화하며, 괄약근을 이완하고, 타액과 누액의 분비를 촉진하며, 남성의 생식기를 발기시키는 등의 기능을 한다. 이는 이완 상태에서 나타나는 생리적 반응으로, 음식을 소화해 에너지를 얻으며 미생물에 저항하고 후대를 번식시킨다. 이처럼 몸의 교감신경이 흥분하면 부교감신경 활동이 상대적으로 억제된다. 반대로 부교감신경이 활성화되면 교감신경이 상대적으로 억제된다.

당신이 싸우거나 도망가려 하면 몸의 모든 에너지는 구석구석으로 옮겨져 가장 센 강도로 운동하게끔 하는데, 이때 위장과 면역계의 에너지도 긴급히 옮겨져 쓰이면서 부교감신경이 억제되고 위장의 연동도 느려진다. 그 때문에 당신은 입이 마르거나 위가 조이는 것 같은 기분을 느끼게 된다. 이를테면 시험 보기 10분 전에 물이 마시고 싶거나 화장실에 가고 싶거나 위가 뜨끔거리는 듯한 기분이 드는 것이 바로 이 때문이다. 실제로 오랫동안 만성 스트레스에 시달리면 장시간 교감신경계가 흥분상태에 있고 부교감신경계가 억제된 탓에 소화 기능에 문제가 생기거나 변비가 생기고, 심하면 성기능 장애가 생길 수도 있다.

뇌에서 스트레스 반응을 책임지는 영역은 주로 시상하부 hypothalamus다. 시상하부는 우리의 뇌에서 매우 원시적인 영역으로 (시상하부가 있는 변연계는 수억 년 전부터 있었던 것으로 보인다 - 옮긴이) 뇌의 가운데 깊은 곳, 시상 아래와 뇌간brain stem의 경계 지역에 자리잡고 있다. 시상하부는 긴급한 상황에서 두 가지 기능을 하는 데 첫 번째는 자율신경계에 관여해 교감신경과 부교감신경 사이의 균형을 통제하며, 두 번째는 뇌하수체pituitary gland를 조절해 내분비계를 통제한다. 그래서 눈은 위협을 보면 시상에 신호를 보내고, 시상은 재빨리 반응을 보인다. 그러면 뇌에서 부정적 감정을 맡고 있는 편도체가 활성화돼 다시 시상하부를 활성화한다. 그다음 시상하부는 교감신경계와 뇌하수체를 활성화하며, 마지막으로 교감신경의 흥분이 일어나고 내분비계에서 아드레날린, 노르에피네프린, 부신피질호르몬 등 여러 호르몬을 분비한다.

아드레날린과 노르에피네프린은 생리기능을 빠르게 조절해 심폐활동을 강화하며, 내장의 혈관을 수축시키고, 근육의 혈관을 확장하며, 혈류의 속도를 빠르게 하고, 위장의 활동과 타액의 분비를 억제하며, 방광을 이완하고, 땀을 나게 하는 등의 작용을 한다. 다른 한편으로는 부신피질호르몬이 혈압과 혈당을 상승시키며, 면역반응을 억제함으로써 우리 몸의 세포 에너지가 모두 싸우거나 도망가는 데에 쓰이게 한다.

이런 스트레스 조절 기제는 원시사회에 살던 우리 조상들에게는 매우 중요한 것이었다. 하지만 현대사회에서는 검은 곰이나 호랑이를 만날 일이 거의 없다. 무서운 호랑이는 오늘날의 환경에서 시험이나 업무를 제때 완수하는 것, 일에서 성과를 내고 지위를 높이는 것, 가족 구성원 사이의 관계, 생활 속 갑작스러운 사고 등으로 대체됐다. 따라서 우리는 단순히 싸우거나 도망가는 것으로 스트레스 사건을 해결하기가 어렵다. 상사가 마음에 들지 않는다고 직장에서 싸움을 벌일 수도 없고 배우자가 잔소리를 늘어놓는다고 멀리 도망갈 수도 없지 않은가. 우리의 조상들처럼 교감신경계를 활성화시켜 온몸으로 혈액을 흘려보내고 심폐기능을 강화하는 방법으로 스트레스의 근원을 빠르게 해결할 수 없다. 그래서 스트레스가 생기면 해결되지 않고 만성화되는 사람이 많은 것이다.

불안한 뇌가 나를 예민하게 만든다

불안의 지속시간이 짧으면 불안상태라 하고 길게 지속되어 일상생활이나 사회생활에 지장을 주면 불안장애라고 한다. 불안은 오래될수록 여드름이나 성기능 장애, 두통, 근육 긴장, 주의력 저하 등의 증상을 일으킨다. 이는 만성 질환의 위험성을 키워 신장병이나 당뇨병, 면역계의 손상을 일으킬 수 있다. 이럴 경우 사람은 훨씬 쉽게 병원균에 감염될 수 있다.

부신피질호르몬의 일종인 코르티솔은 공포나 스트레스에 반응해 방출되는데, 장기간 분비될 경우 몸의 인슐린 저항성을 높여 당뇨병을 유발하는 등 면역계가 제대로 기능하지 못하게 만들 수 있다. 다른 한편으로 진정 효과가 있는 뇌의 억제성 신경전달물질인 GABA가 해야 할 일을 하지 못하게 해 불안상태가 계속 유지된다. 또한 부신피질호르몬은 멜라토닌melatonin을 분비하는 뇌의 송과체epiphysis cerebri 활동을 억제한다. 멜라토닌은 수면리듬을 조절해 졸음이 오게 하는 작용을 한다. 따라서 멜라토닌의 분비가 줄어들면 쉽게 잠들 수 없다. 불안이 계속되면 불면증이 생기는 이유다.

환경 스트레스에 대한 반응을 주로 담당하는 뇌 영역은 편도체다. 이 영역은 진화의 역사가 오래됐는데 아몬드를 닮은 형태에서 그 이름을 따왔다(편도체의 영어 이름인 amygdala는 라틴어로 '아몬드'를 뜻한다 – 옮긴이). 편도체는 주로 부정적인 감정의 반응, 특히 두려움을 책임지고 있다. 불안장애 환자는 뇌의 편도체가 활발히 활동하므로 반응의 역치threshold value(생물이 자극에 대해 어떤 반응을 일으키는 데 필요한 최소한의 자극의 세기 – 옮긴이)가 보통 사람보다 낮다. 그 예로 보통 사람은 가벼운 스트레스를 겪을 때 뇌에 눈에 띄는 변화가 없지만 불안장애 환자는 편도체가 유난히 활성화된다. 그들은 보통 사람 눈에는 평범하고 작은 일에 지나치게 긴장해서 가슴이 아프기만 해도 갑자기 심장병이 생겼다며 걱정하고, 머리가 아프면 뇌종양은 아닌지 의심한다.

불안장애 환자는 뇌섬엽insula도 보통 사람보다 훨씬 활성화돼 있다. 뇌섬엽은 뇌피질의 앞쪽과 양측 뇌반구에 각각 하나씩 자리한 부분이 연결되어 삼각형을 이루고 있는 영역으로, 외로운 섬 같은 형태 때문에 뇌섬엽이라는 이름을 얻었다. 뇌섬엽은 자의식, 내부감각, 감정, 인지와 관련이 있다. 이로 인해 불안장애 환자는 늘

반추에 빠져 지난 일과 지금 일어나고 있는 일, 아직 일어나지 않은 일을 반복해서 생각한다.

스트레스 상태에서 뇌는 외부 신호를 다르게 해석한다. 불안의 생리기제는 위험을 될 수 있는 한 피하기 위해 진화적으로 설계되었다. 다시 말해 우리의 뇌는 '투쟁-도피' 사고 아래 부정적 정보에 매우 민감하게 반응하도록 프로그래밍되어 있다. 바로 이 기제 때문에 오랫동안 불안상태에 빠져 있는 사람은 중립적인 신호를 부정적인 신호로 보기 쉽다. 불안한 상황에 놓여 있으면 뇌가 외부를 더 부정적으로 인식하는 것이다. 불안장애 환자는 종종 대인관계 정보를 근거 없이 적대적으로 해석한다. 남들은 별 뜻 없이 한 말인데 그 말을 도발이라고 해석하는 것이다.

앞에서도 말했듯이 오래된 불안은 불면증을 일으키는데, 잠이 모자랄 경우 뇌에 더 많은 부정적인 기억이 남는다. 불면증에 시달리는 불안장애 환자는 훨씬 쉽게 비관적이 되고 우울증에 걸릴 가능성이 높다. 라이프치히대학교 행동역학과 카차 비스도Katja Beesdo 연구팀에 따르면 불안장애 환자가 우울증을 앓을 위험성은 그렇지 않은 사람들보다 1.49~1.85배 높다.

어떤 사람이 불안장애에 쉽게 걸릴까?

대부분의 불안장애 환자는 아동기나 청소년기부터 일찌감치 불안장애 증상을 보인다. 이때 불안장애를 알아채지 못해 제때 치료를 받지 못할 경우 사는 동안 내내 좋아졌다 나빠졌다를 반복하는 만성 불안장애로 발전한다. 조사에 따르면 모든 불안장애 환자 가운데 겨우 40퍼센트만이 증상이 점차 줄어들며, 나머지는 평생 동안 불안장애에 시달린다.

불안장애는 유전요인과 환경요인의 영향을 모두 받는데, 그중 30~40퍼센트가 유전요인이다. 하지만 불안장애를 일으키는 유전자를 특정하기는 힘들며 불안장애의 유전요인은 체질과 환경요인이 결합해 나타난다. 보통 불안장애에 걸릴 위험성을 높이는 주요 요소는 다음 세 가지다.

첫 번째는 성별이다. 여성은 불안장애에 걸릴 확률이 남성의 두 배다.

두 번째는 유전과 가족력이다. 실제로 부모에게 불안장애가 있는 경우 불안장애에 걸릴 확률이 그렇지 않은 사람보다 2~4배 정도 높다. 이런 사람은 불안장애의 증상이 어릴 때부터 나타난다. 민감성 관련 유전자는 인지 방식에 영향을 주는데, 같은 유전자를 물려받은 아이가 훨씬 쉽게 환경 스트레스(부모의 교육방식 같은)에 불안을 느낀다. 또한 그런 아이는 주변 환경을 부정적으로 보는 경향이 있다.

셋째, 아동기의 부정적 경험이다. 부모가 아이를 습관적으로 체벌하거나 아이의 감정적 요구에 호응해주지 않거나 아이에게 냉정한 태도나 반감을 보이거나 아이 앞에서 자주 부부싸움을 하면 아이는 불안과 우울 등 심리적 문제를 나타낼 가능성이 크다. 또한 부모가 아이에게 지나치게 간섭하고 까다롭게 구는 등의 특정한 양육방식을 갖고 있거나 어려서부터 아이에게 함께 놀 친구가 없는 등의 환경요인도 불안장애에 걸릴 가능성을 높인다. 경제적 곤란을 겪거나 집에 큰 병에 걸린 사람이 있거나 부모의 이혼 등 중대한 삶의 스트레스를 겪는 것 또한 마찬가지다.

많은 사람이 부모가 자식을 지나치게 통제하고 까다로운 데다 아이의 성격이 민감하고 연약하면 아이가 불안장애에 걸린다고 생각한다. 하지만 실제는 그렇게 단순하지 않다. 사실 유전요인은 아이의 기질에 영향을 끼칠 뿐만 아니라 부모의 양육방식에도 영향을 준다. 부모 자신이 쉽게 불안에 빠지는 특성을 갖고 있어서 아이를 지나치게 통제하려는 행동 경향을 보이는 것이다. 그러므로 부모의 통제 성향과 아이의 불안장애는 단순히 전자가 후자에게, 또는 후자가 전자에게 영향을 주는 일방적 관계가 아니다.

불안에 예민한 제2의 뇌

만약 당신이 위궤양에 걸렸다면 의사는 보통 헬리코박터파일로리Helicobacter pylori균 감염이라 진단할 것이다. 하지만 컬럼비아대학교 공중보건대학의 르네 굿인Renée D. Goodwin 교수에 따르면, 어떤 사람은 위에 헬리코박터파일로리균이 없어도 위궤양이 생긴다. 바로 심리적인 불안 때문이다. 그렇다면 불안과 위궤양은 어떻게 관련이 있는 걸까? 이는 장기적인 불안이 부신피질호르몬을 오랜 기간 과도하게 분비시켜 혈액을 근육으로 보내기 때문이다. 이럴 경우 위점막에 혈액을 공급하는 혈관이 점차 좁아져 영양이 제때 공급되지 않아 위점막이 충분한 점액을 분비하지 못하므로 위액으로 인한 부식을 막지 못한다. 이런 상태가 오래 지속되면 쉽게 위궤양에 걸리는 것이다.

불안 때문에 부신피질호르몬이 오랫동안 분비되면 단백질 분해를 일으키는데, 이는 살이 빠지게 만들기도 한다. 불안장애 환자는 단백질로 구성된 큰 조직인 근육이 오랫동안 만성 손상을 입어 몸이 마르게 된다. 반대로 불안감이 별로 없는 사람은 마음이 편해 쉽게 살이 찐다. 물론 이는 몸매 형성에 영향을 끼치는 한 가지 요인일 뿐이다.

우리 몸에는 제2의 뇌가 있는데, 바로 장이다. 인체의 장에는 깜짝 놀랄 만한 양의 균 무리가 있는데 그 수가 체내세포 총수의 10여 배에 이른다. 최근 몇 년 동안의 연구에 따르면 이러한 장의 균 무리와 개체의 행위 그리고 감정은 신기한 관련이 있다. 캐나다 맥마스터대학교의 존 크라이언John Cryan 교수 연구팀은 장내 미생물의 힘을 측정했다. 이 실험에는 두 종류의 실험용 쥐가 동원됐는데 하나는 약한 담력을 타고난 B형의 쥐, 다른 하나는 강한 담력을 타고난 N형 쥐였다. 이렇게 성격이 전혀 다른 쥐들을 보며 과학자들은 기발한 생각을 해냈다. '쥐의 장에 있는 미생물균 무리를 서로 바꾸면 두 쥐의 성격도 달라지지 않을까?' 과학자들은 우선 담력이 센 N형 쥐들 장속의 세균을 담력이 약한 B형 쥐의 몸에 이식했다. 그로부터 3주가 지나자 B형 쥐들은 갑자기 용감한 '탐험가'가 됐다. 반대로 B형 쥐들의 장속 세균을 이식받은 용감한 N형 쥐들은 별안간 겁쟁이가 되고 말았다. 평소보다 세 배의 시간이 걸려서야 '높은' 실험대 위에서 조심스레 내려왔다.

하지만 장의 균 무리가 쥐의 성격에 영향을 끼친다는 사실을 발견한 뒤 연구팀은 장의 균 무리를 이식하는 것이 조금 번거롭게 느껴졌다. 그래서 쥐에게 직접 세균을 '먹여도' 효과가 있지 않을지 고민했다. 이를 증명하고자 존 크라이언 교수 연구팀은 쥐에게 불안을 덜 수 있는 균주인 비피도박테리움 롱검Bifidobacterium longum 과 비피도박테리움 브레브Bifidobacterium breve를 먹였다. 그 결과 과학자들의 예상대로 쥐의 성격이 변화했다. 비피도박테리움 브레브를 먹은 쥐는 더 용감하게 탐색했으며, 비피도박테리움 롱검을 먹은 쥐는 스트레스와 맞닥뜨렸을 때에도 체온이 크게 변하지 않았다. 이러한 세균을 프로바이오틱스probiotics라고 하는데 프로바이오틱스를 복용해 우울증이나 성격을 변화시키려는 연구가 계속되고 있다. 하지만 아직 효과가 충분하다는 결론에는 이르지 못하고 있다.

현실과 뇌의 불일치를 해소해야 한다

중국에서는 전체 인구의 50~80퍼센트가 불안장애를 앓고 있으며, 그중 대부분은 발병한 지 50년이 지나도 치료를 받지 못한다고 한다. 이를테면 8세에 불안장애가 발병했는데 본인도 모르고 부모도 몰라 58세가 되어서야 정신건강의학과 의사를 만나 자신이 평생 불안장애에 시달려왔음을 깨닫는 것이다. 전 세계적으로도 불안장애는 보통 발병한 지 20년 뒤에나 치료를 받는 일이 부지기수다.

추적연구에 따르면 불안장애가 자연스럽게 완치될 확률은 23퍼센트에 지나지 않는다. 불안장애에 걸렸다면 단순히 낫기를 기다릴 게 아니라 한시라도 빨리 심리치료나 효과적인 약물치료를 받아야 한다는 말이다.

오늘날 불안장애 치료에 가장 효과적인 방법은 인지행동치료다. 그런데 인지행동치료는 우리가 흔히 알고 있는 지그문트 프로이트Sigmund Freud의 정신분석치료psychodynamic psychotherapy와는 다르다. 인지행동치료는 개입 시간이 짧고 효과가 빠르게 나타나 보통 10~20주면 치료 과정을 마칠 수 있다. 또한 실행방법도 간단하고 쉽다. 불안장애 환자는 먼저 부정적이고 비현실적인 자신의 인지 방식을 이해하고, 자신의 생각과 현실이 얼마나 차이가 나는지를 비교한다. 그런 다음 자신의 인지 방식을 조정해 불안한 감정을 덜어내게 된다.

인지행동치료를 받은 사람 중 40~55퍼센트는 불안장애가 완화됐다고 한다. 그중에서도 사회불안장애의 완화율은 45퍼센트, 공황발작과 광장공포증의 완화율은 53퍼센트, 범불안장애의 완화율은 47퍼센트에 이른다. 나이가 어릴수록 인지행동치료의 효과가 좋아 치료 뒤의 즉각적인 완화율이 60퍼센트나 되며, 효과도 12개월 이후까지 지속될 수 있다. 따라서 불안장애 환자의 연령이 어릴수록 약물치료는 대안치료법이나 이차적인 치료법으로 활용하는 게 적합하다.

물론 인지행동치료가 불안을 치료하는 가장 효과적인 방법이긴 하지만 재발을 완전히 막을 수는 없다. 불안장애는 인지행동치료와 동시에 정신건강의학과 주치의와의 상담을 통한 치료와 약물치료가 진행되는 것이 재발 방지에 도움이 된다. 외래 진료를 주기적으로 받으면서 지속적으로 치료하는 것이 매우 중요하다. 약물치료를 갑자기 중단하면 3~6개월 안에 재발할 확률이 30~50퍼센트에 이를 정도로 불안장애의 재발률은 높다.

일상에서 불안을 덜 수 있는 방법

불안을 완화하는 사고방식

첫째, 스트레스 요인을 보는 방식을 바꿔 그것을 위협으로 여기지 마라. 일단 당신이 스트레스 요인을 위협으로 볼 때 몸이 보이는 첫 번째 반응은 싸우거나 도망가려 하는 것이다. 하지만 이런 원시적인 반응은 요즘처럼 시험이나 업무의 완성, 가정 문제의 해결 등에 대처할 때 아무런 도움이 되지 않는다. 그보다는 보는 시각을 달리해 생활 속의 이런 스트레스 요인을 원시사회에서 과일을 따거나 가죽옷을 만들던 것처럼 해야 할 일로 여기는 편이 낫다. 쉽게 말해 불안을 덜 수 있는 건강한 심리상태는 자신이 할 일을 다 하고 나머지는 그저 하늘의 뜻에 맡기는 것이다.

둘째, 목표를 세분화하라. 불안한 사람은 끊임없이 반추하는 경향이 있다. 해야 할 일이 많다며 날마다 어떻게 대처할지 거듭 생각하고 결과가 나쁘거나 일자리를 잃으면 어쩌나 고민할수록 더욱 불안할 수밖에 없다. 여기에 대처하는 효과적인 방법은 목표와 실행의 순서를 글로 써보는 것이다. 그런 다음 당신이 할 일은 그 순서대로 하나씩 실천하는 것이다. 큰 목표와 각각의 순서를 공책에 적어두면 스스로 통제할 수 없는 일을 예측하지 않아도 되며, 어떤 결과가 생길지 거듭해 생각하지 않게 된다. 그리고 여분의 뇌 에너지로 하나하나 순서대로 실행하다 보면 자연스럽게 목표를 이룰 수 있다.

만약 지금 당신에게 경제적인 스트레스가 있다면 어떻게든 빨리 해결하고 싶을 것이다. 하지만 경제적인 문제는 현실적으로 짧은 시간 안에 해결할 수 없다. 따라서 당신이 날마다 경제적인 스트레스에 시달리는 건 우리 조상들이 1년 동안 하루도 빠짐없이 아침부터 밤까지 호랑이와 서로 눈을 마주 보며 지내는 것이나 마찬가지다. 그러므로 아무런 대책도 없이 불안에 떨며 돈을 벌어야 한다는 큰 목표만 세우기보다 지금 당장 실천할 수 있는 일의 순서를 정한 다음 한 걸음씩 목표를 향해 노력해나가야 한다. '천 리 길도 한 걸음부터'라는 말을 떠올리며 자신을 다잡도록 하라.

불안을 완화하는 몸의 움직임

셋째, 명상을 연습하라. 밀도 있는 명상은 우리 몸 안 염증성 유전자의 발현을 빠르게 낮추고, 스트레스와 불안으로 일어나는 코르티솔 분비를 낮춰 몸이 손상되는 걸 막아준다. 또한 미국 매사추세츠종합병원의 연구에 따르면 지속적인 명상은 뇌에서 기억과 감정조절, 반성, 공감을 맡고 있는 회백질gray matter의 밀도를 증가시킨다. 실제로 8주 동안의 명상 훈련에 참여한 사람들은 지각능력이 눈에 띄게 향상됐으며, 스트레스가 줄어들었다.

넷째, 주기적으로 유산소 운동을 하라. 유산소 운동은 스스로 불안을 덜 수 있는 가장 효과적인 방법이다. 터키 도쿠즈에이률대학교 연구진에 따르면 유산소 운동은 뇌유래신경영양인자 분비를 촉진한다. 운동을 할 때 근육세포는 이리신irisin을 분비하는데 이 물질은 지방의 분해를 촉진해 다이어트를 도울 뿐만 아니라 뇌로 들어가 신경영양인자의 발현을 촉진한다. 뇌에서 신경영양인자는 인지능력을 높이고, 기분을 나아지게 하며, 불안장애 증상을 덜어준다.

불안장애는 사람을 오랫동안 투쟁-도피 반응 상태에 머물게 한다. 하지만 오늘날 마주하는 스트레스는 사실 싸우거나 도망칠 방법이 없다. 그러니 오늘부터 평소보다 운동량을 늘려 매주 3~10시간 정도 유산소 운동을 해보라. 경보나 수영, 배드민턴 같은 강도의 유산소 운동은 우리 몸에서 싸우거나 도망갈 때만큼의 근육 반응을 일으켜 온몸에 축적돼 있는 나쁜 에너지를 배출한다. 이렇게 하면 몸이 "이미 싸우거나 도망갔으니까 위협은 사라졌어"라고 말해 뇌가 이완될 수 있다.

3장

인간관계가 유난히 어렵다면
성격이 아니라 뇌를 의심해야 한다

금요일은 회사의 창립기념일 축하파티가 있는 날이라 직원들은 하나같이 들떠 있었다. 회사에 출근하지 않아도 될뿐더러 맛있는 음식을 많이 먹을 수 있기 때문이다. 하지만 K는 막막하기만 했다. K는 일주일 전부터 축하파티에 뭘 입고 갈지, 동료들과 어떤 이야기를 나눌지 고민했다. 또한 행여 그 자리에서 실수라도 하면 어떻게 수습해야 하나, 회사 임원들과 무슨 대화를 나눠야 분위기가 좋을까 등의 문제를 걱정하느라 K의 머릿속은 일주일 내내 뒤죽박죽이었다.

금요일은 오고야 말았고, K는 하얀색 원피스에 굽이 낮은 구두를 신고 파티장에 도착했다. K는 구석에 있는 뷔페식 간식 코너로 가 음식을 담으며 애써 파티를 즐기는 척했다. 10분 뒤 다행히 친한 동료가 도착했고, K는 구세주라도 만난 것처럼 그 동료에게 다가가 이야기를 나눴다.

파티 메인 요리는 양식이었는데 평소 외식을 거의 하지 않는 K는 양식을 먹는 게 서툴렀다. 음식이 차려진 뒤 K는 반듯이 앉아 주위 사람들이 식기를 어떤 순서로 쓰는지 찬찬히 살펴본 다음 조심스럽게 가장 바깥쪽에 있는 나이프와 포크를 집어들었다. 하지만 고기를 썰다가 그만 쨍그랑 소리를 내며 나이프를 바닥에 떨어뜨리고 말았다. 그러자 오른편에 앉아 있던 상사가 허리를 숙여 나이프를 주워줬다. 상사는 K를 보며 미소를 지었지만 K는 순식간에 얼굴이 벌게졌다. 양식을 다 먹은 다음 사람들은 가볍게 술을 한잔하며 회사 업무와 자질구레한 일들에 관해 이야기를 나누다 오후 3시 정도에 각자 집으로 돌아갔다.

집에 돌아온 K는 그곳에서 자신이 어땠는지 생각하고 또 생각했다. 하지만 곱씹어볼수록 망신스럽다는 생각만 들었다. 어째서 다른 동료들과 한마디도 나누지 못했을까? 왜 하필 식사를 하며 나이프를 떨어뜨렸을까? 임원들도 긴장한 자신의 모습을 봤을 테고, 분명 능력이 모자라는 직원이라 생각했겠지. 이렇게 K는 파티가 끝나고 무려 2주 동안이나 자신을 부정하는 늪에 빠져 헤어나오지 못했다.

사람을 어려워하는 불안장애

전체 인구 중에 대인관계에 영향을 끼치는 사회불안장애를 앓는 환자는 무려 5퍼센트에 이른다. 20명 중 한 명은 사회불안장애일 수 있다는 말이다. 사회불안장애는 청소년과 젊은 층에서 흔히 나타나며, 여성의 발병 비율이 남성보다 훨씬 높다.

왜 사람들은 사회불안장애에 걸리는 걸까? 사회불안장애는 유전요인과 심리요인, 환경요인의 합동 작품이다. 먼저 유전요인을 살펴보면 당신의 직계가족 가운데 사회불안장애가 있는 사람이 있을 경우 당신이 같은 질환에 걸릴 확률은 보통 사람보다 2~3배 높다. 하지만 사람들의 사회불안장애는 '습득된' 것일 가능성이 훨씬 많다. 사회불안장애는 타고난 것이 아니라 그렇게 키워진 것이라는 뜻이다.

불운한 가정 환경에서 교육을 제대로 받지 못하거나 성장 과정에서 충격적인 경험을 했을 때 사람들은 점차 사회불안장애를 갖게 된다. 또한 심리요인을 살펴보면 당신이 과거에 겪었던 괴롭힘이나 창피한 일이 사회불안장애를 일으켰을 가능성이 높다. 이를테면 까다로운 부모 밑에서 자랐거나 어릴 때 키 큰 또래에게 괴롭힘을 당했거나 학교 성적이 나쁘다는 둥 외모가 못생겼다는 둥 놀림을 받았다면 어른이 된 뒤 대인관계를 두려워할 수 있다. 때로는 자신이 직접 경험하지 않았다 해도 사람이 많은 장소에서 다른 사람이 웃음거리가 되는 장면을 보는 것만으로 사회불안장애에 걸릴 수 있다. 인간은 진화 과정에서 다른 사람을 관찰해 자신이 취할 행동을 배우는 중요한 능력을 획득했기 때문이다.

사회불안장애에는 크게 네 가지 특징이 있다.

첫째, 사람이 많은 장소에서 불안과 두려움을 느낀다. 사람이 많은 곳에서 타인의 주목의 대상이 되거나 모임에 참가하거나 업무상 발언을 하거나 전화를 하는 등의 일을 할 때 불안과 두려움을 느끼는 것이다.

둘째, 대인관계에 인지의 왜곡이 있다. 지나치게 스스로를 주목해 자기의 말 한마디 행동 하나가 적합하지 않으면 남들에게 미움을 살 것이라 생각한다. 사회불안장애가 있는 사람은 자기평가 기준이 높은 편이며 실수를 하거나 남 앞에서 창피를 당할까 봐 두려워한다.

셋째, 스스로 난감한 상황에 맞닥뜨리지 않기 위해 사람이 많은 곳에 되도록 가지 않는다. 어떻게 해도 피할 수 없을 경우 극심한 불안을 견딘다.

넷째, 불안의 정도가 실제의 위협과 일치하지 않는다. 이를테면 좋아하는 이성과 이야기를 나누려 할 때 어느 정도 심장이 빨리 뛰거나 손에서 땀이 나는 건 지극히 정상이다. 하지만 날마다 머릿속으로 상대와 나눌 대화를 연습하고도 정작 직접 얼굴을 보면 아무 말도 못한 채 후회를 하며 자기는 잘할 줄 아는 게 아무것도 없다고 자책하는 건 지나친 행동이다.

불안한 뇌가 관계를 어렵게 만드는 방식

불안에 빠져 있을 때는 공감능력이 떨어질 수밖에 없다. 미국 아이오와대학교의 앤드루 토드Andrew R. Todd 교수는 실험 참가자들을 두 그룹으로 나누어 한 그룹에는 그들을 불안하게 만든 예전 일을 떠올리게 하고, 다른 한 그룹에는 평온한 기분을 그대로 유지하게 했다. 그런 다음 모든 실험 참가자에게 사진 한 장을 보여주었다. 사진 속에는 한 사람이 책상 앞에 앉아 있고 그의 왼쪽에 책이 놓여 있었다. 참가자들은 사진 속 책이 왼쪽에 놓여 있는지 오른쪽에 놓여 있는지 대답해야 했다. 그런데 실험을 진행한 결과, 불안감이 없는 사람들 중에 절반 정도는 책이 왼쪽에 있다고 대답했다. 이들은 사진 속 인물의 입장에서 대답한 것이다. 그에 비해 불안감을 느끼는 사람들은 4분의 1 정도만 책이 왼쪽에 있다고 답했으며, 나머지는 책이 오른쪽에 있다고 대답했다. 이는 불안한 상태에 있는 사람 대부분은 자신의 입장만 신경 쓸 뿐 타인의 입장을 고려하기 어렵다는 뜻이다.

사회적인 만남을 갖는 주요한 목적은 다른 사람과 관계를 맺기 위해서다. 하지만 불안은 공감능력, 곧 타인의 입장에서 생각하는 능력을 손상시킨다. 공감능력은 타인이 느끼는 걸 나도 느끼고, 타인이 생각하는 걸 나도 생각하는 능력을 말한다. 면접을 보든 친구와 이야기를 나누든 상대가 어떻게 생각하는지를 먼저 이해해야 그에 따른 나의 입장과 행동을 선택할 수 있다. 하지만 머릿속이 온통 불안한 감정에 빠져 있다면 타인의 생각을 정확히 예측할 수 없으며, 상대의 입장에서 적절한 반응을 보일 수 없다.

사람들은 흔히 내향적인 성격과 사회불안장애를 같다고 여기거나 사회불안장애가 내향적인 성격의 극단적인 발현이라고 생각한다. 하지만 사실 사회불안장애와 내향적인 성격은 서로 다르다. '사회불안장애'와 '내향적인 것'은 얼핏 보기에 비슷한 것 같지만 그 뜻은 서로 구분해 쓸 필요가 있다. 내향적이거나 부끄러움을 잘 타도 대인관계에 문제가 없는 사람은 흔하다. 한 조사 결과에 따르면 미국 청소년 중에 절반은 스스로 부끄러움을 잘 타는 성격 유형이라고 답했다. 하지만 그들 중 사회불안장애가 있는 사람은 8퍼센트에 지나지 않았다.

내향적인 성격은 인격의 특징 중 하나로 이들은 혼자 있기를 좋아하는 경향이 있다. 이런 사람은 혼자 있을 때 기분이 좋아지며 충전이 되는 느낌을 받는다. 그들은 많은 사람을 만나는 장소를 두려워하는 게 아니라 그저 많은 사람과 어울리길 원하지 않을 뿐이다. 그에 비해 사회불안장애가 있는 사람은 사람이 많은 곳에서의 활동에 매우 참여하고 싶어한다. 다만 다른 사람이 자신을 싫어할까 봐 그런 장소에 있기를 피할 뿐이다. 이들은 불안에서 벗어나려는 동기가 매우 강해 난감한 상황을 피하면서도 사실 사람들이 모이는 곳에 가고 싶어하는 상반된 마음이 있다. 나 또한 내향적인 특징이 있어 혼자 있는 시간을 즐기는 편이다. 하지만 사람들과 어울려야 하거나 나를 드러내야 할 때는 거기에 맞게 대응할 줄 안다. 그러므로 내향적인 성격과 사회불안장애는 서로 차원이 다른 개념이다.

사회불안장애가 있는 사람은 스스로 사람을 사귀는 능력이 부족하다고 느낀다. 사람이 많은 곳에서 어떻게 말해야 좋을지 모르겠고, 다른 사람들이 자신을 무시하거나 오해하면 어쩌나 하는 생각이 자꾸 들기 때문이다. 반면 내향적인 사람은 사람을 사귀는 능력이 없는 게 아니며 필요하면 언제든 '사귐 모드'를 발동할 줄 안다. 또한 이런 사람은 다른 사람들과 교제하느라 소모된 에너지를 다음 날 책을 읽거나 가까운 친구와 식사를 하면서 보충한다.

사랑의 호르몬이 불안한 뇌를 진정시킨다

옥시토신oxytocin은 '사랑의 호르몬'이라고도 한다. 옥시토신은 태아가 태어날 때 엄마의 체내에서 다량으로 분비되는 호르몬이다. 이 호르몬은 엄마가 순조롭게 아이를 낳을 수 있게 할 뿐만 아니라 엄마와 아이 사이의 감정적 유대를 깊어지게 한다. 옥시토신은 여성이 출산할 때뿐만 아니라 포옹을 하거나 입을 맞추고 사랑을 나눌 때에도 분비되며 사람과 사람 사이의 사회적 유대감과 친밀감을 강화한다.

사회불안장애 환자는 잠재된 위협에 반응하는 편도체가 지나치게 활성화되어 있다. 이 경우 대인관계의 자극을 위협으로 여겨 일반적인 사교활동도 두려워하기 쉽다. 옥시토신은 이러한 편도체의 활동을 억제해 불안감을 낮춰준다. 독일 본대학교의 심리학자 모니카 엑슈타인Monika Eckstein은 실험으로 옥시토신의 이런 효과를 증명했다. 연구팀은 실험 참가자들에게 미리 약속한 사진을 보여주면서 동시에 약한 전기충격을 가했다. 그러자 그들에게는 점차 이 사진들에 대한 두려움의 조건반사가 생겼다. 그 뒤로 연구팀은 실험 참가자들을 두 그룹으로 나누어 한 그룹에게는 옥시토신을 투여하고, 다른 한 그룹에게는 옥시토신이 들어가지 않은 안정제를 투여했다. 그런 다음 다시 두려움과 관련된 사진을 보여준 결과 옥시토신을 투여받은 사람과 안정제를 투여받은 사람의 뇌 반응이 서로 달랐다. 안정제를 투여받은 사람에 비해 옥시토신을 투여받은 사람의 편도체 활성화가 낮아진 것이다. 이 결과는 옥시토신이 두려움에 대한 반응을 완화한다는 것을 말해준다. 또한 옥시토신을 투여받은 사람들은 전두엽이 활성화됐는데, 이는 옥시토신이 두려움에 대한 통제력도 강화해준다는 뜻이다.

대인관계의 부정적 피드백을 두려워하는 것은 사회불안장애 환자의 중요한 특징이다. 그리고 남성의 뇌에는 옥시토신과 비슷한 바소프레신vasopressin이라는 호르몬이 있는데, 이는 남성이 부정적 피드백을 두려워하는 증상을 완화하는 데 효과가 있다. 미국 국립보건원National Institutes of Health, NIH에서는 21명의 건강한 남성 실험 참가자를 대상으로 실험을 진행했다. 연구진은 실험 참가자들을 세 그룹으로 나눠 한 그룹은 옥시토신을, 또 한 그룹은 바소프레신을, 나머지 그룹은 어떤 호르몬도 들어 있지 않은 안정제를 투여한 다음 실험 참가자 모두에게 간단한 임무를 완성하도록 했다. 실험이 끝난 뒤 연구자는 실험 참가자 모두에게 결과가 좋지 않았다며 부정적인 평가를 내렸다. 그리고 이 모든 과정에서 실험 참가자들의 뇌를 fMRI로 촬영했다. 그 결과 과학자들은 각 그룹의 대뇌 활동 패턴이 서로 다르다는 사실을 발견했다. 그중에서도 마지막 그룹인 안정제를 맞은 참가자들은 다른 사람들의 생각을 추론하는 영역(측두-두정접합부temporo-parietal junction)과 통증 처리를 담당하는 영역(뇌섬엽 및 체감각somatosensory 피질), 상대의 감정을 읽거나 얼굴을 식별하는 영역(방추상회fusiform gyrus) 모두가 실험자의 부정적 피드백에 활성화됐다. 그에 비해 옥시토신이나 바소프레신을 맞은 사람의 뇌 활동에는 눈에 띄는 변화가 없었다.

그렇다면 보통 사람도 옥시토신이나 바소프레신으로 불안을 완화할 수 있지 않을까? 그럴 수는 없다. 옥시토신이 사람에게 끼치는 효과는 복잡해서 불안을 느끼는 사람이 직접 옥시토신을 사용하는 것을 추천하지 않는다. 옥시토신은 어떤 집단 내부의 협력을 촉진할 수 있지만 그만큼 자신의 집단에 속하지 않는 구성원을 적대시하거나 믿지 못하는 태도를 보이게 할 수도 있다. 그럼에도 꽤 많은 연구에서 여러 불안을 완화하고 치료하는 용도로 옥시토신을 사용하는 것을 지지하고 있다. 아마도 멀지 않은 미래에 사회불안장애나 외상후스트레스장애를 치료하는 데 옥시토신을 사용하게 될 것이다.

관계 기술이 아니라 치료가 필요하다

대부분의 사회불안장애 환자는 사실 사람을 사귀는 기술을 충분히 갖고 있다. 문제는 사람을 만나는 상황에서의 불안이 그들의 정상적인 표현을 방해한다는 것이다. 사람을 사귀는 기술이 부족해 보이는 것 같은 모습(다른 사람을 피하거나 상대와 눈을 마주치지 않으려는)도 사실은 자신에게 일어날 수 있는 난감한 상황을 피하고 불안을 감추려는 '안전행동'일 뿐이다.

사회불안장애를 치료할 수 있는 가장 효과적인 방법 역시 인지행동치료다. 인지행동치료는 환자가 불안에 과도하게 몰입되어 있는 것을 이성적으로 생각하도록 이끌어줘 더 이상 지난날 불안을 느꼈던 상황이나 장소를 피하지 않도록 돕는다. 특정한 상황이나 장소를 피하는 행동이 자신에게 부정적인 영향을 끼친다는 것을 의식하게 하고, 과학적인 훈련법으로 회피행동에서 벗어나도록 돕는 것이다. 우리가 현실에서 흔히 보는 '말하기 코치'나 '소통 전문가'의 훈련과는 다르다. 그러한 훈련은 그저 표현과 소통의 기술을 가르칠 뿐이지 대인공포를 극복하도록 하지는 못한다.

대학에서 음악을 전공하는 A는 수줍음을 많이 타는 성격 탓에 사람들을 잘 사귀지 못했다. 벌써 여러 해 동안 또래 친구를 사귀지 못해 공부와 생활에 심각한 영향을 받았다. 이를테면 강의시간에 발표를 하거나 주위 사람들과 관계를 맺을 때 극도의 불안감을 느껴 그런 자리를 아예 피해버리거나 딱딱하게 굳어버리는 식이었다.

여러 차례에 걸쳐 인지행동치료를 받은 뒤 A는 점차 사회불안장애 진단 기준에서 멀어지게 됐다. 실제로 A는 사람들과 만나는 장소나 상황에서 불안이 확실히 줄어들었으며, 회피행동도 거의 하지 않게 됐다. 사회불안장애를 극복할 수 있는 중요한 인지기능을 배웠기 때문이다. A는 자신의 왜곡된 사고를 식별하고 그에 도전함으로써 자신에 관해 더 객관적이고 적극적으로 인식하게 돼 불완전한 자신을 받아들이고 미래에 더 큰 믿음을 갖게 됐다. 1년 뒤, A는 일자리를 찾았고 새로운 친구를 많이 사귀었으며 자신의 음악회 준비도 시작했다. 5년 뒤, 주치의가 다시 연락했을 때 A는 이미 결혼해 귀여운 아들을 낳았고, 경험이 풍부한 작곡가 겸 연주가가 돼 있었다. A는 당시 용기를 내어 치료받은 걸 매우 자랑스럽게 여기고 있으며, 주치의의 도움으로 사람들을 만나는 연습을 한 걸 다행이라 생각하고 있다.

보험조사분석사인 마흔 살 B는 사람들을 만나는 상황에 큰 불안감을 느꼈다. 스스로 무슨 말을 하고, 어떤 행동을 해야 좋을지 몰라 자신이 꼭 자신이 아닌 것처럼 느껴졌다. 그 때문에 B는 몇 년째 모임에 참석해달라는 요청을 거절해왔다. 대학에 다닐 때도 과제를 발표해야 하는 수업을 피했으며, 졸업한 뒤에는 사람들과 친분을 나누지 않아도 되는 직업을 선택했다. 하지만 업무 회의 중 보고를 하거나 고객에게 전화를 거는 일은 피할 수 없는 문제였다. 아이의 학부모 모임에서 교사나 다른 부모들과 대화를 나누는 상황 역시 마찬가지였다.

B는 집단 인지행동치료를 통해 대인관계를 두려워하고 회피하게 만드는 근본 원인을 찾아 사회불안장애를 극복하기로 했다. 주치의의 안내를 받으며 몇 번에 걸쳐 집단 안에서 자신의 불안을 드러내는 노출훈련을 했으며, 자신이 가장 겁내는 대중 앞에서 말

하기를 여러 차례 시도했다. 또한 일부러 난감한 상황을 만들어 일상적인 만남에서 실수하는 연습을 하며 그 결과가 자신의 예상과 같은지 살펴봤다. 이런 치료 과정을 거치고 난 뒤 B의 불안지수는 90점에서 38점으로 낮아졌으며, 6개월 뒤에도 여전히 좋은 상태를 유지했다.

B가 수행한 두 가지 핵심 훈련은 다음과 같다. 첫째 행동 실험이다. 주치의는 두려움을 유발할 수 있는 크고 작은 상황을 준비한다. 두려움을 적게 느끼는 상황에서 불안을 느끼지 않는 훈련을 하고 차츰 강도를 높여 훈련한다. 이런 행동 실험의 목적은 소통기술을 향상하기 위한 것이 아니라 대인관계에 대한 자신의 불합리한 믿음을 자세히 살펴보는 것이다.

나는 박사 과정을 공부하던 첫해에 선배들과 함께 노래방에 간 적이 있다. 그런데 일행 중에 내가 좋아하는 가수도 있었다. 그 가수가 노래 한 곡을 부르고 난 뒤 내 친구가 나를 가리키며 "얘가 엄청 좋아해요. 함께 노래 한 곡만 해주세요"라고 큰 소리로 말했다. 그 가수는 매우 친절하게 함께 노래하자고 했다. 하지만 나는 부끄러운 나머지 친구 뒤로 얼굴을 숨기며 말했다. "괜찮아요, 나중에, 나중에 해요." 사람들은 금세 다른 노래를 부르기 시작했고, 나는 부끄러워 한참 동안 얼굴을 붉혔다.

인지행동치료에 따르면 나는 세 단계로 행동 실험을 진행할 수 있다. 1단계는 예측하는 것이다. 나는 스스로 노래를 잘한다고 생각하지만 상대는 내 노래가 별로라고 생각할 수 있다고 예측할 수 있다. 상대는 직업이 가수인데 내 노래 실력을 어떻게 그와 비교할 수 있겠는가. 하지만 이런 부정적인 생각 때문에 나는 가수의 친절한 요청에도 허락은커녕 그를 제대로 볼 수조차 없었다.

2단계는 행동 실험을 하는 것이다. 만약 과거로 돌아갈 수 있다면 나는 어떻게든 용기를 내어 마이크를 잡고 그 가수와 함께 노래를 부를 것이다. 비슷한 상황을 만들기 위해 일부러 노래 잘하는 친구를 포함해서 노래방을 다시 가보는 것도 좋을 것이다.

3단계는 실험이 끝난 뒤 자신의 행동과 최초의 예측에 어떤 차이가 있는지 평가하는 것이다. 노래를 하면서 내 목소리가 작을 수도 있고, 호흡이 중간중간 끊어질 수도 있고, 음정이 맞지 않을 수도 있다. 중요한 것은 노래 잘하는 친구와 부르거나 혼자 부르다 보면 가수와 같은 수준으로 노래를 부를 필요가 없다는 사실이다. 어차피 같이 부르는 사람이 가수라면 상대는 직업이 가수이니 애초에 나보다 노래를 훨씬 잘하지 않겠는가. 나는 그저 평소처럼 노래를 부르면 되며, 사람들도 내게 큰 기대를 하지 않으리라.

두 번째 훈련은 사회적 실수 실험이다. 이 실험은 한마디로 일부러 난감한 상황을 만들어 그 결과가 어떨지 살펴보는 것이다. 자신의 말과 행동 하나하나가 심각한 결과를 가져올 것처럼 느껴지거나 사회규칙을 깨뜨릴까 봐 걱정하는 사람에게 매우 효과적인 훈련이다.

이 훈련 역시 3단계로 이루어진다. 1단계에는 어떤 일을 예측해 자신의 머릿속에 뿌리박혀 있는 자동적 사고와 신념을 평가한다. 2단계에는 실수 실험을 하고, 3단계에는 1단계의 신념을 다시 평가해 그 차이를 비교한다. 보스턴대학교 심리학과 스테판 호프

만Stefan G. Hofmann 교수는 사회불안장애를 다룬 저서에서 아래와
같이 예시를 들어 사회적 실수 실험을 설명했다.

- 하버드대학교 안에서 학생 열 명에게 하버드대학교를 어떻
  게 가느냐고 물어보라.
- 식당에 들어가 한 손님의 대각선으로 맞은편에 앉아 〈스파
  이더맨Spider-Man〉을 봤는지, 그 영화의 주연배우 이름은 뭔
  지 물어보라.
- 고급 호텔에 들어가 방을 하나 예약한 뒤 호텔 밖으로 나왔
  다 잠시 뒤 다시 들어가 호텔 직원에게 마음이 바뀌었다며
  예약을 취소하겠다고 말하라.
- 큰 거리나 지하철역에서 30분 동안 노래를 불러보라.
- 서점에 가 직원에게 방귀와 관련된 책은 없느냐고 물어보라.

이런 실험은 심각한 결과를 불러올 것이라 예측되지만 실제로
는 대부분 그렇지 않다. 결국 우리는 말이나 행동에 대한 다른 사람
들의 원칙이 상상처럼 엄격하지 않음을 알게 된다. 존재하지도 않
는 원칙으로 자신을 가늠할 필요가 없는 것이다. 이 실험은 자신의
실수를 좀 더 유연하게 대할 수 있게 만들어준다. 실수는 우리의 삶
에 적잖은 재미를 더해줘 우리를 훨씬 너그러운 사람으로 만들어
준다. 단 이런 실험을 설계할 때는 자신과 타인에게 신체적으로나
정신적으로 상처가 남지 않아야 한다는 점을 전제로 해야 한다.
사회불안장애에 활용할 수 있는 치료법은 이외에도 체계적둔

감법systematic desensitization, 노출치료exposure therapy, 수용과 전념 치료acceptance and commitment therapy 등이 있다.

체계적둔감법은 환자가 주치의의 사무실 같은 안전하고 편안한 환경에서 치료를 받는 것을 말한다. 주치의는 사회불안장애 환자에게 두려워하는 장면이나 대상을 상상해보게 한다. 환자가 약속을 두려워할 경우 자신이 좋아하는 약속 대상이 앞에 앉아 있다고 상상하게 하는 식이다. 또는 환자가 붐비는 공간을 싫어할 경우 자기 주위에 사람들이 가득 차 있는 모습을 상상하게 한다. 이런 상상에 안전한 현실의 환경이 더해지면 환자는 점차 안정적으로 자신의 두려운 기분을 대하는 법을 배울 수 있다.

노출치료란 주치의가 사회불안장애 환자와 함께하며 그에게 천천히 두려움의 대상을 실제 상황 속에 드러내게 하는 것을 말한다. 환자가 파티에 참석하는 걸 두려워한다면 주치의가 친구처럼 함께 파티에 가 그에게 심리적인 응원과 조언을 해주는 식이다.

수용과 전념 치료의 기본 개념은 환자가 내면의 불안을 삶의 일부로 받아들이게 해 그 불안을 피하지 않고 본인의 가치관에 따라 삶을 사는 법을 훈련하는 것이다. 이런 생활과 사고방식은 결국 사람을 불안의 속박에서 벗어나게 한다. 실제로 12주에 걸친 수용과 전념 치료를 받은 환자는 삶의 질이 눈에 띄게 나아졌으며, 불안감도 많이 줄어들었다. 사회불안장애 환자에게 필요한 것은 사람 사귀는 기술이 아니라 이러한 전문 치료다.

대인관계의 두려움을 해소하는 자기조절법

부정적 사고방식도 습관이다

일상생활에서 사람은 누구나 독백을 하게 마련이다. '오늘은 할 일이 많아.' '오늘 정말 기분 좋은데.' 그런데 사회불안장애가 있는 사람은 보통 사람에 비해 내면의 독백이 부정적인 편이다. 이를테면 이런 식이다. '오늘 할 일이 많은데 마치지 못하면 완전히 끝장나는 거야.' '지금은 기분이 좋지만 오후에 재수 없는 일이 생겨 내 기분이 망가질지 모르잖아.' '오늘 부장님이 내 실수를 지적하셨어. 부장님은 날 싫어하는 게 분명해.'

사고방식은 일종의 습관으로, 습관은 만들어질 수도 있고 당연히 바꿀 수도 있다. 당신에게 불안이 있다면 항상 그와 관련된 자신의 생각을 통제하도록 시도해보는 게 좋다. 사람들을 만나는 장소에서 불안한 생각이 들면 그걸 기록해 비교적 현실적인 생각으로 대신하는 것이다. 예를 들어 당신이 사업을 위해 잘 모르는 사람들과 점심식사를 하게 됐다고 해보자. 그럼 당신은 이렇게 생각할 수 있다. '망했어.

밥을 먹으면서 뭐라고 말해야 좋을지 모르겠어. 내가 어색하게 있으면 사람들도 내가 긴장하고 있다는 걸 알아챌 거야. 그럼 사람들한테 나에 대한 나쁜 인상만 남겨줄 텐데.' 하지만 사실 이런 생각은 지나치게 과장된 부정적 생각으로 현실과는 거의 관련이 없다. 그러므로 당신은 이런 습관성 부정적 생각을 일단 공책에 적고 긍정적인 생각으로 바꿔야 한다. 이를테면 이렇게 생각하는 것이다. '이렇게 사업을 위한 점심식사는 대부분 순조롭게 진행된다고. 난 평소에 사람들에게 괜찮은 인상을 췄으니까 설사 실수를 한다 해도 세상이 끝나는 건 아니야. 게다가 사람들은 남에게 그리 관심도 없잖아.'

유명한 철학자이자 수학자였던 버트런드 러셀Bertrand Russell은 강연가이자 사회운동가이기도 했다. 그는 살면서 꽤 오랫동안 이곳저곳을 다니며 강연으로 생계를 꾸렸다고 한다. 러셀도 처음 대중 앞에서 강연할 때는 무척이나 불안해했다. 하지만 그는 불안을 극복해냈고 그 방법에 관해 다음과 같이 소개했다.

머릿속 많은 고민을 없애는 방법은 당신이 노심초사하는 바로 그 일이 결코 중요한 일이 아니라는 사실을 깨닫는 것이다. 나는 한때 수많은 강연을 했지만 처음에는 강연을 할 때마다 겁이 나고 긴장해 강연을 망치기도 했다. 그런 상황이 얼마나 두려웠던지 강연을 하기 전에는 뜻밖의 사고라도 벌어지길 바랐으며, 강연이 끝난 뒤에는 긴장감으로 기진맥진하고 말았다.

하지만 경험이 차곡차곡 쌓이면서 나의 강연이 좋고 나쁜 건 그리 큰 문제가 아니라고 서서히 나 자신에게 말하게 됐다. 이 우주가 내 형편없는 강연 하나 때문에 달라질 리 없지 않은가. 그러면서 나는 느꼈다. 내가 강연을 잘했는지 못했는지에 신경 쓰지 않을수록 오히려 좋은 강연을 할 수 있다는 걸 말이다. 그렇게 나는 점점 긴장에서 벗어나게 됐고, 나중에는 전혀 긴장감을 느끼지 않을 수 있었다.

생리적 반응에 대한 사고방식도 마찬가지다. 당신이 대인관계에서 불안을 느낄 때 생리적 반응이 나타나 당신의 불안과 긴장을 더욱 증폭시키기도 한다. 이럴 때 생리적 반응에 대한 당신의 해석을 바꿔보면 완전히 다른 효과를 불러올 수도 있다. 불안과 감격의 생리적 반응은 본질적으로 똑같다. 교감신경계가 흥분하면 심장박동이 빨라지고, 땀이 나며, 손발이 떨리고, 의식이 좁아지는 등의 반응이 나타나기 때문이다. 그런데 이렇게 땀이 나고 심장이 빨리 뛸 때 스스로 긴장하고 불안해서 이런 반응이 생긴 거라고 생각하면 땀이 더 나고 심장박동이 더 빨라질 수밖에 없다. 하지만 만약 당신이 땀이 나고 심장박동이 빨라지는 걸 '흥분하고 감격해서'라고 해석한다면 불안이 가라앉고 오히려 스스로 아주 흥미로운 도전을 하고 있다고 생각하게 된다.

사람들이 있는 상황에서 호흡 조절하기

사회불안장애가 있는 사람에게 최악의 상황은 사람들이 있는 장소에서 점차 자신을 통제할 수 없게 되는 것이다. 이럴 경우 점점 더 긴장하고 불안해져 호흡이 점차 가빠진다. 이럴 때는 호흡을 조절하는 것만으로도 점차 불안에서 벗어날 수 있다. 상황이 악화되기 전에 천천히 깊은 호흡을 하며 불안을 누그러뜨리면 스스로 평온한 상태를 되찾을 수 있다.

호흡 훈련은 불안감을 낮출 뿐만 아니라 집중력을 높이며 수면의
질을 향상시키는 등 장점이 많다. 2017년 《사이언스Science》에 발표된
연구에 따르면 실험용 쥐의 뇌간 속 신경세포와 호흡명상으로 평온한
상태를 유지하는 것이 관련이 있음이 밝혀졌다. 또한 일상의 호흡은
한숨을 쉬거나 하품을 하거나 숨을 헐떡거리는 등 여러 종류의 리듬
이 있는데, 이 리듬과 사람들의 대인관계 및 감정의 신호가 관련이 있
다고 한다.

연구에 따르면 동물 뇌간의 '전뵈트징어복합체pre-Bötzinger
complex'는 신경세포 무리에서 나뉜 일부로 한숨과 관련이 있다. 이 영
역의 신경세포를 자극하면 실험용 쥐가 끊임없이 한숨을 쉰다. 반면
이 부분의 신경세포를 제거하면 쥐는 호흡은 계속하지만 한숨을 쉬지
는 않는다. 이 호흡의 리듬을 통제하는 신경세포들은 뇌의 평온과 각
성 사이의 균형을 조절하는 일에도 참여한다. 전뵈트징어복합체 신
경세포의 유전자 조각 하나를 없애면 쥐의 호흡 리듬에는 영향을 주
지 않지만 평온한 행동이 늘어나며 각성 상태가 줄어든다. 청반locus
coeruleus의 노르에피네프린 조절도 담당하는데 청반은 뇌에서 집중력
과 각성, 두려움을 담당하는 영역이기도 하다. 다시 말해 인간의 호흡
과 감정, 집중력은 이 작은 전뵈트징어복합체와 긴밀하게 연결돼 있
는 것이다. 의식적으로 호흡의 빈도를 조절하면 불안한 감정과 집중
력 있는 상태에 영향을 주는 것도 그 때문이다.

일본 도호대학교에서는 건강한 참가자들에게 복식호흡으로 1에
서 4까지 세는 동안 공기를 복강으로 깊이 들이마신 뒤 다시 천천히

내뱉게 했다. 참가자들이 호흡에 집중하고 20분이 지나자 그들의 부정적인 기분은 줄어들었고, 기분을 좋게 하는 세로토닌이 늘어났다. 사람들이 있는 장소에서 자신의 호흡에 주목하자. 만약 호흡의 상태가 얕고 빠르다면 복식호흡을 통해 불안한 기분도 금세 나아질 것이다.

불편한 기분 받아들이기

사람들과 함께 있는 자리에서는 누구나 불편한 기분을 느낄 수 있다. 또한 불안한 기분을 느끼는 것도 한번 시도해볼 만한 가치가 있는 일이다. 그런 시도를 통해 마음속 두려움과 불안을 마주하며 줄곧 두려워했던 일이 사실은 별게 아니라는 사실을 깨달을 수 있기 때문이다. 그러고는 두려워했던 일을 해냈다는 자부심이 생길 것이다. 물론 때로는 사람들이 불안해하는 내 모습에 주목할 수도 있다. 하지만 사람들 대부분은 당신에게 크게 관심이 없다. 그러므로 당신이 불안함과 두려움을 느끼면서도 용기를 내 사람들을 만난다면 불안한 기분이 훨씬 나아질 수 있을 것이다.

오디션 참가자가 아닌 심사위원의 마음가짐으로

사람이 많은 장소에서 나 자신에게 지나치게 관심이 집중돼 불안이 느껴진다면 주의력을 대화 내용이나 만나는 대상에게로 돌려보라. 예를 들어 프레젠테이션을 한다면 자신이 말을 어떻게 하고 있는지가 아니라 발표 내용에만 집중하라. 사람이 많은 곳에서 새로운 친구를 사귄다면 자신의 표정이나 말의 내용이 아니라 새로운 친구의 모습과 대화의 내용에 집중하라. 다른 사람의 눈을 마주 보기가 어렵다면 카

펫이나 상대가 입은 옷 같은 데로 눈길을 돌려도 좋다. 주의력을 다른 곳으로 돌릴 수 있으면 점차 불안한 자신이 아닌 진짜 일에 대응할 수 있다. 마치 오디션의 심사위원처럼.

오디션 참가자는 심사위원을 보며 매우 불안해하고 긴장하게 마련이다. 자신의 모습이 어떤지, 제스처는 나쁘지 않은지, 표정은 괜찮은지, 심사위원의 평가는 어떨지 등 자신에게 지나치게 집중하느라 극도의 불안과 긴장을 느낀다. 많은 사람이 다른 사람들을 만나는 장소에서 불안감을 느끼는 이유는 상대를 심사위원으로, 자신을 오디션 참가자로 여기기 때문이다.

반면에 사람을 만날 때 자신을 심사위원이라 생각하고 연습한다면 모든 것이 달라질 수 있다. 그럴 때 당신이 주목하는 대상은 더 이상 자신이 아니라 상대의 외모나 행동, 말이 될 것이며 내가 상대를 좋아하는지에 집중할 것이다. 생각해보라. 오디션 참가자를 평가하면서 긴장하는 심사위원이 어디 있겠는가.

4장

천국 같은 기분 뒤에 숨은 조울이라는 늪

인물이 멀끔하게 생긴 젊은 남자가 회진을 돌고 있는 주치의에게 다가와 씩씩한 목소리로 말했다. "선생님, 저 약을 잠깐 끊고 싶습니다." 그러자 주치의가 물었다. "어째서죠?" 젊은 남자가 말했다. "약을 먹고 기분이 많이 평온해지긴 했지만 전 약을 끊고 싶습니다. 제 기분이 나아진 게 약 때문인지 자연스럽게 좋아진 건지 확인하고 싶어서요." 이는 과학실험을 설계할 때 엄격히 변수를 통제하려는 사고방식이다.

의사가 씩 웃으며 물었다. "의학 공부를 하신 적이 있습니까?" 남자는 고개를 저었다. "아뇨. 하지만 전에 사귀었던 여자친구 두

명이 모두 의학을 전공했거든요. 여자친구들이랑 대화를 나누려고 저도 혼자 의학을 조금 공부했습니다." 남자는 표정이 자연스럽고 발음도 분명했다. 그 남자는 주치의 뒤에 서 있는 외국인에게 먼저 말을 걸기도 했다. "Hi! Nice to meet you!(안녕하세요! 만나서 반갑습니다!) 우리말 할 줄 아세요? 파키스탄 사람이신가요? 저희 학교에도 파키스탄 사람이 많거든요."

이것이 내가 이 환자를 처음 봤을 때의 모습이었다. 그날은 그가 병원에 입원한 지 5일째 되는 날이기도 했다. 주치의의 말에 따르면 가족들에 이끌려 처음 병원에 왔을 때 그 대학생은 몹시 흥분한 상태였는데 그날에만 무려 수백 편의 시를 썼다고 한다. 또한 병원에 입원하고 3일 동안 온 병실을 헤집고 다니며 만나는 사람마다 청산유수로 떠들어댔다고 한다. 그의 분명하고 씩씩한 사고방식은 내게 깊은 첫인상을 남겼다.

다음 날 다시 만났을 때도 그는 매우 흥분한 상태처럼 보였다. 시인 이백李白을 좋아하며 시 쓰기를 즐긴다고 말하더니 내 앞에서 이백의 시 〈장진주將進酒〉와 〈월하독작月下獨酌〉을 읊었다. 하지만 더 이상 아무나 붙잡고 이야기하지는 않았다. 조증으로 입원한 그는 양극성정동장애(조울증)라는 진단을 받았다.

세 번째 회진에서 남학생은 나를 붙잡고 시 한 편을 지어줬다. 하지만 그 시는 옛날 시조를 이리저리 짜깁기한 것이었다. 심지어 그는 내게도 시를 한 편 써보라고 재촉했다.

네 번째 회진에서는 우리를 보더니 자리를 피하려 했다. 주치의가 기분이 어떠냐고 물으니 그는 이렇게 말했다. "선생님들이랑 얘기하기가 좀 겁나네요. 저한테 약을 더 주실까 봐요. 제가 말을 좀 더 잘 듣고 얌전히 있어야 일찍 퇴원시켜주실 거잖아요."

여섯 번째 회진 때 남학생은 병실에서 보이지 않았다. 주치의는 양극성정동장애 환자가 특별히 찾지 않으면 보이지 않는다는 건 조증이 많이 나아졌다는 뜻이라고 했다. 회진을 마치고 난 뒤에야 나는 남학생을 만날 수 있었으며 이야기도 몇 마디 나눴다. 그는 내게 이런 말을 들려줬다. "열심히 살려고 노력하는 사람은 안정감을 쉽게 느끼지 못해요. 열심히 살려고 끊임없이 노력할 때 스스로 안전하다고 느끼죠." 그는 정신질환에 걸린 몇 년 동안 항우울제를 먹었다고 한다. 그런데 이 약에는 졸음이 쏟아지는 부작용이 있었다. 그 때문에 그는 수업시간에도 잠이 오는 걸 막을 수 없었고, 억지로 고개를 들고 눈을 뜨려 애썼지만 결국 잠들기 일쑤였다. 그는 수업을 제대로 들을 수 없어 성적을 올리기 어려웠지만 깨어 있을 때는 열심히 공부하려 애를 썼다고 한다.

일곱 번째 회진에서 그는 내게 이렇게 말했다. "이 병원에서 병이 가장 깊은 사람은 간호사인 것 같아요. 여기서 소리 지르는 사람은 간호사밖에 없거든요. 기분이 제일 나쁜 사람도 간호사고요." 그는 정상인과 환자의 경계가 참 애매한 거 같다고도 했다. 내가 책을 못 보니까 지루하지 않느냐고 물으니 그는 웃으며 말했다. "괜찮아요. 살면서 내가 잘못한 게 뭔지 생각해볼 시간이 언제 이렇게 많이 나겠어요?"

사흘 뒤 남학생은 무사히 퇴원할 수 있었다.

갑작스러운 기분 변화는 위험한 신호

대부분의 사람은 날마다 감정의 기복을 겪는다. 신이 났다가도 때로는 기분이 바닥을 치기도 한다. 특별한 일이라도 있으면 감정의 폭은 더욱 커진다. 하지만 어떤 사람은 아주 오랜 시간 동안 유난히 감정의 기복이 큰 상태를 겪기도 한다. 이런 증상으로 말미암아 정상적인 생활이나 일은 물론이고 인간관계에도 영향을 받는다. 이런 사람은 양극성정동장애에 걸렸을 확률이 높다.

양극성정동장애는 85퍼센트가 유전요인 때문에 걸린다. 만약 직계가족 가운데 양극성정동장애 환자가 있다면 양극성정동장애에 걸릴 확률은 10~17퍼센트다. 실제 양극성정동장애 환자들 가운데 3분의 2가 직계가족 중 적어도 한 명 이상이 양극성정동장애나 조증 증세가 없는 단극성우울증unipolar depression을 갖고 있다.

양극성정동장애의 주요 증상은 엄청난 감정의 기복과 에너지 변화다. 양극성정동장애 환자는 감정이 극도로 흥분된 상태인 조증기와 감정이 극도로 가라앉은 상태인 울증기가 며칠에서 몇 주까지 이어지며, 감정 변화의 폭도 매우 크다.

조증 상태에서는 에너지가 넘쳐나 이런저런 활동에 계속 참여하며, 잠을 자거나 쉬지 않고 일을 하고 사람들을 만나지만 피로감을 느끼지 않는다. 조증기에 있는 환자는 잠을 자는 건 시간 낭비라고 생각한다. 또한 매우 흥분된 상태에 빠져 있으며, 자존감도 높고, 스스로 못하는 게 없다고 믿기도 한다. 그들은 말하는 속도가 매우 빠르며, 한 가지 일에 관해 말이 끝나기도 전에 다른 이야기를 한다. 이런 극도의 흥분상태에서는 자제력과 판단력이 눈에 띄게 떨어지며, 감정이 쉽게 격해진다. 차를 위험하게 몰거나 미친 듯이 쇼핑을 하기도 하며, 사소한 일에도 크게 화를 내거나 공격적인 행동을 서슴지 않는다.

이들 중에는 시 쓰기를 유난히 좋아하는 사람들이 있는데 간혹 뛰어난 문학적 재능을 보여주기도 한다. 그렇다면 이런 일이 가능한 이유는 무엇일까? 바로 조증기에 있는 환자의 전형적인 특징 가운데 하나가 사고의 비약이기 때문이다. 조증 상태에서는 문학적 아이디어가 샘솟고, 머릿속에 아무 상관없는 생각들이 짧은 시간 안에 마구 떠오른다. 이런 생각들은 혼란스럽게 보이지만 풍부한 창의력이 담겨 있어 시의 형식으로 표현하기 좋다.

이렇게 극도로 흥분된 시간을 보내며 에너지를 다 소모한 환자는 불쑥 극도로 의기소침한 상태에 빠져든다. 양극성정동장애의 우울한 증상은 우울증과 같아 사고가 둔해지고, 의식활동이 줄어들며, 죄책감을 느끼거나 잠에 들기 어려워진다. 말의 속도가 느려지고, 말수가 줄어들고, 목소리가 작아지고, 반응이 더뎌지고, 문제를 생각하는 데에 애를 먹거나 머리가 녹스는 것 같은 기분을 느끼기도 한다. 또한 행동이 굼떠지고, 일상생활이 수동적이고 산만해지며, 다른 사람과 만나기를 원치 않고, 아무 일도 하고 싶어하지 않으며, 몸가짐이 흐트러진다. 평소 좋아하던 일에도 전혀 흥미를 느끼지 못하고, 사는 것에 아무런 미련이 없다고 느끼기도 한다. 심하면 자살하고 싶다는 생각을 하며 직접 자살을 행동으로 옮기는 사람도 있다.

심각한 울증기의 환자는 아예 말을 하지 않고 움직이거나 먹지도 않는데, 이런 증상을 '우울성혼미depressive stupor'라고 한다. 언젠가 또 다른 양극성정동장애 환자가 입원했다. 그가 화장실에 들어가 한참을 나오지 않아 보안요원이 몇 번이나 화장실 문을 두드렸지만 아무 대답이 없었다. 결국 강제로 화장실 문을 열었는데 환자는 바지도 내리지 않고 소변을 본 채 바닥에 그대로 누워 있었다. 의사 두 명과 보안요원 두 명이 그를 병상으로 옮겼지만 그는 천장만 바라볼 뿐이었다. 친절하게 말을 거는 간호사에게 눈길도 주지 않고 무거운 한숨만 내쉬었다. 이 환자의 증상이 바로 전형적인 우울성혼미다. 이들은 자신을 지나치게 낮게 평가하고, 자신감이 없으며, 스스로 쓸모없다고 느끼고, 비관적이며, 자신은 누구의 도움도 받을 수 없을 거라고 생각한다. 또한 잠에 잘 들지 못하고, 깊이 자지 못하거나 일찍 깨며, 항상 피곤해하고, 주의력이 떨어지며, 자주 조는 모습을 보인다.

양극성정동장애 발병 과정에서 극도의 흥분상태와 극도의 우울 상태는 번갈아서 나타나기도 하고 한꺼번에 나타나기도 한다. 한꺼번에 나타나는 경우를 양극성정동장애 '혼재성 삽화'라고 하는데, 이런 환자는 스스로 에너지가 넘친다고 느끼면서도 삶에 아무 재미가 없다고 느끼기도 한다. 이런 상태에서는 환자의 자살 시도 확률과 성공률이 큰 폭으로 올라간다. 이 시기의 환자는 자신이 이 세상에 어울리지 않는다고 느끼면서 자살을 행동으로 옮길 에너지가 충분하기 때문이다. 또한 대부분의 시간에 우울해하며, 흥분상태를 뚜렷하게 보이지 않는 환자도 있다. 그중에는 자신이 조증의 상태에 있다는 걸 알지 못하는 경우도 있는데, 이를 경조증이라고 한다. 반대로 조증기 환자 역시 늘 유쾌하지만은 않으며, 스스로 에너지가 있다고 느끼기만 하는 경우도 있다.

양극성정동장애의 조증 상태는 때로 그럴듯하게 보여 당사자뿐 아니라 주변 사람들도 그것이 문제인지 잘 알아차리지 못한다. 이는 조증 상태에서 자신이 낼 수 있는 에너지의 최고치에 올라 스스로 업무 효율과 창의력이 높아졌다고 느끼며, 자존감도 높다고 생각하기 때문이다. 주변 사람들은 다음의 두 가지 증상으로 조증기 환자의 '비정상적인 면'을 발견할 수 있다.

첫 번째 증상은 폭력적인 행동이다. 이 시기에는 화를 잘 내는 데다 에너지도 넘치기 때문에 조그만 일에도 다른 사람과 말다툼을 하거나 심하면 몸싸움을 하기도 한다.

두 번째 증상은 적극적이고 긍정적으로 보이는 행동이다. 이 시기에는 자신이 능력 있고 책임감도 크다고 생각하기 때문에 뭔가 큰일을 하려 하며 남의 일에 괜한 참견을 하는 경향이 있다. 또한 행동에 조심성이 없고 후환을 걱정하지 않으며 자신이 대단한 사람이라 여겨 거드름을 피우기도 하는데, 심각하면 망상의 수준이 되기도 한다. 예전에 이런 환자를 본 적이 있는데 그는 '지나치게 남의 일에 참견하다' 파출소에 잡혀간 뒤 병원에 오게 됐다. 일단 그 환자를 참견 씨라고 부르기로 하자.

참견 씨는 어떤 사람에게 함부로 담배꽁초를 버리지 말라고 했다 시비가 붙었고, 결국 주먹이 오간 끝에 파출소에 잡혀가게 됐다. 하지만 참견 씨의 정신이 온전치 않다고 느낀 경찰은 그를 정신병원으로 보냈다. 병명을 진단받을 때 참견 씨는 여전히 손목에 수갑을 차고 있었으며, 얼굴에는 붉은 상처가 군데군데 남아 있었다.

인자하게 생긴 참견 씨는 의사에게 진지한 말투로 자신에게 큰 사명이 있다고 말했다. 바로 지구의 환경을 지키는 일이었다. 오늘날 환경 오염이 지구온난화를 일으켜 북극의 빙산이 녹고 있으며, 해수면이 높아져 많은 분지가 물에 잠겨버렸다며 해발고도가 높은 티베트로 피신해야 한다고 했다. UN도 중국으로 옮겨와야 한다고 덧붙였다. 또한 지구동맹으로부터 지구의 환경을 지키고 온난화를 늦추라는 지령을 받았다고 주장했다. 그러면서도 그는 명령을 내린 사람이 누구인지는 말할 수 없다고 했다. 다만 능력에 한계가 있어 큰일을 할 수 없는 터라 자신이 유일하게 할 수 있는 담배꽁초와 쓰레기 줍기를 하고 있는 거라고 했다. 그는 임무를 수행하는 과정에서 다른 사람에게 담배꽁초를 버리지 말라고 요구했고, 그것이 싸움으로 이어지면서 결국 경찰에 잡혔다고 말했다.

의사는 참견 씨에게 살면서 크고 갑작스러운 사고를 겪은 적이 없느냐고 물었다. 그는 몇 년 전 무려 1년 동안이나 전국을 돌아다닌 적이 있다고 했다. 마음이 아파 혼자 조용히 있고 싶었기 때문이다. 그는 당시 자신의 감정에 아무 문제가 없었으며, 스스로 우울한 줄도 몰랐다고 했다. 주치의는 그에게 지금은 슬프거나 마음이 아프지 않느냐고 물었다. 참견 씨는 지금은 멀쩡하며, 지구온난화가 가장 걱정될 뿐 다른 건 모두 사소한 일이라고 했다. 문진이 끝난 뒤 참견 씨는 병원에 입원했다. 그 뒤로 나는 그가 종종 다른 환자를 붙잡고 이야기를 나누는 모습을 봤다. 한번은 몸이 바싹 마른 작은 환자를 자신의 다리 위에 앉혀놓고 안마를 해주며 밥을 더 많이 먹으라고 권하기도 했다. 참견 씨는 병원의 환자들이 모두 생각이 깊은 좋은 사람들이라며 바깥 사람들이 자신을 이해하지 못하는 거라고 말했다.

하루는 내가 참견 씨에게 꿈이 뭐냐고 물었다. 그러자 그는 병실의 청소부를 가리키며 말했다. "저이처럼 쓰레기를 줍는 거요. 내가 퇴원만 하면 사람들이랑 이 의미 있는 일을 함께 해 환경을 지킬 겁니다."

양극성정동장애의 증상은 때로 그럴듯하게 보이기 때문에 처음 발병하고 몇 년 동안은 효과적인 진단과 치료를 받지 못하는 경우가 많다. 하지만 양극성정동장애 환자가 조기에 진단과 치료를 받는다면 대인관계와 업무능력 모두 확실히 나아질 수 있으며, 정상인처럼 의미 있고 행복한 생활을 누릴 수 있다.

기분 변화의 폭이 큰 뇌는 무엇이 다를까?

양극성정동장애 환자는 뇌의 구조와 기능에 이상이 있다. 바로 전전두엽과 해마, 편도체와 변연계에 말이다. 몇몇 연구에 따르면 양극성정동장애 환자는 뇌 전전두엽 신경세포의 수상돌기(가지돌기)가 보통 사람보다 적다. 또 다른 연구들에 따르면 양극성정동장애는 뇌의 면역 및 염증 반응과 관련이 있다. 다시 말해 양극성정동장애의 발병 원인을 뇌의 염증으로 보는 것이다.

나의 연구 동료 중 하나인 미국 마운트시나이병원의 소피아 프란고우Sophia Frangou 교수는 신경가소성 측면에서 양극성정동장애에 걸릴 수 있는 원인을 탐색했다. 그리고 이에 관한 연구를 2017년《미국정신의학회저널The American Journal of Psychiatry》에 발표했다. 프란고우는 양극성정동장애 환자와 그들의 형제자매이지만 장애에 걸리지 않은 사람들의 뇌를 분석했다. 또한 그들과 전혀 관련이 없는 건강한 사람들의 뇌도 함께 비교했다. fMRI로 뇌를 촬영하는 동안 모든 실험 참가자는 감정과 관련된 과제 하나를 수행해야 했다.

연구 결과 양극성정동장애에 걸리지 않은 형제자매의 뇌 활동 패턴은 건강한 사람의 뇌 활동 패턴과 매우 비슷했다. 심지어 뇌 활동 패턴이 양극성정동장애 환자의 뇌 활동 패턴과는 차이가 매우 커 보통의 건강한 사람을 훨씬 뛰어넘는 경우도 있었다. 프란고우 교수는 그들에게도 양극성정동장애의 발병 유전자가 있지만 뇌의 신경가소성이 적응을 통해 강력한 방어 구조를 만들어낸 것이라 생각했다.

최근 들어 '장뇌축Gut-Brain-Axis'이 뇌에 끼치는 영향이 뜨거운 화제다. '제2의 뇌'로 불리는 장은 온몸에 있는 세포 수의 10배가 넘는 미생물을 가지고 있다. 장뇌축 이론에 따르면 이런 미생물의 활동이 대뇌의 활동에 영향을 끼친다. 장 미생물의 대사물질이 면역 및 염증 반응을 일으키고 이런 반응들이 장뇌축을 통과해, 다시 말해 순환계와 미주신경을 거쳐 뇌로 올라가 영향을 끼친다. 이런 뇌의 변화 과정에서 신경세포의 세포막 투과성과 산소분압이 신경세포의 항상성homeostasis(생명체가 생존에 필요한 안정적인 상태를 능동적으로 유지하는 과정 - 옮긴이)에 영향을 끼쳐 뇌의 정상적 기능이 달라지는 것이다.

또한 양극성정동장애 환자의 감정 폭이 유난히 큰 것은 아마도 뇌의 특정한 신경세포가 비정상적으로 활성화되기 때문으로 보인다. 미국 소크생물학연구소의 프레드 게이지Fred Gage 교수 연구팀은 2015년 다능성줄기세포plutipotent stem cell 기술로 양극성정동장애 환자의 피부세포를 해마에 있는 치아이랑 부위의 신경세포와 비슷한 세포로 전환하는 실험을 했다. 그 결과 이런 신경세포들의 미토콘드리아mitochondria(진핵세포 속에 들어 있는 소시지 모양의 알갱이로 세포의 발전소와 같은 역할을 하는 작은 기관 - 옮긴이) 대사에 이상이 생겼으며 외부의 자극에 더 민감해졌다.

양극성정동장애 환자는 더 빨리 늙는다

몇몇 연구에 따르면 양극성정동장애 환자는 보통 사람보다 노화 속도가 훨씬 빠르다. 우리는 한 해가 지날 때마다 한 살씩 나이를 먹지만 몸의 노화 속도는 나이와 똑같이 늘어나지 않는다. 생물학계에서는 나이를 생물학적 나이와 실제 나이로 구분한다. 생물학적으로 어떤 사람은 좀 더 빨리 늙고 어떤 사람은 더디게 늙는 것이다. 그런데 양극성정동장애 같은 정신질환은 노화 속도를 빠르게 만드는 경향이 있다.

텍사스대학교 휴스턴 보건과학센터의 가브리엘 프라이스 Gabriel R. Fries 연구팀은 양극성정동장애 환자와 그 형제자매 그리고 건강한 사람들의 혈액 샘플을 비교해 각 사람의 세포 DNA에서 생물학적 나이와 관련된 텔로미어telomere(유전자 끝에 붙어 세포를 보호하는 말단 영역-옮긴이)의 길이, 세포 속 DNA의 메틸화 정도와 미토콘드리아 DNA의 복제수copy number(DNA 가닥에 실제 존재하는 특정 부분의 유전자 또는 염색체가 복제된 숫자-옮긴이)를 포함한 생체표지자biomarker(질병이나 노화 따위가 진행되는 과정마다 특징적으로 나타나는 생물학적 지표가 되는 변화-옮긴이)를 분석했다.

이 세 가지 생체표지자는 각각 어떤 의미가 있을까? 먼저 DNA 말단의 텔로미어 길이는 사람의 나이가 많아질수록 짧아진다. 그 때문에 텔로미어의 길이는 흔히 세포의 노화 정도를 판단하는 지표로 사용된다. 텔로미어의 길이가 지나치게 짧아지면 세포는 더 이상 분열을 할 수 없어 몸이 조직을 보충하거나 대체하기 어려워지며, 만성 질병에 걸리기 쉬워진다. 중년에 텔로미어가 짧아지면 심혈관질환, 당뇨병, 치매, 암은 물론이고 다른 노화와 관련된 질병에 더 빨리 걸릴 수 있다.

세포 속 DNA의 메틸화 정도도 생물학적 노화의 정도를 판단할 수 있는 또 다른 표지로, 후성유전학 생체시계epigenetics circadian pacemaker라고도 부른다. 물론 우리 몸의 거의 모든 세포는 똑같은 유전물질을 갖고 있다. 하지만 서로 다른 기관의 세포는 표현형식과 기능이 분화되어 있다. 이를테면 심장세포와 피부세포는 똑같은 유전물질을 갖고 있지만 각각의 외형과 기능이 확연히 다르다. 똑같은 유전물질이라도 유전자의 메틸화 정도에 따라 발현되는 성분이 다르기 때문이다. 최근에는 세포 속 DNA의 메틸화 정도가 생물학적 나이뿐만 아니라 스트레스 및 사망률과도 뚜렷한 상관관계가 있다고 밝혀졌다.

마지막으로 미토콘드리아 DNA의 복제수도 생물학적 나이와 관련이 있는 생체표지자다. 미토콘드리아는 주로 진핵세포 eukaryotic cell(핵막으로 둘러싸인 핵을 갖는 세포로 소포체, 골지체, 미토콘드리아, 엽록체 등과 같은 다양한 세포내 소기관이 있다 - 옮긴이)에 에너지를 공급한다. 미토콘드리아는 에너지 공급을, 진핵세포는 숙주가 돼 미토콘드리아에게 안전한 피난처가 되어준다. 따라서 미토콘드리아에게 문제가 생기면 세포가 에너지를 제대로 공급받지 못해 심하면 진핵세포가 사멸에 이를 수 있다. 이러한 미토콘드리아의 DNA 복제수는 세포의 생체시계와 관련이 있다. 나이가 많을수록 체세포의 미토콘드리아 DNA 복제수도 많다. 과학자들은 이런 사실로 추측하건대 미토콘드리아 DNA의 복제수 또한 생물학적인 노화 정도의 표지가 될 수 있다고 봤다.

이 세 가지 생체표지자 분석을 통해 프라이스를 비롯한 과학자들은 양극성정동장애 환자의 노화 속도가 보통 사람보다 훨씬 빠르다는 사실을 발견했다. 짧아지는 텔로미어의 길이와 DNA 메틸화 정도 증가, 미토콘드리아 DNA의 복제수 증가가 노화로 이어지는 것이다.

물론 젊은 양극성정동장애 환자의 생체표지자는 건강한 사람과 큰 차이가 없다. 하지만 나이가 많은 양극성정동장애 환자의 세포는 같은 나이대의 건강한 사람보다 훨씬 빨리 늙어 있다. 그 원인은 질병 자체의 영향 외에도 평소 생활환경에 잘 적응하지 못해 만성 스트레스를 더 크게 느끼고 이로 인해 노화의 과정이 빨라지는 것으로 추측된다.

양극성정동장애는 전기로 치료한다

정신건강의학과 의사는 우선 리튬lithium, 발프로익산valproic acid 같은 신경안정제로 양극성정동장애를 치료한다. 하지만 약물치료 외에도 꽤 효과가 있는 보조 치료법이 있는데, 활용의 역사가 긴 전기경련요법이 그중 하나다.

　전기경련요법은 정신질환을 다룬 많은 고전 영화에서 권위 있는 냉혈한 정신과 의사가 반격할 힘도 없는 불쌍한 환자를 괴롭히는 악랄한 수단으로 묘사되곤 했다. 이런 영화에서 환자는 혼자 덩그러니 전기의자에 묶여 너덜너덜한 천 뭉치를 입에 문 채 떨고 있고, 의사는 무시무시한 얼굴로 환자를 내려다보고 있다. 영화는 다짜고짜 환자의 머리 양쪽에 전기다리미만 한 전극 두 개를 붙이는 의사를 클로즈업한다. 잠시 뒤 환자는 갑작스러운 전기충격으로 온몸을 부르르 떨며 기절해버리고 만다. 이외에도 최근 청소년들의 인터넷 중독 치료에 전기경련요법을 쓴다는 부정적인 뉘앙스의 뉴스가 보도되며 전기경련요법은 악명을 떨치게 됐다.

하지만 현실은 이와 다르다. 전기경련요법은 심각한 정신질환 치료에 효과적인 수단이다. 특히 난치성우울증이나 양극성정동장애, 조현병, 강박장애 등을 치료할 때 정신건강의학과 의사들이 선호하는 치료수단이다.

20세기 초반 전기경련요법이 공포의 치료수단으로 묘사된 이유는 당시에는 전기충격의 강도가 커서 환자가 강한 통증을 느껴야 했기 때문이다. 게다가 환자의 통증을 완화해줄 수단이 부족해 인도적 측면에서 보면 확실히 자극적이기는 했다. 하지만 오늘날에는 환자를 마취한 상태에서 전기충격을 주기 때문에 환자가 통증을 크게 느끼지 않는다. 정신이 돌아오면 오히려 기분이 평화롭고 머리가 맑아진 느낌을 받는다.

전기경련요법이 치료에 효과적인 이유는 아직까지 정확하게 밝혀지지는 않았다. 하지만 뇌가 갑작스러운 전류의 작용으로 빠르게 조정에 들어가 내부의 생물학적 균형 상태를 회복하기 때문으로 보인다. 외부에서 뇌에 들어오는 전기자극을 통해 신경활동과 분비의 균형이 새롭게 이뤄지는 것이다.

장애와 정상의 불분명한 경계

양극성정동장애와 매우 비슷한 질환으로 순환성장애cyclothymic disorder가 있다. 이 기분장애는 최소 2년 동안 감정의 상태가 경조증과 우울증 사이를 오가며 보통 사람보다 감정의 기복이 크지만 양극성정동장애보다는 작다. 단 순환성장애 환자 중 30퍼센트 이상은 이후에 양극성정동장애로 발전한다.

양극성정동장애에도 뚜렷한 우울 단계 없이 경조증 단계만 나타나거나 경조증과 우울증이 겨우 며칠 동안 지속되는 경우가 있다. 또는 순환성장애와 비슷한 증상이 2년가량 지속되는 경우도 있다. 요컨대 양극성정동장애 환자와 정상인의 경계는 이분법적으로 나눌 수 없으며, 둘 사이에는 커다란 회색지대가 존재한다. 다시 말해 정상인도 감정의 기복을 겪으며 그 기간이 하루나 며칠, 또는 몇 주까지 이어질 수도 있다.

정리하자면 감정의 기복이 그리 크지 않으면 정상적인 생활에 영향을 주지 않으며 정신질환 진단에서도 정상의 범주에 든다. 하지만 감정이 오르락내리락하는 폭이 너무 커 정상적인 생활에 영향을 줄 정도라면 특정한 유형의 기분장애가 될 수 있으니 병원을 찾는 것이 좋다.

5장

트라우마를 극복하는 것은 뇌일까, 나일까?

살다 보면 극단적인 스트레스를 경험하는 일이 적지 않다. 두 명 중 한 명은 평생 한 번 이상 외상성 사건을 겪는다. 실연이나 가족의 죽음, 전쟁, 습격, 교통사고, 자연재해 등이 그 예다. 이때 급성 스트레스로 인한 강렬한 생리적 반응을 경험하며, 뇌 회로는 스트레스를 주는 사건과 공포심을 연관짓는다. 만약 스트레스를 주는 사건 때문에 생긴 뇌의 후속 반응이 한 달 이상 지속되면 외상후스트레스장애일 가능성이 높다. 외상후스트레스장애 환자는 뇌에 무서운 기억이 각인되어 있어 트라우마를 일으킨 상황을 피하게 되며, 비슷한 상황에도 지나치게 예민해진다.

뇌에 충격이 각인되지 않는 사람들

외상성 사건이 일어나면 뇌의 시상하부가 뇌하수체에게 신호를 보내고, 뇌하수체는 부신adrenal gland에 신호를 보내 부신 피질 및 수질이 스트레스 호르몬인 코르티솔과 아드레날린을 분비하게 한다. 그 결과 심장박동이 빨라지고 혈압이 오르며 땀이 난다. 또한 감각이 예민해지고 신경회로가 짧은 시간 안에 고도의 감정기억을 형성하는데, 이는 다음에 비슷한 상황과 맞닥뜨리면 극도의 공포감을 떠올리면서 가능한 한 빨리 거기에서 도망치게 만든다. 시상하부에서 뇌하수체, 부신으로 이어지는 이 HPA축은 이렇게 스트레스와 위험에 빠른 반응을 보이면서도 스트레스가 완화되고 나면 빠르게 억제된다.

외상후스트레스장애의 증상은 중대한 스트레스 사건이 일어난 뒤 점차 모습을 드러내는데, 이 장애를 얻은 성인은 자신도 모르게 몸을 떨고, 매우 쉽게 놀라며, 마음에 두려움이 가득하고, 외상성 기억과 관련된 장소에 다시는 가고 싶어하지 않는다. 하지만 외상후스트레스장애는 주변 사람들의 응원과 심리치료로 점차 회복될 수 있다. 다시 말해 가족이나 친구가 함께해주고, 정신건강의학과 전문의의 도움을 받고, 자발적으로 생각훈련을 하면 일정 시간(몇 개월 또는 몇 년) 안에 점차 나아진다.

모든 사람이 중대한 스트레스 사건을 경험한 뒤 외상후스트레스장애를 겪는 것은 아니다. 대부분의 사람은 비교적 빨리 정상적인 심리상태를 회복하며, 어떤 사람은 이전보다 내면이 더 강해지기도 한다. 하지만 충격적인 사건을 겪은 사람 중 8퍼센트가량은 외상후스트레스장애를 겪는다. 사람마다 이렇게 엄청난 차이를 만들어내는 핵심 요소는 바로 '회복탄력성psychological resilience'이다.

회복탄력성이란 스트레스와 곤경을 마주했을 때 성공적으로 적응하는 능력을 말한다. 우리는 스트레스가 큰 사건이나 엄청난 정신적 상처, 오랜 역경을 당하면 뇌의 기능과 구조에 영향을 받는다. 이로 인해 외상후스트레스장애나 우울증, 다른 정신질환이 생길 수도 있다. 하지만 많은 사람은 중등 정도의 스트레스를 받는다고 정신질환에 걸리지 않으며, 회복탄력성이 생겨 오히려 비슷한 사건을 다시 만나면 심리적으로 더 잘 대응하기도 한다.

회복탄력성은 우리가 환경에 맞서 도전할 수 있게 해주며, 스트레스에 대한 저항력도 높여준다. 회복탄력성이 떨어지는 사람은 작은 충격을 견디지 못해 낮은 자존감과 부정적인 우울감에 시달리며 결국 아무 일도 해내지 못한다. 반면 회복탄력성이 좋은 사람은 끊임없는 시행착오와 충격에 무릎 꿇지 않고 더 용감해지며, 더 많은 성취를 통해 결국 자신이 바라던 모습으로 나아간다.

회복탄력성의 비밀은 전전두피질에 있다

외상후스트레스장애로 진단받은 사람들 중에는 심각한 우울증이나 물질남용 문제를 겪는 사람이 많다. 하지만 그중 3분의 2 정도는 언젠가 결국 건강을 되찾는다. 그렇다면 외상후스트레스장애에서 쉽게 회복되지 못하는 사람과 비교적 빨리 회복하는 사람의 뇌는 어떤 차이가 있는 걸까?

　예일대학교 스트레스센터 라지타 신하Rajita Sinha 연구팀은 건강한 사람 30명을 모집해 두 그룹으로 나눈 다음, 한 그룹에게는 심리적 긴장감을 불러일으키는 사진, 다른 그룹에게는 중성적인 사진을 보여주면서 6분 동안 그들의 뇌 활동을 fMRI로 촬영했다. 심리적 긴장감을 불러일으키는 사진 중에는 총에 맞아 죽은 사람, 팔다리에 부상을 입은 사람, 칼에 찔리거나 쫓기는 사람 등이 포함됐다. 또한 중성적인 사진에는 탁자와 의자, 탁상용 전등 등이 포함됐다. fMRI 촬영이 끝난 뒤 연구팀은 실험 참가자들에게 평소 심리적 스트레스 상황에 어떻게 대처하는지 물었다. 이를테면 술을 마시거나 폭식을 하거나 다른 사람과 싸우는 식의 대처법 말이다.

　연구 결과 뇌의 복외측전전두피질ventrolateral prefrontal cortex이 회복탄력성에 매우 중요한 역할을 한다고 밝혀졌다. 뇌의 앞쪽에 위치한 이 영역은 감정, 배고픔, 갈망 같은 것을 감지하는 일을 한다. 그런데 긴장감을 불러일으키는 사진을 본 참가자들은 이 영역이 빠르게 활성화되었다가 금세 잠잠해졌다. 이런 신경의 유연성은 뇌가 스트레스에 대응하는 핵심 요소다. 다시 말해 복외측전전두피질의 가소성이 높을수록 스트레스를 겪을 때 쉽게 폭음이나 폭식 등 파괴적 방식으로 스트레스에 대처하지 않는 것이다.

　감정을 느끼는 변연계와 비교적 가깝게 연결되어 있는 복내측전전두피질ventromedial prefrontal cortex도 회복탄력성과 관련이 있다. 한 연구에서 과학자는 실험용 쥐들을 하나의 상자에 넣고, 문으로 상자 공간을 둘로 분리한 다음 문을 닫아놓았다. 그러고는 쥐들의 발에 수시로 약한 전기충격을 줬다. 쥐들은 아픔을 느끼면서도 그 공간에서 벗어날 방법이 없었다. 이런 불규칙한 전기충격은 이틀 동안 계속됐으며, 3일째 되던 날 드디어 문이 열렸다. 문을 통해 반대편 공간으로 이동한 쥐들은 더 이상 전기충격을 받지 않았다. 대부분의 쥐는 전기충격을 몇 번 당한 뒤 문가에 있으면 문이 열렸을 때 옆 공간으로 들어가 전기충격을 피할 수 있다는 걸 배웠다. 하지만 쥐들 중 22퍼센트는 아무런 반항도 하지 않고 전기충격을 받았으며, 문이 열려 있어도 원래 공간 한구석에 힘없이 머물렀다. 이런 행동을 '학습된 무기력learned helplessness'이라고 한다.

이렇게 '운명의 장난'에 무너진 쥐들과 적극적으로 운명에 맞선 쥐들의 뇌에는 어떤 차이가 있는 걸까? 과학자는 무기력한 쥐들은 반복적으로 전기충격을 받은 뒤 복내측전전두피질 신경세포가 오랫동안 고도로 활성화되는 걸 발견했다. 그에 비해 예측할 수 없는 전기충격에도 심리적 방어선이 무너지지 않은 쥐들은 복내측전전두피질 신경세포의 활성화 정도가 높았다가 금세 낮아졌다.

과학자는 뇌의 복내측전전두피질 신경세포가 쥐들의 회복탄력성에 직접적인 영향을 끼친다는 것을 더욱 확실히 증명하기 위해 빛 자극 기계를 이용했다. 회복탄력성이 좋은 쥐들의 복내측전전두피질 신경세포의 활성화 시간을 늘린 것이다. 그러자 심리적 방어선이 무너지지 않았던 쥐들도 무기력하게 변했으며, 전형적인 우울증 증상을 보이기도 했다.

이 실험을 통해 과학자는 복내측전전두피질 신경세포가 쥐들의 회복탄력성에 매우 중요한 역할을 한다는 사실을 재확인했다. 만약 사람의 뇌를 실험용 쥐의 경우와 비교해 유추하자면 우리 전두엽의 특정한 영역도 활성화 정도에 따라 회복탄력성이 직접적인 영향을 받을 것이다.

지난 40년 동안 과학자들은 다양한 뇌영상기술을 이용해 외상성 사건 피해자들의 뇌에서 어떤 일이 일어났는지 알아내려고 노력했다. 그 결과 외상후스트레스장애 환자들은 해마, 편도체, 그리고 이성과 결정 능력을 담당하는 전방대상피질anterior cingulate cortex이 위축됐다는 걸 발견했다. 또한 fMRI 촬영을 통한 혈류 변화 연구에서는 외상후스트레스장애 환자가 지난 외상성 사건을 떠올렸을 때 전전두엽의 활동이 감소하고, 편도체 활동은 활발해지는 걸 발견했다. 이는 두려운 경험을 떠올릴 때 무의식적으로 감정중추(편도체)의 통제를 받아 이성을 담당하는 고차원의 영역(전전두엽)이 부정적 감정을 관리하는 능력을 잠시 잃게 된다는 뜻이다. 미국 에모리대학교의 신경과학자 케리 레슬러Kerry Ressler 연구팀도 비슷한 연구를 통해 회복탄력성이 좋은 사람은 뇌의 전방대상피질과 해마 사이의 신경 연결이 더 공고하며, 전전두엽의 활성화 정도도 높다는 사실을 밝혀냈다. 이는 회복탄력성이 좋은 사람일수록 뇌의 고차원 기능의 영역과 저차원 기능의 영역 모두 잘 관리한다는 뜻이다.

반복적으로 환경 스트레스에 노출되면 뇌의 신경해부학 구조가 바뀔 수 있지만 대개는 본래의 상태로 돌아간다. 이를테면 뇌 신경세포의 수상돌기 길이와 밀도 등은 외부의 스트레스를 겪은 뒤 줄어들 수 있지만 일정 시간이 지나면 원래의 수준으로 회복된다. 하지만 뇌에서 어떤 부분은 스트레스 때문에 오랜 기간에 걸쳐 변화하며, 심지어 영구적인 변화를 겪는다. 바로 뇌 신경세포의 유전자 발현이다. 체내 유전자는 수정란이 형성되면서부터 평생 바뀌지 않지만 유전자 발현은 변화할 수 있다. 특히 스트레스를 겪을 때 뇌 신경세포의 유전자 발현은 눈에 띄게 변화하며, 오랫동안 신경세포의 발달과 기능에 영향을 준다.

에모리대학교 케리 레슬러 연구팀은 치안이 안 좋기로 유명한 조지아주의 애틀랜타에 사는 주민 가운데 심각한 학대를 당한 아이와 그렇지 않은 아이 900명을 모아 2년에 걸쳐 외상후스트레스장애 징후를 보이는지 조사했다. 그 결과 스트레스와 연관이 있다고 알려진 유전자 FKBP5를 가지고 있는 학대당한 아이들이 그렇지 않은 아이들보다 외상후스트레스장애에 걸릴 가능성이 높았다. 반면 같은 유전자를 가지고 있지만 학대를 당하지 않은 아이들은 외상후스트레스장애에 걸릴 위험이 낮았다. FKBP5 유전자는 '학대'라는 외상성 사건과 상호작용해야 외상후스트레스장애를 일으키는 것이다. 다시 말해 유전자와 환경이 상호작용해야 외상후스트레스장애가 일어날 가능성이 높다.

스트레스에 강한 뇌를 만드는 그 밖의 조건

회복탄력성은 대뇌피질의 화학반응은 물론이고 몸의 신경계와 내

분비계를 포함해 매우 폭넓은 생리현상에 관여하고 있다. 뇌와 몸의 신경계, 내분비계 등이 스트레스에 대응하는 회복탄력성과 어떤 연관이 있는지 몇 가지로 나눠 소개하겠다.

스트레스와 기억력은 뒤집힌 U자형 관계다

환경의 위협에 마주할 때 영장류의 몸에서는 다량의 코르티솔이 분비된다. 그중 일부는 혈액뇌장벽을 통과해 대뇌로 들어가는데 대뇌의 모든 세포에는 이런 호르몬 수용체가 있다. 그 때문에 뇌의 모든 곳에서는 크든 작든 스트레스에 반응을 보인다.

사람의 뇌에는 친화도가 높은 코르티솔 수용체와 친화도가 낮은 코르티솔 수용체가 있다. 친화도가 높은 코르티솔 수용체는 친화도가 낮은 수용체에 비해 친화도가 6~10배에 이르러 아주 적은 양의 코르티솔만으로도 바로 활성화된다. 특히 대뇌에서 기억을 맡고 있는 해마와 감정을 담당하고 있는 편도체에 친화도가 높은 코르티솔 수용체가 많다. 이는 기억의 형성과 회상이 코르티솔, 곧 외부 스트레스의 영향을 받는다는 말이다. 그에 비해 계획과 집행을 담당하는 뇌의 전전두엽에는 친화도가 낮은 코르티솔 수용체가 주로 분포돼 있어 코르티솔의 수치가 크게 늘어나야 전전두엽이 활성화된다.

뇌에 친화도가 다른 코르티솔 수용체 두 종류가 있다는 것은 뇌가 스트레스에 반응할 때 스트레스 호르몬과 기억의 관계가 뒤집힌 U자형이라는 뜻이다. 그 때문에 스트레스가 높아지면 코르티솔이 친화도가 높은 코르티솔 수용체를 활성화해 뇌의 기억 저장과 회복 능력이 강화된다. 하지만 스트레스가 훨씬 커지고 전전두엽에 있는 친화도가 낮은 수용체까지 활성화되면 스트레스 호르몬과 기억의 관계는 뒤집힌 U자형의 끝부분으로 진입해 뇌의 기억력도 점차 떨어진다.

스트레스가 지속되는 시간이 길고 짧음에 따라 뇌에 끼치는 영향도 달라진다. 만약 스트레스를 아주 짧게 받으면 뇌 신경줄기세포의 수명을 늘릴 뿐만 아니라 새로운 신경세포가 2주 안에 더 자라도록 촉진한다. 하지만 스트레스가 오랫동안 지속되면 상황이 달라진다. 만성 스트레스는 새로운 신경세포의 생성을 억제하며, 이미 있는 신경세포 사이의 시냅스를 잘라내고 신경세포 사이의 새로운 연결이 생기는 걸 억제해 기억력이 떨어지고 기분이 나빠지게 만든다.

극단적으로 뇌에서 스트레스 호르몬이 몇 개월에서 몇 년에 걸쳐 분비된다고 가정해보자. 그렇다면 해마가 수축되고, 편도체가 비대해질 수 있다. 결국 코르티솔의 과도한 분비를 억제하는 뇌의 정밀한 되먹임feedback 시스템이 손상을 입어 스트레스 수준을 가늠하는 능력마저 점차 사라진다. 이럴 경우 모든 일을 위협으로 받아들여 만성 불안상태에 들어가거나 반대로 어떤 일도 위협으로 느끼지 않아 스스로 텅 빈 느낌을 받을 수 있다.

보상체계가 활성화되면 스트레스에 짓눌리지 않는다

도파민은 사람들에게 가장 익숙한 신경전달물질일 것이다. 도파민은 뇌에서 다양한 역할을 맡고 있는데, 보상받는다는 느낌을 받게 하는 역할(보상회로의 신경전달물질)과 운동을 하고 싶게 만드는 역할(운동회로의 신경전달물질)을 한다. 한 예로 파킨슨병Parkinson's disease 환자는 도파민의 분비를 책임지는 중뇌 흑질substance nigra 신경세포가 많이 손상되어서 하고 싶은 동작을 할 수 없으며 행동이 경직된다.

뇌의 보상체계는 뇌 중앙의 주변으로 자리잡은 원시적인 변연계와 고도로 발달된 전전두피질로 이뤄진 회로다(전전두엽은 가장 최근에 진화한 대뇌피질의 일부이자 인간만이 가지고 있는 부위이며, 해마, 편도체 등이 속하는 변연계는 그 이전에 이미 있었던 영역이다 – 옮긴이). 도파민은 이러한 뇌의 보상회로에서 신호의 전달을 담당하는 신경전달물질로, 스트레스 환경에서 긍정적인 마음가짐을 유지할 수 있도록 하며 좌절하지 않고 삶에서 꼭 필요한 생존자원을 좇게 만든다.

해마는 이 보상회로의 중요한 부위로 뇌 중앙 깊은 곳의 변연계에 자리잡고 있다. 건강한 해마는 새로운 기억을 만들 수 있게 하고, 위험한 환경과 안전한 환경을 정확히 구분하며, 스트레스 반응을 조절한다. 전전두피질 또한 보상회로의 중요한 영역으로 회복탄력성에 영향을 끼친다. 이를테면 편도체를 억제해 스트레스 상황에서 감정과 행동을 조절한다.

미국 국립보건원의 신경과학자들이 미국 특수부대 병사들을 연구한 결과 그들의 뇌 보상체계가 일반인과 다르다는 사실을 발견했다. 예를 들어 이 병사들은 게임을 하다 돈을 잃어도 뇌 보상체계가 활성화된 상태를 유지해 주관적인 기분 때문에 쉽게 실망감을 느끼지 않는다. 그에 비해 보통 사람들은 같은 상황에서 바로 기가 죽었으며, 뇌 보상체계의 활동도 훨씬 줄어들었다.

특수부대 병사와 보통 사람의 반응은 왜 다를까? MRI로 뇌를 관찰해보니 병사들의 해마는 일반인보다 컸다. 그래서 그들은 손실을 입어도 크게 흔들리지 않았던 것이다. 아마도 큰 해마가 스트레스 호르몬에 여유롭게 대응할 수 있도록 돕기 때문인 듯하다. 이들은 전전두엽도 일반인보다 훨씬 활성화되어 있었다. 이성적 사고를 담당하는 전전두엽 영역은 많이 활성화될수록 편도체의 활동을 억제해 더 이성적으로 위협에 대처할 수 있다.

스트레스 제어 시스템, 신경펩타이드Y

신경펩타이드Y neuropeptide Y는 뇌가 스트레스를 받을 때 분비하는 호르몬 가운데 하나로, 제어 시스템과 같은 작용을 한다. 스트레스를 받을 때 뇌의 편도체와 전전두엽, 해마, 뇌간이 강한 반응을 보이는데 이때 신경펩타이드Y가 마치 스위치를 내리는 것처럼 뇌에서 '끊임없이 울리는' 경보음을 끊어버린다. 이 제어 시스템의 기능이 회복탄력성에 크게 영향을 끼친다.

신경펩타이드Y에 관한 연구는 2000년에 비로소 처음 시작됐다. 당시 미국 특수부대 병사들은 감옥에 갇히고, 식량을 빼앗기고, 잠을 못 자고, 격리된 채 강도 높은 심문을 받는 등 실제 전쟁과 유사한 실전 훈련에 참여했다. 훈련이 끝나고 몇 시간 뒤에 과학자들이 병사들의 혈액 샘플을 검사한 결과, 신경펩타이드Y의 수치가 심문 과정에서 빠르게 올라갔음을 발견했다. 흥미로운 점은 특수부대 병사들의 신경펩타이드Y 수치가 일반 병사들보다 더 높았다는 사실이다. 강한 제어 시스템이 뇌의 응급경보를 꺼 감정 반응을 낮춤으로써 고강도 시험을 받을 때 물러서지 않고 상황에 적극적으로 대처하게 하는 것이었다.

이 밖에도 과학자들은 동물을 상대로 여러 차례 실험을 실시해 신경펩타이드Y의 작용을 연구했다. 인디애나대학교 의과대학의 신경과학자들은 실험용 쥐 한 마리를 좁은 플라스틱 용기 안에 넣었다. 실험용 쥐가 꼼짝할 수 없는 용기 안에서 불안과 두려움을 느끼게 하기 위해서였다. 과학자는 30분 뒤 이 쥐를 꺼내 다른 쥐들이 있는 상자에 집어넣었다. 하지만 플라스틱 용기 안에서 극도의 불안을 느꼈던 쥐는 1시간 30분이 지나도록 다른 쥐와의 소통을 거부했다. 두 번째 실험에서는 신경펩타이드Y를 주사한 뒤 쥐를 좁은 플라스틱 용기에 넣었다. 이 쥐는 플라스틱 용기에 들어가자 불안해하기는 했지만 다른 쥐들이 있는 상자에 집어넣으니 금세 활발하게 움직였다. 마치 아무 일도 없었던 것처럼 말이다.

이와 비슷한 연구 사례는 적지 않은데, 모두 뇌 속 신경펩타이드Y의 분비가 스트레스를 겪는 사람이 '힘을 낼 수 있도록' 돕는다는 일치된 결과를 도출했다.

부모의 보살핌과 불안 유전자의 관계

사람들은 어려운 일을 당했을 때 쉽게 포기하지 않는 의지를 타고

난 사람이 따로 있다고 느낀다. 그러나 앞에서도 살펴봤듯이 현대 심리학자들은 회복탄력성이 고정불변이 아니라 평생에 걸쳐 끊임없이 변화할 수 있다는 것을 알아냈다. 후성유전학에 따르면 사람의 유전자 대부분은 평생 똑같지만 시간에 따른 세포의 유전자 발현과 분화 및 기능은 천차만별이다. 이러한 변화를 일으키는 대표 원리가 앞서 이야기한 DNA 메틸화다.

캐나다 맥길대학교의 신경과학자들은 실험용 쥐를 대상으로 후천적 환경이 유전자 발현에 끼치는 영향을 실험했다. 쥐는 새끼를 낳으면 혀로 계속 핥아준다. 어미가 많이 핥아준 새끼 쥐는 불안 수치가 낮은 편이다. 반면 어미가 적게 핥아준 새끼 쥐는 불안 수치가 높은 편인데, 스트레스 상황에서 회복탄력성은 물론이고 견디는 능력도 떨어진다.

연구자들은 스트레스에 견디는 능력이 떨어지는 쥐들의 대뇌 회로를 관찰해서 스트레스 반응을 억제하는 회로의 활성화 정도가 매우 낮다는 사실을 발견했다. 이런 쥐들의 해마에서는 스트레스 반응을 억제하는 회로와 관련된 수용체의 DNA 메틸화 수치가 비교적 높아 스트레스 억제와 관련된 유전자 발현이 적기 때문이었다. 그에 비해 어미가 많이 핥아준 쥐들의 뇌에서는 스트레스 반응을 억제하는 회로가 매우 예민해 경보음뿐만 아니라 강한 회복탄력성으로 스트레스에 맞섰다.

하지만 새끼를 핥아주는 횟수로 어미 쥐가 훌륭한 양육자인지 아닌지 판단할 수는 없다. 이는 환경에 따른 서로 다른 양육방식을 반영할 뿐이다. 포식자가 많은 환경이라면 어미 쥐는 주위의 위협을 경계하느라 새끼를 핥는 횟수가 줄어들 수밖에 없다. 이런 환경에서 자라는 새끼 쥐는 불안 수치가 훨씬 높으며, 주위의 위협에도 더 민감하다. 이렇게 불안에 예민한 쥐는 독립한 뒤에 환경의 위협에 재빨리 대응할 수 있다. 새끼를 덜 핥아준 어미 쥐의 양육방식이 새끼 쥐가 환경에 더 잘 적응할 수 있게 도운 셈이다.

쥐의 스트레스 호르몬에 따른 유전자 발현의 변화는 사람의 몸에서도 비슷하게 나타난다. 어려서부터 오랫동안 환경 스트레스를 겪거나 감정적·신체적으로 학대를 당한 사람은 뇌에서 스트레스 호르몬을 조절하는 수용체의 DNA 메틸화 정도가 보통 사람보다 높다. 그들은 성인이 된 뒤 생활 스트레스와 맞닥뜨렸을 때 쉽게 불안해하고 예민해지며 감정적인 문제가 생길 수도 있다. 그런 사람은 편안하고 한가로운 환경에서 안정감이 부족한 것처럼 보이기도 한다. 하지만 사방에 위기가 있는 환경에서라면 그의 예민함은 장점이 될 수 있다.

반면에 어린 시절 양육자의 관심과 사랑을 받은 아이는 쉽게 스트레스에 짓눌리지 않는다. 학대 아동에 관한 한 연구에 따르면 긍정적인 관심은 아이가 우울증에 걸리지 않도록 보호한다. 보통 사람보다 쉽게 우울증에 걸릴 수 있는 유전자를 타고났다고 해도 말이다. 자원이 풍부한 환경과 더불어 부모의 지속적인 관심과 보살핌을 받으면 도전에 맞닥뜨렸을 때 여유롭게 대처할 수 있으며 스트레스에 크게 당황하지 않는다. 다시 말해 부모의 보살핌은 긍정적이든 부정적이든 아이의 신경생물학적 특징과 행동의 특징에 영향을 준다. 또한 이런 특징은 유전자 발현이 변화하는 방식으로 대를 거쳐 유전된다.

트라우마에 관심이 중요한 이유

외상후스트레스장애를 예방하려면 회복탄력성에 가장 중요한 환경요인인 사회적 관심을 높여야 한다. 사회적 관심에는 부모의 이해와 무조건적인 보살핌, 친구의 관심, 사랑하는 사람의 애정은 물론이고 낯선 이의 격려도 포함된다. 심리적 상처와 관련한 많은 연구에 따르면 사회적 관심은 외상후스트레스장애에 맞설 수 있는 중요한 완충제가 된다.

미국 버지니아대학교의 심리학자 제임스 코언James Coan은 심리적 상처에 사회적 관심이 예방 작용을 한다는 걸 증명하고자 한 가지 실험을 했다. 여성 실험 참가자들은 눈앞에 있는 스크린에 신호가 나타날 때마다 4~10초 뒤에 발목 관절에 약한 전기충격을 받았다. 이들의 뇌를 fMRI로 촬영한 결과 두려움과 불안을 담당하고 있는 부위인 편도체가 활성화되었다. 그런데 참가자들이 전기충격을 받을 때 친구나 남편의 손을 꼭 잡고 있으면 편도체 반응이 눈에 띄게 줄어들었다.

사회적 관심은 어떻게 스트레스에 저항하는 능력을 높여주는 걸까? 첫째, 타인과의 신체 접촉이 뇌의 천연 아편류 물질, 다시 말해 뇌의 천연 진통제 분비를 자극해 스트레스에 대한 반응을 덜어주기 때문이다. 둘째, 다른 사람과 만날 때 뇌는 옥시토신을 더 많이 분비하는데, 옥시토신은 타인에 대한 신뢰감을 강화하고 불안을 덜어준다. 3장에서 이야기했듯이 무서운 사진을 볼 때 옥시토신을 투여받은 사람은 잠재된 위협에 반응하는 편도체의 활성도가 떨어졌다. 옥시토신이 스트레스에 대한 부정적인 반응을 줄여준다는 뜻이다.

결론적으로 사회적 관심을 제대로 받지 못하면 우울증이나 외상후스트레스장애를 비롯해 각종 정신질환에 쉽게 걸릴 수 있다. 반대로 사회적 관심을 많이 받으면 어떤 문제를 처리할 때 긍정적인 태도를 가지며, 일이 통제할 수 있는 범위 안에 있다고 느끼고, 스트레스 상황에서 신경계, 내분비계, 심혈관계가 안정된 상태로 유지된다. 무엇보다 회복탄력성이 강해 쉽게 우울증에 걸리지 않는다.

트라우마를 극복하려면 당신을 믿어야 한다

자기효능감self-efficacy도 외상후스트레스장애를 예방하는 중요한 요소다. 자기효능감은 역경 속에서도 자신이 어떤 일을 성공적으로 수행할 수 있는 능력이 있다고 믿는 긍정적인 기대와 신념을 말하며, 부정적 감정과 스트레스에 맞설 수 있도록 도와준다. 많은 연구에 따르면 스트레스 상황에서도 자기효능감이 있으면 그 스트레스를 좇을 만한 가치가 있는 목표로 여기게 돼 좌절에 맞서는 능력이 강화된다.

유아기의 경험은 대뇌 발달과 신경회로 형성에 매우 큰 영향을 끼치며, 성인이 된 뒤 스트레스와 역경에 대처하는 능력과 자기효능감을 결정한다. 만약 유아기에 생리적으로나 감정적으로 무시나 학대를 받는 등 통제할 수 없을 정도의 지나친 스트레스를 반복적으로 받으면 성인이 된 뒤 스트레스 상황을 향해 극단적인 감정과 행동, 생리적 반응이 나타날 수 있으며, 심할 경우 학습된 무기력에 빠질 수도 있다.

반대로 어린 시절에 스스로 통제할 정도의 경도나 중도의 스트레스만 겪었다면 그 사건이 오히려 회복탄력성을 키워 성인이 돼서도 역경을 마주했을 때 내면이 더 강해질 수 있으며, 점차 스트레스에 대한 적응력을 키울 수도 있다. 과학자들의 동물 연구에 따르면 스트레스 사건을 극복한 경험이 있는 동물은 전전두피질에 신경가소성이 생겨 통제할 수 없는 스트레스를 겪더라도 잘 대응할 수 있다. 스트레스를 관리하는 기술을 배우고 이를 반복해서 연습하며 꾸준한 도전을 통해 피드백을 받아 도전을 충분히 통제할 수 있게 되면 점차 회복탄력성을 강화할 수 있는 것이다. 스트레스에 대처할 수 있다는 믿음이 생기면 스트레스 사건들을 하나의 도전처럼 여기고 도전에 마주할 수 있게 돕는다. 실제로 자기효능감을 높일 수 있는 인지훈련은 군대나 경찰, 소방관들의 훈련에서 폭넓게 활용되고 있다.

우리는 이제 사람들이 환경의 변화에 대처하게 하는 회복탄력성이 평생에 걸쳐 끊임없이 변화하며, 유전 및 환경 요인이 여기에 함께 영향을 끼친다는 사실을 알고 있다. 앞서 언급한 것들 외에도 회복탄력성을 높이는 데에 도움이 되는 요소는 긍정적인 감정과 낙관주의, 롤모델, 재능을 키우고자 하는 집중력, 이타주의, 사명감, 역경에서 의미를 찾는 능력, 몸의 건강 등이 있다. 이런 요소들은 하나같이 우리가 적극적으로 나서서 통제할 수 있는 것들이다. 그러므로 우리가 생활방식과 마음가짐을 바꾼다면 능동적으로 회복탄력성을 키울 수 있을 뿐만 아니라 스트레스에 짓눌리지 않고, 오히려 좌절당할수록 도전정신을 발휘할 수 있다.

스스로 회복탄력성을 높이는 방법

해마의 손상을 막는 유산소 운동

뇌의 해마는 회복탄력성과 밀접한 관련이 있는데 해마가 손상을 입으면 회복탄력성이 떨어진다. 오랜 스트레스는 해마를 손상시키는 결정적인 원인이다. 오랫동안 스트레스를 풀지 못하면 코르티솔의 수치가 높게 유지돼 해마의 신경세포가 손상을 입기 때문이다.

그렇다면 어떻게 해야 해마의 손상을 막고 신경세포를 재생시킬 수 있을까? 대뇌의 뇌유래신경영양인자는 뇌세포의 성장을 촉진하고 수명을 연장시키며, 손상된 신경세포를 회복시킨다. 그런데 과학자들은 동물 실험을 통해 유산소 운동이 뇌유래신경영양인자의 수치를 높이고, 스트레스의 부정적 작용을 낮출 수 있다는 사실을 발견했다. 또한 해마의 부피를 키우고, 공간기억도 높인다는 사실을 확인했다.

불안한 뇌를 빠르게 진정시키는 명상

명상이 전전두엽의 기능을 높여 감정을 담당하는 변연피질과 뇌간을 통제해서 회복탄력성을 높여준다는 연구 결과들이 점점 많아지고 있다. 실제로 전전두엽의 활성도와 편도체 사이의 신경 연결은 회복탄력성과 관련이 깊다. 이를테면 전전두엽이 활성화할수록 화, 두려움, 혐오감 같은 부정적인 감정에서 빠르게 빠져나올 수 있다. 또한 편도체의 활성도를 잘 억제해 불안 및 두려움과 관련된 감정을 줄여 훨씬 이성적으로 생각하고 행동할 수 있다. 명상을 통해서라면 이러한 전전두엽의 기능을 활성화시킬 수 있는 것이다.

스트레스를 해석하는 방식에 달렸다

스트레스를 어떻게 해석하느냐에 따라 스트레스에 대처하는 능력이 달라지기도 한다. 이를테면 스스로 감당할 수 있는 능력을 넘어서는 스트레스를 겪을 때 당신은 이런 상황을 위협이라 여겨 부정적인 감정과 행동 반응을 보일 수 있다. 이런 상황이 오래 지속되면 우울증에 걸릴 가능성이 높아진다. 반대로 당신이 역경에 성공적으로 대처한 경험이 있고, 자신에게 역경을 극복할 자원이 있다고 믿으면 이런 상황을 적극적으로 대응해야 할 도전으로 여겨 몸과 뇌의 부정적인 반응도 작아진다.

인지행동치료의 핵심은 역경을 보는 시각과 평가를 바꿔 감정과 스트레스 반응을 개선하는 데 있다. 그런 의미에서 인지행동치료에서 사용하는 인지적 재구성 방법은 당신이 스트레스를 겪을 때 자신의 인지와 행동방식을 관찰해 의식적으로 그 일과 자신에 관해 왜곡되고 부정적인 평가를 내리고 있는 건 아닌지 돌아보게 한다. 그런 다음 현실적이고 객관적인 평가로 이 왜곡된 인지를 대체하게 만든다. 이렇게 부정적인 사건을 인지적으로 재구성하는 능력은 회복탄력성과 관련이 깊다. 정확한 인지 방식은 생활 스트레스가 심할 때도 심리적 건강을 유지할 수 있도록 도와준다.

6장

중독은 도파민이 만든 뇌의 욕망일 뿐 행복이 아니다

나는 박사 과정을 공부하는 동안 많은 파킨슨병 환자를 상담하고, 그들의 뇌를 MRI와 fMRI로 찍었다. 45세의 중간관리자인 A도 그들 중 하나였다. 그는 뇌 영상을 찍기 1년 전부터 폭식을 했고 날마다 당이 높은 음식을 많이 먹었으며, 도박을 좋아하고 매주 복권을 샀다. 가족에 따르면 그는 예전에 복권 한 장 산 적이 없었다. 이런 상황이 무려 1년이나 지속되자 그의 가족은 의사에게 도움을 청했다. 함께 연구를 진행하던 정신건강의학과 의사는 이런 행동이 A가 파킨슨병을 치료하려고 먹는 도파민과 관련이 있음을 단번에 알아챘다.

파킨슨병은 운동기능에 손상을 입는 질병으로 손발 떨림, 몸의 경직, 보행의 어려움, 마음먹은 대로 동작이 안 되는 등의 운동 장애 증상이 나타난다. 이렇게 운동기능에 문제가 생기는 이유는 중뇌 흑질에 존재하는 도파민 분비 신경세포가 소실되었기 때문이다. 의사가 처방해주는 약은 부족한 도파민을 보충해줌으로써 뇌에서 도파민 수용체를 활성화한다. 그런데 그 약은 운동과 관련이 없는 도파민의 보상회로도 과도하게 활성화해 중독 증상을 일으키는 부작용이 있었다.

도파민은 '행복 호르몬'이 아니다

지금껏 도파민은 사람들에게 기쁨을 느끼게 해주는 '행복 호르몬'으로 알려져 있었다. 실제로 몇몇 글에서는 도파민을 삶을 살아야 할 유일한 이유인 것처럼 표현하기도 했으며 어떤 사람은 운동, 음식, 성性, 명예를 통해 얻어야 할 궁극적인 지향점처럼 말하기도 했다. 하지만 뇌과학 연구에 따르면 도파민은 사람들이 말하는 것처럼 그렇게 대단한 행복 호르몬이 아니다.

도파민의 효과는 사실 매우 단순하다. 도파민은 우리의 보상회로에 작용해 욕망을 불러일으킨다. 또한 뇌가 보상을 예상하고 거기에 걸맞은 행동을 하게 만든다. 쉽게 말해 도파민의 효과는 '당신이 뭔가를 원하게 하는 것'이며, 당신이 나서서 더 많은 보상을 받을 수 있는 행동을 선택하게 하는 것이다. 이런 도파민은 사실 행복과 큰 관련이 없다. 중국의 영화감독 가오샤오쑹高曉松은 "많은 사람이 이상과 욕망을 잘 구분하지 못한다. 이상은 떠올리면 행복한 것이며, 욕망은 떠올릴 때 고통스러운 것이다"라고 말했다. 이 욕망이 바로 도파민의 분비로 생긴다.

1978년 미국 국립약물남용연구소National Institute on Drug Abuse, NIDA의 로이 와이즈Roy Wise 박사는 항정신성약물로 실험용 쥐의 뇌에 있던 도파민을 제거했다. 그러자 이 실험용 쥐는 맛있는 음식과 중독을 일으키는 약물에 욕심을 내지 않았으며, 보상을 얻기 위해 더 이상 노력하지 않았다. 이후 이어진 수십 년 동안의 연구에서 과학자들은 이와 비슷한 현상을 종종 관찰했다. 그 때문에 사람들은 줄곧 도파민이 기쁨과 행복 같은 감정과 관련이 있다고 믿었다.

하지만 미시간대학교의 신경과학자 켄트 베리지Kent C. Berridge는 연구를 통해 사람들의 생각과 다른 결과를 발견했다. 베리지는 동물이 즐거움을 느낄 때 혀로 입술을 핥는다는 사실을 발견했다. 그 행동은 실험용 쥐뿐만 아니라 원숭이나 사람의 아기에게서도 관찰되는, 배가 고파 맛있는 음식을 먹거나 목이 말라 물을 마실 때 하는 행동과 비슷했다. 이어서 켄트 베리지는 신경독소를 이용해 도파민이 분비되는 쥐의 중추를 손상시켰다. 이렇게 해도 쥐들이 맛있는 음식을 보면 혀로 입술을 핥는 반응을 보이는지 알고 싶었기 때문이다.

실험 결과 쥐들은 도파민이 분비되지 않자 더 이상 먼저 나서서 음식을 찾지 않았다. 하지만 눈앞에 맛있는 음식이 있으면 여전히 혀로 입술을 핥았다. 반대로 전기자극으로 쥐의 도파민 분비를 늘리니 쥐는 필사적으로 먹을 것을 찾았으며 평소보다 더 많이 먹었다. 다만 혀로 입술을 핥는 행동은 더 늘지 않았다. 이 결과가 뜻하는 바는 도파민이 동물을 행복하게 하는 게 아니라 욕망을 만들어내는 데 관여할 가능성이 있다는 것이다.

도파민과 환경의 합동 작품, 중독

중독은 사람에 따라 다른데 쉽게 중독되는 체질은 유전요인과 환경요인 모두가 영향을 끼쳐 만들어진다. 중독이 쉽게 되는 체질은 40퍼센트는 유전요인에 따라 결정되며, 나머지 60퍼센트는 환경요인에 따라 결정된다.

현재까지 발견된 중독 유전자는 모두 신경전달물질인 도파민과 관련이 있다. 앞서 소개한 파킨슨병 약을 먹고 여러 중독 증상이 나타났던 A는 도파민 약의 복용량을 줄인 뒤 중독을 향한 욕망과 행동이 금세 사라져 더 이상 복권을 사거나 폭식을 하지 않았다. 환경요인으로는 청소년기를 지나치게 외롭게 보낼 경우 성인이 돼 중독에 빠지기 쉽다. 쥐를 대상으로 실험한 결과, 청소년기에 다른 쥐들과의 교류를 막은 쥐는 성년이 된 뒤 훨씬 쉽게 암페타민amphetamine(중추신경과 교감신경을 흥분시키는 각성제─옮긴이) 같은 약물에 중독됐으며, 끊기도 더 어려워했다.

중독과 습관은 매우 비슷하다. 일단 습관이 들면 바꾸기 어려운 것처럼 중독도 마찬가지다. 그렇다면 중독과 습관에는 뇌의 어떤 기제가 작용하는 걸까? 뇌의 도파민 보상회로 속 선조체striatum에는 중요한 기능이 하나 있는데, 사람들의 특정한 반복 행동을 습관성 과정으로 인식해 무의식적인 상황에서 쉽게 호출한다.

연구에 따르면 하나의 행동이 학습돼 무의식적인 습관이 되는 과정에서 뇌의 활동은 복측선조체(측좌핵)에서 점차 배측선조체로 옮겨간다. 이 습관이 고착될수록 뇌의 전전두엽은 그 행동을 통제할 능력이 약해진다. 다시 말해 습관이 될수록 그것은 하나의 자동 과정으로 인식돼 고차원의 대뇌피질이 점차 이 자동 과정에 대한 통제권을 포기하게 되며, 그로 인해 습관을 바꾸기가 어려워진다.

도파민을 분비하는 보상회로의 이 습관 인식 기제는 어떤 것에 강한 호기심을 느끼게 하며, 고도의 집중 상태에서 빠르게 생존 기술을 습득하게 한다. 하지만 보상회로를 잘못 사용하면 잘못된 습관을 들일 수 있으며, 그것을 바꾸기 어려워진다.

돈벌이에 집착하는 것은 중독의 전형적인 예다. 돈은 인류사회가 발명한 외부의 보상으로 밥을 먹고 물을 마시고 섹스를 하는 것처럼 타고난 약화 기제가 없다. 따라서 돈을 벌겠다는 욕망이 일단 강해지면 종종 멈추기 어려워진다. 기본적인 생활에 필요한 돈을 버는 데서 만족을 얻고 나면 더 많은 돈을 벌어도 당신은 처음과 같은 기쁨을 느낄 수 없으며, 돈을 벌겠다는 욕망만 더 커진다. 이렇게 만족감을 주지 않는 욕망을 끝없이 탐하다 보면 스스로가 역겹다는 느낌마저 들 수 있다.

마약중독

중독이라고 하면 많은 사람이 가장 먼저 마약중독을 떠올린다. 그렇다면 마약은 어째서 중독이 되는 걸까? 이는 마약이 대뇌에 엄청난 충격을 줬을 때 도파민이 맛있는 음식을 먹거나 섹스를 할 때보다 열 배, 또는 그 이상으로 분비되기 때문이다.

도파민이 지나치게 많으면 개인이 주관적으로 느끼는 쾌감을 더 늘려주지 못할뿐더러 극도로 마약을 탐하게 만들며, 행복을 느끼는 능력을 앗아간다. 또한 마약의 흡입 횟수가 늘어날수록 뇌가 점차 다량의 도파민에 적응해 민감도가 떨어진다. 따라서 뇌에 반응이 오려면 점점 더 많은 양의 도파민이 필요하게 된다. 마약을 흡입하는 사람은 뇌의 보상체계와 전전두피질 사이의 연결이 약해져 마약을 찾는 생각과 행동을 통제할 수 없게 된다. 그래서 마약을 끊는 동안 중독자는 도파민이 모자라 매우 괴로워하며, 잠을 잘 이루지 못하고 자기도 모르게 몸을 떨기도 한다.

어떤 사람은 태생적으로 남들보다 쉽게 마약에 중독된다. 실제로 보상회로인 전전두피질과 선조체의 발육이 좋지 않아 자제력이 낮은 사람은 쉽게 마약에 손을 댄다. 마약을 찾는 내면의 욕망을 쉽게 억누를 수 없기 때문이다. 마약중독자의 형제자매 역시 마약을 하지 않더라도 뇌 구조의 결함이 보통 사람보다 커 자제력이 낮은 경향이 있다.

게임중독

새로운 게임을 출시하기 전 테스트를 하는 과정에서 개발자는 게임의 중독성을 높이려고 한다. 게임 테스트 과정에서 실시간 데이터 피드백을 받았더니 물품을 찾는 것보다 인질을 구해내는 임무에 게임 유저가 더 많이 몰린다면 개발자들은 당연히 게임 속에 인질을 구하는 임무를 더 늘린다. 또는 게임 속 어떤 특정한 색깔이나 특정 화살촉의 모양에 게임 유저들이 반응한다면 개발자들은 게임의 디자인에 유저들이 반응하는 요소를 더 많이 집어넣는다. 이런 과정을 거쳐 최종 버전의 게임은 중독을 강화하는 요소들의 집합이 된다. 사람들이 게임에서 벗어나기 어려운 이유도 이 때문이다.

아이템을 수집하는 게임은 이런 식으로 사람을 쉽게 중독에 빠뜨리는 대표적인 예다. 본래 사람은 무언가를 차지하거나 사회적 모임 등에 참여할 때 만족감을 느낀다. 오늘날 이런 욕구는 디지털 세계에 투사되어 있기도 한데 수집하는 게임은 이런 욕구를 만족시키기에 안성맞춤이다. 또한 뭔가를 수집하는 것은 일종의 도전으로, 도전에 성공할 경우 뇌의 보상회로가 자극받아 그 일을 더 하고 싶어한다. 게다가 게임 속에서 뭔가를 수집하는 일은 현실 세계에서 공부나 일에 도전하는 것보다 훨씬 쉽고 성공 확률도 높아 보상받는 기분을 훨씬 쉽게 느낄 수 있다.

도박중독

도파민의 분비는 사람들이 뭔가 하려는 동기를 강화해준다. 실제로 도파민의 분비량은 우리가 어떤 일을 하고 싶어하기 직전에 가장 많이 늘어난다. 이를 증명하기 위해 과학자들이 실험용 쥐의 복측선조체에 도파민을 직접 주사하자 쥐는 어떤 일을 하려고 평소보다 두세 배 더 열심히 노력했다. 이렇게 동기를 조절하는 도파민의 작용은 진화 과정에서 인간의 생존에 도움을 주었다. 이를테면먹을 것을 찾거나 배우자를 찾거나 새로운 기능을 배우는 것 등이그런 일이다. 그런데 도박을 하는 과정에서도 뇌 속 보상회로는 활성화되어 원하지 않는 결과를 불러온다. 그 이유는 무엇일까?

앞에서도 이야기했듯이 어떤 일에 성공했을 때 뇌의 신경회로는 도파민을 빠르게 분비해 성취감을 느끼게 하며, 그 덕에 사람들은 다음번에도 그 일을 할 동력을 얻는다. '성공에 가까운' 실패의상황에서도 도파민은 많이 분비된다. 진화적 관점에 따르면 성공할 가능성이 보일 때 더 노력해 성공을 거머쥘 수 있도록 격려하기위해서다. 하지만 도박의 성패는 때마다 다르며, 더 노력한다고 해서 항상 승리하는 것도 아니다. 그러나 간발의 차이로 승리를 놓치면 도파민이 다량으로 분비되면서 도박을 더 하고 싶다는 욕구를느끼게 만든다. 승리에 가까운(사실은 패배지만) 상황이 이렇게반복적으로 도파민의 분비를 자극하면 도박중독에 이르며, 결국회복할 수 없는 경제적 손실을 입고야 만다. 쉽게 도박중독에 걸리는 사람은 뇌의 보상회로가 보상에 유난히 더 민감한 반면 손실에는 매우 무딘 편이다. 그 때문에 더 자극적이고 도전정신을 불러일으키는 일을 즐기며 경제적인 손실이 커져도 손을 떼지 못한 채 판을 더 키운다.

당신의 기대가 행복을 결정한다

도파민의 분비는 행동하고자 하는 동기를 강화할 뿐만 아니라 예측과 최종 결과 사이의 오차를 부호화하기도 한다. 이를테면 당신이 어떤 일을 한 다음 최종적으로 얻은 보상이 당신의 예측을 뛰어넘을 경우 뇌의 흑질과 쾌락 중추인 복측피개영역ventral tegmental area에서 도파민을 대량 분비해 다음번에 이 일을 더 하고 싶게 만든다. 그런데 만약 그 일이 당신의 예측보다 적은 보상으로 돌아온다면 도파민 분비량이 줄어들면서 더 이상 이 일을 할 힘을 얻지 못한다. 이를 바로 '도파민 보상예측오류이론reward prediction error theory of dopamine'이라고 한다.

예를 들어 당신이 점심시간에 배에서 꼬르륵 소리가 날 정도로 배고픈 채 길을 걷다 평범한 작은 식당을 봤다고 해보자. 당신은 식당 안으로 들어가 맛있으리라는 기대 없이 값싼 국수 한 그릇을 주문했다. 그런데 막상 국수를 먹어보니 맛이 끝내주는 게 아닌가! 이때 당신의 뇌에서는 다량의 도파민이 분비되기 시작한다. 국수 맛이 당신의 예측을 훨씬 뛰어넘었기 때문에 보상을 통해 당신을 격려하는 것이다.

저녁시간이 되자 당신은 낮에 간단히 면 요리를 먹었으니 근사한 저녁식사를 해야겠다는 생각이 들었다. 당신은 이성 친구와 함께 예전부터 가보고 싶었던 고급 프랑스 레스토랑으로 향했다. 이 레스토랑은 음식 가격이 너무 비싸 내내 가지 못했던 곳이다. 자리에 앉은 뒤 당신은 립아이 스테이크를, 상대는 필레미뇽 스테이크를 와인과 함께 주문하고는 잔뜩 기대감에 들떠 기다렸다. 잠시 뒤 와인이 나왔는데 맛은 그리 나쁜 편이 아니었지만 기대만큼 맛있지도 않았다. 20분 뒤에는 스테이크가 나왔다. 그런데 두툼한 립아이 스테이크가 부드럽게 썰리지 않고 질기지 않은가. 한 입 썰어 먹어보니 고기를 너무 많이 익혔다. 당신은 이 레스토랑에 기대가 너무 컸기 때문에 스테이크의 맛이 완벽하지 않다고 느꼈고 뇌에서 분비되는 도파민의 양도 거의 늘지 않았다. 당신은 다시는 이 레스토랑에 오고 싶지 않다고 생각하게 된다.

이처럼 도파민의 활성화 정도는 예측과 실제 보상의 차이에 따라 달라진다. 이렇게 유동적인 도파민 분비량은 사람의 뇌 속에 가치체계를 세운다. 만약 당신이 어떤 일의 결과가 좋으리라고 예측했는데 예측보다 좋지 않은 결과를 얻었다면 뇌는 도파민 분비량을 줄여 다음에는 그 일을 하고 싶지 않게 만든다. 반대로 별로 기대하지 않았는데 어떤 일의 결과가 매우 좋으면 뇌는 도파민을 대량으로 분비해 다음에도 그 일을 또 하고 싶게 만든다.

앞서 설명했듯이 성공에 가까울 때 뇌의 보상회로는 다량의 도파민을 분비하기 시작하며 그 양이 정점에 이르기도 한다. 그리고 도파민 보상예측오류이론은 결과가 예측보다 높을 때 도파민이 다량으로 분비된다고 알려준다. 이 두 규칙을 종합해보면 '무작위로 자주 나타나는' 보상 방식이야말로 사람을 더 쉽게 중독에 빠지게 한다는 걸 알 수 있다. 보상이 무작위로 나타난다는 것은 결과에 정확한 기대를 품을 수 없어 보상이 있을 때마다 기쁨을 느끼게 된다는 뜻이다. 또한 보상이 자주 나타나면 우리 뇌에는 특정한 보상회로가 빠르고 정확히 구축돼 한동안 자극이 모자라도 쉽게 퇴화하지 않는다. 이 간단한 중독의 규칙은 진화적으로는 필승의 비법이었지만 오늘날에는 병적인 중독 현상을 불러일으키고 있다.

하지만 중독의 규칙을 정확히만 사용하면 유익한 지식을 배우고 적응 기능을 익히는 데 도움을 받을 수 있다. 많은 사람이 공부하기를 싫어하는 것은 공부할 때 도파민의 분비량이 부족하기 때문일 것이다. 지식을 배우는 것은 밥을 먹거나 섹스를 하고, 무언가를 수집하는 등의 원시적인 생존과 직접적인 관련이 없기 때문이다. 공부는 생존 행동들과 달리 일단 만족된다고 바로 보상회로에 영향을 주지 않는다. 또한 게임과 달리 조금만 노력해도 성과를 볼 수 있는 일이 아니다. 많은 시간과 노력을 쏟아야 그에 걸맞은 발전을 이룰 수 있다. 만약 당신이 공부의 결과에 비현실적인 기대(지식을 배우는 것 자체에 만족하기보다 높은 성적을 받겠다는 식의)를 품고 있다면 공부가 당신에게 가져다줄 보상은 당신의 예측보다 낮을 수 있으며, 도파민 분비량도 많지 않아 공부를 계속하겠다는 힘을 얻지 못하기 쉽다. 하지만 당신이 배움의 결과가 아니라 새로운 지식을 접하는 것 자체를 보상으로 여긴다면 좀 더 쉽게 공부에 '중독'될 수 있다. 새로운 지식과 기능을 배우는 것은 생존 진화에서 개체에 유익하며 도파민의 분비를 촉진하기 때문이다.

만약 당신이 어떤 지식과 기능을 배우는 것에 아무런 매력도 느끼지 못하거나 오히려 고통스럽다면 이는 당신이 시도한 배움의 난이도가 당신의 실제 능력 또는 지식에 대한 당신의 기대와 너무 거리가 있기 때문일 것이다. 예를 들어 당신이 영어를 처음 배우다면 모든 단어와 문법 하나하나가 무에서 유를 만들어내는 과정이기 때문에 뇌에서는 이를 위해 완전히 새로운 회로를 구축해야 하므로 도파민 분비량이 적다. 하지만 당신의 뇌가 비교적 탄탄한 학습회로를 구축했다면 이후에 거기에 뭔가를 쌓아올리는 것은 상대적으로 간단해진다. 이럴 때 당신의 학습 속도가 기대한 바에 부합하면서 보상의 예측 오류가 줄어들고 도파민 분비량이 늘어난다. 그럼 당신은 더 힘을 내서 공부하게 되고, 공부를 할수록 더 하고 싶어지는 중독에 걸릴 수 있다.

도파민의 보상회로에는 또 다른 효과도 있는데 바로 '비교효과'다. 2016년《미국국립과학원회보Proceedings of the National Academy of Sciences, PNAS》에 파킨슨병 환자 17명의 뇌 속 선조체의 도파민 분비량을 분석한 연구 결과가 발표됐다. 이 연구에서는 환자들에게 모의 시장에서 게임을 즐기게 했는데 연구진은 승리한 환자에게 다른 게임을 선택한 환자들이 더 큰 상을 받을 것이라고 이야기했다. 그 결과 승리한 환자들의 도파민 분비가 오히려 줄어드는 현상을 관찰할 수 있었다. 반대로 게임의 결과가 벌을 내리는 것일 때 실험 참가자들에게 다른 게임을 선택한 사람들이 벌을 받았다고 알려주면 그 참여자들의 도파민 분비량은 오히려 늘어났다.

우리도 실생활에서 비슷한 사례를 경험할 수 있다. 당신이 세일 기간에 할인가로 로봇청소기를 샀는데 나중에 중복 할인을 받을 수 있는 쿠폰을 사용하지 못했다는 걸 알게 된다면 뇌의 보상 정도가 낮아져 기분이 나빠질 수 있다. 또한 당신의 생활이 형편없을 때 전쟁을 겪거나 가난 때문에 힘들어하는 사람의 이야기를 들으면 오히려 자신의 상황은 괜찮은 거라며 기분이 더 가벼워지기도 한다.

도파민은 대뇌의 화폐체계

도파민은 하나의 가치체계로 뇌 속의 화폐와 같다. 도파민은 내가 겪는 어떤 일이 얼마나 즐거운지가 아니라 그 일의 가치를 드러낸다. 물을 마시는 즐거움이나 밥을 먹는 즐거움, 돈을 버는 즐거움 모두 좋지만 도파민 회로는 사실 이런 행동에 대한 가치를 매길 뿐이다. 뇌가 물을 마셔야 하는 몸의 신호를 받아들일 때 물 마시기의 가치는 더 늘어난다. 이때 우리의 뇌는 물을 마시는 걸 '더 가치가 있다'라고 여기며, 유난히 더 물이 마시고 싶어한다. 뇌가 물을 마시는 행동에 관해 임의로 가치를 높게 매긴 덕에 우리의 몸은 탈수를 면할 수 있다.

당신이 연애를 하고 있다면 당신이 사랑하는 사람과 관련된 모든 일의 가치가 크게 높아지며, 다른 일은 가치가 낮아진다. 마찬가지로 마약이나 스마트폰이 뇌 보상체계의 가치판단 기준을 바꾸면 이 중독 행동은 당신의 뇌에서 가장 높은 가치와 우선권을 부여받으며, 당신의 선택과 동기도 그에 맞게 달라진다. 다시 말해 당신이 마약이나 스마트폰에 빠지는 이유는 그것들이 당신의 뇌에서 가장 '가치가 있기' 때문이다.

뇌의 화폐체계와 관련된 현상 중에는 '지연할인delay discounting' 이 있다. 예를 들어 다음과 같은 두 가지 선택을 할 수 있다고 가정 해보자. 오늘 1,000위안(20만 원)을 받는 것과 한 달 뒤에 1,500위 안(30만 원)을 받는 것 중 하나를 선택하는 것이다. 당신이라면 어 느 쪽을 선택하겠는가? 아마도 많은 사람이 한 달 뒤에 더 많은 돈 을 받을 수 있는데도 당장 돈을 받는 걸 선택할 것이다. 당신의 뇌 가 한 달 뒤에 받을 수 있는 돈의 가치를 더 작게 평가하기 때문이 다. 이런 현상을 바로 '지연할인'이라고 한다. 실제로 사람들은 아 직 받지 못한 큰 보상보다 그리 크지 않아도 당장 손에 넣을 수 있 는 보상에 마음이 기울어지는 경향이 있다. 사람들이 이렇게 어리 석은 선택을 하는 것은 시간상 당장 얻을 수 있는 보상으로 분비되 는 도파민의 양이 멀리 있는 보상으로 분비되는 도파민의 양보다 훨씬 많기 때문이다.

도파민의 쳇바퀴를 돌수록 행복과 멀어진다

우리가 어떤 일을 처음 했을 때 얻는 행복은 매우 크다. 하지만 그 일의 횟수가 늘어날수록 우리가 느끼는 행복은 점점 줄어든다. 체 험의 강도를 높여야만 같은 정도의 행복을 느낄 수 있는데 이런 현 상을 '쾌락적응증hedonic treadmill(행복의 쳇바퀴)'이라고 한다. 쾌 락적응증이 생기는 이유는 매번 만족을 얻은 뒤 뇌에서 상응하는 조절을 통해 다음 결과에 대한 기대치를 높이기 때문이다.

마약중독자가 마약 흡입량을 계속 늘려야 하는 것도 이 때문이다. 또한 사람은 끊임없이 부의 축적을 추구하는데 사실 부자 본인이 꼭 보통 사람을 훨씬 뛰어넘는 행복을 느끼는 건 아니다. 부자는 별장과 개인 비행기, 개인 요트, 심지어 개인 섬을 갖고 있다 해도 더 큰 행복을 느끼지 않는다. 그들은 이미 이런 것들에 익숙하기 때문이다. 부자가 이전과 같은 정도의 행복을 느끼려면 개인 비행기, 개인 요트 같은 것보다 더 큰 보상 자극이 있어야 한다.

원하는 무언가를 얻는 것이 언제나 당신에게 만족과 행복을 가져다주는 건 아니다. 원하는 것과 만족하는 것은 사실 서로 다른 일이지 않은가. 그런데 도파민은 사람에게 '원하는' 기분을 느끼게 해 끊임없이 바라게 한다. 그에 비해 행복은 '만족하는 것'으로 도파민과는 큰 관계가 없다.

중독과 습관을 구분하는 방법

당신의 행동은 중독인가, 습관인가?

사람들은 대부분 중독이라고 하면 마약이나 음주, 도박만을 가리키는 줄 안다. 사실 중독이란 사람이 끊임없이 뭔가를 하고 싶다고 생각하며 보상과 쾌감을 바로 얻을 수 있는 모든 일이다. 그런데 도박을 오래 하면 경제적 손실을 입고, 성에 중독되면 몸이 상하는 것처럼 어떤 일을 장기적으로 했을 때 나쁜 결과가 생기면 장애라고 해야 한다. 하지만 수영을 하거나 책을 읽거나 공부에 중독되는 것처럼 어떤 일을 오래 했을 때 이득이 있거나 딱히 큰 지장이 없다면 이는 긍정적인 중독이며, 좋은 습관이라고 할 수 있다.

병적인 중독과 좋은 습관 사이에 뚜렷한 경계는 없다. 예를 들어 당신이 다이어트를 하려고 스마트폰 만보기 앱을 애용한다면 날마다 자신이 얼마나 걸었는지 살펴보고, 또 애플리케이션에 더 높은 숫자가 표시되도록 더 걷기도 할 것이다. 만약 날마다 걷는 시간과 거리가 적절하다면 당신은 살도 빼고 몸도 건강해질 테니 매우 좋은 습관이라 하겠다. 하지만 당신이 더 많은 걸음 수에 집착해 날마다 너무 많은 시간을 걸어 무릎이 손상됐다면 이는 병적인 중독이라 해야 한다. 그러므로 어떤 행동이 좋은지 나쁜지는 그 행동의 장기적인 성질은 물론이고 너무 지나치지 않는지를 살펴서 판단해야 한다.

나쁜 중독을 좋은 중독으로 바꾸기

당신은 자신의 평소 생활과 일, 학습에서 중독이 없는지, 장기적으로 봤을 때 결과가 좋은지 아닌지 살펴볼 수 있다. 만약 당신에게 나쁜 중독이 있다면 자신에게 유익한 보상행동을 찾아 그것을 대체해보라. 예를 들어 당신이 쇼핑 중독에 빠져 있다면 새로운 기술 배우거나 목표한 운동을 끝마칠 때 그 보상으로 쇼핑을 하라. 그럼 나쁜 중독이 좋은 중독으로 바뀌는 셈이다. 다만 여기서 지켜야 할 원칙은 이 대체 행동의 난이도가 너무 높지 않아야 하며, 너무 큰 기대를 품지 말아야 한다는 것이다. 또한 비교적 빨리 보상 피드백을 받을 수 있는 행동을 선택해야 한다. 이 세 가지 요소를 만족하면 좋은 중독은 나쁜 중독을 대체할 수 있다.

7장

습관을 형성하는 선조체의
무리한 완벽주의, 강박장애

A는 최근 들어 줄곧 불안감을 느껴 정신건강의학과에 상담을 받으러 갔다. 그의 직업은 일반 가정의 청소 대행업자로, 일할 때 외에는 사람을 만나는 일이 드물었다. 의사는 A에게 불안을 느끼는 대상이 뭐냐고 물었다. A는 자신이 전염병에 걸릴까 봐 걱정이라고 했다. 그는 평소 자신의 집 밖에서 물건을 만지는 걸 최대한 피했다. 어쩌다 만지기라도 하면 세균이나 바이러스가 옮았을 것 같아 몇 번이고 비누로 손을 씻었다. 그 때문에 A는 하루에 30번 넘게 손을 씻었으며 샤워를 몇 시간 동안이나 했다. 다른 사람과의 신체 접촉을 최대한 피하는 것은 당연했고, 마트에 가서 물건을 사거나

지하철을 타는 것도 힘들어했으며, 정상적인 연애도 할 수 없었다.

의사가 A에게 일상에서 걱정이 되는 다른 일은 없느냐고 묻자 A는 길을 걷다 무심코 다른 사람과 부딪혀 말실수를 하거나 이웃에게 피해를 줄까 봐 걱정이라고 했다. 이런 불안을 풀기 위해 그는 종종 머릿속으로 좀 전에 상대와 나눴던 대화를 몇 번이고 떠올리며 자신이 하지 말아야 할 말을 한 건 아닌지 걱정한다고 했다.

게다가 A는 자기 전에 한 가지 '의식'을 치렀는데 공중으로 베개를 열아홉 번 던지는 것이었다. 이렇게 하지 않으면 온몸이 불편해 잠이 오지 않았다. 이 의식은 1년 전부터 시작했는데 처음에는 베개를 다섯 번만 던졌지만 점점 횟수가 늘어나 열 번, 열다섯 번이 되더니 지금은 열아홉 번을 던지고 있었다.

의사는 A에게 강박장애라는 진단을 내렸다. 그가 전염병을 걱정하거나 타인에게 실례를 할까 봐 걱정하거나 깔끔한 것에 집착하거나 의식적인 행위를 하는 것 모두 여기에 해당됐다. 스스로를 다그쳐 생긴 이런 습관성 행동들은 A라는 사람 개인과 사회생활에 막대한 영향을 주고 있었다.

50명 중에 한 명은 사는 동안 강박장애를 경험한다. 강박장애가 있는 사람은 뭔가에 집착하려는 강한 충동을 느끼는 강박사고가 있거나 의식적인 행동으로 자신의 불안감을 해소하려는 강박행동을 하며 두 가지 증상을 모두 보이기도 한다. 강박사고는 주로 바이러스나 세균에 감염될까 봐 두려워하거나 무의식적으로 떠오르는 어떤 생각을 막을 수 없거나(성(性)이나 종교, 상해 같은) 남이나 자신을 해치고 싶어한다고 판단하거나 주변 환경이 지나치게 깨끗하길 바라거나 규칙적이고 완벽한 상태를 추구하는 등의 증상으로 나타난다. 이외에 지나치게 깔끔해 원래의 상태를 그대로 유지하는 방식으로 정확하게 물건을 정리하거나 거듭해서 점검하거나(문이 잠겼는지 몇 번이고 확인하는 식) 강박적으로 계산을 하는 행동 등은 강박행동에 포함된다.

물론 강박장애 환자들도 이런 강박적 사고나 행동이 지나치다는 걸 알고 있지만 그런 자신을 통제하지 못해 일상생활에 심각한 영향을 끼친다. 보통 사람들 대부분은 이런 강박사고가 아무 의미가 없음을 알기에 거의 신경을 쓰지 않는다. 하지만 강박장애나 강박적인 경향이 있는 사람은 '내가 이런 생각을 하는 데는 분명 심각한 원인이 있을 거야'라고 생각한다. 그 때문에 그들은 굳이 자신의 이상한 생각이 어떤 뜻인지 해석하려 하며, 집요한 생각과 의식적 행동을 만들어낸다. 이를테면 강박장애 환자가 하루에 수십 번씩 손을 씻는 건 자기 손이 더럽다고 느끼기 때문이 아니라 거듭해서 손을 씻는 자신의 행동에 '나는 손이 더러워서 씻는 거야' 같은 의미를 부여하기 때문이다.

자신을 통제할 수 없다면 강박장애

습관성 행동을 한다고 해서 모두 강박장애는 아니며, 사람들은 누구나 일상생활을 하면서 몇 가지 일을 반복해 확인하는 경향이 있다. 흔히 손을 반복해서 씻거나 문이 잠겼는지 여러 번 확인하거나 물건을 지나치게 가지런히 정리하는 행동들을 강박장애라 규정하지만 진짜 강박장애는 이보다 훨씬 심각하다. 강박장애가 있는 사람과 보통 사람의 가장 큰 차이는 자신의 강박적 사고와 행동을 통제할 수 없다는 것이다. 그런 사고와 행동이 필요 이상인 걸 안다 해도 말이다. 게다가 강박장애 환자는 날마다 적어도 한 시간 이상을 강박적 사고나 행동에 소모한다. 그들은 강박적 사고에 따라 행동해도 기쁨을 느끼지 못하며 불안에서 잠시 벗어날 뿐이다.

진정한 강박장애 환자는 전체 인구의 2퍼센트에 지나지 않는다. 어떤 사람이 강박장애 환자인지, 아니면 단순히 강박 성향이 있고 빈틈없는 생활을 좋아하는 보통 사람인지 구분하는 기준은 증상이 얼마나 심각한지와 생활에 어느 정도 방해가 되는지로 판단할 수 있다. 강박적 사고와 행동은 환자의 정상적인 생활과 공부, 일, 사회생활을 심각하게 방해하며, 고도의 우울증으로 이어지기도 한다. 어떤 강박장애는 틱 증상을 동반하기도 한다. 틱장애tic disorder라고 하는 이 질환은 갑자기 눈을 깜빡이거나 얼굴을 찌푸리거나 어깨를 으쓱거리거나 머리를 흔들거나 어깨에 경련이 오거나 목을 가다듬거나 코를 훌쩍거리거나 이상한 소리를 내는 등의 동작을 반복하는 증상을 보인다. 틱장애에서 움직이는 틱과 소리를 내는 틱이 함께 있을 때는 뚜렛장애tourette's disorder라고 한다.

강박장애 증상은 보통 성인이 된 초기에 나타나는데 남성이 여성보다 좀 더 일찍 발병한다. 하지만 가끔 35세 이후에 발병하는 사람도 있다. 강박장애의 유전 기여율은 25퍼센트 정도로, 나머지 75퍼센트는 환경요인 때문에 발병한다. 이런 강박장애의 증상은 시간이 흐르며 점차 약해지거나 자연스럽게 사라지기도 하지만 더 심해지는 경우도 있다. 어린 시절 학대를 받았거나 중대한 심리적 외상을 입은 사람은 강박장애에 걸릴 확률이 더 높다.

신기하게도 강박장애는 바이러스의 감염으로도 걸릴 수 있다. 연쇄상구균 감염과 관련된 소아자가면역신경정신질환pediatric autoimmune neuropsychiatric disorders associated with streptococcal infections, P.A.N.D.A.S.이라는 병에 걸린 아이는 강박장애 증상을 보인다.

유명한 인물들 중에도 심각한 강박장애에 시달린 경우가 꽤 있다. 미국의 대부호이자 비행사였던 하워드 휴즈Howard Hughes, Jr.는 30세가 넘어서 강박장애에 걸렸다. 처음에 그는 콩의 크기에 집착해 특별히 만든 포크로 콩을 작게 자른 뒤에야 먹을 수 있었다. 나중에는 먼지와 세균을 두려워해 장식장에서 보청기를 꺼낼 때마다 비서에게 6~8장의 티슈를 겹쳐 문고리를 감싸고 장을 열라고 한 뒤, 한 번도 쓴 적 없는 비누로 손을 씻게 했다. 발명가이자 전기 엔지니어였던 니콜라 테슬라Nikola tesla는 모든 반복적 행동이 꼭 3으로 나눠 떨어져야 하는 강박장애에 시달렸다. 그는 어린 시절부터 환각에 시달렸으며(어떤 단어든 그에게는 눈앞에서 움직이는 그림처럼 보였다), 양극성정동장애와 도박중독까지 앓았다.

강박장애 환자에게 도파민은 독이다

강박장애 환자는 습관을 형성하는 뇌 시스템에 문제가 있다. 미국

피츠버그대학교의 수잔 아마리Susanne Ahmari 연구팀은 실험용 쥐를 대상으로 한 가지 실험을 했다. 실험에 앞서 연구진은 쥐들을 두 그룹으로 나누어 한 그룹의 쥐들을 생물공학 기술을 이용해 강박장애로 만들었고, 다른 그룹 쥐들에게는 아무 조치도 하지 않았다. 연구자들은 지시음을 울리고 1초 뒤에 모든 쥐의 코에 물방울을 묻혔다. 쥐들은 하나같이 바로 얼굴을 문질러 물방울을 닦아냈다. 그런데 실험이 반복되자 강박장애가 있는 쥐들과 정상 쥐들 사이에 차이가 나기 시작했다. 정상 쥐들은 물방울이 코에 떨어진 뒤에야 얼굴을 닦았지만 강박장애가 있는 쥐들은 지시음이 울리자마자 얼굴을 닦기 시작하더니 물기가 사라진 뒤에도 계속 얼굴을 닦았다. 연구팀은 다시 광유전학 기술을 이용해 강박장애가 있는 쥐들의 뇌 전전두엽-선조체 회로를 자극했다. 그러자 신기하게도 강박적으로 얼굴을 닦던 행동이 사라졌다. 뇌의 전전두엽에서 이어진 선조체의 회로는 습관의 형성을 담당하는 중요한 회로로 이 연구를 통해 쥐의 강박행동이 뇌의 습관회로와 관련이 있음이 밝혀졌다. 다시 말해 강박장애 환자는 습관의 형성을 담당하는 뇌 신경회로에 문제가 생긴 것이다.

다음으로 뇌의 감시 시스템 무력화가 강박장애의 또 다른 중요한 요인일 수 있다. 케임브리지대학교의 연구팀은 아주 정교한 실험을 설계해 습관이 형성될 때 뇌가 어떻게 작동하는지 관찰했다. 실험 전반에 참가자들은 가벼운 전기충격을 받았는데 특정한 시간에 페달을 밟으면 전기충격을 피할 수 있게 했다. 몇 번 연습을 하니 참가자들 모두 이 기술을 익힐 수 있었다. 곧이어 실험의 후반에는 더 이상 전기충격을 주지 않았다. 실험에 참가한 정상인들은 처음 배운 기술을 포기하고 점차 페달을 밟지 않았다. 더 이상 전기충격을 피하지 않아도 된다는 걸 알았기 때문이다. 하지만 강박장애가 있는 참가자들은 전기충격이 없는데도 끝까지 페달을 밟았다.

이 실험에서 연구팀은 강박장애 환자의 뇌와 건강한 사람의 뇌를 fMRI로 촬영했다. 그 결과 강박장애 환자의 뇌에서 목표를 감시하는 시스템 기능에 이상이 있음이 밝혀졌다. 바로 이 원인 때문에 강박장애 환자는 습관을 들인 뒤 행동의 목표가 바뀌어도 보통 사람처럼 빠르게 습관을 바꾸지 못하는 것이었다.

앞서 말했듯이 도파민은 뇌에서 욕망과 기쁨을 유발하는 중요한 신경전달물질로 습관 형성 및 학습능력과 밀접한 관련이 있다. 하지만 강박장애 환자에게는 도파민이 오히려 없는 것만 못할 수도 있다. 강박장애 환자는 뇌의 도파민 분비량이 정상인보다 많은데 지나친 도파민 분비가 학습회로를 더 공고히 하기 때문이다. 실제로 전기자극요법으로 강박장애 환자의 도파민 분비량을 줄이자 강박장애 증상이 많이 완화됐다.

정리하자면 전전두엽과 복측선조체, 뇌섬엽, 전측대상회 anterior cingulate 등으로 이뤄진 도파민 보상회로는 강박장애와 매우 큰 관련이 있다. 그중에서도 특히 충동적이고 잘못된 행동의 감시를 담당하는 전방대상피질이 있는 전측대상회가 강박행동과 관련이 크다. 이 영역이 활성화돼야 일이 잘못되면 바로잡아야겠다는 생각이 들기 때문이다. 그런데 강박장애 환자는 이 신호를 받고도 스스로 '완벽'하다고 느낄 때까지 같은 일을 반복하게 된다. 그들은 전측대상회의 기능 이상으로 자신의 행동과 실제 피드백 사이의 오차를 지나치게 어림짐작해 하나의 일을 이미 여러 번 정확히 반복했음에도 자신의 행동이 '잘못됐다'든지 '오류가 있다'고 느껴 얼른 바로잡아야 한다고 생각한다. 이런 경험은 강박장애 환자를 불안하게 만들며, 이런 감정상태가 지속되는 시간이 길어지면 불안감을 담당하는 편도체도 뇌 회로의 압박에 동참한다. 결국 강박장애 환자는 오랫동안 불안한 상태에 놓여 있을 수밖에 없다.

예를 들어 당신이 지금 상사에게 제출할 보고서를 쓰고 있다고 해보자. 그중에 몇 줄은 영어인데 좌우로 정렬을 맞추자니 단어와 단어 사이가 너무 벌어지고, 왼쪽으로 정렬을 맞추자니 오른쪽 글씨들이 깔끔하지 않다. 어떻게 정렬을 해도 당신이 보기에 깔끔하지 않고 완벽하지 않으며 마음이 편치 않다. 당신의 이런 '불편한' 기분은 사실 전측대상회가 어떻게든 보고서의 양식을 조정해 '완벽한' 모양으로 맞춰야 한다고 잘못 보고했기 때문이다. 그리고 잘못한 게 없는 상황에서도 '잘못된 보고'를 계속 받는 강박장애 환자는 고도의 불안을 계속 느끼게 된다. 그 결과 그들은 불편한 기분을 풀고자 의식적인 행동이나 같은 생각을 거듭한다. 그래야 '나쁜 일'이 벌어지지 못하게 막을 수 있을 것 같기 때문이다.

노출 및 반응방지exposure and response prevention는 이런 강박장애를 치료할 때 사용하는 전형적인 방법이다. 이 치료법은 강박장애 환자에게 강박행동을 유발하는 상황에서 더 이상 평소처럼 습관성 반응을 보이지 말 것을 요구한다. 평소와 같은 반응을 보이지 말라는 건 대체 무슨 말일까?

보통 사람에게 습관이 생기면 특정한 상황에서 습관적인 반응을 보인다. 이를테면 당신이 자전거 타는 법을 배우고 나면 자전거에 앉아 두 발만 올려도 자연스럽게 페달을 밟게 된다. 이런 반응은 어떤 의식적인 생각이 필요하지 않다. 의식적인 학습이 무의식적인 습관이 되어가는 과정에서 뇌의 활동은 복측선조체에서 배측선조체로 옮겨간다. 행동을 통제하는 전전두엽의 능력은 '권력의 중심'이 옮겨가는 과정에서 점차 약화되고 습관도 바꾸기 어려워진다.

강박장애 환자가 이러한 습관의 형성 원리를 이해하고, 강박행동을 굳이 하지 않아도 나쁜 일이 일어나지 않는다는 걸 깨달으면 습관을 버릴 수 있게 된다. 그를 위해 노출 및 반응방지는 두려워하는 대상이나 상황에 강박장애 환자를 노출시키고 본래 하는 행동을 하지 않는 연습을 시키는 것이다. 예컨대 문손잡이를 잡고 항상 손을 씻는 환자에게 문손잡이를 잡은 뒤에 손을 씻지 않도록 한 다음, 본인이 두려워하는 상황이 발생하지 않는다는 걸 인지시킨다.

타인에게 완벽을 강요하는 것은 인격장애다

강박성인격장애obsessive compulsive personality disorder는 강박장애와 비슷한 점이 많은 인격장애다. 강박성인격장애 환자는 인구의 2~8퍼센트 정도인데 남성이 여성보다 훨씬 많다. 그들은 무슨 일을 하든 완벽함, 순서, 통제를 중요하게 여긴다. 지나치게 순서를 따지고, 완벽주의를 추구하며, 사소한 부분에 집착하고, 심리적으로 타인을 통제하려 하며, 주위의 환경을 장악하려 하고, 새로운 경험에 대한 유연성이 부족하다는 특징이 있다.

강박성인격장애를 가진 사람들 중에는 유난히 일 중독자나 돈에 인색한 사람이 많다. 그들은 지나치게 고정된 순서에 집착하며, 휴식을 취하거나 뭔가를 즐기는 일도 드물다. 그러다 보니 누군가와 깊은 우정을 맺는 일도 거의 없다. 이런 사람들은 쉽게 긴장감을 풀지 못하며, 종종 자신의 목표를 이루기에 시간이 모자라다고 느낀다. 그들은 계획을 세울 때 늘 몇 시 또는 몇 분까지 계획에 넣으며, 예측이나 통제가 안 되는 일을 좋아하지 않는다.

강박성인격장애와 강박장애 사이에는 공통점이 있다. 강박성인격장애 환자와 강박장애 환자 모두 지나치게 융통성이 없으며, 종종 의식적 행동을 하고, 순서에 목을 매며, 물건을 사재기하거나 수집하는 경향이 있고, 질서정연한 것과 조리가 분명한 걸 좋아한다. 하지만 둘 사이에는 분명한 차이가 있는데 강박장애 환자는 자신의 강박적 생각이나 행동을 좋아하지 않으며, 그 때문에 고통을 느낀다. 그에 비해 강박성인격장애 환자는 스스로 규칙과 질서를 추구하는 행동과 생각이 지극히 이성적이고 당연한 일이라고 생각한다. 다시 말해 그들은 완벽주의를 즐긴다.

2부

뇌가 지각하는 세상이
당신이 볼 수 있는 세상

8장

머릿속 탐정 시각피질이 추리한 세상, 환각

그때 저 멀리 들판에 3, 40개의 풍차가 보였다.

돈키호테가 시종 산초에게 말했다. "멀리서 온 보람이 있구나. 저기 보거라, 산초. 30명이 넘는 거인이 나타났지 않느냐. 이 몸이 나가 하나하나 때려죽여야겠구나. 우리가 전리품을 얻는다면 큰 부자가 될 것이야. 이건 정의를 위한 전쟁이다. 저런 나쁜 놈들을 없애는 것이야말로 하느님께 공을 세우는 일이지."

그러자 산초가 대답했다. "무슨 거인 말씀이십니까?"

"저기 팔이 긴 놈들이 보이지 않느냐? 거인의 팔이 5미터는 되겠구나."

이에 산초가 말했다. "자세히 보십시오, 주인님. 저건 거인이 아니라 풍차입니다. 저 팔같이 보이는 건 풍차의 날개인걸요. 바람이 불면 날개가 움직여 맷돌을 가는 겁니다."

하지만 돈키호테는 이렇게 말했다. "너는 기사가 아니라 모험을 모르는구나. 저놈들은 진짜 거인이란 말이다. 네놈이 겁이 난다면 옆으로 비켜서서 기도나 하고 있어라. 나 혼자 가서 저 거인들과 목숨을 걸고 싸울 테니 말이다."

—《돈키호테Don Quixote》중에서

정신질환의 증상은 주로 감정과 인지 두 부분으로 나눌 수 있다. 뇌에서 감정을 담당하는 영역에 문제가 생기면 우울증이나 불안장애, 강박장애, 양극성정동장애 등에 걸린다. 또한 인지를 담당하는 영역에 문제가 생기면 두 가지 증상이 나타나는데, 인지능력이 떨어지거나 정상적인 인지 방식에 왜곡이 생겨 나타나는 환각과 망상이 바로 그것이다. 환각이란 존재하지 않는 걸 보거나 실재하지 않는 소리를 듣는 걸 말하며, 망상이란 머릿속에 현실과 맞지 않는 왜곡된 생각이 나타나는 걸 말한다. 예를 들어 조현병 환자는 종종 누군가 뒤에서 자신을 노려보고 있는 걸 '봤다'거나 누군가 자신에 대해 나쁜 말을 하는 걸 '들었다'고 한다. 때로는 자기 머릿속의 소리가 "넌 정말 쓸모없어"라고 말하는 걸 듣거나 자신이 하고 싶지 않은 일을 강요한다고 한다. 이럴 때 조현병 환자는 그 상황에서 벗어나지 못하고 어쩔 줄 몰라 한다.

이 중 환각에 대해 당신은 아마도 정상인에게는 나타나지 않는 조현병 환자의 전형적인 증상이라고 생각할 것이다. 반대로 환각이 생기면 정신질환에 걸렸다고 생각할 수도 있다. 하지만 사실 환각과 비非환각 사이에는 흑과 백처럼 확실한 경계가 없으며 건강한 사람에게도 때로는 환각이 나타날 수 있다. 이를테면 정상인에게도 약을 먹었거나 잠이 모자랄 때, 심지어 아무런 전조 없이도 환각이 나타날 때도 있다.

보이지 않는 것을 추리하는 시각피질

뇌는 두 가지 정보처리 방향, 곧 상향처리와 하향처리를 결합해 외부세계를 감지한다. 시각을 예로 들면 상향처리 방식은 눈이 빛의 자극을 느낀 다음 신호를 '아래에서 위로' 전달해 뇌의 1차시각피질primary visual cortex로 보내는데, 이를 통해 뇌가 외부의 시각적 자극을 감지한다. 반면 하향처리 방식은 뇌가 피질에 지식 경험을 저장해 정보를 처리하는 것으로, 이를 통해 보는 대상을 예측할 수 있다. 예를 들어 당신이 꽃 한 송이를 봤다면 뇌는 당신이 꽃이라고 '의식하기' 전에 이미 저장된 각종 꽃에 관한 기록을 뽑아낸다. 그런 다음 이 기록들과 당신의 눈이 느끼는 빛의 이미지를 고도로 결합해서 이것을 꽃이라고 판단한다. 뇌의 하향처리 방식은 당신이 효과적으로 외부정보를 감지할 수 있게 돕는다.

당신이 어떤 물체를 볼 때 물체 표면의 빛이 당신의 눈에 들어가 뇌의 시각피질에 투사되는 상향처리 과정이 정보를 판단하는

데 주도적 위치를 차지한다. 반면 예전의 경험을 통해 이것이 무엇인지 예측하는 하향처리 과정은 보조 역할을 한다. 하지만 특수한 상황에서는 하향처리 과정이 주도적 위치를 차지하기도 하는데, 바로 외부의 빛이 부족할 때다. 눈이 충분한 빛의 신호를 받아들일 수 없을 경우 뇌에 전달된 모호한 이미지만으로는 뇌가 그것이 무엇인지 판단을 내리기 어렵다. 그래서 단서가 부족할 경우 뇌는 종종 잘못된 예측을 하게 되며, 당신은 실제로 존재하지 않는 것을 본 것처럼 착각하거나 환각을 보게 된다.

정신질환자가 겪는 환각도 이와 같은 원리를 바탕으로 한다. 나는 박사 과정을 공부하는 동안 파킨슨병 환자의 시각에 관해 연구했다. 파킨슨병은 주로 운동장애가 생기는 신경질환으로 전체 환자 중 20퍼센트에게 시각적 환각 증상이 나타난다. 나는 fMRI로 환각이 있는 파킨슨병 환자와 환각이 없는 파킨슨병 환자의 뇌를 관찰했다. 나는 시각능력이 떨어진 파킨슨병 환자가 외부환경에서 얻을 수 있는 시각적 단서가 줄어들기 때문에 이를 보완하려고 뇌 내부에 저장되어 있는 시각기억을 꺼내 쓰면서 환각을 경험하는 것이라고 추측했다.

관찰 결과 나의 추측은 옳았다. 환각이 있는 환자는 뇌에서 멍한 상태이거나 몽상에 빠졌을 때 활발해지는 디폴트 모드 네트워크의 활성화 정도가 환각 증상이 없는 환자보다 지나치게 높았다. 또한 환각이 있는 환자는 뇌의 1차시각피질 활성화 정도가 환각이 없는 환자보다 낮았으나 고차원의 시각피질(시각과 관련된 기억 저장을 담당하는) 활성화 정도는 환각이 없는 환자보다 높았다.

여기서 알 수 있듯이 파킨슨병 환자가 겪는 환각은 확실히 외부에 대한 시각의 감지능력이 떨어지면서 뇌가 이를 보완하려고 경험에 의지해 자신이 본 것이 무엇인지 '추측'하기 때문에 나타난다.

2017년 예일대학교 연구진은《사이언스》에 환청에 관한 연구 결과를 발표했다. 연구진은 환청이 있는 정신질환자와 환청이 없는 정신질환자, 환청이 있는 정상인과 환청이 없는 정상인의 뇌를 비교했다. 이 연구의 목적은 뇌의 어떤 활동이 환청과 관련이 있는지, 또 왜 환청이 나타나는 사람 중에 어떤 사람은 정신질환자가 되고 어떤 사람은 되지 않는지 이해하기 위해서였다. 연구자들은 실험 참가자들에게 일정한 음높이의 소리를 들려주면서 반짝이는 빛을 보게 했다. 이 과정을 몇 번 되풀이한 뒤 소리를 점차 약하게 하고 이따금 아예 소리 없이 빛만 반짝거리게 했다. 소리 없이 빛만 반짝이는 상황에서 평소 환청을 겪는 사람(정신질환자든 정상인이든)은 여전히 소리가 들린다고 말했다. 이 과정을 fMRI로 촬영한 결과 실험 참가자들의 청각피질auditory cortex과 전방대상피질 anterior cingulate cortex이 활성화됐는데, 이런 뇌의 활성화 패턴은 환청이 있는 사람의 전형적인 특징이다.

연구진이 모든 실험 참가자의 뇌 활성화를 분석한 결과 환청이 있는 사람은 아래에서 위로의 객관적 증거를 따르기보다 위에서 아래로의 주관적 예측으로 외부세계를 감지하는 경향이 훨씬 크다는 사실을 발견했다. 차이가 있다면 환청이 나타났을 때 정상인은 자신이 잘못 들었다는 걸 인정했고 정신질환자는 인정하지 않았다는 것이다.

계속 환각을 경험하고 싶은 사람도 있다

박사 과정을 공부하는 동안 나는 임상에서 많은 노인을 상담했는데 그중 일부는 환각 증상을 겪고 있는 환자들이었다. 한번은 시각적 환각을 겪는 환자를 상담했다. 50대인 그 여성은 가로세로 2미터 정도의 정사각형 방에서 설문조사에 답하고 있었다. 나는 환자에게 이렇게 물었다. "최근에 실제로 존재하지 않는 걸 본 적이 있나요?" 환자가 대답했다. "있죠. 좀 전에 이 방에 들어오는데 선생님 뒤에 누가 있던걸요." 이 말을 할 때 환자는 정신이 맑았으며 무서워하는 것 같지도 않았다. 자신이 본 게 진짜가 아니라 환각일 뿐임을 알고 있었기 때문이다. 오히려 그 순간 등골이 오싹해진 건 바로 나였다. 환각에도 태연할 수 있다는 건 그녀의 자성自省능력이 전혀 손상되지 않았다는 뜻이다. 반대로 환자가 자성능력을 잃고 자기가 만들어낸 환각을 진짜라고 여기거나, 심지어 환각과 소통하거나 놀라는 경우는 치료가 필요하다.

환각을 자주 경험한다는 93세 파킨슨병 환자를 만난 적이 있다. 그는 아내가 돌아왔다고 했지만 사실 아내는 몇 년 전에 세상을 떠났다. 혼자 집에 있을 때 그는 아내가 설거지하는 모습을 종종 보며, 그런 아내와 대화를 나눈다고 했다. 또 밤에 잠을 잘 때면 아내가 안아주는 걸 느낀다고도 했다. 의사가 약물로 그의 환각을 줄여주면 어떻겠느냐고 했지만 할아버지는 이를 거절하며 자신의 환각이 좋다고 말했다. 그는 약물 때문에 아내가 보이지 않거나 아내와 이야기 나눌 기회를 잃고 싶지 않았던 것이다.

임상 기록의 사례 연구 중에도 환각과 관련된 흥미로운 이야기가 있다. 한 72세 환자는 파킨슨병을 앓고 있었는데 환각이 자꾸 보인다고 했다. 특히 밤에 아내와 자려고 하면 어떤 여자가 실오라기 하나 걸치지 않은 채 침실로 슥 들어와 그와 아내 사이에 누웠다. 의사는 환각이 나타날 때 그가 움직일 수 있는지 알기 위해 물었다. "환자분이 그 여자를 만지면 그 여자가 사라집니까?" 하지만 할아버지는 조금도 망설이지 않고 대답했다. "당연히 만질 수 없지! 조금만 움직여도 마누라가 깰 텐데!"

'유체이탈out-of-body experience'이라는 특별한 환각 증상도 있는데, 이는 자신이 자기 몸 밖에 있는 것처럼 느껴지는 경험을 말한다. 편두통이나 뇌전증, 정신질환이 있는 사람은 쉽게 이런 환각을 경험할 수 있다. 건강한 사람도 간혹 유체이탈을 경험한다. 과학자들은 유체이탈을 경험한 건강한 사람들의 측두엽에서 이상 방전 현상이 일어나는 걸 발견했다. 측두엽은 공간에서의 신체 정보를 만드는 일을 맡고 있다. 그러므로 유체이탈을 경험하는 사람들은 뇌가 자신의 위치 정보를 확인하지 못해 자신이 몸 밖에 있다고 느끼는 것일 수 있다.

환각은 시각이나 청각뿐만 아니라 촉각이나 후각을 통해서도 경험할 수 있다. 있지도 않은 걸 자신이 만졌다고 느끼거나 나지도 않는 냄새를 맡았다고 느끼는 것이다.

망상증 중에는 '기생충망상증delusional parasitosis'이라는 것도 있는데 이 병에 걸린 환자는 곤충이나 뱀, 기생충이 자기 피부 속을 기어다니는 것 같다고 느낀다. 그들은 자신의 피부 아래, 특히 자기 몸의 열려 있는 부분(항문 같은)이나 위나 장에 기생충이 있다고 확신한다. 게다가 그들은 자신의 집과 옷도 기생충에 감염됐다고 생각한다. 기생충망상증에 시달리는 사람들은 촉각적 환각과 더불어 비현실적인 망상에 빠지곤 한다. 그들은 정말 자기가 기생충에 감염됐다고 믿기 때문에 종종 먼지나 피부염 같은 증거를 갖고 피부과 의사를 찾아가 적극적으로 도움을 청하기도 한다.

환각은 정신질환자의 특권이 아니다

보통 사람들도 일상생활을 하면서 환각을 체험할 수 있다. 예컨대 샤워할 때 물소리가 너무 크면 귓가에서 음악 소리가 들린다고 느끼기도 하며, 밖에 놔둔 휴대전화 벨소리가 들린다고 착각하기도 한다. 하지만 막상 물을 끄면 아무 소리도 들리지 않는다. 흔히 볼 수 있는 시각적 환각으로는 막 잠이 들려고 할 때 눈앞에 어떤 장면이 생생하게 보이는 경우다. 이럴 때 누군가 당신을 깨운다면 당신은 좀 전에 본 장면이 환각이었음을 바로 깨닫는다.

보통 사람들 중 조현병이 발병할 확률은 0.4퍼센트에 지나지 않지만 환각과 망상이 나타날 확률은 무려 7.5퍼센트에 이른다. 오스트레일리아 퀸즐랜드대학교의 존 맥그래스John McGrath 연구팀은 2001~2009년 사이에 18개 나라에서 온 3만여 명의 성인을 대상으로 연구를 진행했다. 이 연구에 따르면 정상인 가운데 5.8퍼센트가 환각이나 망상을 경험한 적이 있었다. 약을 복용하거나 수면 상태에서 나타나는 환각이나 망상은 제외한 수치였다. 특히 환각을 겪은 사람의 수는 망상을 겪은 사람의 네 배에 이르렀다. 표본의 규모가 크고 인구의 분포가 폭넓어 이 연구 결과는 매우 믿을 만하다.

환각을 경험한 보통 사람들 중 3분의 1은 딱 한 차례 환각을 겪었다고 한다. 또 2~5차례에 걸쳐 환각을 겪은 사람이 3분의 1이며, 6차례~100차례의 환각을 겪은 사람도 3분의 1에 이른다. 정상인들의 환각은 우연히 생겼다 금세 사라지지만 일부 사람들은 자주 환각을 겪기도 하는 것이다.

만약 당신이 환각을 경험하고 싶다면 이 방법을 한번 시도해보라. 몸 뒤쪽에 촛불을 희미하게 켜놓고 커다란 거울 앞에 서서 조명을 끈다. 이 상태로 1분 정도 거울 속 자신을 계속 바라보면 희한하게도 자기 얼굴이 비뚤어져 보이거나 아예 다른 얼굴로 바뀌어 보일 수도 있다. 빛이 부족하면 뇌가 온전한 얼굴의 특징을 인식하지 못해 착각을 만들어내기 때문이다. 이렇게 시각적 착각이 벌어질 수 있는 확률은 70퍼센트에 이른다. 이는 시각장애인이 쉽게 환각을 겪을 수 있는 이유이기도 하다. 충분한 객관적 단서가 없이 무언가를 볼 때 뇌는 내부의 단서만 이용하여 주관적으로 예측하기 쉽다. 그러므로 당신이 무섭게 생각할수록 무서운 걸 볼 가능성도 높아진다.

9장

조현병이 만든 뇌 속 세상에 갇힌 사람들

맥주병 바닥만큼이나 두꺼운 안경을 쓴 젊은 환자가 있었다. 겉보기에는 꽤 진지한 사람이었는데 어째서 병원에 입원했느냐는 나의 물음에 특이한 대답을 내놓았다. "제 눈 사이가 멀어서 큰일이거든요. 이 눈에 관해 줄곧 연구해왔는데 아무튼 말하자면 길어요. 그냥 답답한 거죠, 뭐." 나는 무슨 뜻인지 알아들을 수 없어 다시 물었다. "뭐 때문에 답답한데요?" 그러자 그가 이렇게 대답했다. "어휴, 어떤 일은 그쪽이 아무리 생각해도 이해가 안 될 때가 있는 거예요."

그는 말하는 동안 내내 옆으로 비스듬히 서 있었는데 나를 낯

설어하고 경계하는 것 같았다. 말 또한 횡설수설이었는데 앞서 말한 문제를 고민하느라 기분이 좋지 않다고 했다. 심지어 그는 이런 상태가 벌써 몇 년이나 계속됐으며, 고등학생 때 학교를 그만뒀다고 했다. 왜 학교를 그만뒀느냐고 물으니 다음과 같이 대답했다. "그때는 근시가 심해서 안경테를 걸치면 코가 불편하더라고요. 비염 수술을 해서 수업시간에 안경을 쓰지 않았는데 그러다 보니 선생님 말씀도 안 들리고 칠판 내용도 잘 안 보였어요. 영어랑 수학 성적도 점점 떨어지고, 나중에는 학교에 가기 싫어지던걸요."

조현병의 증상은 정신분열만이 아니다

조현병 환자는 전체 인구의 약 1퍼센트를 차지하고 있으며, 모든 정신질환 가운데 증상이 가장 심각하다. 조현병 환자의 절반 이상이 오랜 기간 문제를 겪으며, 이들의 실업률은 무려 80~90퍼센트에 이르고, 보통 사람에 비해 수명도 평균 10~20년 정도 짧다.

조현병 증상은 양성증상positive symptom과 음성증상negative symptom 두 가지로 나타난다. 양성증상은 주로 망상과 환각, 환청으로 나타난다. 이를테면 양성증상이 있는 환자는 누군가 자신에게 지령을 내리거나 비판을 하거나 자기 뇌에 칩을 심어 리모컨으로 조종한다고 믿는다. 여기에는 주위의 누군가가 자신을 해치려 한다고 생각하며 두려움을 느끼는 피해망상과 함께 자신이 나라의 지도자라든지, 세상을 구원할 무거운 짐을 지고 있다고 생각하는 식의 과대망상도 해당한다.

　환각과 망상이 모두 양성증상에 들어가는 이유는 이 두 증상 모두 정상적인 지각과 사고가 아닌 왜곡된 인지에서 비롯된 것으로, 주변의 사람들이 비교적 쉽게 구별할 수 있는 속성이 있기 때문이다. 조현병 양성증상이 있는 환자는 현실과 심각한 부조화를 이루고 현실을 정확히 인지할 수 없다.

　음성증상의 경우에는 주위 사람들이 쉽게 눈치채지 못한다. 감정 기능이 약해지고, 뭔가를 하려는 동기가 낮아지며, 말수가 줄어들고, 사람들과의 관계에서 위축되며, 인지능력에 손상이 생겨 판단력이 떨어지고 의사결정을 잘하지 못하는 등의 모습으로 나타나기 때문이다.

　심각한 조현병 환자 대부분은 집중력을 유지하는 시간이 짧다. 이런 환자와 이야기해보면 그들은 흥미가 넘치는 것처럼 보이지만 막상 질문에 대답할 때는 제대로 집중하지 못한다. 만약 당신이 그들의 대답을 끊고 다른 질문을 하면 그들은 흔쾌히 앞의 질문을 건너뛰고 새 질문에 관해 답한다. 마치 앞의 질문이 아예 존재하지 않는 것처럼.

　조현병 환자는 한 가지 일에 오래 집중할 수 없는 데다 기억력이 떨어지고 사고력도 부족해 한 가지 일이나 생각에 관해 이야기해보라고 하면 두서없이 말하기 십상이다. 심지어 이야기를 절반쯤 하다 조금 전에 한 말을 잊어버리기도 한다. 발병 초기라 아직 병원에 가보지 않은 조현병 환자는 일상생활에서 제대로 된 판단을 하지 못하고 충동적인 결정을 내리기도 한다. 이런 증상 때문에 학업 성적이나 업무능력이 눈에 띄게 떨어진다.

　　조현병의 망상과 환각 증상은 질병의 발전 과정에서 나타났다 사라지기를 반복하지만 사고력 부족이나 주위에 무관심한 모습 등의 음성증상은 쭉 지속된다. 다만 양성증상이 훨씬 쉽게 눈에 띄기 때문에 많은 조현병 환자가 환각과 망상 증상으로 병원에 가는 것뿐이다. 물론 일부 환자는 점차 말이 없어지면서 일상생활과 학습능력이 점차 떨어지다 결국 가족의 손에 이끌려 병원에 가기도 한다.

　　조현병 환자의 첫 발병 시기는 대개 청소년기 말이나 성인이 된 초반으로 18~20세 정도다. 조현병 환자는 뚜렷한 증상이 나타나기 전에 이상한 모습을 드러내지만 다른 사람들이 잘 눈치채지 못한다. 이를테면 환자에게 환각과 망상이 나타나기 오래전부터 그들의 인지와 인간관계 기능은 이미 손상을 입은 경우가 많다. 하지만 어떤 환자는 이전에 아무런 전조증상도 없다가 갑자기 환각과 망상을 경험하기도 한다.

조현병에 영향을 끼치는 유전자와 위축된 뇌

조현병을 일으키는 유전자가 있을까?

조현병의 유전 기여율은 85퍼센트에 이른다. 하지만 어떤 하나의 유전자나 몇 개의 유전자로는 조현병의 발병 원리를 명확하게 설명할 수 없다.

　　전 세계의 정신질환 연구센터들이 뇌와 유전에 관한 대량의 데이터를 모은 결과, 과학자들은 조현병이 수백 개의 서로 다른 유전자자리gene locus(염색체에서 특정 유전자가 차지하는 위치 – 옮긴이)와 관련이 있다는 사실을 알아냈다. 유전자자리 하나하나는 거의 영향을 끼치지 못하며 아직 밝혀지지 않은 수백 개의 유전자자리가 함께 조현병 발병에 영향을 끼치는 것으로 보인다. 이 말은 어느 유전자 하나 또는 적은 수의 유전자만으로는 조현병에 걸리지 않는다는 뜻이다.

이런 유전자들은 시냅스의 밀도와 신경세포 세포막의 칼슘이온통로, 글루탐산glutamic acid 수용체, 도파민 수용체 등을 포함한 대뇌 신경세포의 부호화를 맡고 있다. 또한 조현병에 관한 유전자 연구를 통해 이 병과 일정한 상관성이 있는 유전자 중 일부가 주조직적합복합체major histocompatibilith complex(조직과 혈액의 적합성을 결정하는 항원들을 부호화하는 염색체 6번에 있는 유전자군 – 옮긴이)라는 걸 발견했다. 그런데 이 주조직적합복합체는 면역계와 관련이 있는 유전자 조각이다. 다시 말해 조현병과 면역계는 유전적으로 서로 관련이 있다. 이 발견은 면역계 결핍과 염증 반응이 정신질환의 여러 발전 단계에서 중요한 역할을 할 수 있다는 주장에 힘을 실었다.

사람 몸에 있는 DNA 중 8퍼센트는 바이러스로부터 왔으며, 그중에는 '레트로바이러스retrovirus'라는 것이 있다. 모든 생물은 DNA에서 RNA를 만들고 RNA에서 단백질을 생성한다. 그러나 RNA에서 DNA를 생성할 수도 있는데, 그것이 바로 레트로바이러스다. 이 바이러스는 역사가 매우 오래돼 수백만 년 전부터 우리 조상들의 DNA에 녹아들어 함께 살아왔다.

하지만 수백만 년의 진화를 거치면서 살아남은 DNA 속 레트로바이러스 대부분의 후대는 이미 변이로 인해 더 이상 발현되지 않고 침묵에 빠졌다. 다만 이런 레트로바이러스의 남은 성분을 '내인성레트로바이러스endogenous retrovirus'라고 부르는데 이 중에 아주 작은 일부가 인간 면역계의 일부로 진화했으며, 외부 바이러스의 침입에 저항할 수 있도록 돕는다.

침묵하는 내인성레트로바이러스는 휴화산과 같아서 특정한 환경요인에 따라 다시 활성화될 수 있다. 이들을 활성화하는 요인으로는 변이와 약물, 바이러스 감염 등이 있으며, 실제로 내인성레트로바이러스가 활성화되면 뇌에 정신적 문제가 생길 가능성이 있다. 실제로 체외에서 조현병 환자의 세포를 배양한 결과 세포 속 내인성레트로바이러스의 발현 정도가 일반인보다 높았다는 연구 결과도 있다. 하지만 이 연구와 같은 결과가 나온 다른 연구가 없어 아직 내인성레트로바이러스가 조현병 발병의 원인이라고 확실히 말하기는 어렵다.

조현병 환자의 전두엽과 측두엽

현대 뇌영상기술의 도움으로 전두엽이 조현병과 관련이 높을 것이라는 결론이 나왔다. 전두엽은 작업기억working memory(정보들을 일시적으로 보유하고, 각종 인지적 과정을 계획하고 순서 지으며 실제로 수행하는 단기기억 – 옮긴이) 능력, 실행통제 능력, 자기감시 능력, 상상력 등 고차원적인 인지능력을 맡고 있다. 이런 전두엽의 기능장애는 인지와 사회적 능력에 영향을 줘 공부나 일을 제대로 감당할 수 없게 하며, 사람을 '순수'하고 '단순'하게 만들기도 한다.

이외에도 조현병이 심해지면 측두엽의 회백질이 점차 줄어든다. 뇌 양쪽에 있는 측두엽은 청각과 언어, 기억 등 고차원적인 기능을 맡고 있다. 예일대학교에 있을 때 나는 주로 조현병과 양극성 정동장애 환자의 MRI 데이터를 분석했다. 수많은 데이터로 조현병 환자와 보통 사람의 대뇌피질에 어떤 구조적 차이가 있는지를 비교한 결과, 조현병 환자의 뇌가 정상인에 비해 크게 위축되어 있었다. 주로 전두엽과 측두엽 영역이 크게 위축되어 있었고 뇌 위쪽의 두정엽과 뒤통수의 후두엽occipital lobe, 그 근처에 연결된 영역도 조금 위축돼 있었다.

요컨대 조현병 환자의 뇌는 보통 사람과 확연히 다르다. 이로써 조현병의 증상이 다른 정신질환들보다 훨씬 크게 개인의 인지와 사회적 기능에 영향을 끼치는 이유를 설명할 수 있다.

조현병을 일으키는 그 밖의 요소들

직계가족 중에 조현병 환자가 있는 사람은 조현병에 걸릴 확률이 10퍼센트에 이른다. 조현병의 발병에 영향을 끼치는 환경요인으로는 어머니의 임신 중 기분과 생활 스트레스, 감염, 영양결핍, 잘못된 분만법, 아기 때의 경제적 상황, 아동기의 가정환경, 불안한 생활 등이 있다.

태어난 계절과 장소, 부모의 나이도 어느 정도 조현병의 발병에 영향을 끼칠 수 있다. 1929년 정신과 의사 모리츠 트레이머

Moritz Tramer가 처음 발표한 이래로 200건이 넘는 연구가 늦겨울과 이른 봄에 태어난 아이들이 다른 계절에 태어난 아이들보다 조현병에 걸릴 위험이 조금 높다고 보고했다. 또한 도시에서 태어난 아이들이 조현병에 걸릴 위험이 더 높으며, 아버지의 나이가 40세 이상이거나 양쪽 부모의 평균 나이가 20세 미만인 아이들이 조현병에 걸릴 위험이 커진다는 보고도 있다. 아버지의 나이가 많을 때 아이가 조현병에 걸릴 위험성이 높아지는 이유는 남성 체내의 정자가 나이가 들수록 변이가 일어날 가능성이 커지기 때문이다. 이외에도 뇌 손상이나 뇌전증, 자가면역질환, 심각한 감염이 있는 경우에도 조현병에 걸릴 위험이 커진다. 그리고 이러한 환경요인들은 모두 뇌 발달과 관련 있는 지적장애나 자폐장애, 주의력결핍과잉행동장애Attention Deficit Hyperactivity Disorder, ADHD, 뇌전증 같은 다른 정신질환의 발병 위험도 높인다.

정신질환 진단에 반드시 필요한 것, 시간

조현병은 매우 복잡한 뇌질환이다. 똑같이 조현병이라고 진단받은 환자라 해도 병의 발전 과정과 증상, 치료에 대한 반응, 질병의 예후 등에서 큰 차이가 날 수 있다. 게다가 조현병과 다른 정신질환들에는 여러 가지 공통된 병리적 특징과 증상이 존재한다. 이 말은 조현병과 다른 심각한 정신질환들 사이의 경계가 명확하지 않다는 뜻이다.

실제로 정신건강의학과 의사도 조현병을 진단할 때 양극성정동장애와 매우 쉽게 헷갈린다. 양극성정동장애는 큰 감정의 기복을 주요 증상으로 하는 기분장애다. 하지만 환자들 중 절반 이상은 환각과 망상 증상을 보이며, 그 때문에 종종 조현병이라고 진단받기도 한다. 반대로 많은 조현병 환자가 발병하기 몇 년 전부터 커다란 감정 변화를 겪는데, 그 때문에 양극성정동장애라는 진단을 받기도 한다.

또한 우울증 환자에게도 환각과 부정적인 망상이 나타날 수 있다. 이런 증상과 조현병의 양성증상은 구분하기가 매우 어렵다. 게다가 조현병의 인지기능 손상 같은 음성증상은 다른 정신질환에서도 흔히 볼 수 있는 증상이다. 자폐장애 환자 역시 인지기능과 사회성이 확연히 떨어지며, ADHD 환자 또한 인지기능이 어느 정도 떨어진다. 집중력을 유지할 수 없어 기억력과 이해력이 영향을 받기 때문이다.

각종 유전자 연구들도 여러 정신질환 사이에 뚜렷한 경계가 없다는 관점을 지지하고 있다. 다양한 정신질환이 종종 유전자 변이를 부분적으로 공유하고 있기 때문이다. 이를테면 조현병과 양극성정동장애, 양극성정동장애와 우울증, 조현병과 우울증, ADHD와 우울증 등은 유전자 변이가 어느 정도 겹친다. 심지어 상관없어 보이는 조현병과 자폐장애에도 적게나마 동일한 유전자 변이가 나타난다.

처음 그 환자를 만났을 때 창가에 놓인 침대의 새하얀 이불 위로 반쯤 나와 있는 창백한 얼굴은 살짝 붉게 물들어 있었다. 환자는 눈꺼풀이 꼭 붙은 것처럼 눈을 뜨지 않았지만 의사는 오늘 기분이 어떠냐고 물었다. 그러자 그가 중얼거리듯 말했다. "손이 차가워요." 이 환자는 처음 입원할 때 양극성정동장애로 인한 발작을일으켰다. 증상이 심각해 의사는 발작을 억제하는 약을 좀 강하게처방했고, 약효가 가시지 않은 탓에 그는 아직 생기를 찾지 못하고있었다.

둘째 날과 셋째 날 회진을 갔을 때 그는 혼자 걸을 수 있었는데, 다시 보니 얼굴이 예쁘장하고 몸이 매우 마른 남학생이었다. 그가 입고 있는 바지는 무릎 아래가 없었는데 간호사 말이 환자가찢었다고 했다. 아직 고등학생인 그는 눈이 맑았지만 어딘가 멍해보였다. 그가 내게 건넨 첫마디는 이것이었다. "전생을 기억하세요?" 내가 기억하지 못한다고 하자 그가 말했다. "선생님은 전생에류류였어요." "류류가 누군데요?" "제 여자친구요." 그는 자신이남녀가 한 몸에 깃든 천사라며 나 또한 그렇다고 했다. 게다가 우리가 인류를 구원할 사명을 갖고 이 땅에 왔다는 것이다!

넷째 날, 그 남학생 환자는 날 보자 환하게 웃으며 말했다. "류류, 웃는 모습이 꼭 여신 같네요." 그러고는 다시 자기 주치의를 돌아보며 물었다. "외계인을 믿으세요? 저는 신과 사람이 한 몸에 깃든 존재예요." 환자의 병세가 전혀 나아진 것 같지 않자 의사는 어색하게 웃으며 환자에게 약을 더 주라고 간호사에게 지시했다. 의사의 말을 들은 남학생은 여전히 귀엽게 웃으며 말했다. "선생님, 저한테 약을 더 주셔도 전 외계인을 믿어요. 사람은 죽어야만 외계로 가는 거라고요." 주치의가 떠나자 그는 다시 나를 바라보며 진지하게 말했다. "지금 우주는 사라지고 태양만 남았어요. 태양은 줄어들고 있고요. 태양 안에서 핵반응이 일어났거든요. 전 태양과 우주의 움직임을 느낄 수 있어요. 전 신이거든요." 그는 우주의 유일한 힘이 사랑뿐이라고도 했다.

여섯째 날, 나를 본 남학생 환자의 첫마디는 이것이었다. "류류를 보니 햇살을 보는 것 같네요."

일곱째 날, 남학생은 나와 함께 회진을 온 남자 의사에게 언제 퇴원할 수 있느냐고 물었다. 의사가 진지한 얼굴로 대답했다. "환자께서 지구로 돌아오셔야 퇴원할지 말지 얘기할 수 있을 것 같은데요." 그러자 그는 나를 가리키며 말했다. "그녀가 있는 곳에 저도 있는걸요."

여덟째 날, 주치의를 통해 들으니 남학생이 전날 클로자핀 clozapine(조현병 치료에 쓰는 약 - 옮긴이)을 추가로 처방받았다고 했다. 그날 다시 만난 그는 내게 이렇게 말했다. "누나라고 불러도 돼요?" 내가 물었다. "오늘은 류류가 아니고요?" 그러자 그가 대답했다. "지금에야 누나가 류류가 아닌 걸 알았어요. 류류는 제가 살았던 이전 세계의 여자친구거든요. 근데 누나는 이 세계의 사람이잖아요." 나는 류류가 그의 첫사랑일 거라 짐작했다. 그런데 문득 그가 입을 뗐다. "이별은 사람을 숨 막히게 하는데 열서너 살은 사랑에 눈뜨는 나이죠." 그 말에 내가 대꾸했다. "그런데 환자분은 열여섯 살에 처음 연애를 했다면서요?" 그는 쑥스러운 미소를 지으며 말했다. "그러니까요. 저는 좀 늦게 사랑에 눈떴죠."

앞 사례처럼 첫 진단에 조현병과 양극성정동장애를 구분하지 못하고 오진할 확률은 거의 50퍼센트에 이른다. 전 세계 어디서나 상황이 비슷하다. 의사의 의술이 뛰어나지 않아서가 아니라 조현병과 양극성정동장애에 관한 현재의 진단 기준 때문인데, 이 두 질환은 너무 많은 공존질환을 갖고 있다. 다시 말해 조현병과 양극성정동장애는 모두 공통적인 여러 증상으로 이뤄진 '증후군'이다. 조현병은 사실 환각과 망상, 기분장애, 사고장애 등의 증상이 함께 뒤섞여 있는 질환으로 '치료가 힘든 각종 증상의 집합'이라 불러도 지나치지 않다. 그렇게 된 원인은 아마도 뇌의 여러 발달 단계에서 유전자의 발현과 환경 스트레스 요인이 함께 만들어낸 영향 때문일 것이다.

과학자들은 생화학적 검사를 통해 생전에 다양한 정신질환을 앓았던 사람들 700명의 뇌를 대상으로 유전자를 분석했다. 그 결과 조현병 환자와 양극성정동장애 환자의 유전자 변이에서 많은 공통점이 발견됐다. 이를테면 성상교세포astrocyte와 관련된 유전자는 자폐장애 환자와 조현병 환자, 양극성정동장애 환자의 뇌에서 모두 지나치게 활성화되는 모습을 보였다. 또한 신경세포 부호화와 관련된 유전자 또한 위의 세 가지 정신질환 환자에게서 지나치게 활성화됐다.

'치료가 힘든 각종 증상의 집합'이라 해도 각 증상마다 심각도가 다르며, 질환의 발전 과정에 따라 변화가 생기게 마련이다. 예를 들어 어떤 환자가 처음 정신건강의학과에 진단을 받으러 갔을 때는 주로 감정적 문제가 증상으로 나타나 의사가 우울증 증상에 맞춰 그를 치료했다고 치자. 그런데 6개월 뒤 그 환자가 망상과 사고력 결핍으로 병원을 찾았다. 이때 그는 조현병으로 진단받을 수 있다. 반대로 어떤 환자는 처음에 심각한 조현병 증상으로 병원에 입원했다. 그에게 환청과 피해망상, 사고혼란 등의 증상이 있었기 때문이다. 하지만 1~2주가 지나자 그는 언제 그랬냐는 듯 정상 상태로 회복됐다. 마치 그 병에 걸린 적도 없는 것처럼 말이다. 하지만 그는 다음번에 매우 큰 감정 기복 때문에 양극성정동장애 진단을 받았다. 어떤 환자는 망상 증상과 장기간의 기분저하, 그러니까 인지장애 증상과 기분장애 증상이 모두 나타나지만 어느 한쪽이 더 도드라지지 않기도 한다. 이런 환자의 경우 의사도 그를 조현병이라고 해야 할지 양극성정동장애라고 해야 할지 판단하기가 어렵다. 이럴 때는 두 가지 질환이 회색지대로 들어갔다고 보고 다시 천천히 환자의 상태를 관찰할 수밖에 없다.

이렇게 시간은 정신질환에 반드시 필요한 진단의 척도로, 이점은 다른 질병의 진단과는 큰 차이가 있다. 이를테면 심장병이나 암, 장염 같은 신체 질병은 짧은 시간 안에 진단 결과가 나오지만 뇌질환의 경우에는 한동안(심지어 아주 오랜 시간 동안) 관찰하지 않으면 사람의 뇌에 대체 어떤 문제가 생겼는지 판단하기가 어렵다. 아직 의학기술이 그만큼 발전되지 않았거나 사람들이 대뇌의 생리와 기능을 다 알지 못해서, 또는 양쪽 모두 때문일 수도 있다.

같은 정신이상이라 해도 그 너머의 대뇌 생리기제는 완전히 다를 수 있다. 이를테면 똑같이 뇌에 손상을 입었다 해도 사람에 따라 증상은 완전히 다르게 나타나기도 한다. 이는 뇌의 모든 기능이 고도로 복잡한 신경망을 통해 이뤄지기 때문이다. 다시 말해 같은 뇌 영역이 손상을 입거나 같은 정신이상처럼 보여도 사람에 따라 관련된 신경망이 다를 수 있으며, 대응하는 생리적 구조는 더 다양할 수 있다.

　오늘날 사람들은 정신질환을 단순히 조현병과 양극성정동장애, 우울증, 강박장애, ADHD, 자폐장애 등으로 구분하지만 이런 분류가 각 질환들의 본질을 다 반영하고 있는 것은 아니다. 최근에서야 정신건강의학계는 서로 다른 정신질환들의 증상 및 유전자 겹침 현상을 보며 정신질환 분류의 본질적인 문제와 현재의 진단 기준이 과연 합리적인지에 관해 다시 생각하기 시작했다.

10장

주의력 결핍은 뇌가 세상을 거꾸로 본다는 증거

나는 어린 시절 주변의 사물에 호기심이 많고 상상력이 풍부한 장난꾸러기였다. 이런 나와 이야기를 하던 사람들은 종종 다음과 같이 말하곤 했다. "갑자기 얘기가 왜 거기로 튀어?" 하지만 내게 자주 화제를 바꾸는 건 지극히 정상적인 일이었다. "어, 갑자기 이게 생각이 나서. 내 생각에는 이 이야기랑 아까 이야기랑 이런저런 관계가 있는 거 같거든." 나는 어린 시절 내내 나 자신이 자유연상 능력과 창의력이 뛰어난 사람이라고 생각했다. 요 몇 년 사이 이런 나를 뛰어넘는 두 친구를 만나기 전까지만 해도 말이다.

몇 년 전 창업을 준비하는 C가 학교 동창인 나를 찾아오면서 우리는 친해졌다. 그런데 C는 성격이 꽤나 쾌활한 아가씨로 이야기하는 스타일도 재미있었다. 자주 이야깃거리를 바꾸곤 했는데 새로운 이야깃거리와 앞서 말하던 이야깃거리는 서로 큰 관련이 없었다. C와 대화하다 보면 나는 내 논리에 어떤 문제가 생긴 건 아닌가 의심하기도 했다. 하지만 C와 더 많이 친해진 뒤 C가 재잘재잘 20분 정도 새로운 이야깃거리로 이야기한 뒤에는 앞서 말하던 이야깃거리로 다시 돌아온다는 사실을 깨달았다. 물론 그러지 않을 때도 많았지만 말이다.

또한 C는 밥을 먹으며 이야기를 할 때는 나를 거의 바라보지 않았다. 모든 주의력이 음식에만 집중돼 있는 것 같았다. 음식에만 너무 집중해 우리가 대화하고 있다는 사실을 잊은 건 아닐까 의구심이 들 때쯤이면 C는 어김없이 내 이야기를 완벽히 이해하고 있음을 증명하듯 독특한 의견을 내놓곤 했다.

C는 SNS에 답장을 하는 스타일도 독특하다. 내가 소식을 보내면 종종 새벽 2시, 4시, 6시에 답장을 한다. 밤새 잠을 자지 않는 사람처럼. 한번은 내가 밤에 늘 깨어 있느냐고 물으니 C는 잠자는 시간이 일정하지 않다고 대답했다. 낮에 졸리면 자고, 잠이 깨면 다시 일하는 식으로 하루에 자는 시간이 6시간이 채 되지 않는데 예전부터 쭉 그래왔다고 한다. 대부분의 성인은 하루에 7~9시간 정도 잠을 자야 하며, 밤에 자는 것이 좋다. 다시 말해 C의 잠자는 시간은 정상 범위를 상당히 벗어나 있는 셈이다. 하지만 C는 겉으로 보기에 실행기능이 지극히 정상이었다.

나는 C를 매우 특별한 성격의 소유자라고 생각했는데, H라는 친구를 알게 된 뒤 두 사람이 모두 같은 유형이라는 사실을 깨달았다.

나는 H와 이야기를 나눌 때 이 말을 가장 많이 한다. "내 이야기 듣고 있어?" 내가 이렇게 물을 때마다 그는 느긋하게 대꾸한다. "당연히 듣고 있지." 그러면서 내게 조금 전에 했던 말을 다시 해보라고 한다. 그러나 막상 이야기를 하면 이리저리 기웃거리며 딴청을 피운다. 그럼 나는 다시 속이 타서 묻는다. "내 말 듣고 있어?"

우리는 종종 함께 식사를 하는데 한번은 내가 H에게 식당을 추천해달라 했다. 그는 식당을 선택하는 데 지나치게 오래 걸렸다. 수십 군데의 식당을 비교한 뒤에야 간신히 몇 곳으로 좁힐 수 있었다. 그마저도 10여 분을 고민해서 결정한 식당을 안 가겠다며 손바닥 뒤집듯 생각을 바꾸기 일쑤였다. 그는 약속에 자주 늦기도 했다. 그런데 늦는 시간도 15분에서 1시간까지 들쭉날쭉이었다.

H 또한 C만큼이나 음식에 관심이 많은데 일단 음식이 눈앞에 놓이면 거기에만 집중한다. 게다가 밥을 먹고 가끔 나를 차로 데려다줄 때 길이라도 막히면 눈에 띄게 불안해한다. 그런데 H는 종종 이런 푸념을 하곤 한다. "요즘 날마다 잠을 많이 못 자. 그저께는 여섯 시간 잤고, 어제는 겨우 네 시간 잤다니까." 이런 H는 C처럼 끝이 없는 일과 바닥나지 않는 에너지를 가진 사람 같다.

그런데 나의 친구 C와 H는 사실 그리 독특한 사람들이 아니다. 그들의 증상은 전형적인 성인 주의력결핍행동장애(ADHD)의 사례다.

ADHD는 정말 정신질환일까?

ADHD는 흔히 주의산만증이라고도 하는데 그 이름처럼 두 가지 주요 증상이 나타난다. 하나는 무언가에 집중하기 어려워하는 것이며, 다른 하나는 산만하고 충동적인 행동을 하는 것이다. 물론 ADHD가 두 가지 증상을 모두 나타내는 것은 아니다. 어떤 사람은 집중력이 부족한 모습을 주로 보이고, 어떤 사람은 산만한 모습을 주로 보인다. 또한 두 가지 증상을 모두 보이는 사람들도 있다. 이런 ADHD는 몇 년에 걸쳐 나타나기도 하고 평생 유지되기도 하는 신경발달장애다. 아이들 중에서는 5퍼센트, 성인 중에서는 2.5퍼센트가 ADHD에 해당한다. 아동 ADHD 환자 중 3분의 2는 성인이 된 뒤에도 ADHD 증상을 드러낸다.

ADHD를 진단하기 시작한 역사는 고작 200여 년밖에 되지 않았다. 1775년 독일의 멜키오르 바이카르트Melchior Weikard가 의학 교과서에 이 병의 증상을 기술한 것이 가장 최초의 기록이다. 사람들이 그즈음에 ADHD를 발견했을 것으로 보는 이유는 그때부터 서양에서 현대식 대규모 교육 시스템이 시작됐기 때문이다. 그 무렵부터 사람들은 대부분 학교에 입학해 현대식 교육을 받아야 했으며, 긴 시간을 집중해서 지식을 배워야 했다. 또한 사회적 능력이나 계급의 이동도 교육을 받느냐 아니냐에 따라 달라지게 됐다. 그로 인해 집중력 자체가 대중과 의학계의 폭넓은 주목을 받기 시작했다.

1937년 사람들은 우연한 기회에 암페타민이 ADHD 증상 완화에 도움이 된다는 걸 알게 됐다. 또한 1987년《정신질환 진단 및 통계 편람The Diagnostic and Statistical Manual of Mental Disorders, DSM》III-R(3편의 개정)판에 처음으로 ADHD라는 이름으로 병명과 증상이 소개됐다.

하지만 어느 과학자가 쌍둥이를 연구한 결과에 따르면 ADHD는 하나 또는 그 이상의 유전물질이 극단적으로 표현된 것일 뿐이다. 또한 다른 연구는 ADHD 환자의 유전물질 속에 있는 ADHD의 특징과 관련된 유전자가 보통 사람들에게도 폭넓게 존재한다는 사실을 확인했다. 보통 사람에게도 주의력 결핍이나 산만한 특징이 나타나지만 명확히 ADHD로 진단하기에는 기준에 못 미칠 뿐이다. 최근 이뤄진 대규모 유전자 연구에 따르면 ADHD는 자폐스펙트럼장애autism spectrum disorder와 우울증, 양극성정동장애, 조현병 등과도 특정 유전자를 공유하고 있다.

90퍼센트 유전 속 숨은 비밀

ADHD는 높은 확률로 유전된다. 만약 당신의 부모나 부모의 형제자매 가운데 ADHD가 있으면 당신 또한 ADHD에 걸릴 확률이 5~10배 정도 높아진다. ADHD의 유전 기여율은 보통 70~80퍼센트에 이르며, 90퍼센트에 이른다는 연구 결과도 있다.

스웨덴에서 81만 명을 대상으로 이뤄진 연구 조사에 따르면 저소득층 가정에서 ADHD 발병률이 높다고 한다. 이 연구 결과는 사회적·경제적 지위가 낮을수록 ADHD에 걸릴 위험이 높다는 주장이 아니다. 그보다는 ADHD의 여러 핵심 증상이 교육을 받는 햇수나 업무능력에 영향을 끼치기 때문에 ADHD 환자의 사회적·경제적 위치가 낮아지고, 그 결과가 다음 세대에게도 심리적으로, 경제·사회적으로 대물림되는 것이다.

아이와 청소년들 중에는 남자가 ADHD의 영향을 많이 받는다. 실제로 ADHD로 치료받는 아동 및 청소년 환자의 남녀 비율은 4 대 1이지만, 성인 환자의 남녀 비율은 2.4 대 1에 가깝다. 이렇게 여성 비율이 적은 것은 여성이 남성보다 적극적으로 치료를 받으려 하기 때문일 수 있으며, 성인이 되면서 남녀 비율이 달라지는 것은 병이 발전하는 과정에서 남성과 여성이 보이는 증상의 발달 궤적이 다르기 때문일 수도 있다. 이를테면 보통 남성의 뇌는 늦게 성숙되기 때문에 청소년기와 성인 초기를 거치며 남녀의 비율 차이가 좁혀지는 것이다.

물론 유전요인이 ADHD의 발병에 가장 크게 기여하지만 환경요인도 적잖은 영향을 끼친다. ADHD의 성향을 타고난 아이는 태어나면서부터 ADHD 증상을 보인다. 이를테면 유난히 울고불고 난리를 피우고, 부모 말에 귀를 기울이지 않고, 혼잣말을 하고, 뭔가에 집중하지 못하고, 부산한 동작이 많다. 우리는 이런 아이를 흔히 장난꾸러기라고 부른다. 그런데 이런 장난꾸러기의 여러 특징에 관해 부모는 거부감을 느끼는 경우가 많다. 그래서 저도 모르게 아이의 태도를 못마땅하게 여기고 억누르거나 아이를 엄하게 가르치려 한다. 이런 양육방식은 장난꾸러기 아이를 더 초조하고 불안하게 만들며 더 많은 ADHD 증상을 드러내게 할 뿐이다. 이것이 바로 유전요인이 환경요인에 영향을 끼치고, 역으로 다시 ADHD의 발병에 영향을 주는 원리다.

ADHD가 높은 확률로 유전되는 질병인 만큼 부모 본인의 ADHD 문제가 심각해 아이를 제대로 양육하기 어렵다는 주장도 있다. 하지만 이 주장은 절반만 옳다. 확실히 ADHD 아이의 부모는 행동에 문제가 있는 경우가 많다. 그 때문에 아이를 양육할 때 소홀할 수 있으며 양육방식이 건강하지 않을 수도 있다. 하지만 유전요인의 영향을 배제하더라도 ADHD 유전자는 당사자의 행동을 통해 부모의 양육방식에 영향을 끼친다. 부모가 이런 아이에게 더 반감을 갖고 대하고, 이것이 다시 아이에게 더 많은 ADHD 증상이 나타나도록 자극하는 셈이다.

또 다른 연구에서는 루마니아의 고아들을 대상으로 추적조사를 했다. 조사 대상은 입양되기 전까지 몇 년 동안 고아원에서 지내며 인생 초기에 세심한 보살핌을 받을 기회를 놓친 아이들이었다. 이 연구 결과에 따르면 아이들이 고아원에 머문 시간이 길수록 ADHD에 걸릴 위험도 높았다.

이외에도 어머니의 임신 상태(임신 중에 술이나 담배를 했다든지), 조산으로 태어난 경우, 태어날 때의 저체중, 환경독소(살충제나 아연과 납 같은 중금속)에 노출된 경우 등이 원인이 될 수 있다. 하지만 한 가지 환경요인만으로 ADHD가 발병했다고 설명할 수는 없다.

ADHD의 뇌는 거꾸로 간다

ADHD 환자는 인지와 관련된 여러 기능에 결함이 있다. 그들은 전두엽의 통제 기능이 떨어져 쉽게 충동적이 되거나 시각과 관련된 공간기억력과 언어와 관련된 작업기억력이 떨어져 자주 길을 잃거나 남의 말을 기억하지 못한다. 또한 종종 최적의 의사결정을 내리지 못하며, 멀리 있는 보상보다 당장의 보상에 마음이 기운다. 그들에게는 멀리 있는 보상보다 눈앞에 있는 보상이 더 가치 있게 느껴지기 때문이다. 그들은 시간의 관념도 보통 사람과 차이가 있다.

대부분의 ADHD 환자는 앞서 이야기한 인지 문제들 가운데 한두 가지를 가지고 있다. 하지만 같은 ADHD 환자라고 해도 인지 문제가 전혀 없는 사람도 있고, 앞서 말한 모든 문제가 있는 사람도 있다. ADHD 환자의 일생에서 인지 결함과 보상에 민감한 결함, 시간 감지의 결함은 서로 개별적으로 존재하며, 한 가지 결함이 있다고 해서 다른 두 가지 결함이 꼭 따라오지는 않는다. ADHD 환자의 대뇌 신경통로가 보통 사람과 다르기 때문이다. fMRI로 뇌를 찍어보면 작업기억과 자제력, 주의력과 관련된 일을 수행할 때 ADHD 환자는 복측선조체와 전두두정엽 네트워크 fronto-parietal network, 복측주의력 네트워크 ventral attention system (측두두정접합부 및 복측전두피질)의 활동이 보통 사람과 다르다.

그렇다면 이런 뇌 영역과 신경망의 기능은 무엇일까? 복측선조체는 뇌 보상회로의 중요한 영역으로 우리가 보상을 기대할 때 활성화된다. 그러나 ADHD 환자의 복측선조체는 보통 사람과 활성화 정도가 다르다. ADHD 환자가 단기적인 보상의 유혹에 약한 것도 바로 이 때문이다. 전두두정엽 네트워크는 구체적인 목표를 집행하는 기능을 조절하는 역할을 맡고 있으며, 복측주의력 네트워크는 외부환경에서 특정한 행동과 관련된 자극으로 사람의 주의력을 끄는 역할을 맡고 있다. 그런데 이 뇌 영역들이 보통 사람과 다른 ADHD 환자는 최적의 의사결정을 내리거나 특정한 일에 집중하기 어려워한다.

ADHD 환자는 뇌 신경망의 패턴도 보통 사람과 다르다. 특히 ADHD 환자의 뇌에서 주의력 네트워크와 디폴트 모드 네트워크는 길항의 관계로 서로를 약화시킨다. 이를테면 집중해야 할 때 주의력 네트워크가 활성화되고 디폴트 모드 네트워크가 약화되어야 하는데, ADHD 환자의 뇌에서는 반대로 집중해야 할 때 디폴트 모드 네트워크가 활성화되고 쉬어야 할 때 주의력 네트워크가 활성화되는 것이다. 이런 뇌의 패턴은 집중해야 할 때 넋을 놓고 있게 하거나 자신도 모르게 공상에 빠지게 만든다. 게다가 ADHD 환자의 뇌는 디폴트 모드 네트워크의 연결도가 약하고, 전전두엽과 선조체 회로의 연결도도 약하다. ADHD 환자가 보통 사람보다 훨씬 자주 머리가 새하얘진다고 느끼며 멍해지는 것도 이 때문일 수 있다.

ADHD 환자는 뇌 기능뿐만 아니라 뇌 구조 또한 보통 사람과 차이가 있다. 몇몇 연구에 따르면 ADHD 환자 뇌의 전체 크기는 보통 사람보다 3~5퍼센트 정도 작다. 이는 그들의 뇌 회백질 부피가 작아졌기 때문인 것으로 보인다. 작아진 뇌 영역은 주로 우측 뇌의 창백핵globus pallidus(대뇌 반구의 깊은 곳에 있는 회백색의 덩어리로 담창구라고도 한다 – 옮긴이)과 조가비핵putamen(대뇌 반구 속의 바닥핵 가운데 큰 덩어리를 이루는 렌즈핵의 가장자리 부분 – 옮긴이), 꼬리핵caudate nucleus(미상핵이라고도 한다 – 옮긴이), 소뇌다. MRI로 뇌 신경섬유를 촬영한 연구에서도 ADHD 환자의 우측 뇌에서 신경섬유의 이상이 폭넓게 나타났다고 한다. 하지만 ADHD 환자에 관한 여러 뇌 MRI 연구 결과들은 차이가 매우 크다. 이는 ADHD 환자 개개인의 차이가 크기 때문으로 보인다. ADHD 환자들은 저마다 드러나는 증상이 다르며, 뇌 내부의 구조와 기능도 서로 차이가 크다.

나이가 많을수록 ADHD의 발병 비율은 점차 낮아지는데 이는 ADHD 환자의 뇌가 세월이 지나며 점차 성숙하기 때문으로 보인다. 또한 ADHD 아동은 나이를 먹으면서 뇌 부피도 점차 커지는데, 그들 중에 일부는 성인이 되면 정상 범위에 들어가기도 한다.

하지만 ADHD 환자가 나이를 먹을수록 좋아진다는 연구 결과가 모두 일치하는 건 아니다. 어떤 연구에서는 청소년기에 유난히 작았던 ADHD 환자의 뇌 영역이 성인이 된 뒤에도 거의 자라지 않았다는 결과가 나왔다. 또 다른 연구에서는 같은 나이대 사람보다 작았던 ADHD 환자의 복측선조체 영역이 나이를 먹으며 더 작아졌다는 결과가 나오기도 했다. 또한 ADHD 환자의 대뇌피질은 보통 사람보다 더디게 성숙한다. 따라서 적지 않은 ADHD 아동은 성인이 된 뒤에도 대뇌피질의 기능과 구조가 성숙한 수준에 이르지 못한다. 그들의 전두엽과 측두엽, 운동을 담당하는 일부 대뇌피질 영역의 두께는 성인이 돼도 얇은 편이다. 대신 그에 대한 보상으로 체감각피질과 후두엽이 두꺼워지기도 한다.

ADHD 증상은 나이를 먹고 뇌의 발달이 성숙해지면서 몇몇 증상이 내재화되기도 한다. 예를 들어 어릴 때 산만했던 행동이 청소년기에 내재된 불안으로 바뀐다든지, 어릴 때는 툭하면 멍해지더니 청소년기에는 쓸데없는 생각에 빠지는 식으로 말이다.

게다가 ADHD가 아닌 것처럼 보이는 사람들 중에도 실제로는 주의력이 매우 약한 사람이 많이 있다. 하지만 이런 사람들이 진찰을 받으러 가는 비율은 매우 낮다. 겉으로 드러나는 ADHD 증상이 많지 않아 자신이나 자기 아이가 ADHD라는 사실을 모르기 때문이다. 이런 현상은 여성에게서 흔히 나타나는데, 여성의 ADHD 증상이 남성과 다르기 때문이다. 여성 ADHD 환자 중에는 주의력 결핍이 겉으로 드러나지 않는 사람이 많아 자세히 살펴보지 않으면 거의 알지 못한다.

ADHD의 치료는 환경에 따라 달라진다

치료에 앞서 ADHD 아동이 처한 환경을 먼저 이해해야 한다. 부모가 아이 곁에 있는지 따로 사는지, 부모가 아이의 ADHD 치료를 찬성하는지 아닌지, 부모가 아이에게 학대행위를 하지는 않았는지, 부모가 아이를 돌볼 능력이 있는지 등을 우선적으로 알아봐야 한다. 만약 아이가 줄곧 혼란스러운 환경에서 살았다면 치료를 해도 효과가 전혀 없을 수도 있다.

ADHD를 치료하는 약물은 크게 중추신경흥분제와 비중추신경흥분제로 나뉜다. 이 두 가지 약물 모두 ADHD 아동과 성인의 증상을 효과적으로 줄여줄 수 있다. 2년 이상의 추적 연구에 따르면 중추신경흥분제가 더 효과적이다. 비록 집중력이 정상 수준까지 올라가지는 않았지만 말이다. 다만 환자가 미취학 아동이라면 증상이 아주 심하지 않은 이상 비중추신경흥분제를 사용하는 것이 좋다.

비약물치료는 대부분 증상이 심각하지 않은 환자에게 사용한다. 비약물치료는 보통 부작용이 없기 때문에 약물치료에 반응이 없는 환자들도 시도해볼 수 있다. 게다가 약물치료만으로는 최적의 효과를 얻을 수 없기 때문에 비약물치료를 병행하면 더 나은 치료 효과를 볼 수 있다.

인지행동치료는 유럽과 미국에서 가장 폭넓게 사용되고 있으며, 가장 추천할 만한 비약물치료다. 부모가 인지행동치료를 익혀 ADHD 초기와 중기인 아동의 부적합한 행동을 바로잡을 수도 있다. ADHD 아동을 위해 따로 설계된 게임도 있는데, 자제력을 높이는 데 유용하다. 평소의 생활을 잘 관리하는 기술도 청소년이나 성인을 겨냥한 ADHD 치료법으로 추천할 만하다. 이 기술들을 통해 ADHD 환자는 제대로 시간을 관리하고 사람 사귀는 법을 배울 수 있다.

반드시 치료할 필요는 없다

사람들은 누구나 ADHD 증상을 어느 정도 가지고 있다. 집중하지 못하거나 불안해하거나 지각을 하거나 어떤 일을 계획하고 실행할 때 세심하지 못한 것 등이 모두 그런 증상으로, 사람에 따라 정도의 차이가 있을 뿐이다. 이런 모든 증상은 매우 가벼운 것부터 심각한 것까지 다양하며 어떤 증상 하나로 ADHD 환자라고 단정 지을 수 없다.

ADHD의 특징이 꼭 나쁜 건 아니다. 쉽게 충동적인 행동을 하거나 계획적으로 행동하는 능력과 시간 관리 능력이 부족한 것은 공부와 일을 차근차근 진행하는 데에 방해가 되는 것처럼 보인다. 하지만 이런 심리와 행동의 특징에도 좋은 점이 있다. 예를 들어 모험을 좋아하는 특징은 끊임없이 변화하는 환경에서 새로운 일에 용감하게 뛰어들 수 있게 하며, 새로운 방법을 찾아 성공에 이르게 만들기도 한다. 또한 공상을 좋아하는 특징은 더 풍부한 창의력을 안겨줘 보통 사람보다 훨씬 뛰어난 방식으로 문제를 해결할 수 있다. 시간을 관리하는 능력이 부족하고 충동적으로 행동하는 것 역시 일상생활에 큰 지장을 주지 않는다면 가족과 친구들이 이해해줘야 할 문제지, 꼭 바꿔야 하는 문제는 아니다.

11장

우리의 뇌는 어떻게 알츠하이머병에 저항하는가?

나의 작은할아버지는 알츠하이머병alzheimer's disease에 걸려 75세에 돌아가셨다. 나는 어려서부터 유난히 작은할아버지를 좋아했다. 작은할아버지는 성격이 점잖으시고 잘 웃으시는 데다 나를 자전거에 태워 동네 이곳저곳을 구경시켜주셨다. 작은할아버지가 65세가 되던 해에 작은할머니와 함께 잠시 우리 집에 머무셨던 적이 있다. 하루는 학교 수업을 마치고 돌아왔는데 작은할아버지가 벽을 보며 침대에 누워 계셨다. "작은할아버지, 학교 다녀왔어요." 하지만 작은할아버지는 아무런 반응이 없었다. 그러자 작은할머니가 방에서 나오시며 농담 반 진담 반으로 말씀하셨다. "작

은할아버지가 지금 화가 나셨어. 네가 가서 좀 달래드리렴." 나는
침대에 올라가 작은할아버지를 툭툭 치며 물었다. "작은할아버지,
왜 화가 나셨어요?" 그랬더니 작은할아버지는 몸을 돌려 웃으시
며 말씀하셨다. "나 화나지 않았는데."

몇 주 뒤 두 분이 집으로 돌아가셨다. 하지만 1년도 채 되지 않
아 아버지는 작은할아버지가 기억이 깜빡깜빡해 한번은 집으로
돌아가는 길도 잊으셨다고 했다. 작은할머니가 한참을 헤맨 끝에
겨우 찾았지만, 결국 병원에서 알츠하이머병 진단을 받으셨다.

작은할아버지는 알츠하이머병 진단을 받으신 뒤 기억력이 점
점 더 나빠져 방금 있었던 일도 돌아서면 잊어버리셨지만 작은할
머니와는 종종 젊은 시절 이야기를 나누시곤 했다. 그러나 얼마 뒤
에는 말조차 거의 하지 않으셨다. 대신 날마다 아침식사를 하신 뒤
작은 의자를 들고 대문 밖으로 나가 지나다니는 자동차들을 구경
하셨다. 그로부터 1~2년 뒤 작은할아버지는 친구들도 알아보지
못했으며, 옛날 친우들이 찾아와도 만나지 않으려 했다. 조금 더
뒤에는 작은할머니마저 알아보지 못했고, 더 이상 자동차 구경도
하지 않았다. 대신 날마다 방에서 넋을 놓고 계시는 시간이 늘어
났는데 가끔 대소변 실수도 했다. 그러던 어느 날, 작은할아버지가
돌아가셨다는 소식을 들었다. 알츠하이머병 진단을 받고 10년 만
에 세상을 떠나신 것이다.

알츠하이머병은 노년에 주로 발병해서 노인성 치매senile
dementia라고도 한다. 나이가 많을수록 알츠하이머병에 걸릴 가능
성이 높아진다. 65세 이상 중 9분의 1이, 75세 이상 중 5분의 1이

알츠하이머병에 걸린다. 만약 85세라면 알츠하이머병에 걸릴 가능성이 절반이다.

작은할아버지의 사례는 알츠하이머병의 전형적인 진행 과정을 보여준다. 알츠하이머병 환자들은 발병 초기에 보통 주의력과 계획능력, 학습능력 등이 떨어지며, 조금 전에 일어났던 일도 기억하지 못하게 된다. 그 뒤로 점차 감정이 무뎌지면서 자주 쓰는 단어도 틀리게 말하고, 사람을 잘 알아보지 못하게 된다. 또한 별 이유 없이 화를 내기도 한다. 그러다 결국 운동능력이 떨어져 잘 넘어지거나 대소변 실수를 하게 된다. 알츠하이머병 환자는 보통 발병하고 8~10년 뒤에 세상을 떠난다.

알츠하이머병, 알아차렸을 땐 늦었다

알츠하이머병의 발병은 결코 갑작스러운 것이 아니며 그 병이 겉으로 나타나기 훨씬 오래전부터 진행된다. 집에 계신 노인에게 기억력에 문제가 있어 병원을 찾았을 때는 뇌의 퇴행 과정이 이미 10년 또는 20년 전부터 시작됐다고 봐야 한다. 이 단계를 경도인지장애 mild cognitive impairment라고 부른다. 보통 이 단계에는 뇌의 퇴행성 증상이 뚜렷하게 드러나지 않는다. 인지장애의 증상은 주로 기억과 관련된 것과 비기억과 관련된 것으로 나뉜다. 기억과 관련된 증상은 일정이나 대화, 최근 있었던 일처럼 쉽게 기억하던 일을 잊어버리는 것을 말한다. 비기억에 관련된 증상은 시간 계획이 불합리해졌거나 시간을 예측하는 능력이 떨어지는 등 의사결정 능력이 떨어지는 것을 포함한다. 하지만 이 단계의 증상은 두드러지지 않아 그냥 피로 때문이라며 대수롭지 않게 여기기 쉽다. 퇴화 증상이 뚜렷해져 의사에게 가봐야겠다고 느낄 때쯤이면 뇌는 이미 퇴행 과정 중기에 들어선 다음이다.

경도인지장애 단계에서 뇌가 손상을 입은 부분은 변연피질의 해마와 내후각피질entorhinal cortex이다. 앞에서 말했듯이 해마는 뇌에서 기억을 담당하고 있는 핵심 영역으로, 새로운 지식과 일을 배우고 경험할 때 새 정보들이 가장 먼저 해마에 들어가 임시로 보관된다. 그러므로 노인이 해마에 손상을 입으면 새로운 경험과 지식이 뇌에 저장될 수 없으며, 이로 인해 방금 일어난 일을 돌아서면 잊어버리는 '건망증'을 보인다.

대뇌 퇴행성의 다음 단계는 경증 알츠하이머병이라고 부른다. 이 단계에는 대뇌피질도 손상을 입어 여러 인지퇴행 증상이 나타난다. 일반적으로 언어기능을 주로 책임지는 측두엽과 운동과 공간의 인지를 맡고 있는 두정엽이 손상을 입은 결과다. 뇌에서 큰 면적을 차지하고 있는 이 두 영역의 손상으로 알츠하이머병 환자는 종종 방향감각을 잃고 길을 헤매고, 글을 읽는 데에 어려움을 겪으며, 익히 알고 있는 사물이나 사람을 알아보지 못한다.

알츠하이머병이 중기에 들어서면 뇌의 앞쪽에서 큰 면적을 차지하는 전두엽까지 손상을 입는다. 이 단계에는 의사결정이 어려워지고 충동적 행동을 하며 자주 화를 내고 집중력도 눈에 띄게 떨어진다. 알츠하이머병 환자들은 어떤 일을 하든 쉽게 인내심을 잃으며, 이야기를 하다가도 정신이 멍해지기 일쑤다.

병세가 말기에 이르면 환자의 뇌에서 훨씬 원시적이고 '굳건했던' 시각을 담당하는 후두엽과 뇌의 깊은 곳에서 기본적인 생리 기능을 담당하는 영역들까지 질병의 침입을 받는다. 이 단계에는 환자의 시각에 문제가 생기며, 대소변을 가리지 못하는 등 기본적인 생활능력마저 상실하고 만다.

이상의 전형적인 알츠하이머병 증상 외에도 환자마다 병변이 구체적으로 나타나는 영역과 신경망에 끼치는 영향이 달라 정신 질환 증세가 나타날 수도 있다. 예를 들어 환각이나 망상(가족이 자신을 해칠 것처럼 느끼는), 충동성 중독(성욕과 식욕에 변화가 생기는) 등이 나타나기도 한다.

알츠하이머병의 답을 찾아서

베타아밀로이드 단백질은 원흉일까, 영웅일까?

오늘날까지 알츠하이머병의 발병에 관한 가장 설득력 있는 가설은 다음과 같다. 뇌 신경세포에는 본래 정상적인 베타아밀로이드amyloid-β 단백질이 있는데 알 수 없는 원인으로 이 단백질에 잘못된 접힘 현상이 나타나면 뇌 신경세포 바깥에 단백질 구조물인 아밀로이드반amyloid plaque이 쌓인다. 이로 인해 신경세포에 있는 단백질들이 서로 뒤엉키게 되고, 연이어 면역 및 염증 반응이 일어나면서 결국 신경섬유가 손상되고 신경세포가 사멸한다. 이렇게 신경세포의 감소와 신경망의 위축으로 사람의 인지능력이 크게 쇠퇴하는 것이다. 이 가설 때문에 오랫동안 베타아밀로이드 단백질은 알츠하이머병을 일으키는 주범으로 손꼽혔다. 그러나 지난 수십 년 동안 제약회사들이 베타아밀로이드를 겨냥해 많은 약을 개발했지만 임상실험에서는 어느 것도 큰 효과가 없었다.

하지만 최근 몇 년 사이에 베타아밀로이드 단백질이 알츠하이머병을 일으키는 치명적인 원인이 아니라 오히려 알츠하이머병에 대항하는 데 도움을 주는 숨은 영웅이라는 반전의 연구 결과가 제기됐다.

하버드대학교 연구진은 뇌 신경세포의 베타아밀로이드 단백질과 선천성 면역계의 핵심인 항감염성 단백질, 항균펩타이드 antimicrobial peptide LL-37이 구조와 기능 면에서 매우 닮았다는 사실을 발견했다. 더 신기한 점은 베타아밀로이드 단백질의 항균 효과가 때로는 항생제의 일종인 페니실린보다 강하다는 것이었다. 이후에 이뤄진 많은 연구를 통해 과학자들은 베타아밀로이드 단백질이 일종의 항균펩타이드이며, 진균과 세균이 신경세포 조직을 감염시키지 못하도록 한다고 확신했다. 실험용 쥐의 뇌에 살모넬라균을 감염시켰더니 베타아밀로이드 단백질이 세균 바깥으로 층층이 쌓여 병원체의 침입을 막고 뚜렷한 아밀로이드반을 형성했기 때문이다. 마치 아주 작은 물방울이 먼지 입자에 달라붙어 빗방울을 만들거나 민물조개의 탄산칼슘이 모래알에 붙어 진주를 만드는 것처럼.

이런 연구 결과를 바탕으로 과학자들은 알츠하이머병을 미생물 감염과 유전적 감수성(일종의 유전력 - 옮긴이)이 함께 빚어낸 결과라고 예측했다. 뇌가 알 수 없는 미생물에 감염됐을 때 베타아밀로이드 단백질이 미생물 주위에 모여들어 덩어리를 이루는 것이다(그러나 베타아밀로이드 단백질 덩어리 속에 침입한 미생물이 반드시 있는 건 아니다). 다시 말해 베타아밀로이드 단백질이 병균이나 세균, 진균에 대항하거나 유전자 변이로 쌓이는 과정에서 아밀로이드반을 형성해 연쇄적으로 뇌의 면역반응을 일으킬 수 있다. 따라서 베타아밀로이드 단백질은 사실 질병에 저항하는 과정에서 생기는 부산품일 뿐이며, 그 질병을 일으키는 주범이 아닐 수 있다.

알츠하이머병에 걸리지 않은 사람들의 비밀

알츠하이머병이 공격할 때 뇌는 가만히 앉아서 당하지 않고 적극적으로 반격에 나선다. 그렇다면 뇌의 어떤 영역이 알츠하이머병의 공격에 가장 잘 저항할까? 과학자들이 기능에 아무런 손상이 없어 보이는 노인들의 뇌를 연구한 결과, 그들의 뇌도 다른 노인들의 뇌처럼 나쁜 단백질이 쌓이거나 뇌졸중에 걸리는 등 뇌 손상을 겪고 있었다. 하지만 노화가 가장 더디게 온 뇌는 뇌간의 청반 부위에 가장 많은 신경세포가 남아 있었다.

청반은 알츠하이머병 발병 시 가장 영향을 많이 받는 부위로 병 말기에 이르면 청반의 신경세포 손실이 70퍼센트에 이른다. 그렇다면 어떻게 해야 청반의 신경세포들을 보호할 수 있을까? 연구에 따르면 일상생활에서 도전적인 일을 하거나 새로운 일을 시도

하면 청반에 있는 신경세포를 지킬 수 있다고 한다.

또한 뇌의 노화 속도가 느린 사람은 특정한 종류의 단백질을 더 많이 갖고 있다. 예를 들어 VAMPvesicle-associated membrane protein(시냅토브레빈synaptobrevin)이나 콤플렉신-1complexin-I, 콤플렉신-2complexin-Ⅱ 같은 단백질들은 뇌 신경세포의 시냅스 신호전달을 돕는 역할을 한다. 게다가 RESTRE1-Silencing Transcription factor(RE1 침묵전사인자로 NRSFNeuro-Restrictive Silencer Factor라고도 함) 단백질은 신경세포가 산화스트레스oxidative stress(체내 활성산소가 많아져 생체 산화 균형이 무너진 상태를 이르는 말-옮긴이)를 받거나 베타아밀로이드 단백질이 쌓여 죽게 되는 일반적인 위협으로부터 벗어날 수 있게 돕는다.

뇌의 기능을 유지하도록 돕는 이런 단백질들은 90세, 100세까지 건강하게 사는 노인들의 뇌에서 가장 많이 발견된다. 몇몇 연구에 따르면 대뇌피질과 해마에 REST 단백질의 양이 많을수록 뇌의 인지기능도 좋다고 한다. 한편 REST 유전자가 IGF(인슐린 성장인자)의 신호전달 경로를 여닫는데, 인슐린 신호전달 경로의 이상은 당뇨병 환자가 알츠하이머병에 더 쉽게 걸리게 하는 원인이기도 하다.

유전자의 영향력은 얼마나 될까?

유전자 역시 알츠하이머병에 걸릴 확률에 영향을 끼친다. 직계가족 가운데에 알츠하이머병에 걸린 사람이 있으면 보통 사람보다 이 병에 걸릴 위험성이 4~10배 정도 높아진다. 또한 어머니가 알츠하이머병에 걸린 사람은 아버지가 알츠하이머병에 걸린 사람에 비해 중년 이후 뇌 위축 속도가 해마다 1.5배씩 빨라진다. 다시 말해 알츠하이머병의 발병은 아버지보다 어머니의 영향이 크다고 할 수 있다. 그 이유는 부모로부터 유전자를 절반씩 물려받지만 세포 속 모든 미토콘드리아는 어머니에게서 왔기 때문이다. 세포에 에너지를 공급하는 핵심 기관인 미토콘드리아의 손상은 뇌의 퇴행성 질환과 밀접한 관련이 있을 수밖에 없다.

아주 일부의 사람들은 가계유전력family heritability으로 알츠하이머병을 앓는다. 이들은 보통 50세 정도에 발병하는데 이를 가족성알츠하이머병familial alzheimer's disease이라고 한다. 하지만 가족성알츠하이머병은 전체 사례의 5퍼센트에 지나지 않으며, ApoEApolipoproteinE(아포지질단백질E) 유전자의 변이와 원발성 치매primary dementia(치매를 일으킬 만한 다른 특별한 질환이 없이 발병하는 치매-옮긴이)와 관련이 있다. ApoE 유전자는 세 가지 대립유전자를 갖는데 ApoE2는 혈관의 안정성을 보호하는 작용을 하며, ApoE3는 영향력이 중등에 지나지 않는다. 그에 비해 ApoE4는 혈관 속 염증성 물질인 CypAcyclophilin A(시클로필린A)의 양을 다섯 배 이상 늘려 알츠하이머병에 걸릴 위험성을 크게 높인다.

하지만 ApoE4 유전자 변이를 가진 사람이라고 해서 꼭 알츠하이머병에 걸리는 건 아니다. 반대로 이 유전자 변이가 없는 사람이라 해도 알츠하이머병에 걸릴 수도 있다. 이를 근거로 과학자들은 환경요인도 알츠하이머병의 발병에 영향을 끼친다고 예측한다.

알츠하이머병을 가속시키는 뜻밖의 요인들

공기 오염이 알츠하이머병의 발병률을 높인다는 주장도 있다. 11년에 걸친 인구통계학 연구 결과, 미국환경보호청Environmental Protection Agency, EPA이 정한 기준을 넘어선 미세먼지 속에서 사는 노인 여성의 알츠하이머병 발병률이 그렇지 않은 환경에 거주하는 사람들의 두 배였다. 또한 미세먼지 지역 전체 인구의 알츠하이머병 발병률도 20퍼센트나 늘어났다. 영국의 의학잡지《랜싯The Lancet》에 발표된 한 연구에 따르면 간선도로에서 50미터 떨어져 사는 사람들이 200미터 떨어져 사는 사람들보다(전자의 공기 속 미세먼지 양이 후자의 10배가 넘음) 알츠하이머병에 걸릴 확률이 12퍼센트나 늘어난다고 한다. 이는 공기 속 미세먼지가 비강 내막을 통해 소뇌의 신경세포로 들어가 대뇌의 면역반응과 단백질 침착을 일으키고, 뇌의 부피를 감소시키며, 신경섬유를 탈脫수초화myelination(축삭이 신경교세포의 일부로 둘러싸이는 과정 - 옮긴이)시키기 때문이다.

만성 당뇨병도 뇌의 위축을 가속화한다. 전 세계의 인구 중 6.4퍼센트는 당뇨병 환자인데 당뇨병과 당뇨병 전기prediabetes 환자의 전두엽과 해마의 위축 속도는 정상인보다 두 배 빠르다. 그렇다면 만성 당뇨병은 왜 알츠하이머병과 관련이 있는 걸까? 인슐린은 혈당 말고도 그동안 알츠하이머의 주범으로 꼽힌 베타아밀로이드 단백질을 제거한다. 그런데 당뇨병 환자는 혈당을 제거하는데 인슐린을 너무 많이 쓴 나머지 베타아밀로이드 단백질을 제거

할 인슐린이 모자란다. 그 결과 뇌에 베타아밀로이드 단백질이 쌓이게 되어 알츠하이머병이 발병하는데, 이를 두고 몇몇 과학자는 알츠하이머병을 3형당뇨병Type 3 diabetes이라고 부르기도 한다.

알츠하이머병은 심장병 유발 유전자와도 관련이 있다. ApoE4 유전자는 알츠하이머병을 유발하는 주범이기도 하지만 죽상동맥경화증atherosclerosis(지방 축적으로 인한 동맥 막힘으로, 심근경색, 뇌졸중 등의 발생 위험성을 높인다 – 옮긴이)에도 영향을 주기 때문이다.

뇌의 노화 속도는 당신에게 달렸다

몸이 쇠약해지는 와중에 뇌가 완전히 건강한 사람은 거의 없다. 늙어가는 뇌를 현미경으로 자세히 관찰하면 잘못 접힌 단백질로 이뤄진 반점을 볼 수 있다. 하지만 이런 단백질이 있다고 뇌의 기능이 쇠퇴했다는 뜻은 아니다. 과학자들의 연구에 따르면 뇌에 이런 단백질이 쌓이는 병리적 특징이 있다 해도 인지기능에 뚜렷한 퇴화는 나타나지 않는다. 이런 개체 사이의 차이는 사람마다 노화에 맞서는 뇌의 능력이 다르기 때문이다. 이런 능력은 유전요인과 더불어 생활방식에 따라 달라진다.

이를 확인하기 위해 뉴질랜드의 더니든종합건강발달연구연합 과학자들은 954명을 나이별로 26세, 32세, 38세 세 그룹으로 나누어 노화 속도를 관찰했다. 연구는 체중과 신장 기능, 잇몸의 견고도 등 12가지 신체 특징을 기준으로 삼았다. 그 결과 38세 그룹에서 생물학적 나이 차가 가장 크게 나타났다. 같은 38세지만 어떤 사람의 신체 나이는 30세가 되지 않았으며, 어떤 사람은 60세에 가까웠다. 마치 온갖 풍파를 다 겪어 활력을 잃은 사람처럼 말이다. 전체 연구 대상 중 어떤 사람은 26~38세까지 신체적인 변화가 거의 없었으며, 어떤 사람은 한 해가 지날 때마다 생물학적 나이가 세 살씩 많아지기도 했다. 신체의 노화 속도가 빠른 사람은 뇌 기능의 노화 속도도 빠른 편이었다.

2012년 영국 에딘버러대학교의 한 심리학자는 《네이처》에 2,000명을 추적 조사한 연구 결과를 발표했다. 그 결과에 따르면 11세에는 지능의 50퍼센트가 유전자에 따라 결정되지만 70세에는 25퍼센트만이 유전자의 영향을 받았다. 그러므로 어릴 때 똑똑했던 사람이라 해도 성장 과정에서 뇌에 도움이 되는 생활방식을 따르지 않으면 자질이 평범해질 수 있으며, 나이가 들면서 지적 능력이 크게 퇴행할 수도 있다.

운동으로 뇌의 노화 늦추기

미국 캔자스대학교 의학센터에서는 운동이 노인들에게 주는 긍정적인 효과를 연구했다. 연구팀은 65세 이상의 실험 참가자들을 세 그룹으로 나눴다. 그런 다음 1그룹에게는 일주일에 150분, 2그룹에게는 75분, 3그룹에게는 225분 동안 유산소 운동을 하게 했다. 그 결과 유산소 운동을 하는 시간이 길수록 뇌에 더 많은 도움이 된다는 사실이 밝혀졌다. 유산소 운동은 특히 시각 및 공간 인지 능력을 향상시켰다. 또 다른 연구에서도 운동량이 적은 노인과 스트레칭만 하는 노인에 비해 오랫동안 유산소 운동을 해온 노인들이 집중력과 관련된 인지 테스트에서 더 나은 성적을 낸 것을 발견했다.

이렇듯 유산소 운동이 집중력을 높이는 이유는 집중력과 관련된 뇌의 기능망을 바꾸기 때문이다. 유산소 운동을 꾸준히 한 노인들은 주의력 조절과 관련된 전두엽과 두정엽 영역이 활성화된다. 또한 그들의 뇌에서는 억제 기능을 맡고 있는 전측대상회의 활동이 줄어든다. 유산소 운동은 디폴트 모드 네트워크와 전두엽 실행망의 기능적 연결성을 높여 뇌가 당신이 지금 하고 있는 일에 더 빠르고 정확하게 반응하게 만들기도 한다.

높은 강도의 유산소 운동뿐만 아니라 일상생활에서 편하게 움직이는 것 정도로도 뇌의 인지능력을 높이는 효과를 거둘 수 있다. 미국의 신경과학자 아론 부크먼Aron Buchman은 한 연구에서 실험 참가자 1,000명의 손목에 운동 센서를 채워 신체 활성도를 기록했다. 이 센서는 달리기나 걷기 같은 흔히 하는 운동뿐만 아니라 요리를 하거나 카드게임을 하는 등의 일상활동도 체크했다. 연구 결과 활동 강도가 가장 낮은 10퍼센트의 참가자들이 활동이 가장 많은 10퍼센트의 참가자들보다 알츠하이머병에 걸릴 위험성이 두 배 정도 높았다. 그러므로 하루 종일 앉아 스마트폰을 들여다보거나 컴퓨터 앞에 오래 앉아 있기보다 조금이라도 움직이면 알츠하이머병의 발병률을 낮출 수 있다.

운동과 다르게 짐은 노인의 인지능력을 쇠퇴시킬 수 있다. 인구통계학자 브라이언 제임스Bryan James는 건강한 사람 1,300명의 일상생활을 추적 연구했다. 침실에서 종종 나오는지, 외출을 자주 하는지, 살고 있는 마을을 떠난 적이 있는지 등을 살폈다. 4년 뒤 늘 집에 있는 사람이 자주 외출하는 사람보다 알츠하이머병에 걸릴 확률이 두 배나 높다는 연구 결과가 나왔다.

음식을 적절하게 먹어야 하는 이유

음식의 열량을 조절한 절식節食은 수명을 늘리는 데 확실히 도움이 된다. 절식은 최근 의학계가 발견한 가장 확실하고 효과적인 항노화 방법이다. 과학자들은 연구를 통해 음식의 열량을 제한한 식사로 벌레나 초파리, 쥐는 물론이고 영장류 동물 등 여러 동물의 수명을 연장할 수 있다는 사실을 확인했다.

그렇다면 절식이 어떻게 노화를 늦출 수 있는 걸까? 몇몇 실험에 따르면 동물은 70퍼센트 정도 배가 부를 때 mTORmammalian target of rapamycin(포유류 라파마이신 표적단백질)이 억제되면서 체내세포의 자기포식autophagy이 강화된다. 이 과정에서 오래되고 망가진 세포의 부속품을 청소하고 몸 안의 활성산소를 줄여 DNA와 다른 기관들이 활성산소의 공격을 받아 손상될 가능성을 낮춘다. 이를 통해 기관과 유기체는 수명을 늘릴 수 있는 것이다. 2년 넘게 음식의 열량을 평소의 15퍼센트를 줄이니 노화와 관련된 생체표지자 수치가 뚜렷하게 개선되었다는 연구 결과도 있다. 해당 실험 참가자들의 정신상태와 생활의 질도 눈에 띄게 나아졌다.

하지만 수명을 연장하고 뇌의 노화를 늦추기 위해서는 먹는 음식의 열량을 줄일 뿐만 아니라 식단의 구성도 조절해야 한다. 많은 연구에 따르면 지중해식 식단이 혈관성 치매와 알츠하이머병을 예방하는 데에 도움이 된다고 한다. 지중해식 식단이란 포화지방(돼지고기 지방과 소고기 지방)과 당을 적게, 어류와 아보카도 같은 불포화지방과 식물유(올리브오일 같은) 및 우유를 많이 섭취하는 걸 말한다. 2013년 미국 의학잡지《뉴잉글랜드 의학 저널The New England Journal of Medicine》에 발표된 한 연구에 따르면 지중해식 식단이 심혈관질환의 발병률을 확실히 낮춰준다. 이외에도 영양역학자 마사 클레어 모리스Martha Clare Morris가 만든 풍부한 나무딸기류 과일과 채소, 통밀, 견과류 중심의 식단인 마인드다이어트MIND DIET 역시 알츠하이머병의 발병률을 눈에 띄게 낮출 수 있는 것으로 밝혀졌다.

레스베라트롤resveratrol(식물에서 발견되는 항산화물질 - 옮긴이)도 알츠하이머병을 예방하고 개선하는 데 도움을 주며, 미국에서 그 안전성이 증명됐다. 2015년 신경학자 스콧 터너Scott Turner는 119명의 환자를 대상으로 2상 임상시험을 한 끝에 레스베라트롤을 오랫동안 복용하면 시르투인sirtuin 단백질이 활성화되어 혈액뇌장벽을 재생하고, 혈액 속 면역물질의 통과를 막아 뇌의 면역반응을 낮춤으로써 뇌 신경세포를 잘 보존할 수 있음을 확인했다. 레스베라트롤은 적포도주와 적포도, 복분자, 다크초콜릿에 천연 상태로 존재한다.

하지만 레스베라트롤 하나만으로는 알츠하이머병을 치료할 수 없다. 오늘날까지 밝혀진 바에 따르면 레스베라트롤은 알츠하이머병 치료에 보조적인 효과가 있을 뿐이다. 진짜 임상 효과는

3상 임상시험을 통과해야 확인할 수 있다.

우리의 뇌는 노화에 한 가지 보상을 주는데, 노인들은 선택적으로 나쁜 기억을 잃어도 보통 더 '행복'해진다. 미국 캘리포니아대학교 어바인캠퍼스 연구진은 기억력이 떨어지는 노인의 기억 가운데 긍정적 정보의 양이 중성적 정보의 양보다 훨씬 많다는 걸 발견했다. 그에 비해 기억력이 좋은 노인은 중성적 정보를 훨씬 잘 기억했다. 이런 '긍정적 경향'은 노년의 기억이 쇠퇴하는 것에 대한 일종의 보상일 것이다. 연구진은 나이가 먹을수록 보상과 관련된 신경망의 변화로 뇌가 긍정적 정보를 선택하고, 긍정적 사물과 행복한 감정에 집중하게 한다고 예측했다.

실제로 fMRI 촬영을 통한 연구에 따르면 노인은 즐거운 체험에 집중할 때 뇌에서 감정을 책임지는 편도체와 의사결정을 담당하는 전두피질을 연결하는 회로의 활동이 젊은 사람보다 더 강해진다. 노인이 즐거운 체험에 더 집중한다는 뜻이다. 비슷한 또 다른 연구에서도 노인은 긍정적인 사진에 더 쉽게 집중했으며, 부정적인 사진에는 시선을 잘 두지 않았다. 10년 전 일을 떠올릴 때도 노인들은 그 시절을 아름답게 기억하는 경향이 있다. 이런 현상을 바로 '노년의 긍정효과'라고 한다. 이런 효과는 노인뿐 아니라 불치병에 걸린 젊은 환자들에게서도 나타났다. 다시 말해 사람들은 생명이 연약해질 때 삶의 긍정적인 일과 추억에 집중하며, 부정적인 정보를 선택적으로 잊으려는 경향이 있다.

그렇지만 보통은 물리적 나이를 기준으로 일이나 가정, 은퇴 과정을 계획한다고 했을 때 자신의 예상과 다른 노화 속도는 슬픈

일인 게 분명하다. 건강한 생활방식을 선택해 뇌가 노화에 맞서는 능력을 향상시켜야 하는 이유다. 그래야 알츠하이머병의 침입을 잘 막아낼 수 있으며, 아예 알츠하이머병의 발병을 죽음 뒤로 미뤄 본인의 인생을 계획대로 살 수 있다.

알츠하이머병을 예방하는 삶의 자세

모든 형식의 배움

대뇌의 노화에 맞설 수 있는 가장 중요한 무기는 배움이다. 여기서 배움이란 학교에 다니는 것만을 말하지 않으며 모든 형식의 배움을 포함한다. 특히 외국어를 공부하면 뇌의 인지능력이 쇠퇴하는 속도를 크게 늦출 수 있다. 실제로 두 가지 언어를 자유롭게 쓰는 이중언어 사용자는 하나의 언어만 쓰는 사람보다 알츠하이머병이 걸리는 시기를 4년 정도 늦출 수 있다.

사람은 많이 배울수록 뇌가 쇠퇴하는 속도도 느려진다. 하지만 교육을 받은 정도와 인지능력이 쇠퇴하는 속도 사이의 관계는 조금 복잡하다. 뇌의 인지능력이 쇠퇴하는 속도는 고정적이지 않다. 노년기에 들어선 초기에는 뇌가 비교적 느린 속도로 쇠퇴한다. 하지만 어느 시점에 이르면 뇌가 갑자기 빠르게 쇠퇴하는데, 이때 교육을 얼마나 받았는지에 따라 뇌의 보호 정도가 달라진다. 젊은 시절 교육을 많이 받을수록 인지능력 쇠퇴 시점도 늦춰지는 것이다. 교육으로 뇌가 더 많은 인지자원을 비축해 노화에 맞서기 때문이다. 그에 비해 교육을 적게 받은 사람은 비축해둔 인지자원이 적어 인지능력이 빠르게 쇠퇴하는 지점이 더 이르게 올 수도 있다.

인지능력의 쇠퇴가 빨라지는 시점이 오기 전까지는 교육을 많이 받은 사람이나 적게 받은 사람이나 거의 비슷한 속도로 지적 능력을 잃어간다. 그런데 신기하게도 인지능력 쇠퇴가 빨라지는 시점이 되면 교육을 많이 받은 사람의 지적 능력이 그렇지 않은 사람보다 빠르게 쇠퇴한다. 미국 스탠퍼드대학교의 제임스 프라이스James Fries 교수는 이런 현상을 일컬어 '질병압축설compression of morbidity'이라고 했다. 이 이론에 따르면 교육을 받은 정도가 높은 사람일수록 알츠하이머병에 시달리는 시간이 짧아진다.

삶을 대하는 젊은 생각

삶에서 의미를 느끼고 명확한 목표와 동기를 가지면 뇌의 항노화에 도움이 된다. 과학자들이 70~90세의 노인 900명을 대상으로 7년에 걸친 추적 조사를 한 결과, 삶의 목적의식이 낮은 사람들이 강한 사람들보다 쉽게 알츠하이머병에 걸렸다. 목적의식이 강한 사람들은 인지능력이 쇠퇴하는 속도도 느렸다. 이와 비슷한 다른 연구에서도 모든 일에 책임을 다하는 성격의(책임감 있고, 자제력 있으며, 신뢰감 있고, 어떤 목적을 이루고자 하는) 사람들은 알츠하이머병에 걸릴 위험이 다른 사람들보다 89퍼센트나 낮았다.

적극적인 대인관계 맺기도 인지능력의 쇠퇴를 늦출 수 있다. 여기서 대인관계 맺기란 온라인상의 활동이나 SNS의 '좋아요'를 누르는 것이 아니라 실제로 얼굴을 마주 보며 관계를 맺는 걸 말한다. 내 외할아버지의 하나뿐인 취미는 마작인데 나는 외할아버지에게 나가서 마작도 하고 사람들과 이야기도 나누시라고 적극 권하는 편이다. 이렇게 사람들을 자주 만나는 노인은 그러지 않는 노인보다 인지능력의 쇠퇴 속도가 70퍼센트나 느리기 때문이다. 흥미로운 점은 자녀들과 자주 함께하더라도 그런 관계에 불만이 있는 노인은 쉽게 알츠하이머병이 걸린다는 것이다. 적극적이고 긍정적인 대인관계가 뇌를 보호한다.

또한 열린 마음은 뇌가 젊은 상태를 유지하는 데 도움을 준다. 연구에 따르면 창의적인 성격이 비만이나 운동부족, 과잉영양 등 생활습관에서 비롯되는 당뇨병과 고혈압, 고지혈증, 심장병 등에 걸릴 위험성을 낮추는 데 도움을 준다고 한다. 마음이 열린 사람은 뇌의 신경섬유가 보통 사람보다 훨씬 풍부한데, 이 신경섬유가 뇌와 몸을 보호하는 작용을 하는 것이다. 실제로 개방적인 사고방식을 가진 사람은 스트레스를 겪을 때 위협과 장애로 생각하지 않고 하나의 도전이라 여긴다. 그러므로 좀 더 열린 마음으로 사람과 일을 대하고, 주관적인 평가와 제약을 많이 만들지 않으면 마음은 물론이고 뇌도 젊은 상태를 지킬 수 있다.

자신의 마음속 사회적 위치를 새롭게 정하는 것도 항노화에 효과가 있다. 벌들은 젊을 때 유충을 돌보는 일을 하다 어느 정도 나이가 들면 밖으로 나가 꿀을 따는 일을 하는데, 더 나이가 들어 꿀을 딸 수 없게 되면 금세 늙어버린다. 과학자들은 실험을 통해 나이 많은 벌들에게 유충들을 돌보는 일을 다시 하게 했다. 그러자 그들의 뇌에 항노화 단백질이 많이 분비되기 시작했으며, 학습능력도 크게 향상되고 뇌 자체가 많이 젊어졌다. 이런 벌들의 사례를 본받아 노인들도 젊은 사람들이 하는 일이나 자신이 젊을 때 하던 일을 다시 해보라고 추천하고 싶다. 일부러라도 자신의 역할을 새로이 바꾸면 노인의 뇌와 몸에 긍정적인 변화가 생길 수 있다. 예를 들어 여행을 많이 다니거나 아이를 돌보는 일을 하면 노인의 뇌 기능이 긍정적으로 조절돼 훨씬 젊어진다.

12장

사이코패스는 태어나는가, 만들어지는가?

　사이코패스psychopath라고 하면 많은 사람이 먼저 영화〈양들의 침묵The Silence of the Lambs〉속 정신과 의사 한니발 렉터를 떠올릴 것이다. 의료용 마스크를 쓴 채 빤히 내려다보다 언제든 당신을 물어뜯을 것 같은 그의 모습을 떠올리면 등골이 오싹해지지 않을 수 없다. 하지만 사이코패스는 어떤 분명한 진단 기준이 있는 질환이 아니며, 현실 속 사이코패스가 모두 용서받지 못할 중범죄를 저지르는 것은 아니다.

　사이코패스는 대중적으로 일컫는 단어로, 정식 진단명은 아니다. 신경정신학적 관점으로 사이코패스와 가장 가까운 정신질환은 반사회적인격장애antisocial personality disorder이지만 해당 환자 중 사이코패스는 5분의 1에 지나지 않는다. 다시 말해 '가르침과 사회의 규칙을 따르지 않는' 사람들이 모두 사이코패스는 아니다.

실제로 많은 사이코패스가 유쾌하고 안정적으로 정상인들 사이에서 살아가고 있다. 그중에서는 뛰어난 업무능력과 높은 사회적 지위를 가진 사람이 많다. 물론 사이코패스가 보통 사람보다 쉽게 범죄를 저지르는 것은 사실이다. 정상인 중 사이코패스의 비율은 1퍼센트에 지나지 않지만 감옥에 있는 중범죄자 중 사이코패스의 비율은 무려 15~35퍼센트나 된다.

우리가 생각하는 전형적인 사이코패스의 이미지는 잘못을 뉘우칠 줄 모르고, 타인을 이용하고 조종하는 경향이 있으며, 남을 잘 속이고, 자신의 충동을 통제하지 못하는 모습이다. 하지만 사이코패스의 가장 큰 특징은 냉혈한이라는 것이다. 다시 말해 흔히 말하는 공감능력이 부족하다. 그들은 남에게 함부로 상처를 입히면서도 죄책감이나 아픔을 느끼지 못한다. 또한 아무렇지 않게 거짓말을 하며, 자신이 내키는 대로 행동하고, 다른 사람의 감정을 전혀 상관하지 않는다. 그들은 타인의 목소리와 표정에서 감정을 잘 읽지 못하면서도 때로는 상대를 손바닥 보듯 훤히 알고 있는 것처럼 자기 마음대로 농락한다.

또한 사이코패스는 어떤 일을 충동적으로 하고 그 결과를 미리 계산에 넣지 않는다. 하지만 다른 정신질환자들과 달리 사회적 능력이 뛰어난 경우가 많다. 그들은 환청을 듣거나 환각을 보지 않으며, 망상을 겪거나 누군가 자신을 해칠까 봐 두려워하지도 않는다. 게다가 우울이나 불안을 느끼지 않으며, 사람이 많은 곳에서 인간관계에 서툰 모습을 보이지도 않는다. 사이코패스들 중에는 지능이 평균 이상인 사람이 적지 않을뿐더러 자책을 하거나 자신을 바꾸고 싶은 생각도 없다. 그러다 보니 많은 사이코패스가 자신감이 넘치고 매력 있는 사람으로 비치기 쉽다. 하지만 그들의 종잡을 수 없는 여러 행동 너머에는 뇌의 생리적 결함이 숨겨져 있다.

그들의 머릿속에는 괴물이 산다

그들의 뇌가 충동적인 이유

과학자들이 사이코패스 살인범들의 뇌를 fMRI로 촬영한 결과, 안와전두피질과 편도체가 있는 측두엽의 앞쪽 등의 뇌 영역이 보통 사람과 비교해 뚜렷하게 손상되어 있었다. 안와전두피질은 도덕적 가치 판단과 충동 억제, 복잡한 의사결정, 위험에 따른 영향, 보상과 처벌에 대한 민감성 등을 맡고 있다. 또한 측두엽의 앞쪽은 기억의 선택을 맡고 있다.

이 두 영역의 보편적인 기능이 손상되면 이 영역들과 연결된 뇌 신경망들에도 영향을 끼친다. 이 신경망들은 감정의 인지, 의사결정, 인간관계 등 복잡하고 고차원적인 사회적 기능과 관련돼 있다. 이런 신경망이 손상된 사이코패스는 보통 사람보다 충동적이며 도덕적인 판단력도 부족하다. 그 때문에 인간관계에서 충돌이 일어나면 쉽게 과격한 반응을 보이며 폭력적인 행동도 서슴지 않는다. 하지만 본인의 행동에 불합리한 점이 없다고 느끼기 때문에 자신의 충동이나 남에게 입힌 상처에 대해 죄책감이나 두려움을 느끼지 않는다.

타인이 아파하면 그들의 뇌는 기뻐한다

보통 사람들은 남의 몸에 상처를 입히거나 상대가 고통을 느낄 때 자신도 심리적으로 비슷한 정도의 고통을 느낀다. 공감능력이 있기 때문이다. 하지만 사이코패스는 자신의 고통은 느끼면서도 타인의 고통은 전혀 느끼지 못한다.

과학자들은 121명의 범죄자들을 사이코패스 정도에 따라 세 그룹으로 나눠 물리적 고통을 느낄 수 있는 여러 상황을 영상으로 보여줬다. 예를 들어 손가락이 문틈에 낀다든지, 무거운 물건에 발가락을 찧는 등의 상황들 말이다. 그럼 다음 그들에게 이런 일이 자신이나 다른 사람에게 일어나면 어떨지 상상해보라고 했다.

fMRI 촬영 결과 사이코패스들의 뇌에서는 독특한 활성화 패턴이 나타났다. 심각한 사이코패스의 경우 고통스러운 일이 자신에게 벌어진다고 상상했을 때 정상인과 마찬가지로 고통을 감지하는 뇌 영역의 활성도가 높아졌다. 이런 뇌 영역은 뇌섬엽 앞쪽과 전측대상회, 체감각피질, 우측편도체를 포함한다. 하지만 다른 사람에게 고통스러운 일이 생긴다고 상상했을 때는 고통을 감지하는 기능을 맡고 있는 이러한 뇌 영역들이 거의 반응을 보이지 않았다!

더 믿을 수 없는 사실은 다른 사람이 고통을 겪는다고 상상했을 때 그들의 복측선조체가 강한 반응을 보였다는 것이다. 이 영역은 기쁨을 감지하는 기능을 맡고 있다. 이렇게 사이코패스는 보통 사람과 다른 뇌 반응 패턴을 보이며, 다른 사람이 고통받는 걸 상상했을 때 동정을 느끼기는커녕 오히려 약간의 기쁨을 느낀다.

사이코패스의 뇌도 공감을 알고는 있다

사이코패스가 타인의 고통에 아무 관심이 없는 이유는 그들에게 공감능력이 부족해서일까? 실제로 사이코패스의 공감능력은 보통 사람과 큰 차이가 없다. 그들은 자신의 공감능력을 걸어 잠그기로 선택하고 자발적으로 남의 고통을 무시하는 것뿐이다. 그렇다면 과학자들은 어떻게 사이코패스의 이런 특징을 밝혀냈을까?

네덜란드 그로닝겐대학교의 하르마 메페르트Harma Meffert 연구팀은 사이코패스 기준에 부합하는 사람 18명과 대조군인 보통 사람 26명을 모집했다. 그리고 이들에게 몇 가지 똑같은 동영상을 보여줬다. 동영상에는 두 사람의 손이 네 가지 방식으로 상호작용하는 모습이 담겨 있었다. 첫 번째는 중성적인 악수, 두 번째는 사랑이 듬뿍 느껴지는 어루만짐, 세 번째는 매우 아파 보일 정도로 때리기, 네 번째는 거절을 뜻하는 밀어내기 동작이었다. 이 짧은 동영상들을 보는 동안 모든 실험 참가자의 뇌 활동이 fMRI로 기록됐다.

사이코패스들은 손의 동작이 나오는 동영상을 볼 때 뇌의 여러 영역이 보통 사람보다 낮게 활성화됐다. 그중에서도 손동작의 감지와 통제를 담당하는 전운동피질premotor cortex과 감정과 오류를 바로잡는 기능을 담당하는 전측대상회의 활동이 눈에 띄게 적었다.

운동피질에는 거울신경계가 있다. 우리가 남이 하는 동작을 볼 때 운동피질의 거울신경세포가 전기적인 방전을 일으켜 다른 사람의 동작을 따라 하게 만든다. 이 거울신경계 덕에 사람들은 다른 사람의 동작을 이해하고 배울 수 있는데, 이는 사람들의 공감능력과 관련이 있다. 손동작 영상을 볼 때 사이코패스의 뇌 운동피질이 덜 활성화된다는 것은 대조군인 보통 사람의 공감능력이 사이코패스보다 훨씬 강하다는 뜻이다. 하지만 이 실험이 여기서 끝났다면 사이코패스가 '자발적으로 공감능력을 걸어 잠그는' 초능력은 확인할 수 없었을 것이다.

이어진 다음 실험에서 연구진은 참가자들에게 똑같은 손동작 영상을 보게 하면서 두 손 중에 하나가 자신의 것이라 상상하며 공감능력을 발휘해 영상 속 손동작을 따라 해보라고 했다. 새로운 설정이 생기자 fMRI 기록 결과가 눈에 띄게 달라졌다. 사이코패스와 대조군의 뇌가 거의 비슷하게 활성화된 것이다. 이 두 연구 결과의 차이는 사이코패스가 보통 사람들이 생각하는 것처럼 공감능력이 떨어지는 게 아니라 이 기능을 잠가놓고 있을 뿐임을 설명해준다.

대인관계를 맺는 과정에서 사람들은 스스로 상대에게 상처를 주는 말이나 행동을 하면 공감능력이 바로 발동해 상대와 비슷한 아픔을 느낀다. 또한 건강한 공감능력 기제가 타인에게 상처 주는 일을 막을 수 있다. 그에 비해 사이코패스는 보통 사람들처럼 다른 사람의 고통을 느낄 수 있는 능력이 있지만 그들의 대뇌는 공감능력을 잠가뒀다 스스로 열고 싶을 때 열 수 있다. 다시 말해 그들은 다른 사람의 아픔을 이해하지 못하는 게 아니라 이해하고 싶지 않은 것이다.

사이코패스의 뇌는 눈앞의 보상을 좋아한다

사이코패스가 남을 해치고자 하는 진짜 이유는 뇌에서 보상과 의사결정을 담당하는 시스템에 문제가 생겼기 때문이다. 하버드대학교 심리학과 부교수인 조슈아 버크홀츠Joshua W. Buckholtz 연구팀은 사이코패스가 당장의 보상에 지나치게 집착해 부도덕한 행동이 가져올 나쁜 결과를 거의 신경 쓰지 않는다는 사실을 밝혀냈다.

버크홀츠 교수는 사이코패스 범죄자들에게 심리학의 고전적인 실험을 했다. 바로 당장 얻을 수 있는 적은 보상과 늦게 얻을 수 있는 많은 보상 중에 하나를 선택하라고 한 것이다. 그 결과 사이코패스 범죄자들은 바로 보상을 얻을 때 복측선조체의 활동이 보통 사람보다 매우 활발했다. 이 영역은 보상에 대한 주관적인 평가와 관련이 있다. 다시 말해 사이코패스 특징이 심한 범죄자는 보통 사람보다 당장 받을 수 있는 보상의 가치를 미래에 받을 수 있는 가치보다 훨씬 높게 평가하는 경향이 있다.

연구팀은 사이코패스 뇌의 전전두엽과 선조체의 연결이 보통 사람보다 훨씬 약하다는 사실도 발견했다. 전전두엽은 미래를 전망하고 이익을 최대화할 수 있는 이성적인 의사결정을 맡고 있으며, 성숙한 전전두엽은 어떤 행동이 앞으로 우리에게 어느 정도의 영향을 끼칠지 알게 한다. 이를테면 사람을 죽이면 앞으로 감옥에 가리라는 사실을 보통 사람들은 다 알고 있다. 하지만 전전두엽과 선조체의 연결에 손상이 생기면 비이성적인 의사결정을 하게 된다. 미래의 전망을 바탕으로 전전두엽에서 이뤄지는 정확하고 이성적인 지시를 받지 못하기 때문이다. 다시 말해 사이코패스가 범죄를 저지르는 또 다른 요인은 눈앞의 보상만 볼 뿐 멀리 내다보지 못하기 때문이다.

사이코패스의 뇌는 달라질 수 없을까?

사이코패스 범죄자는 범죄를 반복해서 저지를 확률이 보통 사람보다 높다. 이미 처벌을 받아본 그들은 자신의 행동이 어떤 결과를 불러올지 뻔히 알 텐데 왜 다시 범죄를 저지르는 걸까?

사람이 환경에 적응할 때 반드시 필요한 단계가 처벌을 통해 배우는 것이다. 하지만 사이코패스는 처벌을 통해 배우는 뇌 영역에 문제가 있다. 그래서 사이코패스는 처벌을 통해 유효한 배움을 거의 얻지 못한다.

위스콘신매디슨대학교의 조지프 뉴먼Joseph Newman 연구팀은 사이코패스 범죄자들에게 간단한 카드의 짝을 맞추게 하고 처음에는 카드의 짝을 맞췄을 때 보상을 줬다. 하지만 나중에는 보상을 주는 대신 짝을 맞추지 못하면 벌을 줬다. 사이코패스 범죄자는 처음에는 보상을 통해 정확하게 카드 맞추는 법을 배우며 끝까지 자신의 임무를 마쳤다. 하지만 후반부에 카드의 짝을 제대로 맞추지 못하면 벌을 주는 방식으로 테스트가 바뀌자 그들은 실수를 거듭

했으며, 카드의 짝을 맞추는 시간도 남들보다 길어졌다.

어떤 의사결정을 할 때 사람들은 부정적인 결과를 불러올 행동은 최대한 피하고 긍정적인 결과를 가져올 수 있는 행동을 택한다. 물론 사이코패스도 자신의 행동이 어떤 긍정적 결과를 가져올지를 생각하며, 실제로 보상을 통해 정확한 행동을 배우기도 한다. 하지만 그들은 자신의 행동이 불러올 부정적 결과는 충분히 생각하지 못한다. 그 때문에 적은 보상을 위해 큰 위험을 무릅쓰고 모험을 강행하다 처벌을 받는 일을 하게 되는 것이다. 게다가 그들은 처벌을 통해 유효한 배움을 얻지 못하기 때문에 두 번 세 번 반복해서 범죄를 저지른다.

이제 사이코패스의 뇌를 연구하며 우리에게도 희망이 생겼다. 아동기와 청소년기는 뇌의 가소성이 정점에 이르는 시기다. 바로 이 시기에 문제가 있는 청소년이나 가정에 관여해 외부환경을 개선해 그들의 뇌 구조와 기능을 바꿔주고, 처벌이 아니라 긍정적인 보상을 주면 그들이 성인이 된 뒤 범죄를 저지를 가능성을 큰 폭으로 낮출 수 있다.

머릿속 괴물은 어릴 때 완성된다

모든 사이코패스가 잔인한 범행을 저지르는 것은 아니며, 친사회적인 특징을 유지하며 사회에 공헌하는 사람도 많다. 사이코패스의 특징을 지닌 아이가 커서 범죄자가 될지 사회의 인재가 될지는 어릴 적 가정과 교육 환경에 따라 결정된다.

미국 서던캘리포니아대학교 캐서린 튜브블러드Catherine Tuvblad 박사는《발달과 정신병리학Journal Development and Psychopathology》에 청소년기 중후반의 사이코패스적 특징은 환경에 따라 크게 바뀔 수 있다는 연구 결과를 발표했다.

이 연구에서 트뷰블러드 박사 연구팀은 9~18세에 이르는 쌍둥이 780쌍을 대상으로 사이코패스 특징을 추적 조사했다. 조사 내용에는 또래에게 얼마나 냉혹한 행동을 하며 사회규칙을 지키기 어려워하는지 등의 특징과 다른 사람을 돌볼 줄 아는지 등의 심리적 특징도 포함했다. 그 결과 연령대에 따라 환경요인의 영향을 받는 정도가 달랐다.

9~10세에서 11~13세로 성장하는 시기의 사이코패스 아이들의 변화는 94퍼센트가 유전자에 따라, 겨우 6퍼센트만이 환경에 따라 결정됐다. 하지만 11~13세에서 14~15세로 성장하는 시기에는 71퍼센트가 유전자에 따라, 29퍼센트가 환경에 따라 결정됐다. 또한 14~15세에서 16~18세로 성장하는 시기에는 66퍼센트가 유전자에 따라, 34퍼센트가 환경에 따라 결정됐다. 이 연구 결과를 통해 우리는 대뇌의 민감한 발달기인 청소년기의 환경이 한 사람이 커서 사이코패스가 될 것인지 아닌지를 결정하는 데 매우 큰 역할을 한다는 걸 알 수 있다. 그만큼 청소년기는 개인의 심리적 건강을 좌우하는 중요한 전환점이다.

나는 중국 중난대학교에서 샹야2병원 의사들과 함께 소년범들의 뇌 활동 패턴에 관한 연구를 한 적이 있다. 연구 결과 품행에 문제가 있는 소년범들은(성인이 되어 반사회적인격장애의 범죄를 저지를 수 있는) 디폴트 모드 네트워크의 연결도가 일반 청소년들에 비해 훨씬 약했다. 디폴트 모드 네트워크는 자기반성과 자기중심적인 사고, 상상 등의 주요한 기능을 한다. 이 연구 결과에 따르면 커서 반사회적인격장애가 있을 수 있는 청소년은 청소년기에 이미 뇌에서 뚜렷한 변화가 나타나 자신에 관한 생각이 훨씬 적거나 자아의식이 약한 편이었다.

청소년기 이전의 어린 시절도 사이코패스적인 특징이 형성되는 중요한 시기다. 0~4세 무렵 부모가 아이에게 안전한 성장환경을 만들어주지 못할 경우 아이가 사이코패스가 될 가능성이 높아진다.

미국의 유명한 신경과학자이자 《사이코패스 뇌과학자The Psychopath Inside》의 저자인 제임스 팰런James Fallon은 사이코패스에 관한 연구를 하다 자신의 뇌가 사이코패스의 뇌와 유사하다는 사실을 발견했다. 하지만 실제 그는 친사회적 성향인 데다 신경과학자로서 많은 공을 세웠다. 그는 자세한 연구와 사고를 거친 끝에 자신이 어린 시절 사랑이 넘치는 가정환경에서 자란 덕에 범죄를 저지르지 않을 수 있게 됐다는 결론을 내렸다.

이 일의 시작으로 다시 돌아가보자면 팰런은 연구 샘플로 자신의 뇌를 찍었다가 자기 뇌의 안와전두피질과 전전두피질의 활성화도가 정상인보다 낮다는 걸 알게 됐다. 그런데 이는 사이코패스의 전형적인 특징이었다! 이 결과에 놀란 그는 다시 유전자 분석을 해봤고, 자신이 전사유전자warrior gene를 가졌다는 사실을 알왔다. 전사유전자란 모노아민산화효소A monoamine oxidase A, MAO-A 생산에 관여하는 MAOA 유전자의 한 형태로, 이 MAO-A효소를 덜 생산되게 한다.

전사유전자는 X 염색체에 위치해 신경전달물질인 도파민과 노르에피네프린, 세로토닌에 영향을 주는 효소의 부호화에 영향을 끼치는데, 이 효소는 태아의 대뇌 발달에 매우 중요하다. 그런데 전사유전자는 거의 남성에게만 영향을 끼친다. 전사유전자를 가진 남성은 일반인보다 인지능력이 떨어지며, 쉽게 화를 내고 충동적이거나 공격적인 행동을 한다. 또한 전사유전자는 뇌 속 MAO-A 효소를 줄여 세로토닌과 다른 신경전달물질이 태아의 뇌에 지나치게 많이 쌓이게 한다. 대뇌를 평온하게 만드는 세로토닌이 많아진다고 생각하면 언뜻 좋을 것 같지만, 과도한 분비는 발달 과정에서 뇌가 세로토닌 등에 점점 둔감하게 만든다. 다시 말해 분노의 스위치를 꺼야 하는 적정한 때에 반응하지 않아 지속적으로 화를 내게 되는 것이다.

팰런은 자신의 뇌가 사이코패스와 같다는 놀라운 사실을 어머니에게 이야기했다. 그러자 어머니는 담담하게 한 가지 사실을 알려줬다. 바로 그의 조상 중에 살인범이 일곱 명이나 있다는 엄청난 이야기였다. 하지만 팰런은 결코 위험한 사이코패스가 아니었다. 물론 일상생활에서 보통 사람보다 승부욕이 훨씬 강해 자식과 게임을 할 때조차 이기려고 애를 쓰지만 살면서 단 한 번도 반사회적인 일을 해본 적이 없었다. 그의 비결은 바로 어머니의 사랑이었다. 팰런이 직접 겪은 경험을 통해 우리는 사이코패스 기질을 가진 아이라 해도 부모가 사랑으로 양육해 친사회적인 행동을 가르치면 아이가 자라서 친사회적인 인재가 될 수 있음을 미뤄 짐작할 수 있다.

팰런이 가진 전사유전자와 극단적인 반사회적 행동 사이에는 등호가 성립되지 않는다. 이런 변이 유전자를 갖고 있다 해서 반드시 그 유전자가 발현되리라는 법은 없기 때문이다. 환경이 유전자의 발현에 그만큼 큰 영향을 끼치는 것이다. 연구에 따르면 전사유전자를 가진 사람이 청소년기 이전에 큰 정신적 외상을 입으면 반사회적 행동을 하기 쉬워진다. 반면 어린 시절부터 사랑이 넘치는 가정에서 자라면 변이 유전자를 갖고 있다 해도 이런 유전자가 없는 사람보다 반사회적인 행동을 훨씬 덜 할 수 있다. 연쇄살인범들이 하나같이 비참한 어린 시절을 보낸 것도 이와 관련이 있다. 실제로 입양된 아이들을 대상으로 한 어느 연구에서도 차갑고 무정한 행동을 하는 등의 사이코패스 특징을 보이는 아이가 양부모의 사랑 넘치는 보살핌을 받으면 훗날 사이코패스로 자라는 걸 막을 수 있다는 결과가 나왔다.

창의력과 사이코패스의 공통점, 도파민

친사회적 사이코패스는 자신의 충동과 용기를 충분히 좋은 곳에 쓸 수 있다. 사실 사기꾼과 도둑, 건달은 어느 정도 선과 악을 자유롭게 오갈 줄 아는 사람들이다. 이를테면 사기꾼은 자신의 재능을 문제를 해결하는 데 쓸 줄 알고(대부분 법을 어기는 데에 쓰긴 하지만), 갖가지 기술을 써서(속임수가 많지만) 문제를 해결하는 데 능한데 이는 창의력과 관련이 깊다. 게다가 창의력이 있는 사람도 종종 사람들과 잘 어울리지 못하고, 혼잣말하기를 좋아하며, 자기가 옳다고 생각하는 일만 하려 한다. 이들은 사람들에게 천재 아니면 이상한 사람으로 보이기 쉽다.

창의력은 보통 규칙을 깨는 것으로 드러난다. 예를 들어 피카소의 추상주의 작품들은 당시 예술의 규칙을 깨고 아프리카 예술과 유럽의 고전적인 회화 양식을 추상적으로 결합한 결과물이다. 그런데 이렇게 자신의 기준에 따라 규칙을 새로이 정의하는 것은 자칫 자신의 이익을 위해 서슴지 않고 거짓말을 하는 행동으로 나타날 수 있다.

사이코패스와 뛰어난 창의력을 가진 사람의 공통점은 사회의 관습과 규칙에 속박당하기를 원치 않는다는 것이다. 이렇게 감정을 억제하지 못하는 성향은 뇌의 도파민 시스템과 관련이 있는데 이 시스템은 새로운 사물을 찾고 보상을 바라는 경향과도 연관이 있다. 다시 말해 사이코패스와 뛰어난 창의력을 가진 사람은 도파민 분비량이 많아 보통 사람보다 새로운 자극을 좋아하고 신기한 것과 보상을 추구하는 것이다. 더불어 그들은 보통 사람과 달리 모험이나 처벌을 그다지 꺼리지 않는다.

필리핀 리살대학교의 애드리안 갈랑Adrianne Galang 박사 연구팀은 두 가지 연구를 통해 사이코패스와 창의력 사이의 관계를 분석했다. 갈랑 박사는 먼저 온라인에서 500명의 필리핀 성인을 대상으로 설문조사를 실시해 그들의 창의력과 사이코패스 정도를 살펴봤다. 다크 트라이어드 테스트Dark Triad Test를 실시했는데, 이 테스트로 마키아벨리즘Machiavellism(다른 사람을 조종하기 좋아하는 권력주의의 경향), 나르시시즘, 사이코패스의 특징을 확인할 수 있다. 연구 결과 나르시시즘과 사이코패스의 특징이 창의력과 확실한 관련성이 있다는 것이 밝혀졌다.

애드리안 갈랑 연구팀은 또한 심리적 특징과 생리적 기초를 연계해 생물학적 측면에서 창의력과 사이코패스의 관계를 해석하고자 했다. 연구진은 우선 93명의 대학생에게 창의력을 테스트한 다음 인터넷 도박을 이용해 그들의 모험 성향을 확인했다. 실험 참가자들은 두 가지 카드게임 중 하나를 선택해 베팅해야 했다. 한 게임은 이기면 많은 돈을 따지만 지면 큰 손해를 봤다. 또 다른 게임은 이겨서 벌 수 있는 돈은 많지 않지만 져도 손해가 적었다. 실험 참가자들 중 모험 성향이 강한 사람은 첫 번째 카드게임에 베팅하기를 선택했다. 연구팀은 참가자들의 '전기피부반응'을 기록하며 그들이 승리를 앞두고 있을 때 뇌의 각성 정도를 확인했다.

연구 결과 창의력을 측정하는 시험에서 높은 점수를 받았던 사람들은 게임에서 돈을 딸 수 있게 됐을 때 뇌의 각성 정도가 낮았다. 다시 말해 창의력이 높은 사람은 단순히 돈을 딴다고 흥분하지 않는다. 승률과 상관없이 모험심을 자극하는 일이어야 흥분한다. 이런 특징은 창의력이 높은 사람과 사이코패스의 공통점이다.

사이코패스가 진화에서 살아남은 이유

두렵게만 보이는 사이코패스적인 특징은 길고 긴 진화의 역사에서 어떻게 특정한 비율로 살아남을 수 있었을까?

앞서 말했듯이 다른 정신질환들과 마찬가지로 사람들의 어떤 심리적 특징도 단순히 옳고 그름으로 나눌 수 없으며, 모두 뇌에 정상과 질환 사이의 스펙트럼으로 존재한다. 우리 뇌에서 나타나는 수십 수백 가지 특징은 다양한 방향과 정도로 함께 결합돼 있으며, 이런 결합의 수는 무궁무진하다. 사람들의 서로 다른 심리적 특징 또한 인류의 정신적 다양성과 종의 생태적 다양성을 위해 나름의 힘을 보탰으며, 다양한 생존환경에서 서로 다른 적응력을 발휘한다.

사이코패스적인 특징도 이런 특징 중 하나다. 실제로 어떤 심리적 특징도 환경을 벗어나 혼자 존재하는 법이 없다. 같은 심리적 특징이라 해도 환경에 따라 완전히 상반되는 효과를 보이기도 한다. 이를테면 극단적인 사이코패스는 주변의 사람들을 다치게 할 수 있지만, 전쟁터에서는 충돌과 위협에 두려움 없이 맞서는 용감한 모습을 보일 수 있다. 이런 특징을 가진 사람은 권력과 자원을 더 손쉽게 얻는다. 인류 역사에서 종종 벌어지는 전쟁이라는 특수한 시기 덕분에 진화 과정에서 사이코패스적인 특징이 살아남았을 뿐만 아니라 더욱 기세를 떨칠 수 있었던 이유다. 전사유전자를 가진 사람들 중 비참한 어린 시절을 보낸 이들은 평화로운 시기에도 눈 하나 깜짝하지 않고 사람을 죽이는 악마가 될 수 있지만 전쟁 시기에 살았다면 영웅이 됐을지도 모른다.

사이코패스는 다른 정신질환들과 달리 극단적인 편이어도 사회 적응성을 가질 수 있다. 극단의 사이코패스적인 특징을 가진 사람이라 해도 인지능력이 좋고 어려서부터 안정적이고 따뜻한 환경에서 자랐다면 사회에 도움이 되는 인재가 될 수 있으며, 그의 사이코패스적인 특징도 그가 사회에 녹아드는 데 아무 영향을 주지 않는다. 그에 비해 우울증이나 불안장애, 강박장애 같은 정신질환은 환자의 사회 적응 능력에 매우 큰 영향을 끼치며, 이런 환자 주변의 사람들까지 서둘러 치료를 받아야 할 수 있다.

3부

뇌는 답을 알고 있다

13장

평생 발달하는 뇌의 비밀은 '연결'에 있다

20세기에는 사람들이 뇌의 신경 발달은 어릴 때만 이뤄지고 이후에는 뇌 구조가 고정돼 변하지 않는다고 생각했다. 하지만 오늘날에는 뇌가 평생에 거쳐 새롭게 만들어진다는 사실이 잘 알려져 있다.

우리의 뇌는 평생 발달할 수 있다

뇌 신경세포 사이의 연결은 환경에 따라 끊임없이 변화하며, 이를 신경가소성이라고 한다. 물론 신경가소성은 태아기에 가장 먼저 생겨나며 아동기와 청소년기에도 두 번의 절정기를 맞지만 성인기, 심지어 노년기에도 여전히 나타난다. 신경가소성은 학습능력을 반영하는데 그 덕분에 인류는 뇌의 신경세포와 신경망이 외부 환경의 끊임없는 변화에 적응해 환경과 평화롭게 공존하며 계속 진화할 수 있었다.

사멸되는 신경세포 vs 살아남은 신경세포

사람은 평생 가질 수 있는 거의 모든 신경세포를 갖고 태어난다. 그런데 신경세포는 발달 과정에서 수많은 '작은 털'을 자라게 해 다른 신경세포와 연결된다. 이 작은 털을 '시냅스'라고 한다. 태어난 지 약 15개월 안에 뇌 신경세포 사이의 시냅스 양이 최대치에 이른다. 이 과정에서 많은 양의 신경세포가 할 일이 없어 '외로운 죽음'을 맞는데, 배아기에 만들어진 신경세포 중 절반은 다른 신경세포와 효과적으로 연결되지 못해 사멸하고 마는 것이다.

반면 쓰일 곳을 찾아 생존한 신경세포들은 그들의 축삭axon(신경세포의 세포체에서 길게 뻗어나온 가지 – 옮긴이)이 신경교세포 neuroglial cell의 일부로 둘러싸이게 되는데, 이 과정을 수초myelin의 형성이라고 한다. 신경섬유에 수초가 형성되는 것은 전선 주위를 고무 절연선으로 둘러싼 것과 비슷해 뇌에서 신경신호 전달 속도와 품질을 크게 향상시킨다. 신경세포의 축삭 바깥이 수초로 둘러싸여 있는 이유는 뇌 신경세포의 신호가 먼 거리까지 전달되어야 하면서도 정밀도를 유지해야 하기 때문이다. 다시 말해 집중력의 조절을 책임지는 신경신호가 이마 근처의 후두엽에서 뇌 한가운데의 내측 측두엽까지 전달되거나, 시각신호가 후두부의 후두엽에서 귓가의 측두엽까지 전달되려면 신경신호의 전달 속도가 빠르고 소음이 적어야 하기 때문이다.

대뇌의 발달 과정 초기에 신경계는 마치 나무의 가지치기를 하는 것처럼 복잡하게 엉켜서 자란 신경들의 연결을 대폭으로 잘라낸다. 거의 사용하지 않는 신경 연결은 잘라내버리고, 중요하고 자주 사용하는 신경 연결만 남겨놓는 것이다. 그 결과 뇌의 에너지와 물질을 진짜 필요한 곳에 매우 효과적으로 쓸 수 있다. 신경섬유 가지치기는 청소년기가 끝날 때까지 계속된다.

만약 당신이 오랫동안 뇌의 어떤 기능을 훈련하면 그 기능을 책임지고 있는 뇌 영역에서 신경 연결이 활발해진다. 당신이 날마다 피아노를 치는 연습을 꾸준히 한다면 손가락의 활동을 맡고 있는 뇌 영역에서 더 많은 신경 연결이 일어난다. 당신이 날마다 영어를 공부하면 언어피질에서 영어 읽기와 쓰기를 맡고 있는 영역이 점차 커진다. 하지만 당신이 가끔 게으름을 피우며 며칠 피아노를 연습하지 않거나 영어를 공부하지 않으면 뇌에 구축된 '피아노 신경망'이나 '영어 신경망'이 점차 약해져 아예 끊어질 수도 있다. 그래서 며칠 뒤 다시 피아노를 치거나 영어를 공부하면 생소하게 느껴지는 것이다.

해마는 뇌에서 공간기억이 형성되는 중심 영역으로, 새로운 환경에서 길을 익힐 때 바로 이 해마가 자극을 받아 새로운 신경세포와 시냅스를 만들어낸다. 새로운 해마의 신경세포와 시냅스가 일단 뇌에 원래 있던 신경망에 합쳐지면 뇌의 공간기억 능력이 좋아지며, 더불어 해마의 성장도 촉진된다. 그 예로 영국 런던의 택시기사들은 복잡한 교통 상황 때문에 매우 많은 노선을 외우고 있는데, 그들의 해마는 보통 사람보다 훨씬 더 크다고 한다. 그러므로 당신이 오랫동안 어떤 한 기능을 연습하면 그 기능을 담당하는 뇌 영역이 성장한다.

거리가 먼 신경세포들은 어떻게 서로 연결되는 걸까? 이는 매우 불가사의한 현상처럼 보이며, 오늘날의 과학자들도 여전히 그 원리를 정확히 파악하지 못하고 있다. 다만 과학계에서 보편적으로 받아들여지는 이론에 따르면 거리가 먼 신경세포들은 동시에 전기화학신호를 보내 서로의 존재를 인식하며, 상대를 향해 호의적인 '작은 손', 곧 시냅스를 뻗어 결국 서로 연결된다고 하는데 이를 헤비안 이론Hebbian theory(캐나다의 행동주의 심리학자 도널드 헵 Donald Hebb이 내놓은 이론 – 옮긴이)라고 한다.

부피가 줄어들수록 안정되는 아이러니한 뇌

뇌의 회백질에는 신경세포가 모여 있다. 이런 뇌 회백질의 부피는 아동기에 점차 늘어나다 청소년기에 정점에 이르고, 이후 조금씩 위축되다 성인기에 안정을 찾는다. 6세에 뇌의 부피는 일생에서 가장 커질 수 있는 부피의 95퍼센트에 이르며, 여자아이는 11.5세, 남자아이는 14.5세에 뇌의 부피가 최대치에 이른다.

청소년기부터 성년기가 될 때까지 뇌의 부피는 오히려 줄어든다. 얼핏 생각하면 매우 이상한 현상이 아닐 수 없다. 하지만 이렇게 뇌의 부피가 발달 과정에서 줄어드는 이유는 뇌가 쓸모없는 시냅스를 계속 잘라내고 쓸모 있는 시냅스만 강화하기 때문으로, 뇌가 환경에 적응하는 중요한 과정이다. 그렇다면 뇌에서 시냅스를 잘라내는 과정은 몇 살까지 계속될까? 프랑스의 한 과학자는 신생아부터 91세 노인에 이르기까지 다양한 사람의 뇌 절편을 비교연구한 끝에 뇌 전두엽의 시냅스 밀도는 30세 정도가 되어야 안정된다는 사실을 알아냈다. 다시 말해 우리의 뇌는 30세가 돼야 안정을 찾으며, 이때 우리는 성숙한 성인이 되는 것이다.

시기에 따라 뇌에 필요한 자극이 다르다

말을 잘하는 능력은 타고날까 아니면 후천적인 환경에 의해 만들어질까? 사실 뇌의 어떤 특징의 원인을 유전자 아니면 환경으로 나누는 이분법적인 사고는 옳지 않다. 뇌의 발달은 언제나 유전자와 환경이 함께 힘을 모았을 때 이뤄진다. 당신이 태어날 때 온전한 유전체genome(낱낱의 생물체 또는 한 개의 세포가 지닌 생명 현상을 유지하는 데 필요한 유전자의 총량—옮긴이) 부호를 갖고 있다 해도 유전체 자체에 뇌 발달에 필요한 모든 정보가 담겨 있는 건 아니다. 오랜 진화 과정에서 유전자는 환경으로부터 정보를 수집했으며, 그러한 정보는 뇌가 언제든 다양한 유전자를 발현할 수 있게 도와 뇌 신경망의 발달을 세밀하게 조절해왔다.

그렇다면 뇌의 여러 발달 단계에서 어떤 요소들이 당신의 뇌에 영향을 끼쳤을까?

배아기, 여성과 남성 모두 중요한 영향을 끼친다

임산부가 지나치게 큰 스트레스를 받으면 태아의 감정과 성격에 영향을 줄 수 있다. 미국의 오하이오주립대학교에서 실험용 쥐를 대상으로 진행한 실험에 따르면 어미 쥐가 임신했을 때 외부로부터 지나치게 큰 스트레스를 받자, 소화기관과 태반의 세균 환경에 변화가 일어났으며 이후에 태어난 암컷 새끼 쥐의 장속 미생물 환경에도 변화가 생겼다. 게다가 스트레스 환경에서 태어난 암컷 새끼 쥐는 인지 실험에서 더 불안한 모습을 보였으며, 몸에서도 염증성 반응이 더 강하게 나타났다. 반면 유익한 단백질인 '뇌유래신경영양인자'의 양은 훨씬 적었다. 그러므로 여성은 임신 기간 중 좋은 기분을 유지해야 한다. 태어난 뒤 아이의 안정적인 감정에 매우 중요하기 때문이다. 실제로 어머니가 임신 중 기분이 편안하면 아이의 감정도 온화해질 수 있다.

　남성은 평생 정자를 만들어내지만 나이를 먹을수록 정자의 질이 떨어진다. 정자는 정액을 생산하는 정낭에서 정원세포 spermatogonium가 분열되며 만들어진다. 나이가 많은 남성의 정자는 정원세포의 분열 횟수가 많아 나이 많은 여성이 생산한 난자보다 훨씬 쉽게 유전자 변형이나 결실deletion(염색체의 일부가 상실되는 구조상의 변화-옮긴이), 돌연변이 등의 문제를 나타낼 수 있다. 이로 인해 후대에 변이가 나타나기도 한다. 2017년 9월《네이처》에 발표된 한 연구에 따르면 어머니의 나이가 한 살이 많으면 신생아에게 0.37개의 새로운 유전자 돌연변이를 물려줄 수 있지만 아버지의 나이가 한 살 많으면 1.51개의 새로운 유전자 돌연변이를 물려줄 수 있다. 이처럼 아버지의 나이가 많을수록 생길 수 있는 변이의 양은 어머니의 네 배에 이른다. 오스트레일리아 퀸즐대학교 연구진에 따르면 나이가 지나치게 많은 남성에게서 태어난 자녀는 자폐스펙트럼장애나 조현병 같은 신경발달장애에 훨씬 쉽게 걸리기도 한다.

남성의 생활 및 업무 스트레스가 크면 아들의 성격에 영향을 줄 수도 있다. 임산부의 스트레스가 아이에게 좋지 않은 영향을 주듯이 남성의 스트레스도 후대에 나쁜 영향을 주는 것이다. 남성의 스트레스가 크면 정자의 유전자 메틸화가 이루어져 아기의 뇌 발달에 나쁜 영향을 끼칠 수 있다. 실제로 스트레스가 큰 수컷 쥐의 DNA를 물려받아 태어난 수컷 새끼는 불안 수치가 매우 높다는 연구 결과도 있다.

신경가소성이 가장 활발한 아동기에 필요한 것

사람마다 뇌에는 크고 작은 차이가 있다. 그 때문에 어떤 아이는 민감하고 내향적이며, 어떤 아이는 활발하고 외향적이다. 어떤 아이는 적극적이고 진취적이며, 어떤 아이는 수줍음과 겁이 많다. 아기 때 민감하고 경계심이 많았던 아이는 아동기에 낯선 걸 두려워하는 편이며, 청소년기에는 남들보다 내향적이고, 성인이 된 뒤에는 불안장애에 걸리기 쉽다. 이런 아이들은 새로운 자극(낯선 사람 같은)에 매우 민감하며, 외부의 보상이나 처벌에 예민하게 반응한다. 실제로 내향적이고 수줍음이 많은 아이는 보상과 처벌을 맡은 뇌 회로가 보통 사람보다 훨씬 민감하다.

물론 모든 사람은 저마다 다르게 프로그래밍된 뇌를 타고나지만 후천적인 양육 환경의 영향도 많이 받는다. 아이의 발달 과정에서 음식이나 학습, 생활 경험, 부모와 아이의 관계 같은 환경 요소가 뇌의 발달 과정에 영향을 끼친다. 양육자가 아이를 다정한 신체언어로 어루만지고 보살펴주면 아이의 유전자 발현도 달라진다. 실제로 양육자에게 스킨십을 많이 받은 아이는 더 큰 안정감을 느끼며, 어른이 된 뒤의 성격도 안정적인 편이다. 또한 어린 시절의 유전자 발현은 성인까지 쭉 이어져 태어나서 충분히 스킨십을 받은 아이는 다음 대의 아이에게도 최선을 다해 사랑을 전해준다.

처음 아기를 낳은 여자 중에는 가슴 모양이 망가진다면서 모유 수유를 두려워하는 사람들도 있는데 사실 모유 수유는 아기의 지능 발달에 확실하게 도움이 된다. 모유 수유를 하는 기간(1년을 넘지 않도록)이 길수록 아기는 3세의 언어능력이 뛰어나며, 7세의 언어와 비언어 지능도 높아진다. 모유 수유가 한 달 더 늘어나면 아이의 7세 지능이 0.3점 정도 높아진다. 또한 모유 수유를 1년 동안 하면 아이의 평균 지능이 4점 이상 높아진다. 특히 태어나서 28일 동안 모유를 가장 많이 먹은 아기는 적게 먹은 아이들보다 지능과 작업기억 능력, 운동능력이 훨씬 높아진다.

최근 유아를 대상으로 한 조기교육이 갈수록 유행하고 있다. 영어 조기교육반은 물론이고, 악기 조기교육반, 레고 조기교육반, 코딩 조기교육반, 로봇 조기교육반 등 종류도 다양하다. 이 때문에 부모들의 스트레스도 심해졌다. 경제 형편이 어려워 조기교육을 충분히 시켜주지 못하면 아이의 뇌 발달과 앞날에 지장을 줄까 봐 걱정이 되기 때문이다. 내 주변에서 아이의 조기교육 문제에 조바심을 내지 않는 사람은 심리학과 뇌과학을 배운 사람들뿐이다.

아동기는 사람의 일생에서 뇌의 가소성이 가장 강한 시기다. 이 단계에는 뇌 신경세포들 사이의 새로운 연결이 빠르게 일어나고, 쓸모없는 신경 연결은 빠르게 끊어진다. 이렇게 민감한 단계에는 아이의 감정이 뇌 발달에 영향을 주기 쉽다. 만약 아이가 참여하는 조기교육반이 주입식이거나 경쟁을 붙이는 식이라면 아이에게 불안과 긴장감을 불러일으킬 수 있다. 이런 부정적인 감정은 뇌 신경세포의 유전자 발현과 뇌 신경망의 구축은 물론이고 아이의 열린 마음과 학습능력에 나쁜 영향을 줄 수 있다.

발달심리학자들은 조기교육의 형식으로 어른이 가르치지 않는 자유놀이를 추천한다. 아이는 이야기를 하거나 노래를 부르고 우스갯소리를 하면서 가장 효과적으로 언어를 배울 수 있다. 또한 아이에게 장난감을 주되 어떻게 가지고 놀아야 한다고 가르치지 않으면 아이는 스스로 노는 방법을 찾는다. 이를 통해 아이는 복잡한 문제를 해결하는 능력과 창의력을 키울 수 있다.

노력이 중요한 뇌과학적 이유

내가 다니던 고등학교는 시에서 주최하는 수학 경시대회에 출전

했던 아이들을 따로 뽑는 곳이라 학교의 목표 또한 전국 규모의 경시대회를 통과해 일류대학에 가는 것이었다. 입학한 첫해에 아이들의 의지는 하늘을 찔렀다. 하지만 1년 동안 공부와 경쟁을 치르고 나니 친구들 몇 명은 성적이 뚝 떨어졌다. 그 뒤로 2년이 흐르는 동안 그 친구들의 의지는 점점 더 약해졌고, 결과적으로 대학입시 성적도 그리 좋지 않았다. 모두 본래 성적이 뛰어난 데다 영리한 친구들이었다. 그렇다면 왜 이렇게 영리하고 타고난 재능이 많은 학생들이 좌절을 겪었다고 노력을 포기하게 된 걸까? 이는 사람마다 실패의 원인을 다르게 분석하기 때문이다. 어떤 사람은 실패를 능력 부족 때문이라 생각하고 어떤 사람은 노력이 부족해서라고 생각한다.

그런데 능력 부족이라고 생각하는 사람은 노력이 부족했다고 생각하는 사람보다 더 큰 타격을 입는다. 결과가 좋지 않은 건 자신의 능력 밖이라고 느끼기 때문이다. 이는 전형적인 고정형 마인드세트(사회심리학과 발달심리학의 세계 최고 권위자인 캐롤 드웩Carol Dweck이 주장한 마음의 태도에 관한 이론 – 옮긴이)로 이런 사람은 스스로 노력을 포기하기 십상이다. 고정형 마인드세트를 가진 사람은 지능은 고정된 것이라 바꿀 수 없다고 믿는다. 반대로 타고난 자질이 그리 뛰어나지 않은 사람이라 해도 노력을 멈추지 않고 계속하면 결국 기대 이상의 성적을 거둘 수 있다. 이런 사람은 대부분 성장형 마인드세트의 소유자다. 성장형 마인드세트를 가진 사람은 지능도 배움과 노력을 통해 바꿀 수 있다고 생각한다.

부모와 교사가 아이를 가르치는 과정에서 무의식중에 어떤 태도를 보이느냐에 따라 아이는 고정형 마인드세트나 성장형 마인드세트를 갖게 된다. 전통적인 학교 교육에서는 시험을 치를 때마다 아이들을 합격이나 불합격으로 나누며, 반의 등수 심지어 학년 등수까지 매긴다. 그 때문에 줄곧 좋은 성적을 얻지 못한 학생은 교사와 부모로부터 '열등생'이라는 낙인이 찍히기 십상이다. 이런 환경은 아이에게 고정형 마인드세트를 심어줄 수 있다. 실제로 부모와 교사는 아이를 평가할 때 무심코 '진짜 똑똑하구나'라든지 '천재네' 같은 말로 아이를 칭찬하곤 한다. 하지만 이런 말들은 아이에게 능력이란 절대 바뀌지 않는 것이라는 잘못된 인식을 심어준다. 이런 아이가 뭔가를 잘 못하게 되면 아이는 무거운 짐을 지게 되며 도전적인 일을 피하려고 애쓴다. 자신이 '똑똑하지 않다'는 게 사실로 증명될까 봐 두렵기 때문이다. 당연히 작은 실패에도 자신감이 쉽게 무너진다. 게다가 이런 아이들은 노력을 하지 않으려 한다. 그들에게 노력은 자신이 멍청하다는 뜻이 되기 때문이다.

반면 성장형 마인드세트를 가진 아이들은 끝까지 노력하면 언젠가 그 대가를 얻을 수 있다고 믿는다. 도전은 이런 아이들에게 자신의 못난 면을 증명하는 난감한 일이 아니라 가슴을 뛰게 하는 일이다.

미국의 한 유명한 선생은 아이들의 성적을 A, B, C, D 등으로 주지 않고 '합격'과 '아직은 합격이 아님'으로 준다고 한다. 이런 채점방식은 시험을 보는 아이들에게 자신이 열등생이나 멍청이라는 생각을 들지 않게 한다. 이를 통해 아이들은 오히려 공부가 하나의 결과가 아니라 변화 가능한 과정임을 깨닫는다. '아직은 합격이 아님'이라는 말은 다음에 노력하면 합격할 수 있으며, 사람의 능력은 한두 번의 시험 결과로 결정되는 게 아니라는 뜻이기 때문이다.

좌절을 만났을 때 개인의 능력 평가에 집중하기보다 꾸준히 노력하는 데에 힘쓰게 하는 이런 평가방식의 전환이야말로 학습화된 무기력을 해결할 수 있는 좋은 방법이다. 이를테면 부모나 교사가 아이를 칭찬할 때 "너 정말 똑똑하구나"라고 말하기보다 "너 정말 노력하는구나"라고 말하는 것이 아이의 장기적인 발전에 더 도움이 된다.

외국어를 언제 배우는 게 적절할까?

사람의 뇌에서 언어 기능을 담당하는 영역은 주로 두 곳인데, 브로카영역Broca's area과 베르니케영역Wernicke's area이다. 브로카영역은 이마 뒤쪽, 전두엽 아래에 자리잡고 있으며, 언어의 생성과 표현, 구사능력을 책임지고 있다. 이 영역에 손상을 입은 사람은 운동성실어증 motor aphasia(브로카실어증)에 걸릴 수 있는데, 말을 매끄럽게 하지 못하고 문법에 맞는 문장을 구사하지 못하는 것이 주요 증상이다. 측두엽에 자리잡고 있는 베르니케영역은 언어의 의미를 이해하는 일을 담당한다. 이 영역이 손상을 입으면 글이나 상대가 하는 말을 이해하지 못하는 감각성실어증sensory aphasia(베르니케실어증)이 나타난다. 이 언어 영역들은 활모양섬유다발arcuate fasciculus이라는 신경섬유로 직접 연결돼 뇌의 언어 중심을 이룬다.

사람이 태어나서 초반 몇 년은 모어母語를 배우는 데 매우 중요한 시기로 늑대소년이 그 이유를 잘 설명해주고 있다. 늑대소년은 태어난 뒤 얼마 지나지 않아 알 수 없는 이유로 몇 년 동안 야생동물의 보살핌을 받고 자랐는데, 이처럼 태어나서 몇 년 동안 언어 환경에 노출되지 않으면 뇌의 언어 발달 잠복기를 놓쳐 사회로 돌아온다 해도 정상적인 언어능력을 기르기 어렵다. 다시 말해 늑대소년 사례는 출생 직후 몇 년이 언어를 배울 수 있는 중요한 시기임을 알려준다.

만약 이 시기에 외국어를 배우면 뇌는 브로카영역과 베르니케영역을 함께 사용해 언어를 습득하므로 모어와 마찬가지로 능숙해질 수 있다. 하지만 청소년기 이후에 다시 외국어를 배울 경우, 뇌는 브로카영역만 사용해 새로운 언어를 습득하기 때문에 능숙도가 모어에 미치지 못하게 된다.

지금도 학계에서는 외국어를 배우기에 적합한 시기가 언제인지를 놓고 여전히 논쟁을 벌이고 있다. 비교적 보수적인 의견에 따르자면 모어에 능숙해진 다음 청소년기가 끝나기 전에 배우는 게 적합하다고 한다.

14장

최상의 수면이 최상의 뇌를 만든다

가브리엘 가르시아 마르케스Gabriel Garcia Marquez의 소설《백년의 고독One Hundred Years of Solitude》에는 매우 기묘한 불면증이 등장한다. 한 부부가 어린 고아 소녀를 거둬 키우는데 이 소녀가 불면증에 걸리고 만다. 그리고 얼마 지나지 않아 마을 사람들 모두 이병에 걸린다. 사람들은 처음에 불면증을 딱히 신경 쓰지 않았다. 오히려 많은 사람이 잠을 자지 않아도 된다는 것에 기뻐했다. 당시마꼰도(이야기 속 마을)는 낙후된 곳이라 할 일이 많았고 시간이금이었기 때문이다. 사람들은 힘을 내서 짧은 시간 안에 해야 할일을 모두 마쳤다. 그런데 그들은 너무 열심히 일한 탓에 금방 할 일이 없어져 새벽 3시가 되면 팔짱을 끼고 앉아 시계에서 흘러나오는 왈츠 소리만 듣고 있어야 했다. 덕분에 잠을 너무 많이 잘까 봐 걱정할 필요는 없어졌지만 깨어 있는 시간이 길어지면서 사람들은 불면증이 불러온 기억 상실이라는 결과를 마주하게 됐다.

소설 속 주인공은 집에 있는 모든 물건에 '탁자' '의자' '문' 등의 명칭을 적은 작은 메모를 붙여야 했다. 하지만 메모로 사물의 이름은 외울 수 있지만 그 물건을 어디에 쓰는지 언젠가는 잊어버리리라는 사실을 깨달았다. 이렇게 단어와 간신히 연결되어 있는 희뿌연 현실조차 언제든 사라질 수 있었다. 얼마 뒤 사람들에게 환각이 나타나기 시작했다. 불면증에 걸린 사람들은 무엇이 현실이고 꿈인지 구분하지 못해 하루 종일 깨어 있는 채로 꿈을 꿨다. 꿈과 현실이 뒤섞이자 사람들은 현실과 과거를 잃어갔다. 어린 시절의 기억을 잊기 시작했으며, 사물의 명칭과 개념은 물론이고 결국 자신이 누구인지조차 잊고 지난날이 사라진 바보로 전락하고 말았다.

소설 속의 불면증 이야기는 완전한 허구가 아니라 역사적인 원형이 있다. 18세기 말 유럽에서 발병한 치명적가족성불면증fatal familial insomnia이 그것이다. 치명적가족성불면증에 걸린 환자는 짧게는 몇 개월에서 길면 1년 넘게 전혀 잠을 잘 수 없다. 치명적가족성불면증은 프라이온병prion disease(포유동물의 뇌가 프라이온 단백질의 이상 증식으로 인해 스펀지처럼 되는 병으로 결국 사망에 이르게 된다-옮긴이)의 일종으로 전 세계에서 걸쳐 40여 가족이 걸렸으며 대부분 유럽에서 발병했다. 유전자 변이 때문에 환자는 처음에 이

유도 알지 못한 채 잠이 들지 못했으며, 얼마 지나지 않아 아무 근거도 없는 두려움을 느꼈다. 곧이어 환각이 나타나고, 몸무게가 줄다 결국 뇌가 퇴화돼 아무런 반응도 보이지 않는 치매에 걸린 상태로 죽음에 이른다(이때 잠들지 못하는 시간은 1년 반 정도가 지속된다). 치명적가족성불면증은 매우 희귀한 질병으로 보고됐지만, 불면증은 보통 사람에게도 흔히 나타나는 질환이다.

우리는 인생의 3분의 1을 잠자야 한다

동물의 진화 과정을 살펴보면 모든 동물이 잠을 자는 건 아니다. 오직 신경계가 복잡한 동물만이 잠을 자는 행위를 한다. 지금까지 과학자들은 단세포동물(짚신벌레 등)이나 신경세포가 없는 동물(해면 등), 중추신경계가 없는 동물(해파리 등)이 수면 행위를 하는 걸 발견하지 못했다.

　　잠의 가장 원시적인 기능은 발육을 촉진하는 것이다. 예를 들어 하등동물인 선충은 탈피를 하기 전에 잠을 자는데, 만약 어린 초파리에게 잠을 못 자게 하면 장기적으로 인지와 행동에 문제가 생긴다. 사람의 경우 자궁 속 태아의 수면은 뇌 발육의 중요한 단계이며 아기의 수면의 질이 성인보다 훨씬 좋다. 사람들이 잠을 잘 자는 걸 보고 '아기처럼 잔다'라고 말하는 것도 바로 이 때문이다.

　　동물의 진화 초기에 잠은 외부환경의 스트레스에 대응하고 몸을 원래대로 회복할 수 있도록 돕는 기능을 한다. 예를 들어 선충은 잠을 자고 난 뒤 열이나 냉기, 삼투압 등 환경 스트레스에 더 잘 대응할 수 있으며, 조직 손상의 회복도 촉진할 수 있다. 파리도 잠을 많이 자야 세균 감염에서 회복될 수 있다. 또한 사람도 병원체에 감염됐거나 면역계에 응급 반응이 있을 때 잠을 자는 게 좋다. 실제로 감기에 걸리면 유난히 더 자고 싶은데 이때 2~3일 잘 자고 나면 몸 상태가 한결 나아지는 걸 느낄 수 있다.

동물들은 뇌가 복잡해지고 진화하면서 학습과 기억, 선택적 주의 등 고급 인지능력을 갖추게 됐다. 새로운 수면의 기능도 내놓았는데 바로 잠을 잘 때 뇌의 신경가소성을 회복하는 것이다. 잠을 자면 뇌가 회로를 수정하는 능력을 강화해 정보를 빠르게 배우고 조합하는 능력이 향상된다.

진화 초기에 잠은 '저전력 상태'로 발육에 필요한 에너지를 아끼는 정도에 머물렀다. 하지만 이후에 신경계가 진화해 점차 복잡해지면서 이 저전력 상태는 점점 뇌의 통제를 받아 학습능력, 주의력, 기억력을 촉진하는 등의 더 뛰어난 보조기능으로 발전했다. 이런 뛰어난 기능이 이뤄질 수 있는 기본 전제는 신경가소성이다. 다시 말해 수면의 후기 진화에서 파생된 고급 기능은 대부분 뇌가 신경가소성을 회복하도록 돕는 것이다.

잠이 부족하면 뇌의 인지기능과 신경가소성이 영향을 받을 수 있다. 이런 규칙은 고등동물뿐만 아니라 곤충에게서도 발견된다. 그 예로 초파리를 못 자게 하면 학습능력이 저하되고 구애행위에 부정적인 영향을 준다. 하지만 잠을 보충하게 만들면 이런 상태로부터 어느 정도 회복할 수 있다. 즉 잠은 단순히 발육을 위한 원시적 보조기능이나 환경 스트레스에 대한 방어 반응에 머물지 않고 뇌의 신경가소성을 향상시켜준다.

잠, 뇌의 독소를 배출하다

깨어 있을 때 뇌세포는 계속 에너지를 소모하며, 이 과정에서 많은 부산물이 생겨 뇌 속에 점점 쌓인다. 뇌세포의 대사산물은 여러 성분을 포함하는데 그중에 아데노신adenosine이 있다. 아데노신이 뇌에 쌓이면 피로감을 느낀다. 우리가 커피를 마시는 것도 뇌 속 아데노신 수용체를 억제해 정신을 맑게 유지하기 위해서다.

우리 몸의 순환계에는 동맥과 정맥 외에도 독소 배출을 담당하는 림프계lymphatic system가 있다. 우리 몸의 림프관 사이사이에는 림프절들이 자리하고 있는데, 여기에는 병원체가 침입했을 때 대항하는 면역세포가 저장돼 있다. 최근 들어 과학자들은 뇌에도 독소 배출을 책임지고 있는 림프계가 있다는 걸 발견했다.

20세기부터 의학계는 줄곧 혈액뇌장벽 때문에 뇌와 몸은 상대적으로 독립된 두 개의 기관으로 존재하며, 뇌에는 림프계가 없다고 믿었다. 이런 관점은 의학 교과서에 100년이 넘게 등장했다. 만약 당신이 2015년 이전에 출판된 의학서를 살펴본다면 '뇌에는 림프계가 없다'라는 서술을 볼 수 있을 것이다. 하지만 2015년 미국 버지니아대학교의 조너선 키프니스Jonathan Kipnis 연구팀이 이 문장을 완벽히 새롭게 써냈다. 키프니스와 그의 동료들은 실험용 쥐 뇌막에 대한 신경 영상 연구를 통해 뇌와 척수의 뇌막에 림프관 망이 폭넓게 분포한다는 사실을 발견했다. 이 림프관망은 뇌척수액과 림프세포를 목 부위의 림프절까지 수송하는 역할을 맡고 있었다. 뇌에도 림프계가 있었던 것이다.

미국의 로체스터대학교 의료센터 연구팀은 실험용 쥐가 자는 동안 뇌세포 사이의 공간이 60퍼센트 정도 늘어나며, 뇌의 림프계가 활동을 시작해 쌓여 있던 독소를 뇌척수액을 통해 빠르게 배출시킨다는 사실을 발견했다. 잠의 이 독소 배출 기제는 알츠하이머병의 예방과도 관련이 있다. 알츠하이머병 환자의 뇌신경세포에 베타아밀로이드 단백질이 쌓이는 것은 신경세포의 자연사와 관련이 있는데, 잠을 잘 자는 쥐의 뇌는 이런 알츠하이머병과 관련된 병적 단백질을 훨씬 빨리 배출한다. 반면 잠을 잘 자지 못하면 병적 단백질이 뇌에 정체되고 쌓여 신경세포의 기능과 건강에 영향을 준다. 밤에 잠을 잘 자면 상쾌한 아침을 맞는 이유다.

단기기억을 장기기억으로 바꾸려면

잠은 뇌가 하루 동안 생리적인 활동을 하며 만들어낸 노폐물을 깨끗이 치워줄 뿐만 아니라 기억을 공고화한다.

19세기 독일의 심리학자 헤르만 에빙하우스Hermann Ebbinghaus는 사람들이 새로운 지식을 배울 때 보통 20분이 지나면 그 지식의 40퍼센트를 잊어버린다는 사실을 발견했다. 에빙하우스는 이처럼 시간이 지남에 따른 망각량을 곡선으로 표시해 '망각곡선forgetting curve'이라는 이름을 붙였다. 기억을 오랫동안 간직하려면 단기기억을 저장하는 해마에서 장기기억 저장을 담당하는 신피질neocortex(대뇌피질에서 가장 최근에 진화해 형성된 부분 – 옮긴이)로 보내야 하는데, 이 과정은 잠을 자는 사이에 주로 이뤄진다. 당신이 잠을 자는 동안 낮에 새로 배운 지식과 정보는 분야별로 나뉘어 뇌의 신피질에 '쓰이게' 된다. 따라서 양질의 잠은 학습에 매우 중요하다.

다시 말해 잠자는 시간은 하루 중에서도 기억을 공고화하는데에 가장 중요한 시간이다. 하룻밤만 다섯 시간을 덜 자도 사건에 대한 구체적인 기억에 혼란과 왜곡이 일어날 수 있다. 한 연구에서 실험용 쥐에게 다섯 시간을 덜 자게 하자 뇌에서 기억을 담당하는 해마 신경세포들 사이의 연결이 확실히 줄어들었다. 하지만 제때 잠을 보충해주자 이 손상이 복구됐다. 잠을 세 시간 더 자게 하니 쥐의 해마 신경세포에서 수상돌기가 다시 자라나 정상적으로 잠을 잔 쥐들과 거의 차이가 없어진 것이다.

잠은 크게 렘수면REM sleep과 비렘수면non-REM sleep으로 나눌 수 있다. 비렘수면에는 1~4단계의 수면이 있는데, 그중 3~4단계의 수면은 깊은 잠을 자면서 크고 느린 뇌파가 나오기 때문에 서파수면이라고 한다. 이때는 맥박, 호흡수, 혈압이 감소한다. 렘수면 단계에서는 눈동자가 빠르게 움직인다. 이 단계는 꿈이 주로 나타나는 단계이기도 하다. 잠은 비렘수면에서 렘수면으로 들어갔다 다시 비렘수면으로 들어가는데 각 주기가 90분 정도 유지되며, 하룻밤 동안 보통 5~6번 정도 이런 주기를 겪는다. 서파수면의 깊이가 가장 깊고 지속 시간도 가장 길 때는 잠의 초기 단계다. 잠이 후반 단계로 들어갈수록 서파수면의 비율도 점차 떨어지며, 렘수면의 지속 시간이 점점 늘어나 잠이 깨게 된다.

서파수면 단계에는 뇌 신경세포가 세 가지 뇌파, 곧 대뇌피질의 서파slow wave(델타파), 시상 부위의 방추파spindle wave, 해마의 SWR파sharp wave ripples를 만든다. 이 세 가지 뇌파는 순서에 따라 규칙적으로 나타난다. 대뇌피질에서 먼저 서파의 진동이 나타나고, 그다음으로 시상에 방추파가 나타나며, 마지막으로 해마의 SWR파가 나타난다. 서파수면과 렘수면 모두 기억을 공고화하는 과정에 참여하지만, 특히 이 세 가지 뇌파가 큰 역할을 한다.

시상에서 나오는 방추파의 수는 대낮의 학습 내용과 관련이 있다. 낮에 배운 것이 많을수록 밤에 잘 때 방추파의 수도 많아진다. 실제로 노인과 조현병 환자의 뇌에서는 방추파의 수가 눈에 띄게 줄어 있다. 과학자들은 실험용 쥐가 서파수면을 하는 동안 그들의 시상 신경세포의 방추파 생성을 조작하면 기억의 형성을 촉진할 수도 있고, 반대로 기억의 형성 과정을 방해할 수도 있음을 발견했다.

한국 대전 과학기술대학교와 독일 튀빙엔대학교가 공동으로 진행한 이 실험은 다음과 같이 교묘하게 설계됐다. 연구진은 특정한 상자 안에서 쥐에게 간단한 행동을 가르쳤는데, 일정한 음높이의 소리가 들리면 쥐에게 약한 전기충격을 줬다. 이런 실험을 몇 차례 되풀이하자 쥐는 그 상자에 들어가 일정한 음높이의 소리만

들어도 전기충격을 받을까 봐 두려워 긴장했다.

실험을 하기 전, 연구진은 우선 광유전학 기술로 이 쥐들의 뇌 신경세포를 조작해 시상의 일부 신경세포가 빛에 민감해지도록 만들었다. 그런 다음 쥐가 밤에 잠을 잘 때 빛으로 쥐의 시상에 자극을 줘 인위적으로 방추파가 나오게 했다. 실험에 참여한 쥐는 세 그룹으로 나뉘었다. 첫 번째 그룹은 뇌의 서파가 나타난 뒤 바로 시상을 자극해 방추파가 나오게 했다. 이 패턴은 원래의 기억을 공고화하는 과정에서 뇌의 여러 영역에 방전이 일어나는 앞뒤 순서와 완벽히 들어맞았다. 그에 비해 두 번째 그룹은 자극하는 시간을 늦춰 시상에서 방추파가 나오는 때와 원래 수면 뇌파 세 가지가 나오는 순서가 일치되지 않게 했다. 마지막 세 번째 그룹은 대조군으로 빛의 자극을 주지 않았다. 연구진은 다음 날 쥐들이 깬 다음 전날의 학습 효과가 어떤지 검사했다.

전날 전기충격을 받았던 상자에 쥐들을 다시 넣자, 첫 번째 그룹은 상자에 들어가는 것만으로도 40퍼센트나 얼어붙는 반응을 보였다. 반면 두 번째 그룹과 세 번째 그룹은 20퍼센트만 두려워하는 반응을 보였다. 하지만 세 그룹 모두 일정한 음높이의 소리를 들었을 때 긴장하는 비율이 40퍼센트로 큰 차이가 없었다. 즉 서파수면 단계에 방추파의 동조율을 높이면 뇌에서 기억을 강화하는 효과를 얻을 수 있다. 이어진 연구에 따르면 이 방법으로 기억을 박탈하는 효과를 거둘 수도 있었다. 방추파의 동조성을 없애고 서파수면 단계에서 시상의 방추파 생성량을 줄이니 다음 날 쥐의 학습 기억이 줄어든 것이다.

이 연구 결과를 근거로 과학자들은 기억의 공고화 과정이 자는 동안 뇌의 신경세포에서 규칙적으로 나오는 세 가지 뇌파의 동조에 따른 것이라고 추측했다. 만약 대뇌피질, 시상, 해마에서 나오는 세 가지 뇌파의 순서가 뒤섞이면 그날 배운 내용을 온전히 대뇌피질의 장기기억 보관소에 보낼 수 없어 영원히 잃어버릴 수도 있는 것이다.

여기서 주의할 점이 있다. 자는 동안 일어나는 기억의 공고화는 단순히 하루 종일 겪은 일의 모든 구체적인 사항을 기억하는 게 아니다. 기억의 많은 구체적인 사항을 전체적인 개념으로 정리하고 창의적으로 재구성한 다음, 이미 있는 신경 기억망으로 보내는 것을 말한다. 이 창의적 재구성 과정에서 무의식중에 규칙을 찾아낼 수도 있다. 그렇기에 잠은 그날 겪은 새로운 경험과 뇌에 이미 저장돼 있던 경험이 고도로 요약되고 창의적인 방식으로 조합돼 우리의 인지를 풍성하게 만들어준다.

잠은 전날 뇌에 저장된 중요하지 않은 정보를 없애는 데도 도움이 된다. 뇌의 신경세포 표면에는 나뭇가지의 가닥처럼 생긴 가늘고 작은 수상돌기들이 자라 있다. 사람이 많이 배울수록 이 수상돌기가 무성하게 자라나 다른 신경세포와 연결된다. 그런데 우리가 잠을 자는 과정이 이런 '나뭇가지들'을 자르는 데 도움이 돼 중요하지 않은 사소한 기억들을 없앨 수 있다.

실험용 쥐를 대상으로 연구한 결과 과학자들은 잠을 잔 쥐의 뇌 속 수상돌기 숫자가 잠을 자지 않은 쥐들에 비해 18퍼센트나 줄어 있는 걸 발견했다. 다시 말해 잠을 자는 과정이 뇌 속 신경세포의 연결을 줄어들게 하는 것이다. 하지만 수상돌기 자르기는 무작위가 아니라 선택적으로 이뤄진다. 비교적 작은 수상돌기를 잘라내고 눈에 띄게 길게 자란 수상돌기는 남겨둬 뇌 자원과 에너지가 집중적으로 사용될 수 있게 하는 것이다.

잠을 잘 때는 감정 회복에 가장 중요한 시간이기도 하다. 사람이 잠을 자는 동안 꿈을 꾸는 시간은 20퍼센트에 이른다. 꿈을 꿀 때 불안과 관련된 노르에피네프린과 부정적 감정을 맡고 있는 편도체의 활동이 억제되고 감정적 스트레스가 없는 환경에서 전두엽이 기억을 조합하면서 기억 속 감정의 강도를 낮춘다. 덕분에 우리는 다음 날 일어났을 때 전날 강렬했던 감정이 하룻밤 사이에 뇌에서 처리되면서 평온한 기분을 되찾는 것이다.

반대로 잠이 모자라면 쉽게 감정적이 된다. 이스라엘 텔에비브메디컬센터 연구진은 성인 18명을 모아 간단한 임무를 완수하게 했다. 컴퓨터 화면에 반짝이는 빛의 점이 어떤 방향으로 움직이는지 확인하는 일이었다. 이때 연구진은 빛의 점 위로 감정적인 사진이나 중성적인 사진을 띄워 참가자들의 주의를 흐트러뜨렸다. 또한 잠을 충분히 잔 날과 모자란 날 두 번 똑같은 임무를 수행하게 했다. 그 결과 잠을 충분히 잔 날에는 참가자들이 감정적인 사진에 쉽게 방해를 받았지만 중성적인 사진에는 크게 방해받지 않았다. 그에 비해 잠이 모자란 날에는 감정적인 사진과 중성적인 사진 모두에 방해를 받았다. 잠이 모자라면 중성적인 자극도 감정적인 자극으로 받아들이게 되는 것이다.

이 밖에도 잠이 모자라면 타인의 표정을 식별하는 능력도 떨어지는데 특히 화난 표정과 기쁜 표정을 잘 구분하지 못한다. 그 때문에 대인관계도 나빠질 수 있다.

수면부족은 어떻게 병을 키울까?

소설 《백년의 고독》에 등장한 불면증이 가져온 영향처럼 잠이 부족하면 우리의 뇌와 몸이 크게 손상을 받으며, 이런 손상은 대부분 복구가 잘되지 않는다. 성인에게 필요한 정상적인 수면시간은 7~9시간이며, 청소년은 8~10시간, 아이는 그보다 더 오래 자야 한다. 그에 비해 노인은 수면의 질이 낮아지면서 잠자는 시간도 줄어든다.

잠이 모자라면 비만이 될 가능성도 높다. 만약 건강한 사람의 수면시간을 8시간에서 4시간으로 줄일 경우 체내 당분의 대사 속도가 현저히 줄어든다. 미국의 의학박사 캐롤 투마Carol Touma와 실바나 판나인Silvana Pannain의 연구에 따르면 밤을 새우면 다음 날에는 식욕이 갑자기 늘어난다. 밤에 잠이 모자라거나 아예 자지 않을 경우 대뇌의 전방대상피질이 활성화돼 식욕이 커지면서 모든 음식에 흥미가 생기기 때문이다. 전방대상피질의 활성화는 비만 환자에게서 흔히 볼 수 있는 증상이다. 게다가 잠이 모자라면 당뇨병에 걸릴 위험성도 높아진다.

장기적인 수면부족은 사망률도 높인다. 2014년 어느 열혈 축구팬은 48시간 연속으로 축구를 보다 결국 세상을 떠나고 말았다.

그의 사인은 '뇌졸중으로 인한 돌연사'였다. 2012년 미국 보스턴에서 열린 수면전문학회associated professional sleep societies, APSS에서 발표한 연구 결과에 따르면 오랫동안 매일 6시간 잠을 잔 사람은 7~8시간을 잔 사람보다 뇌졸중에 걸릴 위험성이 4.5배 높다.

잠이 부족하면 정신적으로도 심각한 문제가 생길 수 있다. 많은 정신질환이 잠과 떼려야 뗄 수 없는 관계이며 장기적인 수면부족이 정신질환으로 이어진다고 생각하는 과학자들도 있다. 또 어떤 과학자는 수면장애가 정신질환 증상보다 먼저 나타나 뇌에 문제가 있음을 미리 보여주는 것이라고 믿기도 한다. 어쨌든 잠과 정신질환이 서로 상관관계가 있는 것은 분명하다.

실제로 2012년 중국의 한 신문은 어떤 노동자가 명절에 귀향하는 열차에서 갑자기 정신질환에 걸렸다고 보도한 적이 있다. 알고 보니 그 노동자는 도시에서 1년 동안 열심히 일해 모은 큰돈을 보자기로 싸서 다리에 묶은 뒤 열차를 타고 고향으로 가는 길이었다. 하지만 큰돈을 갖고 있다는 사실에 너무 긴장한 나머지 가는 내내 누구와 말을 하지도 잠을 자지도 못한 채 43시간을 보냈다. 그렇게 몸과 마음이 모두 지쳐버린 그는 급성 망상을 보게 됐다.

수면부족은 남성보다 여성에게 더 심각한 영향을 준다. 보통 여성의 수면의 질은 남성보다 좋지 않아 하루에 남성보다 30분 정도 더 자야 한다. 또한 여성의 수면은 여성호르몬이나 프로게스테론progesterone, 테스토스테론testosterone 등의 호르몬 변화에도 영향을 받는다. 그래서 호르몬이 급격히 변화하는 시기인 청소년기나 임신기, 갱년기 또는 생리 기간에 여성에게는 갖가지 수면장애가 나타날 위험성이 높아진다. 이런 수면장애에는 수면무호흡증sleep apnea, 하지불안증후군restless legs syndrome(주로 저녁이나 잠들기 전에 다리가 저리는 등의 불쾌한 느낌이 들어 잠을 푹 자지 못하는 질병 – 옮긴이), 불면증 등이 있다. 3교대 근무에서 여성이 산업재해를 입을 확률 역시 남성보다 더 높다는 통계도 있다.

사소하지만 주요한 불면증의 원인

당신에게도 분명 밤을 새운 다음 날 집중력이 흐트러졌던 경험이 있을 것이다. 이는 사실 사람뿐만 아니라 동물도 마찬가지다. 뇌는 집중력을 발휘할 때 지각을 어떤 특정한 영역에 집중시키는 동시에 다른 영역을 억제한다. 이러한 집중력을 회복하는 것은 잠의 주요한 기능 가운데 하나이기에 동물에게서 잠을 박탈하면 집중력이 떨어질 수밖에 없다. 그러므로 당신이 더 집중력 있게 어떤 임무를 끝마쳐야 한다면 질 좋은 수면과 충분한 수면시간을 확보해야 한다.

집중력은 반대로 잠에 영향을 끼치기도 한다. 집중하는 시간이 길수록 잠에 대한 수요도 많아진다. 공부를 가장 집중적으로 하는 시기인 어릴 때와 청소년기에 잠이 많아지는 이유가 이것이다. 학습 이후 서파의 활동이 눈에 띄게 늘어나는데, 자폐장애나 조현병, ADHD 등의 정신질환이 있는 사람은 잠의 양도 줄어든다는 연구 결과가 있다. 그러므로 당신이 때로 잠에 잘 들 수 없다면 뇌의 활동이 부족한 탓일 수 있다.

빛 역시 수면의 질과 리듬에 큰 영향을 준다. 뇌에서 눈에 가까운 곳에 신경이 모여 있는 영역을 '시신경교차상핵suprachiasmatic nucleus'이라 부른다. 이 영역은 눈을 통해 빛을 받아 뇌와 몸의 밤낮의 리듬을 조절한다. 밤이 되면 동물의 눈이 받아들이는 빛의 양이 줄어들고 시신경교차상핵의 활동도 떨어지는 대신 송과체에서 멜라토닌을 대량으로 분비하기 시작한다. 멜라토닌은 잠이 오게 하는 호르몬으로 뇌가 졸린 상태로 들어가도록 촉진한다. 그리고 아침에 해가 뜨면 시신경교차상핵이 빛을 받아 멜라토닌의 분비가 줄어들면서 뇌도 점차 깨어나 새로운 날을 맞이하는 것이다. 그덕분에 자연 상태에서 동물은 해가 뜨면 일을 하고, 해가 지면 휴식을 취한다.

하지만 전기의 발명 이후 도시에 나타난 수많은 빛이 사람과 동물들의 생체시계를 교란시키고 있다. 빛은 파장에 따라 송과체에 다른 작용을 한다. 파장이 530나노미터에 이르는 빨간색 불빛은 우리의 수면리듬에 거의 영향을 주지 않지만 파란색 불빛은 멜라토닌 분비를 억제한다. 그 때문에 잠들기 전에 파란색 불빛을 접촉하면 생체시계가 4~6시간 정도 늦춰져 잠에 들기 어려워진다.

만약 인공조명의 나쁜 영향에서 벗어나고 싶다면 잠자기 몇 시간 전부터 빨간색 불빛만 통과하는 특수 안경을 껴서 눈에 파란색 불빛이 들어오는 걸 줄여보라. 이렇게 하면 날이 어두워진 것과 같은 환경이 만들어지면서 멜라토닌 분비가 촉진돼 좀 더 일찍 잠에 들 수 있다. 우리가 쓰고 있는 스마트폰의 블루라이트 차단 기능을 쓰면 화면이 노랗게 보이는 것도 이런 원리를 바탕으로 개발한 것이다.

수면제는 불면증을 악화시킨다

불면증은 주위에서도 흔히 볼 수 있다. 일주일에 사흘 또는 그보다 많이 잠을 이루지 못하는 상황이 3개월 넘게 지속된다면 불면증 환자라고 할 수 있다.

열 명 중에 한 명은 불면증의 고통을 겪고 있다. 만약 누군가 24시간 내내 깨어 있다면 그의 인지능력은 혈중 알코올 농도 0.1퍼센트인 사람과 비슷해진다. 다시 말해 수면부족은 우리의 뇌를 술에 취한 것처럼 만든다. 또한 잠이 부족하면 환각과 고혈압, 당뇨, 비만이 생길 수 있으며, 심하면 수명이 단축될 수 있다.

사람들은 보통 불면증에 시달릴 때 수면제가 수면 문제를 해결할 수 있는 가장 빠른 방법이라고 생각한다. 하지만 수면제는 일반적인 생각과 달리 그렇게 효과적이지도 안전하지도 않다.

잠에 관한 많은 연구에 따르면 수면제를 먹어도 평소보다 8~20분 정도 일찍 잠들고 35분 더 잘 수 있을 뿐이다. 또한 수면제를 먹을 경우 잠이 드는 속도는 빨라지지만 수면의 질은 나빠져 깊은 잠에 해당하는 시간은 줄어든다. 깊은 잠은 수면에서 뇌 속 노폐물들을 청소하고 에너지를 회복하는 데 가장 중요한 단계인데, 수면제는 깊은 잠의 비율을 줄어들게 하니 결과적으로 얻는 것보다 잃는 게 많을 수 있다. 또한 수면제를 오랫동안 먹는다면 수면제 의존성이 생길 수 있으며, 꼭 수면제를 먹어야 잠이 드는 지경이 될 수도 있다. 의사가 처음 수면제를 처방해줄 때 가끔 먹으라고 하는 것도 바로 이 때문이다.

이 밖에도 수면제는 몇 가지 위험성과 부작용이 있다. 수면보행증sleepwalking(몽유병)이나 순행성기억상실증anterograde amnesia(뇌가 손상되기 이전의 사건은 기억하지만, 손상 이후의 새로운 정보는 기억하지 못하는 증상 – 옮긴이)의 발병률이 높아질 수 있으며, 졸음에 시달리거나 넘어질 확률도 높아진다. 게다가 알츠하이머병의 발병률과 사망률도 늘어날 수 있다. 2012년《영국의학저널British Medical Journal》에 발표된 한 연구 결과에 따르면 2년 동안 수면제를 자주 처방받은 사람의 사망률이 그러지 않은 사람의 다섯 배에 이르렀다고 한다. 또한 미국 스크립스클리닉 비터비가족수면센터 연구팀은 흔히 사용하는 졸피뎀zolpidem 등의 수면보조제들이 조기 사망의 위험성을 네 배나 높였음을 발견했다. 그 약을 가끔 먹는 사람들도 마찬가지였다.

최근 멜라토닌이 수면보조제로 등장해 관심을 끌고 있다. 실제로 많은 불면증 환자가 멜라토닌의 도움을 받기 시작했다. 보통 시차가 나는 곳으로 여행을 가면 뇌의 일주기 리듬을 조절하는 생체시계가 혼란을 일으킨다. 이런 상황에서 새 시간대에 잠들기 전에 멜라토닌을 먹으면 뇌의 수면리듬 조절에 도움을 받을 수 있다. 멜라토닌은 3교대로 일하는 사람들의 수면리듬 조절에도 도움을 줘 낮에도 쉽게 잠들 수 있게 한다.

하지만 멜라토닌의 효과 역시 한계가 있다. 멜라토닌의 주요 효과는 수면의 리듬을 조절하는 것으로, 심각한 불안감을 느끼거나 수면에 영향을 주는 신체적 질병이 있거나 장년의 불면증 환자에게는 효과가 없다. 게다가 멜라토닌을 지나치게 많이 먹으면 어지러움증과 두통, 구역질, 감정 변화, 대낮의 기면증narcolepsy 등 여러 부작용에 시달릴 수 있다. 만약 당신이 불면증에 걸렸는데 멜라토닌을 몇 주 동안 먹어도 효과가 없다면 주치의와 상의하기를 당부한다. 일반의약품으로 판매되는 멜라토닌 외에 최근에는 지속형 멜라토닌도 출시되고 있어 전문적인 상담을 통해서라면 수면 문제를 분명 개선할 수 있을 것이다.

치료해야 하는 수면장애 vs 그렇지 않은 수면장애

'가위에 눌리는 경험'은 수면장애다

타이완의 어느 오락 프로그램에 유명 연예인들이 나와 '가위에 눌린 경험'에 관해 이야기하는 걸 본 적이 있다. 그중에서도 한 연예인이 들려준 이야기는 가위에 눌리는 경험의 전형적인 사례다. 이 여자 연예인은 언젠가 드라마를 찍으러 지방에 갔다 현지의 호텔에서 잠을 자게 됐다. 그날 밤 그녀는 호텔 방에 들어서면서부터 이상한 기분을 느꼈지만 몹시 피곤해서 먼저 잠이 들었고, 함께 방을 쓴 동료는 침대에 누워 텔레비전을 봤다. 그런데 잠시 뒤 정신이 들었는데도 몸을 전혀 움직일 수 없었다. 마치 뭔가에 꽉 눌린

듯한 기분이었다. 소리를 지르려 했지만 목소리마저 나오지 않았다. 그녀는 너무 놀라 몸을 떨었고, 다행히 동료가 흔들어준 덕에 잠에서 깰 수 있었다.

'가위에 눌리는 경험'을 의학적으로는 '수면마비sleep paralysis'라고 하는데, 대개 두 명 중 한 명은 이를 경험한다. 수면마비는 잠이 불규칙적인 상황, 그러니까 여행 중이라든지 몸이 피곤할 때 종종 일어난다. 하지만 가위에 눌리는 경험은 보통 큰 위험성이 없으며, 주변 사람이 깨워주면 바로 풀려날 수 있다. 또한 반듯이 누워 자면 가위에 눌릴 가능성이 높다. 어떤 사람은 이렇게 가위에 눌릴 때 환각을 경험해 누군가가 귓가에 속삭이는 소리를 '듣기도' 하고, 주위에 동물 등이 있는 걸 '보기도' 한다. 하지만 가위에 눌리는 경험은 자주 있는 게 아니라면 굳이 치료할 필요가 없다.

사람의 뇌간에는 청반이라는 작은 세포 무리가 있다. 이 작은 영역은 우리가 잠을 잘 때 근육운동의 억제를 맡고 있다. 이 영역의 세포들이 손상을 입으면 운동 억제 효과가 사라져 꿈속에서 하는 동작이 실제로 몸에 나타나게 된다. 예를 들어 꿈에서 달리기를 하면 잠자리에 누워 발을 뻗을 수도 있으며, 꿈에서 싸움을 하면 팔을 휘두를 수도 있다. 뇌의 몇몇 퇴행성 질환 초기 증상도 이와 같다. 이를테면 파킨스병 환자는 운동장애와 관련된 주요 증상을 나타내기 몇 년 전부터 이미 뇌의 청반이 손상을 입은 상태라 꿈을 꾸며 손발을 휘두르기도 한다.

'자각몽', 당신도 꿀 수 있다

'자각몽'이라는 매우 흥미로운 꿈이 있다. 꿈을 꿀 때 자신이 꿈을 꾼다는 걸 아는 것을 말하는데 때로는 꿈이 어떤 내용으로 발전할지 통제할 수도 있다. 그렇다면 자각몽을 꿀 때 뇌에서는 어떤 일이 벌어지는 걸까?

꿈속에서 의식의 정도와 평소 의식의 정도는 다르다. 보통 우리는 꿈을 꿀 때 이상한 일이 벌어지는 것도 쉽게 받아들이는데 이는 꿈을 꿀 때 자기각성 정도가 떨어진다는 뜻이다. 꿈을 꿀 때는 논리적 사고에 기여하는 전전두피질의 활성도가 낮아지기 때문이다. 반면에 자각몽을 꿀 때는 외부세계에서의 계획을 수립하는 등의 실행기능을 책임지는 배측전전두피질dorsol prefrontal cortex이 활성화되는데, 이것이 꿈속에서 의식의 정도를 향상해 꿈과 현실을 연결하고 우리가 꿈을 꾸고 있다는 걸 '의식'하게 한다.

자각몽을 꾼다고 해서 나쁜 점은 없으며, 어떤 사람은 자각몽을 꾸는 기분을 즐기기도 한다. 꿈의 내용을 직접 통제하면서 많은 일을 만날 수 있기 때문이다. 어떤 사람은 보통 사람보다 자각몽을 훨씬 잘 꾸기도 하는데 뇌 영상을 살펴보면 대개 전전두피질이 더 크고, 메타인지능력metacognitive ability(자신이 인지한다는 것을 인지하는 능력 - 옮긴이)도 더 높다. 또한 아이들이 어른보다 자각몽을 쉽게 꾼다. 보통은 아이들이 잠을 훨씬 더 오래 자기 때문에 수면 후반부에 의식이 깨어 있는 상태로 꿈을 꾸는 것이다.

이렇게 자각몽이 좋은 거라면 더 자주 자각몽을 꾸는 방법은 없을까? 물론 반복적으로 훈련한다면 가능하다. 훈련 방법은 그리 어렵지 않는데 잠자기 전에 '난 오늘 밤 내가 꿈을 꾸고 있다는 걸 알아챌 거야'라고 여러 번 자기암시를 하면 된다. 또한 명상도 자각몽을 꾸는 능력을 강화해준다. 명상이 자아의식을 책임지고 있는 전전두피질의 기능을 강화해주기 때문이다.

반대로 어떤 사람은 꿈을 거의 꾸지 않거나 아예 꾸지 않기도 한다. 정말 꿈을 꾸지 않는 사람이 있을까? 사실 그들은 꿈을 꾸지 않는 게 아니라 자신이 꾼 꿈을 잊어버리는 것일 뿐이다. 알다시피 꿈은 렘수면 상태에서 일어난다. 그런데 렘수면 상태에서 깼을 때 꿈을 기억하는 능력은 사람마다 다르다. 이 능력은 뇌의 내후각뇌 피질과 해마의 특정한 회로의 연결 정도에 따라 결정된다. 이 회로는 기억과 후각을 맡고 있는데 회로의 연결 정도가 높을수록 꿈을 기억하는 능력도 커진다. 또한 당신이 낮에 생동감 있고 특이한 일을 겪었다면 밤에 좀 더 생동감 있고 기억하기 쉬운 꿈을 꿀 가능성이 높다. 창의력이나 상상력이 있는 사람이 꿈을 좀 더 잘 기억하기도 한다.

코를 곤다면 절대 방치하지 말자

코 고는 소리가 계속 이어지다 중간에 갑자기 들리지 않더니, 몇십 초 또는 그보다 더 시간이 흐른 뒤에 긴 숨을 혹 내뱉으며 잠에서 깼다가 이내 다시 규칙적으로 코를 고는 것을 수면무호흡증이라고 한다. 다른 말로 폐쇄수면무호흡증후군obstructive sleep apnea syndrome 이라고도 부른다.

수면무호흡증이 있는 사람은 잠을 잘 때 호흡기에 문제가 생겨 산소 부족으로 깨어난 뒤 금세 다시 잠이 든다. 그 때문에 이런 사람들은 대개 자신이 자다가 깼다는 걸 알지 못한다. 하지만 자주 산소 부족으로 깨어난다면 수면의 질이 크게 떨어질 수 있다. 수면무호흡증이 있는 사람은 밤에 충분히 자고도 낮에 졸거나 부정적이고 무기력한 기분을 느끼기 쉽다. 수면무호흡증으로 인한 질 낮은 수면이 계속 이어지면 아침에 일어났을 때 두통을 느끼고 일어나 공부를 할 때 생각이 더뎌지며 집중력도 떨어진다.

만약 당신이 혼자 산다면 수면무호흡증 증상이 있다 해도 알아차리기 어렵다. 자면서 자신의 코 고는 소리가 얼마나 큰지 알 수 없을뿐더러 한밤에 자주 깨는 걸 스스로 알기 어렵기 때문이다. 아침에 일어나면 두통이 있고, 낮에 일이나 공부를 할 때 쉽게 피곤해지거나 화가 나고, 무기력하고 부정적인 기분이 들며, 생각이 더뎌지고 집중력이 떨어진다면 수면무호흡증을 겪고 있는 건 아닌지 의심해봐야 한다. 수면무호흡증을 방치하면 심장병이나 뇌졸중, 당뇨병, 심장쇠약, 부정맥, 비만증에 걸릴 위험성이 커질 뿐만 아니라 뜻밖의 교통사고를 당할 수도 있다.

임상에서 수면무호흡증을 치료하는 방법으로는 금연 및 금주, 다이어트, 옆으로 누워서 자기 등 생활방식을 바꾸거나 약을 먹는 방법이 있다. 정신건강의학과에 찾아가 상세한 검사를 받고 호흡보조장치를 처방받는 방법도 있다. 심할 경우 수술로 호흡기 구조를 바꾸는 것도 고려해볼 수 있다.

20명 중에 한 명은 수면무호흡증을 앓고 있으며, 노년기의 발병률은 훨씬 높아 약 10퍼센트에 이른다. 수면무호흡증은 대부분

중년 남성에게서 나타나는데 남성의 발병률이 여성의 2~8배에 달한다. 또한 비만이거나 편도선이 비대하거나 코뼈가 휘거나 아래턱뼈가 짧거나 음주나 흡연, 신경안정제를 남용하는 경우 수면무호흡증에 걸리기 쉽다.

잠을 너무 많이 자도 좋지 않다

수면과다로 생기는 질병 중에는 '기면증'이라는 것이 있는데 이 병에 걸린 사람은 밤에 유난히 길게 자며 낮에도 자주 존다. 하지만 졸음기가 좀처럼 사라지지 않고 종일 자고 싶은 생각이 든다.

여러 연구 결과에 따르면 매일 9시간 넘게 자는 사람은 7~8시간을 자는 사람보다 사망률이 훨씬 높다. 영국 유니버시티칼리지런던 연구팀이 40만 명을 대상으로 한 조사에 따르면 장기적으로 수면과다(9시간 이상)는 지능을 떨어뜨릴 뿐만 아니라 당뇨병, 심장병, 알츠하이머병, 우울증, 불임을 유발할 수 있다. 우울증이 있거나 저소득층일수록 전체적으로 수면시간이 좀 더 길다는 연구 결과도 있다. 하지만 그 원인은 정확히 밝혀지지 않았다.

잠을 지나치게 많이 잤을 때의 기분은 술에 취했을 때와 매우 비슷해 과학자들은 이를 '잠에 취한 상태sleep drunkenness'라고 부른다. 하지만 잠에 취한 상태와 알코올 때문에 생기는 신경 손상은 서로 다르다. 잠에 취하면 건강하지 않은 수면리듬이 뇌에서 몸의 일주기를 통제하는 생체시계를 교란해 뇌의 신경을 손상시킨다.

생체리듬은 시상하부의 신경세포 무리로 이뤄진 생체시계에 의해 통제된다. 시상하부는 뇌에서 비교적 원시적인 작은 부위로 생체리듬 외에도 배고픔과 목마름, 땀 등의 활력 징후를 통제한다. 아침에 일어날 때 바로 이 시상하부의 시계가 눈에서 전해진 빛의 신호를 받아 화학 신호를 보냄으로써 몸의 다른 세포들을 깨운다. 그런데 지나치게 잠을 많이 자면 생체시계와 세포가 직면한 실제 상황이 일치되지 않으면서 피곤한 기분을 느끼게 되는 것이다.

잠자기 전에 술을 너무 많이 마셔도 자는 시간이 길어진다. 알코올이 수면 주기에 영향을 줘 잠에 대한 수요를 늘리기 때문이다. 미국 국가알코올남용·중독연구소National Institute on Alcohol Abuse and Alcoholism, NIAAA에 따르면 잠들기 몇 시간 전의 음주는 깊은 수면을 방해하며, 다음 날 일어났을 때 몽롱한 기분을 느끼게 하는데 이것이 바로 흔히 말하는 숙취다.

잠을 중요하게 생각하지 않는 사람도 많다. 이들은 잠을 시간 낭비나 일하고 난 뒤의 휴식 정도로 여긴다. 하지만 잠은 하루에 하는 일 중에 가장 중요한 활동이라 할 수 있다. 당신이 잠든 사이에 몸에서는 각 시스템에 대한 조절이 이뤄지며, 몸의 5분의 1에 이르는 혈액이 뇌로 유입돼 우리의 생존에 매우 중요한 임무를 집행하는 것을 돕는다. 잠은 우리 뇌와 몸의 세포에 새로운 에너지를 채워주며, 뇌에서 하루 동안 생리적 활동으로 생겨난 노폐물을 치우고, 그날 하루의 학습과 기억을 다질 수 있게 해준다. 게다가 좋은 수면은 기분과 식욕, 성욕의 조절에 도움이 된다는 것을 잊지 말자.

일상에서 수면의 질을 높이는 법

규칙적인 유산소 운동의 절대적인 힘

미국의 한 연구에서 전국의 18~85세 600명을 대상으로 설문조사를 실시했다. 그 결과 일주일에 2시간 30분 정도 적당한 강도의 운동을 했을 때 65퍼센트가 수면의 질이 나아졌다고 응답했다. 또한 운동을 거의 하지 않는 사람에 비해 오랫동안 규칙적으로 운동한 사람은 낮에 졸음을 덜 느꼈다. 오랫동안 불면증에 시달린 환자를 대상으로 한 연구에서도 빨리 걷기, 조깅, 수영 등의 유산소 운동이 만성 불면증을 개선한다는 사실이 밝혀졌다. 하지만 고강도의 극렬한 운동(역도나 단거리 경주 같은)은 오히려 수면의 질 개선에 효과가 없었다. 또 다른 연구에 따르면 유산소 운동을 4~24주 정도 유지할 경우 만성 불면증 환자들의 수면의 질이 개선되고 잠에 드는 속도도 빨라졌다.

수면단순행동치료법

최근 몇 년 사이에 수면 전문가들은 수면단순행동치료법brief behavioral

treatment of insomnia, BBTI으로 불면증 환자들의 수면의 질을 높여주고 있다. 이 치료법의 핵심은 날마다 같은 시간에 일어나는 것이다. 만약 당신이 평범한 직장인이라면 평일에 자는 시간이 길지 않아 주말에 모자란 잠을 보충하고 싶을 것이다. 하지만 불면증 환자가 이렇게 할 경우 수면의 질만 더 나빠질 수도 있다. 우리는 잠드는 시간은 통제할 수 없지만 일어나는 시간은 통제할 수 있다. 따라서 억지로라도 날마다 같은 시간에 일어나 일하고 쉬는 시간을 규칙적으로 지키면 몸과 뇌의 일주기 리듬도 점차 안정을 찾게 된다.

자는 시간을 적당히 줄이는 것도 수면단순행동치료법의 핵심 내용 가운데 하나다. 사실 많은 불면증 환자가 오랜 시간을 잠자리에 누워 있지만 그동안 내내 자지는 않는다. 이를테면 밤 11시에 잠자리에 들어 다음 날 아침 8시에 일어난다고 해보자. 하지만 새벽 2시면 잠이 깼다 4시가 돼서야 다시 잠에 든다면 실제로 자는 시간은 7시간밖에 되지 않지만 9시간이나 잠자리에 누워 있는 셈이다. 이때 전문의는 잠자리에 누워 있는 시간을 줄여보라고 권할 것이다. 예를 들면 밤 11시에 잠자리에 든다면 아침 6시에는 억지로라도 일어나라고 말이다. 이렇게 한동안 시간을 보내면 뇌가 새로운 잠의 길이에 적응해 중간에 깨는 시간도 눈에 띄게 줄어들며 아예 깨지 않을 수도 있다. 그럼 당신이 잠을 자는 전체 시간은 여전히 7시간이 된다. 그런 다음에 당신이 잠자리에 누워 있는 시간을 30분 늘리면 잠자는 시간도 효율적으로 늘어날 수 있다.

수면위생 지키기

푹 자고 싶다면 술과 커피, 담배 같은 자극적인 음식을 섭취하는 것도 줄여야 한다. 뇌를 자극하는 카페인의 효과는 몇 시간 동안 유지되며, 어떤 사람에게는 24시간까지 유지되기도 한다. 커피는 쉽게 잠들지 못하게 할 뿐만 아니라 한밤중에 깨게 만들기도 한다. 담배 속 니코틴 역시 당신이 잠드는 속도와 잠의 깊이에 비슷한 영향을 끼친다. 어떤 사람은 술을 마시면 더 푹 잘 수 있다고 생각한다. 하지만 이는 잘못된 생각이다. 알코올은 사람을 졸리게 만드는 것 같지만 실제로는 수면의 질을 떨어뜨려 자는 동안 자꾸 깨게 하며, 깊은 잠을 자는 비율도 줄어들게 한다.

마지막으로 잠자리에서는 잠자는 것과 관련 없는 일을 되도록 하지 말아야 한다. 잠자리에서 스마트폰을 보거나 노트북으로 작업을 하거나 영상을 보면 안 되며 전화를 하는 것도 좋지 않다. 만약 습관적으로 잠자리에서 잠자는 것과 관련 없는 일을 하면 당신이 자려고 해도 뇌가 흥분상태에서 쉽게 수면상태로 전환하지 못한다.

15장

당신의 머릿속 기억 전달자를 깨워라

1950년대 헨리 몰레이슨Henry Molaison이라는 젊은 남자가 심각한 뇌전증에 걸렸다. 의사는 그의 증상이 대부분 뇌의 측두엽에서 비롯된다고 판단했고, 그의 측두엽 일부를 잘라내기로 했다. 절제 수술은 성공적으로 마무리돼 헨리의 뇌전증을 멈출 수 있었다. 하지만 그는 엄청난 대가를 치러야 했다. 그의 단기기억(몇 초 또는 몇 분 동안 정보를 유지하는 능력)은 기본적으로 문제가 없었지만 다시는 장기기억을 가질 수 없게 된 것이다. 다시 말해 그의 기억은 수술을 받은 1953년부터 다시는 새롭게 만들어질 수 없었다. 그가 아무리 한 사람을 자주 보거나 한 지역을 여러 번 가도 그에게는 늘 새롭게만 느껴질 뿐이었다. 그의 뇌에서 잘라낸 부분 중에는 빠른 학습과 단기기억을 저장하는 해마의 일부가 포함되어 있었기 때문이다.

기억력은 집중력이 아니라 뇌의 문제

2014년《셀Cell》에 발표된 연구에 따르면 우울증과 불안장애는 해마의 신경세포 수와 재생능력에 나쁜 영향을 끼친다. 심각한 우울증 환자는 해마의 신경세포 중 무려 20퍼센트가 죽음에 이르러 자연스레 인지능력이 떨어진다. 여기서 인지능력이란 기억력과 집중력, 판단력 등을 모두 포함한다. 또한 많은 우울증 환자는 증상이 나아진 뒤에도 인지능력이 원래 상태로 회복되지 않는다. 또한 편안한 상태에서 공부를 할 때 사람들은 주로 해마를 사용해 정보를 처리한다. 이런 기억방식은 간단하면서도 기억이 오래간다. 하지만 불안한 상태에서 공부할 때는 선조체를 활용하는데, 잠재의식 상태에서 짧은 시간 안에 직감적으로 지식을 모아 분석하므로 기억이 오래 유지되지 못한다.

시차가 나는 곳으로 자주 출장을 가거나 3교대로 일하는 것도 기억력에 확실히 나쁜 영향을 끼친다. 시차가 많이 나는 곳으로 비행하면 혈액 속에 스트레스와 관련된 아드레날린과 코르티솔의 농도를 높이며, 해마를 손상시킨다. 오랫동안 시차가 많이 나는 일곱 곳의 도시를 비행한 경험이 있는 항공 승무원들을 대상으로 한 연구에 따르면 그들의 해마와 주변 조직의 부피가 눈에 띄게 줄어 있었으며, 기억력도 손상이 있었다.

기억력의 핵심, 신경가소성

기억은 두 가지로 나뉜다. 하나는 '외현기억explicit memory' 또는 '서술기억declarative memory'이라고 하며, 지식과 사건, 장소, 물체 등에 대한 기억을 가리킨다. 다른 하나는 '암묵기억implicit memory' 또는 '비서술기억nondeclarative memory'(비선언기억)이라고 하며, 지각과 운동 기능에 관련된 기억을 말한다. 서술기억은 주로 해마와 그 주변의 신피질에 저장되며, 의식적으로 기억을 떠올리려 노력해야 한다. 그에 비해 비서술기억은 의식적으로 노력하지 않아도 자동으로 얻게 되며, 주로 소뇌나 선조체, 편도체 등에 저장된다.

기억은 뇌에서 어떻게 만들어지고 저장되는 걸까? 과학자들은 기억이 저장되는 구체적인 기제에 관해 오늘날까지도 밝혀내고자 애쓰고 있지만 앞으로도 먼 길을 가야 할 것으로 보인다. 다만 지금까지 알려진 바에 따르면 기억의 세부정보들은 각각 서로 다른 신경세포에 저장되며, 전체 기억에 관련된 많은 신경세포는 서로 긴 신경섬유로 연결돼 거대한 기억망을 이루고 있다.

신경세포들의 연결이 기억을 만든다

뇌에서 이뤄지는 어떤 일도 하나의 신경세포만으로는 감당할 수 없으며, 많은 신경세포가 주기적으로 함께 움직여야 한다. 마치 축구장의 파도타기 응원과 비슷하다. 기억이 만들어지는 과정은 미시적으로 서로 다른 영역의 신경세포들이 주기적으로 함께 활성화돼, '헤비안 이론'에 따르면 신경세포들이 동시에 전기화학신호를 보내 서로 연결되는 것이다. 원인은 아직 밝혀지지 않았지만 그 동시성 때문에 두 영역의 신경세포들이 서로를 향해 새로운 시냅스를 뻗어 신기하게도 함께 연결되면서 기억이 부호화되고 공고해진다. 기억의 공고화 과정은 보통 거듭된 연습과 활성화가 있어야 이뤄진다.

모든 기억이 꼭 반복적으로 연습해야 만들어지는 건 아니다. 강렬한 감정을 불러일으킨 사건은 한 번만 겪어도 평생의 기억으로 남는다. 그렇다면 강렬한 감정과 관련된 기억은 왜 쉽게 기억되는 걸까? 이는 그 기억이 뇌에서 감정을 담당하는 오래된 변연피질(예를 들어 두려움의 감정을 활성화하는 편도체)을 활성화시키기 때문이다. 그런데 편도체는 해마 근처에 자리잡고 있으며, 해마와 매우 가깝게 연결돼 있다. 그래서 중대한 감정과 관련된 기억은 쉽게 부호화돼 뇌의 기억 중심으로 들어가 깊은 인상을 남기는 것이다.

외부정보가 뇌에 들어가 기억으로 바뀌는 과정도 매우 흥미롭다. 뇌에서 기억의 부호는 뇌파의 형식으로 구현된다. 다른 시간과 장소에서 일어난 일들을 다양한 주파수와 진폭, 위상位相으로 부호화한 다음 각각 다른 신경세포에 저장돼 서로 복잡한 망으로 연결되는 것이다. 기억 뇌파의 개별적 저장은 특정한 단백질의 다양한

3차원 접힘 구조로 이뤄지는데, 고기의 질을 좋게 하는 마블링처럼 많이 접힐수록 기억의 강도도 커진다.

과학자들은 초파리의 뇌를 연구하던 중에 Orb2 단백질이 기억과 밀접한 관련이 있다는 사실을 알아냈다. 이 단백질은 프라이온 단백질과 비슷해 상황에 따라 형태를 바꿔 함께 모인다. Orb2 단백질을 억제하면 초파리는 잠시 '기억을 잃는다'. 또한 Orb2 단백질이 더 빨리 모일수록 기억이 만들어지는 속도도 빨라진다. 이 단백질이 모여 장기기억을 강화하는 것이다. 사람의 뇌에도 비슷한 단백질이 있는데 이를 CPEBcytoplasmic polyadenylation element binding 단백질이라고 한다. 과학자들은 CPEB 단백질과 Orb2 단백질의 작용이 비슷하기 때문에 CPEB 단백질도 기억과 관련이 있으리라 추측하고 있다.

잠, 기억을 공고히 하는 열쇠

정보는 막 뇌에 들어왔을 때 일단 단기기억의 형식으로 해마에 저장된다. 그러고 나서 몇 시간에서 며칠 안에 종류별로 부호화되어 대뇌피질의 장기기억 저장소(신피질)로 들어간다. 불안정했던 단기기억이 안정적인 장기기억으로 바뀌는 과정은 앞에서 이야기했듯이 잠을 자는 동안 이뤄진다.

잠이 모자라면 기억력도 떨어진다. 이를 증명하려고 과학자들은 실험 참가자들을 두 그룹으로 나누어 낮에 영어 단어를 외우게 한 다음 한 그룹은 밤에 7~9시간을 자게 하고, 다른 그룹 참가자들은 하룻밤 내내 자지 못하게 했다. 다음 날 참가자들 모두에게 영어 단어 테스트를 해보니 정상적으로 잠을 잔 사람들에 비해 그러지 못한 사람들의 기억이 40퍼센트나 떨어졌다. 구체적으로 말하자면 잠을 자지 못한 사람들은 긍정적이거나 중성적인 단어를 기억하는 능력은 50퍼센트가 떨어졌지만 부정적인 단어를 기억하는 능력은 20퍼센트 정도만 떨어졌다. 이 연구 결과를 통해 알 수 있듯이 잠이 모자라면 자신의 삶이 우울하다고 느낄 수 있다. 잠이 부족하면 전날의 부정적인 기억이 더 많이 남아 있기 때문이다.

뇌가 오래된 기억을 검색하는 방법

뇌에 저장한 기억을 다시 찾아야 할 때마다 뇌는 어떻게 일할까?

뇌과학자들은 해마 속 중요한 신경세포들이 '검색 키워드' 역할을 한다는 사실을 알아냈다. 해마의 검색 키워드가 활성화돼 대뇌피질에 저장된 장기기억을 샅샅이 뒤져 필요한 기억을 찾아내는 것이다. 일반적으로 두 가지 일이 일어난 시간의 간격이 적으면 (6시간 정도) 기억은 기억을 저장하는 신경세포군 하나에 겹쳐져 있다. 반면 두 가지 일이 24시간 이상의 시간 차를 두고 일어났다면 이 일들은 완전히 다른 두 신경세포군에 저장된다.

하지만 우리가 어떤 일을 떠올릴 때 기억은 새로 수정되기 일쑤다. 그래서 사람이 기억을 찾아가는 과정은 컴퓨터에 저장돼 있던 정보를 찾는 것과 다르다. 당신이 어떤 일을 떠올릴 때 뇌 신경세포에서 기억의 저장을 담당하는 단백질은 다시 분해하고 재합성된다. 다시 말해 기억 단백질이 다시 안정적 구조를 회복했을 때 원래의 기억은 이미 새로 고쳐진 다음이다. 그러므로 어떤 일을 떠올리는 횟수가 많을수록 뇌에서 이 일의 모양은 처음의 상태와는 거리가 멀어진다. 형사사건에서 증인이 하는 증언이 바로 그런 예다. 경찰이 증인에게 현장에 있던 사람이나 일을 떠올려보라며 여러 차례 묻다 보면 어떤 암시로 증인의 기억에 영향을 줄 수 있으며, 그렇게 반복적으로 기억을 떠올리는 과정에서 최초의 기억이 왜곡돼 증언이 실제 상황과 차이가 생긴다.

잘 잊어버리는 사람이 오래 기억한다

새로운 정보를 기억하는 것은 쉽지 않으며, 정확히 기억하는 건 더 어렵다. 그 때문에 많은 사람이 한 번만 봐도 쉽게 잊지 않는 능력을 부러워한다. 하지만 사실은 그와 정반대다. 만약 우리가 하루하루의 경험이나 많은 정보를 모두 기억할 수 있다면 사소하고도 명확한 대량의 기억이 서로 간섭을 일으켜 뇌의 전체 능력에 영향을 끼친다. 그 결과 우리는 지식을 정리하거나 정보를 결산할 수 없게 된다. 따라서 잊는 것 또한 기억 못지않게 매우 중요한 능력이다. 적정한 정도로 잘 잊어버리는 사람일수록 기억력과 학습능력이 뛰어나다. 그에 비해 ADHD와 우울증 환자는 많은 양의 뒤섞인 정보를 정리하거나 부정적 정보를 잊을 수 없어 뇌에서 진짜로 중요한 정보를 찾아내지 못한다.

아이들은 새로운 정보를 잘 잊는 편이다. 해마의 신경세포 표면에는 NMDAN-Methyl-D-Aspartate(N-메틸-D-아스파르트산) 수용체가 있는데 NR2A와 NR2B 유전자로 조절된다. 그런데 아이들의 NR2B 유전자가 발현하는 비율은 어른보다 훨씬 높아 새로운 지식을 배울 때 신경섬유에서 쓸모없는 정보를 잘라내는 데 능숙하다. 그 결과 아이들은 중요한 새 지식을 잘 기억하게 된다.

아이들의 학습능력이 어른보다 높은 또 다른 이유는 뇌의 신경가소성이 강하기 때문이다. 그리고 아이는 빨리 배우는 만큼 빨리 잊어버리는데, 이 또한 뇌의 신경가소성에서 비롯된 것이다. 앞서도 말했듯이 뇌는 신경가소성이 강할수록 신경세포 사이의 망 연결이 쉬워 새로 배운 정보로 바뀌게 된다. 만약 어떤 성인의 뇌 신경가소성이 강하다면 다른 성인보다 훨씬 쉽게 지난 지식과 경험을 잊고, 더욱 빠르게 새로운 지식과 기능을 배울 것이다. 뭔가를 빨리 배우고 빨리 잊는 것은 빠른 속도로 배울 때 형성되는 새 신경회로가 언제든 오래된 신경망과 합쳐져야 하는 문제다. 그래야 오래되고 한참 사용하지 않은 신경회로도 더 쉽게 새로 쓰여 대체되고, 옛 기억도 더 쉽게 잊힐 수 있다.

기억력을 높이는 의외의 과학적인 방법

과학적으로 증명된 일상의 효과

롤러코스터를 타거나 공놀이나 게임 등의 놀이도 기억력을 강화하는 효과가 있다. 2016년《네이처》에 발표된 네덜란드 돈더스연구소의 연구에 따르면 사람들이 유난히 끌리는 활동을 하거나 새로운 환경에 있을 때 뇌간 근처에 있는 청반에서 훨씬 많은 도파민을 분비한다. 도파민은 보상을 받는다는 기분을 느끼게 해주는 것 외에도 해마에서 기억의 신경회로를 더 공고하게 만드는 데 도움을 준다. 다시 말해 시험공부를 할 때 잠시 게임을 하면서 쉬거나, 회의를 마친 뒤 탁구를 치거나, 나가서 놀 때 틈틈이 영어 단어를 외우면 공부의 효율과 기억의 지속도가 눈에 띄게 높아진다.

운동도 기억력 향상에 도움이 된다. 2016년 덴마크 오르후스 대학의 다케우치 도모노리Takeuchi Tomonori 교수 연구팀은 72명의 실험 참가자에게 40분 동안 사진과 장소를 연결하는 공부를 하게 했다. 그런 다음 이 사람들을 세 개 그룹으로 나눠 첫 번째 그룹은 공부를 마치고 바로 운동을 하게 했고, 두 번째 그룹은 4시간 뒤에 운동을 하게 하고, 세 번째 그룹은 운동을 하지 않게 했다. 이틀 뒤 참가자들에게 공부한 내용을 얼마나 외우고 있는지 테스트한 결과 두 번째 그룹이 다른 그룹들보다 더 많은 내용을 기억하고 있었다. 이 실험 결과를 통해 적당히 시간을 두고 운동하면 기억력을 높이는 데 도움이 된다는 것을 알 수 있다.

커피를 마시는 것 또한 기억력 향상에 도움이 된다. 커피를 좋아하는 미국과 유럽에서는 커피가 뇌에 끼치는 영향에 관한 연구가 많이 이뤄졌다. 연구 결과 커피는 각성 효과뿐만 아니라 정신질환 치료에도 도움이 된다는 사실이 밝혀졌다. 또한 커피를 하루에 세 잔씩 마시면 기억력과 반응능력을 높일 수 있으며, 오랜 기간 꾸준히 마시면 알츠하이머병 예방에도 좋다고 한다. 커피의 카페인이 뇌 신경세포의 아데노신 수용체 A2aR 작용을 차단해 기억의 쇠퇴 속도를 늦추기 때문이다. 동아시아 사람들이 마시는 차도 비슷한 효과가 있다.

기억력을 높이는 게임

기억력을 높이기 위해 특별히 고안된 게임도 있다. 영국의 케임브리지대학교에서는 초기 알츠하이머병 환자를 위해 흥미로운 게임을 만들었다. 환자들에게 태블릿 PC로 서로 다른 위치에 있는 지형 모양을 맞히게 하고, 답이 맞으면 가상의 금화를 상으로 줬다. 이 게임은 참가자가 얼마나 잘하느냐에 따라 난이도가 조정돼 쉽게 질리지 않았다.

한 번에 1시간씩 4주 동안 여덟 번의 게임을 한 결과 환자들은 일화기억episodec memory 테스트에서 점수가 이전보다 40퍼센트나 올랐으며, 실수하는 비율도 3분의 1이나 낮아졌다. 일화기억은 일상생활을 하는 데 매우 중요하다. 한 사건이 일어난 배경과 공간에 관한 기억이 일화기억에 속한다. 이를테면 생일축하를 받은 날, 특별한 색깔이나 형태, 건물의 구체적인 위치 등이 그런 예다.

위의 게임을 몇 번 한 실험 참가자들은 자신감과 주관적인 기억력도 높아졌다. 게임 덕분에 자신에 대한 감정이 더 나아진 것이다. 하지만 이런 게임이 정말 기억력을 높이는 데 효과가 있는지, 기억력을 얼마나 높일 수 있는지, 더 넓은 범위로 확대 적용할 수 있는지에 관해서는 과학자들 사이에 이견이 있다.

하지만 이 게임을 하는 동안 뇌에 미세전류 자극을 보냈을 때 기억력이 눈에 띄게 좋아진 건 사실이다. 미국 샌디아국립연구소

Sandia National Laboratories에서 《세이지저널SAGE Journals》에 발표한 연구에 따르면 작업기억 훈련이 뇌 미세전류 자극과 결합하면 작업기억과 인지전략 등을 포함한 인지능력이 개선된다. 이 실험에서 연구진은 경두개전기자극transcranial electrical stimulation, TES(머리에 전극을 붙여 약한 전류로 대뇌피질의 신경세포를 자극하는 비수술적 뇌자극 방법 – 옮긴이)을 사용했다. 뇌에 미세한 전류를 흘리면 대뇌 표층의 신경세포가 평소보다 전기 방전을 조금 늘리는데, 그 결과 신경세포들끼리 연결되는 속도가 훨씬 빨라지고 학습의 효율이 높아진다. 이런 경두개전기자극은 반세기 전부터 사용되어왔으며, 이 방법을 이용해 뇌 신경회로의 가소성을 강화할 수 있다는 것이 많은 연구를 통해 사실로 증명됐다.

실험 참가자들은 30분 동안 언어기억 훈련 게임이나 공간기억 훈련 게임을 하는 동안 뇌의 왼쪽과 오른쪽 전전두엽에 미세한 전류자극을 받았다. 뇌의 우반구는 주로 공간기능을, 좌반구는 주로 언어기능을 담당한다.

실험 결과 언어기억 훈련 게임을 하며 왼쪽 전전두엽에 전류 자극을 받았던 참가자들은 언어적 작업기억이 뚜렷하게 향상됐지만 공간기억에는 큰 변화가 없었다. 또한 공간기억 훈련 게임을 하며 오른쪽 전전두엽에 전류 자극을 받았던 참가자들은 공간기억은 좋아졌으나 언어적 작업기억에는 큰 변화가 없었다. 반대로 공간기억 훈련 게임을 하면서 왼쪽 대뇌에 전류 자극을 받은 참가자들은 언어적 작업기억과 공간기억 모두 변화가 없었다. 하지만 흥미롭게도 언어기억 훈련 게임을 하면서 오른쪽 대뇌에 전류 자극을 받은 참가자들은 언어적 작업기억과 공간기억 모두 향상됐으며, 추리능력도 좋아졌다. 이에 관해 연구자들은 뇌의 오른쪽 전전두엽이 의사결정 기능을 맡고 있는데, 이 영역을 미세한 전류로 자극하면 의사결정 능력이 높아져 다른 분야의 능력도 좋아지는 것으로 추측하고 있다.

그렇다면 왜 게임의 효과는 확신할 수 없는데 미세전기 자극과 합쳐지면 기억력이 강화되는 걸까? 이는 뇌에 흘리는 미세전류의 자극이 뇌의 신경가소성에 직접 영향을 주어 서로 다른 뇌 영역 사이에 신경이 연결되는 수와 강도가 늘어나기 때문이다. 뇌에서 기억을 담당하는 영역 사이에 신경섬유의 연결이 많아지면 신경망이 강화되어 똑같이 신경망을 필요로 하는 또 다른 일도 잘할 수 있다. 그러나 특정한 내용만 기억하게 하는 게임은 그 게임과 관련된 아주 작은 뇌 영역의 기능만 강화시킬 뿐 작업기억 능력 전체를 향상시키지 못한다.

신경가소성을 효율적으로 높이는 전기자극

경두개전기자극이 뇌의 신경가소성을 강화할 수 있을 뿐만 아니라 학습능력과 기억력 향상에 도움이 되는 것은 분명하다. 2016년에 발표된 이탈리아 사쿠로쿠오레가톨릭대학교 마리아 비토리아 포다Maria Vittoria Podda 교수의 연구에 따르면 경두개전기자극으로 실험용 쥐의 뇌를 20분 동안 자극하자 쥐 해마의 신경세포 가소성과 기억력이 뚜렷이 향상됐으며, 그 효과가 일주일이나 유지됐다. 전기자극이 뇌세포를 활성화시키자 뇌유래신경영양인자도 분비되었다.

과학자들은 사람의 몸에서도 비슷한 반응을 발견했다. 뇌의 서로 다른 영역에 있는 신경세포들은 자신만의 안정된 리듬에 따라 다른 주파수에 진동한다. 그런데 영국 임페리얼칼리지런던의 한 연구팀은 경두개전기자극을 통해 뇌의 여러 영역에 동시에 전기자극을 줌으로써 작업기억력을 높일 수 있다는 사실을 발견했다. 이 실험에서 세타파가 나오는 주파수 구간의 전류를 서로 다른 뇌 영역 두 곳으로 동시에 흘려보내자 실험 참가자들의 기억력 테스트에 대한 반응 속도가 눈에 띄게 빨라졌다. 이는 그들의 단기기억 능력이 강화됐다는 뜻이다. 이 방법을 현실에서 응용하면 모임에서 새로운 사람의 이름을 외우거나 시장에서 물건을 사고 계산하는 데에 도움을 받을 수 있다.

뇌에 전기자극을 주는 것은 정신질환자들의 인지기능 향상에도 도움이 된다. 2017년 《뇌Brain》에 발표된 킹스칼리지런던의 연구에 따르면, 미세한 전류로 뇌를 자극한 결과 조현병 환자의 인지능력이 좋아졌다. 이는 아마도 전기자극이 뇌 신경세포 사이의 연결을 원활하게 만들면서 새로운 정보가 쉽게 들어오거나 학습능력이 향상됐기 때문일 것이다. 경두개전기자극을 받고 24시간 뒤 조현병 환자들의 작업기억과 실행기능 모두 향상됐으며, 관련된 뇌 영역의 활동 패턴도 달라졌다.

경두개전기자극은 운동기억을 공고히 하는 데에도 도움이 된다. 2016년《현대생물학Current Biology》에 발표된 캐롤라인 루스텐베르거Caroline Lustenberger 박사의 연구에 따르면, 잠을 잘 때 뇌의 특정 영역에 경두개전기자극을 지속적으로 주면 운동과 관련된 기억력을 강화할 수 있다. 앞서 말했듯이 잠을 잘 때 뇌의 특정한 영역에서 생성되는 방추파는 기억을 형성하는 데 매우 중요하다. 이 연구에서 과학자들은 전기자극으로 방추파를 만들어냄으로써 실험 참가자들의 운동기억을 뚜렷이 향상시킬 수 있었다.

2017년 2월 미국 노스웨스턴대학교 의학센터의 조엘 보스Joel Voss 박사가 경두개자기자극transcranial magnetic stimulation으로 일화기억의 정확도를 높이는 연구를 진행했다. 경두개자기자극은 경두개전기자극과 달리 뇌 주위에 강한 자기장을 만들어 뇌 속에 전류 자극이 만들어지도록 하는 방법이다. 경두개전기자극보다 널리 사용되며 우울증, 불안장애 등의 치료에도 사용된다. 이 연구에 참가한 64세 이상의 노인들은 5일에 걸쳐 매일 20분씩 경두개자기자극을 받았다. 그러자 기억의 정확도가 높아졌으며, 그 효과가 24시간이나 지속됐다. 이 결과를 바탕으로 조엘 보스 박사는 경두개자기자극으로 노인의 기억력을 젊은이들의 수준만큼 끌어올릴 수 있다는 연구 결과를《신경학Neurology》에 발표했다.

경두개자기자극은 청각기억의 강화에도 도움이 된다. 뇌에는 청각기억과 관련된 배측경로dorsal pathway라는 신경망이 있다. 배측경로에서는 규칙적인 리듬의 전기적 파동이 나오는데, 그 주파수는 세타파다. 캐나다 맥길대학교의 연구진은 이 영역에 경두개자기자극을 주면 청각기억을 강화할 수 있다는 사실을 밝혀냈다. 연구진은 먼저 뇌파와 뇌자기파를 결합한 방법으로 17명의 실험 참가자에게 청각 테스트를 하며 그들의 배측경로 활동을 기록했다. 그런 다음 기록을 바탕으로 똑같은 영역에 경두개자기자극을 줬더니 세타파가 강화됐고 청각기억 능력이 좋아졌다. 하지만 이 영역에서 세타파가 나오지 않을 때 경두개자기자극을 주면 같은 효과를 얻을 수 없었다. 이는 특정한 뇌파의 강도를 높이면 청각학습 효과를 향상시킬 수 있다는 뜻이다.

여기에서 언급한 내용은 모두 뇌과학 및 정신의학계의 세계적 학술지에 발표된 연구 결과이며, 다른 비슷한 실험을 통해 이미 여러 차례 그 효과들이 확인되었다. 이를 통해 뇌의 신경가소성과 경두개전기자극을 연구하는 과학자들은 큰 자신감을 갖게 됐다. 그들은 비슷한 물리 자극 방법으로도 뇌의 기능 조절과 정신질환 치료에 도움을 받을 수 있으리라 믿고 있다.

뇌과학이 권하는 기억력 강화법

아는 것일수록 재밌는 이유

뇌는 새로운 지식에 대한 흥미와 이해도가 높을수록 더 빨리 배우고 정보를 종합할 수 있다. 흥미와 이해는 기억의 효과에 매우 중요하며, 둘은 서로를 보완하는 관계다. 당신이 새로운 지식을 접했는데 당신의 뇌에 해당 지식의 구조가 전혀 없다면 뇌는 어떻게 할까? 예를 들어 알파벳도 모르는 단계에서 영어를 배워야 한다면 우리 뇌는 새 신경섬유를 많이 자라게 하고 서로 연결시켜 완전히 새로운 '영어'의 신경망을 세운다. 하지만 만약 당신이 어떤 지식에 관해 비교적 많이 이해하고 있다면, 가령 영어 실력이 중급 정도인데 고급 영어 단어를 외우려는 거라면 처음 배우는 것처럼 어려움을 느끼지는 않을 것이다. 당신의 뇌에 이미 있는 신경망에 벽돌 몇 개를 더 얹듯이 신경섬유와 단백질을 더하거나 잘라내면 되기 때문이다. 이 단계에서 당신은 공부를 할수록 더 즐거움을 느낄 것이다. 새로 배우는 지식의 난이도가 적당해야 훨씬 쉽게 보상받았다는 기분과 행복감을 느끼며, 스스로 더 공부하고 싶어지는 이유다. 지식은 익숙해질수록 쉽게 배울 수 있으며, 흥미가 생길수록 잘 기억할 수 있다.

기억력과 집중력은 서로 보완하는 관계

집중력도 효과적인 기억을 위한 열쇠다. 집중력은 전전두엽이 통제하는데, 사람의 전두엽은 다른 동물(영장류를 포함해)보다 훨씬 발달해 있다. 전두엽은 사람의 개별적인 발달 과정에서도 가장 늦게 발달하는 뇌 영역으로 20~25세가 돼야 완전히 발달한다. 이런 이유 때문에 아이와 청소년들은 학교에서 수업에 오랫동안 집중할 수 없다. 수업을 40분 동안 하고 한 번씩 쉬게 하는 것도 뇌가 다시 회복돼 집중할 수 있는 상태를 만들기 위해서다.

오늘날은 여러 일을 동시에 처리하는 사람들이 많다. 하지만 우리 뇌는 여러 일을 동시에 할 때 하나하나의 일 모두에 집중할 수 없도록 설계되어 있다. 해마의 단기기억이 저장되는 공간은 크기에 제한이 있어 새로운 정보가 오래된 정보를 밀어내고 자리를 차지하기 때문이다. 당신이 전화를 하면서 자동차 열쇠를 바지 주머니에 넣고 사무실로 걸어가다 보면 차를 어디에 세웠는지 잊어버릴 가능성이 크다. 당신의 기억력이 좋지 않아서가 아니라 뇌가 동시에 여러 가지 일을 진행했기 때문이다.

반대로 단기적인 작업기억은 집중력을 유지하는 핵심이기도 하다. 뇌가 한 가지 일에 집중하기로 결정할 때 우선 단기기억 가운데 일부 핵심 정보가 저장돼야 한다. 그런 다음에 새로운 정보를 받아들여야 그 정보를 이해하게 되며 효과적으로 정보를 분류하고 처리하여 저장할 수 있다. 예를 들어 당신은 이 단락을 읽을 때 우선 뇌에 잠시 "작업기억은 집중력을 유지하는 핵심이기도 하다"라는 문장을 저장해야 한다. 그런 다음에 아래 문장들을 읽어야 새로운 지식을 이해하고 받아들일 수 있다. 하지만 만약 당신의 단기기억이 좋지 않아 이 단락의 "작업기억은 집중력을 유지하는 핵심이기도 하다"라는 문장을 잊었다면 집중해서 뒤의 문장들을 읽어나가기 어려워진다. 그럼 당신은 어쩔 수 없이 처음부터 다시 글을 읽어야 한다. 기억력과 집중력은 서로 보완하는 관계이기 때문이다.

16장

딴짓하는 뇌를 집중하는 뇌로 바꾸는 최고의 방법

내 친구 A는 어느 날 오후 육교 위를 걸으며 요즘 들어 자신을 애먹이고 있는 일에 관해 생각하고 있었다. 그런데 육교를 절반쯤 걸어갔을 때 눈앞에 아버지의 얼굴이 불쑥 나타났다. 마치 하늘에서 아버지의 얼굴이 뚝 떨어진 것처럼 말이다. A가 깜짝 놀라자 아버지가 물으셨다. "내가 육교 저쪽에서부터 널 보고 손을 흔들었는데 뭘 하느라 못 봤냐?" A의 아버지는 분명 육교 멀리에서부터 A의 시야에 들어왔을 것이다. 그런데 왜 A는 알아보지 못했을까?

한번은 친구와 미국 시카고의 어느 일본음식점에서 식사를 한 뒤 계산대로 갔다. 친구가 먼저 직원에게 애플페이로 계산이 되느냐고 물었고, 직원은 가능하다고 대답했다. 그런데 친구가 주머니를 뒤적거리며 "스마트폰이 없어. 테이블에 놔두고 왔나 봐"라고 말하더니 민망해하며 얼른 우리가 식사를 했던 테이블로 뛰어갔다. 직원은 친구의 그런 모습을 보며 웃기만 할 뿐 아무 말도 하지 않았다. 잠시 뒤 돌아온 친구에게 스마트폰을 찾았느냐고 물었다. 그러자 친구가 어색하게 웃으며 "알고 보니 계속 손에 들고 있었지 뭐야" 하는 것이었다.

스마트폰이 분명 손에 있는데 사방으로 찾으러 다니고, 아버지가 눈앞에 있는데 알아채지 못하고……. 우리의 생활에서는 왜 이런 일이 자주 일어나는 걸까? 이는 우리 뇌의 기능이 가진 특성 때문이다. 눈, 귀, 코, 피부는 물론이고 다른 감각통로를 포함하는 몸의 감각기관은 항상 외부에서 들어오는 정보의 홍수에 시달리고 있다. 그에 비해 뇌의 신경세포는 그 양에 제한이 있어 받아들이고 소비할 수 있는 에너지도 제한적이다. 그래서 뇌는 '체'로 받아들일 정보를 선택적으로 걸러내는데, 이 체가 바로 뇌의 주의력 기제다.

주의력 기제는 뇌가 선택적으로 생존에 중요한 정보는 처리하고 중요하지 않은 정보는 무시하도록 돕는다. 뇌는 시야에 들어오는 모든 것을 똑같이 대하거나 처리하지 않는다. 주의력 기제 덕분에 우리 뇌는 생존에 중요한 정보를 선택해 에너지를 중점적으로 소비하고, 중요하지 않은 정보의 방해를 받지 않을 수 있다.

뇌는 새로운 자극을 편애한다

혹시 어떤 일에 집중하고 있을 때 주변에서 갑작스러운 사건이 일어나 방해를 받아본 적이 있는가? 이를테면 집중해서 보고서를 쓰려는데 동료가 다가오는 바람에 고개를 돌려 상대를 확인한다든지, 코딩 작업을 하려는데 불쑥 스마트폰 진동이 울려 눈이 저절로 그쪽으로 돌아간다든지 하는 것들 말이다. 우리는 왜 이렇게 쉽게 방해를 받을까? 이는 우리 뇌가 어떤 정보를 먼저 처리하는지와 관련이 있다.

당신이 어떤 일에 집중하고 있을 때 주위의 돌발적인 사건에 쉽게 방해를 받는 건 뇌의 주의력 기제가 오래되고 습관적인 자극 신호를 억제하고, 새롭고 변화하는 자극에 반응하기 때문이다. 뇌는 보고서를 쓰거나 코딩 작업을 하는 것을 오래되고 변하지 않는 자극으로 인식해 점차 억제하고 무시한다. 그에 비해 새롭고 변화하는 자극인 곁에 다가온 동료나 갑작스러운 스마트폰의 진동에는 우선적으로 반응한다.

뇌가 주변 환경에서 새로운 자극을 편애하는 데는 그럴 만한 이유가 있다. 진화 과정에서는 늘상 해왔던 익숙한 일보다 돌발적인 사건에 주목하는 것이 생존에 훨씬 중요했다. 주변 환경에서 어떤 상황이 벌어졌는지 재빨리 알아차려야 위험을 피할 수 있기 때문이다. 선조들이 들판에서 사슴을 사냥할 때 느닷없이 으르렁거리는 소리가 들려온다면 즉각적으로 그 소리가 어디에서 났는지 주위를 살피는 건 아주 당연한 반응이다. 만약 멀리에 있는 사자를 발견했다면 계속 사슴을 사냥할 게 아니라 한시라도 빨리 도망가야 하기 때문이다. 환경 변화에 재빨리 반응해야 생존율을 높일 수 있다. 이런 뇌의 기제가 진화 과정에서 살아남았다. 하지만 맹수의 공격을 받지 않는 현대인들은 원시적인 본능을 사용할 필요가 없어졌다. 그리고 원시시대의 외부 자극은 공부와 일을 방해하는 스마트폰 진동과 동료의 접근으로 대체되었다.

앞에서 이야기했듯이 사람의 뇌가 외부정보를 처리하는 방향에는 하향처리 방식과 상향처리 방식이 있다. 여기서 '위'란 '뇌'를 가리키며, '아래'란 외부환경의 자극을 말한다. 당신이 어떤 일에 집중할 때 뇌는 하향처리로 주의력을 배치해 당신이 그 일에 집중하도록 한다. 이를테면 당신이 영어 공부에 집중할 때 뇌는 영어 단어와 문장에 주의력을 두도록 시각을 처리한다. 하지만 주변에서 스마트폰의 SNS 알림음이 울린다든지 곁에 있는 사람이 불쑥 이야기를 시작한다든지 하는 등의 새로운 자극, 곧 아래에서 위로의 새로운 환경 자극이 일어나면 뇌는 거기에 주의력 자원을 집중시킨다.

앞서 말한 육교에서 아버지를 알아채지 못했던 친구는 시각에 대한 뇌의 하향처리와 상향처리 모두에 문제가 생겼던 것이다. 그날 친구와 아버지가 마주친 곳은 집에서 멀리 떨어져 있었기 때문에 그의 뇌는 가족을 만날 수 있으리라 예측하지 못했다. 뇌의 하향처리가 제대로 작동할 수 없었던 것이다. 또한 당시 그의 주의력은 일에 집중돼 있었기에 시각이 얻을 수 있는 주의력 자원도 적을 수밖에 없었다. 그래서 그는 시야에 들어온 사람과 사물에 집중하지 못했고, 자신의 아버지도 보지 못한 것이다.

이외에도 전두엽의 기능이 완전히 발달하지 않았거나 에너지가 부족하면 집중력을 담당하는 주의력 네트워크가 주의력 자원을 특정한 목표에 나눠주지 못해 쉽게 방해를 받거나 멍해진다. 이를테면 ADHD 환자는 한 가지 일에 긴 시간을 집중하기 어렵다. 뇌에서 주의력을 담당하는 네트워크는 두정엽과 전두엽, 전측대상회(전방대상피질이 있는 부분) 등의 영역으로 이뤄져 있다. 따라서 전두엽의 발달이 더딘 ADHD 환자들은 어떤 일에 집중할 때 머리에 새로운 생각이 떠오르거나 환경에서 새로운 자극이 오면 뇌가 자동으로 채널을 돌리는 걸 막을 수 없다. 그러므로 ADHD 환자들은 쉽게 외부정보의 방해를 받거나 자신도 모르게 집중이 흐트러진다.

전두엽의 발달에 아무 문제가 없고 에너지가 충분한데도 한 가지 일에 긴 시간을 집중하지 못하는 사람도 있는데, 이는 오래되고 나쁜 주의력 습관 때문이다. 공부나 일을 하면서 5분마다 스마트폰으로 눈을 돌리면 자기도 모르게 집중하지 못하는 습관이 들어 한 가지 일에 집중하기 어려워진다.

수많은 연구가 습관적인 스마트폰 사용이 집중력을 눈에 띄게 떨어뜨린다고 보고했다. 예를 들어 손이 닿는 곳에 스마트폰이 있으면 전원이 꺼져 있는 상태라도 집중력에 영향을 끼칠 수 있다는 것이다. 이는 2017년 미국 시카고대학교 연구진이 800명의 스마트폰 사용자를 대상으로 한 연구를 통해 얻은 결론이다.

연구진은 실험 참가자들에게 컴퓨터로 고도의 주의력이 필요한 임무를 마쳐달라고 했다. 실험 참가자들은 이 연구가 스마트폰이 사람들의 집중력에 영향을 끼치는 정도를 확인하기 위한 것임을 알지 못했다. 임무를 수행하기에 앞서 연구진은 실험 참가자들을 세 그룹으로 나누고 첫 번째 그룹에게는 스마트폰을 책상 위에 정면으로 두게 하고, 두 번째 그룹에게는 스마트폰을 무음 상태로 바꾼 뒤 옷이나 바지 주머니에 넣어두게 했다. 세 번째 그룹의 스마트폰은 연구자가 거둬 다른 방에 두었다. 이어서 그들은 컴퓨터로 작업하는 임무에 주의력을 집중하기 시작했다.

임무를 마친 뒤 연구진이 모든 실험 참가자의 임수 완성도를 평가한 결과 모든 사람이 자기 나름대로 임무에 집중했다고 느꼈지만 실제로는 그룹에 따라 차이가 났다. 그중에서도 가장 좋은 집중력을 보여준 그룹은 스마트폰을 다른 방에 뒀던 세 번째 그룹이었다. 임무의 완성도가 가장 떨어진 그룹은 첫 번째 그룹이었다.

우리는 일이나 공부를 할 때 종종 스마트폰의 화면을 뒤집어 책상에 올려두거나 가방에 넣어둔다. 이렇게 하면 스마트폰의 방해를 받지 않을 거라 생각하기 때문이다. 하지만 실험에서 봤듯이 스마트폰을 손에 닿는 곳에 두면 무의식중에 당신의 집중력이 떨어질 수 있다. 뇌의 주의력 자원이 제한적이기 때문이다.

이렇게 세월과 함께 쌓인 생활방식에서 비롯한 집중력 저하는 타고난 집중력 부족과 크게 차이가 없다.

집중력의 필수 조건, '멍 때리기'

한창 연애 중일 때 다음과 같은 일이 없었는지 한번 떠올려보라. 시험이 코앞이라 정말 열심히 공부하고 싶은데 머리에는 저도 모르게 어제 데이트했던 장면이나 이성 친구가 했던 말, 그의 미소가 자꾸만 떠오른다. 당신이 어느 순간 정신을 차렸을 때는 이미 한참이나 시간이 흐른 뒤로 당신의 입가에는 여전히 바보 같은 미소가 어려 있다.

회의가 시작되고 동료가 보고를 하기 시작했다. 이야기를 10분쯤 들었을 때 당신은 저녁에 뭘 먹으러 가야 하나 생각하고 있다. 책을 보려는데 갑자기 재미있는 일이 떠올라 친구에게 전화를 걸어 얘기해준다. 이와 비슷한 일들은 우리 생활에서 매우 흔히 볼 수 있으며, 누구나 하루에 수십 번 또는 수백 번 넋을 놓곤 한다. 그러다가 정작 자기 곁에서 일어나는 일은 전혀 알아채지 못한다. 분명 어떤 외부 요소의 방해도 없는데 저도 모르게 멍해지는 건 무엇 때문일까?

멍해지는 게 꼭 나쁜 일은 아니다. 어쩌면 당신은 딱히 해야 할 일이 없을 때 뇌가 휴식 상태에 들어가 불필요한 에너지의 소모를 줄일 거라 생각할지 모른다. 하지만 최근 20년 사이의 뇌과학 연구 결과를 보면 당신이 일이나 생각을 전혀 하지 않을 때도 뇌는 여전히 기본적인 활동을 하고 있다.

사람의 뇌에는 1,000억 개가 넘는 신경세포가 있는데 이들은 서로 빈번하고 긴밀하게 정보를 나누고 있다. 2001년 미국의 신경과학자 마커스 라이클Marcus Raichle 연구팀은 당시까지 아무도 주목하지 않던 현상을 발견했다. 사람이 쉬고 있을 때에도 뇌의 여러 영역에서 광범위한 활동이 일어나고 있다는 사실이었다. 이것이 뇌의 디폴트 모드 네트워크다. 이 발견을 통해 과학자들은 뇌가 특별한 일을 하지 않을 때도 고도로 활성화돼 있음을 알게 됐다. 이를테면 당신이 아무 생각 없이 넋을 놓고 있을 때도 에너지의 소모량은 어려운 고전시가 한 편을 외울 때의 에너지 소모량과 크게 차이가 나지 않는다.

　사람들이 어떤 일에 집중하고 있을 때 주의력 네트워크는 디폴트 모드 네트워크의 활동을 억제해 뇌가 한정적인 인지자원을 그 일에 집중할 수 있게 만든다. 하지만 우리의 뇌는 변화의 자극에 매우 민감하고 고정적인 자극에 점차 무감각해지도록 설계되었기 때문에 집중하는 시간이 제한적일 수밖에 없다. 그러므로 어떤 일을 완수하는 과정에서 잠깐의 휴식은 당신이 그 일을 계속 완수할 수 있도록 집중력을 크게 높여주며 지속 시간도 늘려준다.

　실제로 어떤 한 가지 일을 오래 하고 있으면 정신이 점점 멍해지고 집중력도 떨어진다. 이 현상은 사람들이 세상의 변화를 알아차리는 과정과 같다. 사람들이 바뀌지 않는 것을 보거나 고정적인 소리를 들을 때 뇌는 점차 그것들에 적응돼 더 이상 새롭게 감지하지 못한다. 당신이 고정적인 소리를 계속 듣는다면 그 소리는 금세 배경음처럼 바뀌어 당신은 더 이상 그 소리에 신경 쓰지 않게 된다. 우리가 날마다 옷을 입는 동작을 하면서도 옷의 존재를 잘 느끼지 못하는 건 옷이 줄곧 몸에 닿아 있어 일찌감치 그 존재에 적응해 있기 때문이다. 다시 말해 우리 몸이 이런 고정적인 시각이나 청각, 촉각 등에 익숙해지면 뇌는 변하지 않는 자극을 중요하지 않은 정보로 여겨 우리의 의식에서 지워버린다. 같은 원리로 사람들이 오랫동안 하나의 일에 집중하고 있으면 뇌는 이 일을 점차 중요하지 않다고 처리해 자신도 모르게 멍해지는 것이다.

뇌의 메커니즘을 활용한 집중력 강화법

잠시라도 해야 할 일의 내용을 바꾸면 이후의 집중력은 큰 폭으로 올라갈 수 있다. 미국 일리노이대학교의 심리학과 교수 알레한드로 예라스Alejandro Lleras가 실험을 통해 이를 증명했다. 이 연구에서 84명의 실험 참가자는 컴퓨터로 한 가지 임무를 완수하는 실험을 반복적으로 수행했는데, 이 임무를 완수하는 데 평균 50분 정도 걸렸다. 연구자는 실험 참여자들을 네 그룹으로 나누어 첫 번째 그룹에게 50분 동안 쉬지 않고 컴퓨터로 임무를 마치게 했다. 두 번째 그룹과 세 번째 그룹에게는 실험을 시작하기 전에 네 개의 숫자를 외우게 한 다음 실험 중에 이 숫자들이 보이면 특정한 반응을 해야 한다고 일렀다. 하지만 실제로 컴퓨터로 임무를 수행할 때 두 번째 그룹에게는 앞서 알려준 숫자를 보여주며 반응하게 했지만 세 번째 그룹에게는 아무런 숫자도 보여주지 않았다. 그 때문에 세 번째 그룹은 50분 동안 쉬지 않고 임무를 완수해야 했다. 마지막으로 네 번째 그룹은 컴퓨터 임무를 수행하는 과정에서 숫자를 보여줬으나 임무를 시작하기에 앞서 이 숫자들을 신경 쓰지 않아도 된다고 일러뒀다.

그 결과 실험 참가자 대부분이 컴퓨터 임무를 수행하는 50분 동안 점차 집중력이 떨어지는 모습을 보였다. 하지만 두 번째 그룹은 다른 그룹들과 달리 처음부터 끝까지 집중력에 큰 변화가 없었다. 사람의 뇌가 변화에 반응한다는 사실이 증명된 것이다. 한 가지 일을 오랫동안 하면 집중력이 떨어지지만 중간에 짧게 다른 일을 끼워넣으면 집중력이 다시 높아지는 것 말이다.

이 밖에도 사람들은 어떤 문제를 해결하려 할 때 어떻게든 조금이라도 수고를 덜 수 있는 방법을 찾고 싶어한다. 스스로 집중하지 못한다고 느낄 때 노력이 적게 드는 최신 기술로라도 문제를 해결하고 싶다는 생각을 해본 적이 없는가? 최근 들어 컴퓨터 장비와 뇌 영상 및 경두개전기자극이 크게 발달하면서 사람들의 집중력을 강화하는 데 도움이 될 수 있는 최신 기술이 하나둘 나오고 있다.

그중에 뉴로피드백neurofeedback(뇌파훈련)이라는 것이 있다. 뉴로피드백을 적용하려면 머리 주위에 대뇌피질의 전기신호인 뇌파를 측정할 수 있는 전극 패치를 붙여야 한다. 특정한 일을 하는 동안 뇌파는 여러 변화를 보이는데, 이를 전기장비로 보내 그 의미를 해석하면 뇌파와 관련된 특정한 피드백을 받을 수 있다. 이런 피드백으로 우리는 뇌의 특정한 활동 상태를 스스로 조정하는 법을 배울 수 있다. 일부 연구는 뉴로피드백의 효과를 입증했다. 하지만 몇몇 연구는 뉴로피드백이 집중력을 높이는 데에 큰 효과가 없다고 하기도 한다. 뉴로피드백이 뇌의 인지능력을 개선하는 효과가 있다는 주장도 있는데, 이에 관해서는 세계 여러 나라의 과학자들이 연구 중에 있다.

중추신경흥분제를 먹는 것도 집중력을 높이는 방법이다. 최근 미국의 대학생과 고등학생들 사이에서는 '머리 좋아지는 약'이 유행하고 있는데, 그중에서도 메틸페니데이트methylphenidate(리탈린)가 가장 인기가 좋다. ADHD 치료제로도 사용되는 이 약은 전두피질의 활성화를 강화해 집중력을 높인다. 그런데 이런 중추신경흥분제를 오래 복용하면 여러 부작용이 나타날 수 있다. 특히 청소년기는 뇌의 신경망이 빠르게 발달하는 시기이자 뇌의 신경가소성과 학습능력이 가장 강한 시기이기도 하다. 그런데 중추신경흥분제를 오래 먹을 경우 뇌의 신경가소성이 떨어질 수 있으며, 이를 다시 되돌릴 수 없다.

모다피닐modafinil 또한 학생들 사이에서 인기를 끌고 있는 약으로 임상에서는 흔히 기면증과 수면무호흡증을 비롯한 수면장애 치료용으로 쓴다. 모다피닐은 신경전달물질인 도파민의 분비를 높임으로써 신경 연결을 빠르게 해 기억력과 다른 인지능력을 강화시킨다. 하지만 모다피닐 역시 오랫동안 복용하면 부작용이 생길 수 있다. 임상 참여자 가운데 3분의 1이 두통 증상을 보였으며, 10분의 1은 메스꺼움 증상을 느꼈다. 이외에도 신경질, 설사, 불면, 불안, 어지러움, 위장 문제 등의 부작용이 있었다.

집중력 강화를 위해 뇌과학이 권하는 생활습관

당신이 하나의 일에 집중할 수 있는 시간은 여러 요인의 영향을 받는다. 이를테면 당신이 특별히 흥미를 갖고 있거나 욕구가 강한 일을 할 때는 훨씬 긴 시간을 집중할 수 있다. 또한 그 일이 순조롭게 진행되면 당신은 더 오랜 시간을 집중하기도 한다. 하지만 그와 반대로 어떤 일이 순조롭게 풀리지 않거나 중간에 어려움을 겪게 되면 집중할 수 있는 시간은 줄어들 수밖에 없다. 또한 뇌에 에너지가 넘칠 때는 비교적 긴 시간을 집중할 수 있으나 뇌가 피로하면 길게 집중하기 어렵다. 아래에 당신의 집중력에 영향을 끼치는 몇 가지 중요한 요인을 소개한다.

무슨 일이든 흥미가 있어야 한다

어떤 일에 흥미가 있을수록 그 일에 집중할 수 있는 시간이 길어진다. 우리 눈의 동공은 빛의 밝기에 따라 크기가 달라지지만 주의력에 따라 그 크기가 달라지기도 한다. 당신이 유난히 흥미를 느끼는 사람이

나 사물을 볼 때 뇌의 청반은 노르에피네프린을 분비해 당신의 주의력을 일깨운다. 더불어 눈의 홍채 수축을 조절해 동공을 커지게 만들어 눈에 들어오는 빛의 양을 늘린다. 이런 연이은 생리적 반응으로 흥미를 느끼는 사물은 뇌의 주의력 스포트라이트 아래 놓이게 된다.

미리 계획을 세우는 것

다음으로 뭘 할지 계획을 짜는 것은 뇌에서 작업기억의 공간을 차지한다. 그런데 이 공간은 짧은 시간 안에 쓸 새로운 정보들이 저장돼 있다. 하지만 작업기억을 저장하는 공간은 제한적이라 공간이 작아질수록 주의력 자원도 줄어든다. 따라서 당신이 다음 할 일의 계획을 미리 세워두지 않으면 일을 하면서도 뇌가 수시로 다음에 뭘 해야 할지 떠올리게 되며, 이런 것들이 작업기억 공간을 차지해 단기기억과 주의력을 떨어뜨릴 수 있다. 그러므로 하루 전에 계획을 세워두면 당신의 집중력을 개선할 수 있다. 즉 다음 날 할 일을 시간별로 나누어 적어두면 당일에 오롯이 일에만 집중할 수 있다.

차와 커피

커피가 정신을 들게 하고 집중력을 높여준다는 건 누구나 아는 사실이다. 하지만 커피보다는 차를 마시는 것이 집중력에는 더 나은 효과를 발휘한다. 찻잎에는 테아닌theanine(아미노산의 일종으로 차나 동백나무, 산다화山茶花에 존재하며 다른 식물에는 거의 존재하지 않는 특수한 아미노산 – 옮긴이)이라고 부르는 일종의 아미노산이 함유돼 있다. 테아닌은 기분을 편안하고 안정적으로 만들어주며, 차의 카페인 성분과 함께 작용해 뇌의 활동을 강화시킴으로써 집중력을 높이는 데에 도움을 준다. 같은 양의 카페인이 들어 있는 경우 커피에 비해 차의 각성 효과가 훨씬 오래 지속된다.

유산소 운동은 언제나 답이다

특히 유산소 운동은 청소년의 집중력을 높일 수 있다. 저소득 가정 청소년들을 대상으로 한 연구에 따르면, 유산소 운동을 12분 동안 한 뒤 공부를 했더니 주의력과 글을 읽고 이해하는 능력이 뚜렷이 향상됐다. 만약 학교나 회사가 집에서 멀지 않다면 걷거나 자전거로 등교하거나 출근할 것을 추천한다. 엘리베이터를 타지 않고 계단으로 걸어 올라가는 것도 좋은 운동방법이다.

몇 분 동안의 유산소 운동으로 ADHD 아동의 학업 성적과 집중력을 끌어올릴 수도 있다. 미국 미시간주립대학교의 매슈 폰티펙스 Mattew Pontifex 교수는 8~10세 아동 40명을 대상으로 한 가지 실험을 진행했다. 아이들 중에 절반은 ADHD 환자였다. 폰티펙스 교수는 실험에 참여한 절반의 아이들은 러닝머신에서 20분 동안 뛰게 하고, 나머지 절반의 아이들은 조용히 앉아 있게 했다. 그런 다음 모든 아이에게 간단한 읽기와 이해 테스트, 수학 테스트, 방해받지 않고 집중력을 유지해야 하는 컴퓨터 게임을 하도록 했다. 이 게임에서 아이들은 애니메이션 물고기가 어디로 헤엄쳐 가는지 빠르게 판단하려면 화면에 나타나는 시각적 방해 요소를 무시해야 했다.

실험 결과 ADHD에 걸린 아이든 건강한 아이든 잠시 유산소 운동을 한 다음 테스트를 치른 아이들의 성적이 훨씬 좋았다. 게다가 유산소 운동을 한 ADHD 아동은 컴퓨터 게임을 하며 실수를 한 뒤에 조종 속도를 늦춰 같은 실수를 피했다. 유산소 운동이 ADHD 아동들의 뇌의 억제 기능을 강화한 것이다.

이 연구팀은 후속 연구에서 ADHD에 걸린 아이들이 학교에 가기 전 유산소 운동을 하면 ADHD 증상이 눈에 띄게 줄어든다는 사실도 발견했다. 이 연구를 위해 유치원에서 초등학교 2학년에 이르는 아이 200명이 12주 동안 실험에 참여했다. 아이들 중 절반은 수업을 하기 전 중등 강도 이상의 운동을 했으며, 나머지 절반은 조용히 실내활동을 했다. 그 결과 운동에 참여한 아이들은 집중력이 확실히 상승했으며 주의력이 떨어지는 현상도 줄어들었다.

그렇다면 꼭 오랫동안 운동을 해야 집중력을 높일 수 있는 걸까? 여러 연구에 따르면 한 번의 운동으로도 뇌의 여러 인지능력을 개선할 수 있으며, 전두엽의 기능과 관련된 집중력과 의사결정 능력을 강화할 수 있다. 일회성 운동은 해마가 책임지고 있는 기억력과 학습능력, 선조체와 관련이 있는 운동능력, 편도체와 관련 있는 감정기억을 상승시킨다. 실제로 일회성 운동을 한 뒤 뇌의 집중력과 작업기억, 문제해결 능력, 인지적 유연성, 언어구사의 유창한 정도, 의사결정 능력 등이 모두 뚜렷이 좋아졌으며, 효과가 두 시간 정도 유지됐다. 강도에 상관없이 운동만 하면 뇌의 인지 기능은 강화된다. 다만 강도에 따라 영향을 받는 부분이 달라진다. 이를테면 중등 강도의 운동을 하면 뇌의 실행기능에 도움이 되며, 고강도의 운동을 하면 뇌의 정보처리에 도움이 된다.

집중력을 높일 수 있는 명상

명상을 하면 아주 적은 양의 대뇌 활동과 에너지 소모만으로 정해진 임무를 마칠 수 있다. 몇 년에 걸쳐 집중적인 명상 훈련을 해야 집중력을 높일 수 있는 건 아니다. 연구에 따르면 다섯 번만 명상 수업을 받아도 집중력을 높일 수 있다. 보통 3~6개월 정도 명상을 계속하면 집중력이 뚜렷하게 향상된다.

단 명상을 할 때는 다음 몇 가지 점을 주의해야 한다.

첫째, 시간을 충분히 갖고 명상을 연습하여 효과를 향상시켜야 한다. 아마 당신은 명상을 시작하기 전에 스스로 적어도 10분은 정신을 집중할 수 있으리라 생각했지만 실제로는 툭하면 정신이 멍해지는 자신을 발견할 것이다. 처음부터 '완벽'하게 명상을 해내려고 한다면 스트레스를 받을지도 모른다. 누구나 처음 명상을 하면 정신이 멍해지기 쉽다. 어떤 사람은 명상을 시작한 지 1분 안에 아니, 몇십 초 안에 넋을 놓기도 하는데, 이는 지극히 정상이다. 스스로 멍해진 걸 알아차렸다면 자신을 탓할 필요 없이 부드럽게 주의력을 호흡으로 되돌리면 된다.

둘째, 하루 중에 자신에게 가장 적당한 시간을 택해 명상을 한다. 어떤 사람은 아침에 명상하는 걸 좋아해 일어나자마자 명상을 하기도 한다. 이 경우 평온한 마음가짐으로 하루를 시작할 수 있으며, 하루 종일 명상을 유지할 수 있게 자신을 환기할 수 있다. 그러면 낮 동안 불안감을 낮추고 공부나 일에 더욱 집중할 수 있다. 또 어떤 사람은 일을 마친 뒤 명상을 하기도 하는데 평온한 상태를 회복해 더 나은 가정생활을 할 수 있으며 더욱 깊은 잠을 잘 수 있다.

17장

뇌가 쉬는 순간, 창의적인 상상은 시작된다

두 가지 질문에 대한 답을 생각해보라. "소리를 내는 건 뭐가 있을까?" "탄성이 있는 건 무엇일까?"

답을 말하기 전 한 가지 당부를 하자면 "자동차가 소리를 내요" "풍선이 탄성이 있어요" 같은 흔한 말은 하지 않았으면 좋겠다. 이런 대답은 너무 평범하지 않은가. 당신이 생각하기에 가장 흔하지 않은 답은 뭘까?

전통적인 지능 테스트는 기억력과 읽고 이해하는 능력, 공간 상상력 등의 인지능력을 시험한다. 이런 테스트로 당신의 학업 실력은 확실히 예측할 수 있지만 창의력은 전혀 가늠할 수 없다. 또한 지능이 높다고 해서 반드시 창의력이 뛰어난 것은 아니다. 드레스덴공과대학교 엠마누엘 자우크Emanuel Jauk 교수의 연구에 따르면 지능이 평균 수준만 넘어가면 지능과 창의력 사이에는 아무런 관계도 없다. 그보다는 높은 비율로 유전되는 성격이 창의력의 높고 낮음을 결정한다. 만약 지능이 평균 이상이고 전문적인 경험도 어느 정도 쌓였다면 새로운 체험에 얼마나 열린 마음을 가졌느냐에 따라 지적 자원이 창의적인 작업 성과로 이어질지가 결정된다.

창의력이 높은 사람은 뇌의 전환이 빠르다

1960년 심리학자 도널드 캠벨Donald Cambell은 창의성을 크게 '맹목적 다양성blind variation'과 '선별적 기억력selective retention' 두 종류로 나누었다. 창조의 과정은 시행착오성 문제의 해결 과정으로 볼 수 있다. 이 과정은 자연선택에 따른 진화 과정과 매우 비슷하다. 진화의 역사에서 생물은 복제와 유성생식 과정에서 자발적으로 대량의 변이를 만들어낸다. 그런 다음 자연은 환경에 적응하는 변이를 선택해 남긴다. 이와 같이 하나의 문제 해결을 시도하는 횟수가 많을수록 결과의 다양성도 커지며, 생산력 있고 환경에 적응하는 발명이나 발견이 많아진다. 디자이너, 작가, 화가, 조각가, 이론물리학자, 건축가, 소프트웨어엔지니어 등이 창의력을 활용해 인류 문명을 발달시켰다.

하지만 사람들은 저마다 창의력에 큰 차이가 있으며, 이는 뇌의 서로 다른 설정에서 비롯된다. 뇌의 휴지활동과 관련이 높은 디폴트 모드 네트워크는 자기반성, 사고, 상상력과 관련이 있으며, 이 네트워크의 활동은 창의력의 원천이다. 다시 말해 창의적인 인지활동과 뇌의 디폴트 모드 네트워크는 밀접한 관련이 있어 당신이 뇌를 쉽게 할 때 상상이 시작된다. 이때 뇌의 여러 영역도 그동안 저장해둔 지식과 경험을 재구성해 훨씬 창의력 있는 성과를 만들어낸다.

디폴트 모드 네트워크는 서로 거리가 먼 여러 뇌 영역을 포함한다. fMRI로 보면 후대상회posterior cingulated와 쐐기앞소엽precuneus, 내측전전두엽, 양측의 각회angular gyrus, 양측의 외측측두엽, 양측의 해마 등 서로 연결되지 않은 뇌 영역들은 테두리가 붉은색과 흰색으로 뚜렷하게 구분된 것처럼 보인다.

과학자들은 창의력이 높은 사람의 뇌 기능을 관찰한 결과, 창의력이 풍부한 사람일수록 신경세포 사이의 연결이 보통 사람보다 강하다는 걸 발견했다. 이런 사람은 생각하고 상상할 때 디폴트 모드 네트워크와 주의력 네트워크 사이의 전환에 능숙해 디폴트 모드 네트워크를 잘 활성화시킬 뿐만 아니라 집중력 있게 임무를 실행해야 할 때는 다시 주의력 네트워크로 쉽게 전환한다.

가난은 뇌의 창의력을 떨어뜨린다

자원의 많고 적음은 창의력 발휘에 큰 영향을 끼친다. 스위스 취리

히연방공과대학교의 연구진은 오랑우탄이 먹이가 부족할 때 '에너지 절약' 모드로 들어가 운동을 최소화하고 맛은 없더라도 쉽게 얻을 수 있는 먹이를 기꺼이 먹는다는 사실을 발견했다. 이렇게 오랑우탄이 먹이가 부족할 때 에너지 절약 전략을 선택하는 것은 주위 환경의 자원이 제한적이기 때문이다. 이런 상황에서 동물이 모험을 감행한다면 다치거나 무언가에 쉽게 중독될 수도 있다. 게다가 모험은 많은 시간과 에너지, 주의력 자원을 필요로 하는데, 어떤 결과가 나올지 모르는 상황에서 모험을 한다는 건 자원이 부족한 환경에 적합하지 않은 행동방식이다.

그런데 사람도 자원이 부족한 상황에서는 오랑우탄과 비슷한 전략을 취한다. 하버드대학교와 프린스턴대학교의 심리학자들이 2013년 《사이언스》에 발표한 연구에 따르면, 수입이 낮은 사람들에게 현재 자신이 얼마나 경제적으로 어려운 처지에 있는지 일깨워주면 새로운 환경에서의 이성적 사고 능력과 문제해결 능력이 바로 떨어진다.

쉽게 말해 가난이 창의력을 제한하는 것이다. 옥스퍼드대학교의 행동경제학자 아난디 마니Anandi Mani 교수가 인도의 사탕수수 재배 농민들을 대상으로 한 연구 결과를 보면 이 말이 무슨 뜻인지 알 수 있다. 인도의 사탕수수 재배 농민들은 평소 가난한 생활을 하다 사탕수수를 수확하는 날이 오면 1년 동안 고되게 일한 대가를 얻을 수 있다. 연구자가 수입을 얻기 전과 후 농민들의 인지능력에 어떤 차이가 있는지 확인한 결과, 농민들이 돈을 받아 경제적으로 풍족해지자 인지능력 테스트에서의 결과도 눈에 띄게 좋아졌다.

　물론 사람들은 생존의 압박을 느낄 때 살기 위해서 새로운 발명을 하거나 창조를 하기도 한다. 하지만 월세나 신용카드 대금을 밀리는 등 경제적 위기에 시달리거나 업무 스트레스가 커 다른 일을 할 시간이 없는 등 뇌가 오랫동안 긴급한 문제에 시달리면 인지 자원이 부족해 삶의 질을 높일 방법을 생각하기 어렵다. 이와 반대로 여유 있는 환경자원은 창의력에 불을 지필 수 있다. 실제로 오랑우탄은 잘 먹고 마시는 환경에서 창의력이 폭발한다. 과학자들은 이를 증명하기 위해 오랑우탄을 안전한 장소에서 먹이 걱정 없이 지내게 하며 신기한 장난감을 넣어줬다. 그러자 오랑우탄은 여러 새로운 방식으로 장난감을 가지고 놀며 자신의 창의력을 발휘해 그 상황을 즐겼다. 이와 달리 생존에 급급한 야생의 침팬지들에게 신기한 장난감을 건네자 야생 침팬지들은 장난감을 감히 건드려보지도 못했다. 신기한 사물에 대한 두려움이 새로운 생각이나 시도를 가로막은 것이다.

　인류사회가 보여준 대부분의 혁신은 어느 한 사람의 타고난 소질과 재능에서 비롯된 것이 아니라 사람들이 이미 쌓아온 지식들을 창의적으로 재구성한 결과다. 실제로 우리가 일상적으로 접하는 대부분의 사물은 한 사람이 일평생을 바쳐 발명한 것이 아니라 사회 전체의 '두뇌'가 만들어낸 창의력의 결정체다. 즉 사회의 무리가 크고 교류가 많을수록 문화가 진화하는 속도도 빨라진다. 이때 사람들은 실패의 대가가 낮을수록 기꺼이 새로운 걸 시도하려 한다. 그러므로 사회가 그 안에 있는 사람들을 안전하고 여유롭게 해줄 때 사회 전체의 창의력도 활성화될 수 있다.

제삼자의 눈이 정확한 이유

심리적 바운더리boundary가 멀수록 창의력은 커진다. 그렇다면 심리적 바운더리란 무엇일까? 지금 이 순간에도 우리 주변에서 일어나는 모든 일은 심리적 바운더리가 있다. 이를테면 작년에 일어난 일은 시간상 심리적 바운더리가 있는 일이고, 지금 당신이 한국에 있는데 미국에서 어떤 일이 일어난다면 이는 지리상으로 심리적 바운더리가 먼 일이다. 만약 바로 지금 당신에게 어떤 일이 일어난다 해도 당신은 시각을 달리해 그 일과 심리적 바운더리를 만들 수 있다. 예를 들어 당신에게 곧 일어날 일을 다른 사람에게 일어날 일이라고 상상해보라. 그럼 당신은 그 일과의 사이에 심리적 바운더리를 만들어낸 것이다.

그렇다면 왜 심리적 바운더리가 멀수록 창의력이 커지는 걸까? 사람들은 심리적 바운더리가 가까운 일일수록 구체적인 세부 사항에 초점을 맞춰 생각하는 경향이 있다. 반면 어떤 일이 나와 어느 정도 심리적 바운더리가 있으면 전체적인 측면에서 그 일을 추상적으로 생각하게 된다. 추상적인 사고는 더 새로운 방식으로 문제를 보게 하며, 서로 상관없어 보이는 일들을 창의적인 방식으로 연결해 상상력이 넘치는 결과를 만들어낸다.

미국 인디애나대학교의 연구진은 이런 심리적 바운더리를 이용해 창의력을 강화하는 실험을 진행했다. 연구진은 인디애나대학교 학생들을 모집해 한 가지 문제를 냈다. "감옥에 갇힌 죄수가 그 안에서 밧줄 하나를 발견했다. 하지만 이 밧줄은 감옥에서 바깥쪽 땅까지의 절반 길이밖에 되지 않는다. 그렇다면 죄수는 어떻게 해야 탈옥에 성공할 수 있을까?"

연구진은 이 문제의 탄생 배경을 두 가지로 제시했다. 하나는 인디애나대학교 학생이 만든 문제라는 것이었고, 다른 하나는 캘리포니아대학교 학생이 만든 문제라는 것이었다. 실험 결과 후자의 조건에서(다른 학교 학생이 문제를 냈다는) 실험 참가자와 문제의 심리적 바운더리가 좀 더 멀어져 참가자들의 상상력이 더 커졌고 훨씬 쉽게 문제의 답을 생각해냈다. 참고로 이 문제의 답은 꼬여 있는 밧줄을 풀어 두 개의 밧줄로 만든 뒤 서로를 묶는 것이었다. 이렇게 하면 밧줄의 길이가 두 배가 돼 그 밧줄을 타고 땅으로 내려갈 수 있기 때문이다.

당사자보다 제삼자가 더 잘 안다는 말이 바로 이런 뜻이다. 보통 당신이 자신의 문제를 파악하는 것보다 남이 당신의 문제를 더 잘 아는 것도 제삼자가 더 먼 심리적 바운더리를 두고 문제를 생각해 창의적인 방식으로 그 문제를 해결할 수 있기 때문이다. 그러므로 어려운 문제에 손을 댈 때는 그 일에서 조금 멀리 떨어져 바라봐야 창의적인 해결법을 찾는 데 도움이 될 것이다.

비슷한 사례가 《인성과 사회심리학 저널Journal of Personality and Social Psychology》에 발표된 적이 있다. 프랑스의 윌리엄 매덕스William W. Maddux 박사와 미국의 애덤 갈린스키Adam D. Galinsky 박사의 연구에 따르면, 외국에 사는 것이 창의적 사고를 강화하는 데 도움이 된다. 연구진은 조사 결과 외국에서 오래 산 경제경영학과 학생이 창의적으로 문제를 해결하는 능력이 뛰어났다고 주장했다. 이는 창의력이 좋은 사람일수록 다른 나라에서 살기를 좋아하기 때문이 아니라 다른 나라에 살다 보면 새로운 문화와 생각을 접할 기회가 많기 때문이다.

시간과 가능성의 심리적 바운더리가 늘어나도 문제를 해결할 수 있는 창의성이 향상된다. 시간상 심리적 바운더리를 늘리려면 어떤 일을 먼 과거에 일어났거나 먼 미래에 일어날 것이라 생각해야 한다. 예를 들어 당신이 앞으로의 1년치 계획을 세운다면 이 1년 후를 상상해보는 것이다. 이는 정확하고 창의적으로 1년을 계획하는 데에 도움이 된다. 그렇다면 가능성의 심리적 바운더리를 늘리는 방법은 뭘까? 어떤 일을 일어날 가능성이 적은 사건으로 보는 것이다. 예를 들어 당신의 상사가 고객을 위해 완전히 새로운 광고안을 짜보라고 지시했다고 하자. 만약 당신이 이 광고의 세부 사항에 매달려 고심한다 해도 완전히 새로운 생각은 떠올리기 어려울 것이다. 이럴 때 당신은 가능성의 심리적 바운더리를 늘려 광고 속의 이 제품이 현실에 존재하지 않는 허구의 것이라 상상해보는 것이다. 당신은 새로운 방법을 찾아 사람들에게 신선한 광고안을 선보일 수도 있다.

다음에 문제가 막힌다면 심리적 바운더리를 늘려 먼 곳으로 여행을 가거나(또는 자신이 멀리 있다고 상상하거나) 그 일이 먼 미래 또는 먼 과거에 일어났다고 생각해보라. 또는 다른 사람과 이 문제로 이야기를 나누거나 현실에서 일어날 가능성이 적은 대체 항목을 고려해봐도 좋다. 이 방법들은 당신이 창의적인 생각을 하는 데에 분명 도움이 될 것이다.

창의력을 높이려면 뇌의 어떤 부위를 자극해야 할까?

아이들에게는 디폴트 모드 네트워크의 활성화가 필요하다

아동기는 사람의 일생에서 창의력이 가장 뛰어난 시기다. 아이의 전두엽이 아직 성숙하게 발달하지 않아 다른 뇌 영역에 대한 통제와 억제가 적기 때문이다. 이 시기 아이의 뇌 속 여러 영역은 성인에 비해 자유롭게 소통하며 더 다양한 연상을 만들어낸다. 하지만 아이들은 저마다 창의력에 큰 차이가 있으며, 환경도 창의력을 키우고 발휘하는 데에 큰 영향을 끼친다. 그렇다면 어른들은 어떻게 해야 아이의 창의력에 불을 지피고 그 창의력을 유지하도록 도울 수 있을까?

첫째, 아이에게 이 학원 저 학원 전전하면서 시간을 보내게 할 게 아니라 아이 혼자 있는 시간을 마련해줘야 한다. 요즘 아이들은 상상의 나래를 마음껏 펼쳤던 예전 아이들과 달리 공부를 책임지는 주의력 네트워크에서 상상을 책임지는 디폴트 모드 네트워크로 잘 전환하지 못한다. 하지만 아이가 혼자 있을 때 하게 되는 '공상'은 창의력의 중요한 원천이다. 아이들에게는 집중력뿐만 아니라 상상력도 반드시 필요하다. 그래야 자신이 배운 것에 개인적인 의미를 부여해 창의적인 성과를 거둘 수 있기 때문이다.

둘째, 아이가 외부의 보상을 얻기 위해 무언가를 하는 것이 아니라 자기 스스로 그 일을 할 수 있게 격려해야 한다. 이를테면 아이에게 다음과 같은 말을 해서는 안 된다. "이번 기말고사에 95점 이상 받으면 방학 때 해외여행 간다!" 이 경우 아이는 어떤 지식을 배우는 것과 외부의 보상을 연결해 자신이 공부하는 것이 공부 자체에 흥미가 있어서가 아니라 상을 받기 위해서라고 생각하게 된다. 그러므로 아이를 제대로 가르치려면 공부 자체에 흥미를 찾을 수 있도록 격려해 아이가 공부를 좋아하게 만들어야 한다.

셋째, 아이가 체험을 통해 더 넓은 시야를 갖게 해줘야 한다. 이를 통해 아이는 영감이 넘치는 가능성을 더 많이 얻을 수 있다. 이를테면 자주 아이를 데리고 야외로 나가 대자연과 동식물을 만나게 하고, 여러 놀이활동에 참여할 수 있게 해주는 것이 좋다. 무엇보다 교사와 부모가 기존의 사고방식을 바꿔 아이의 능력을 고려해야 한다. 모든 학생을 판박이처럼 똑같은 제품으로 만들 게 아니라 각각의 아이가 갖춘 독특함을 찾아내 그 재능을 꽃피울 수 있게 해줘야 한다.

전두엽이 아니라 소뇌를 활성화시켜야 한다

창작을 하려고 자리를 잡고 앉았는데 어떻게 해도 영감이 떠오르지 않은 적이 있는가? 이럴 때 더 많이 생각하면 할수록 영감이 떠오르지 않아 답답할 것이다. 당신은 왜 스스로에게 창의적인 영감을 생각해내도록 할 수 없는 걸까?

스탠퍼드대학교 매니시 사가Manish Saggar 교수 연구진은 창의력을 만들어내는 뇌의 신경기제에 관해 연구한 끝에 소뇌도 창의력의 생성 과정에 참여한다는 사실을 밝혀냈다. 연구진은 실험 참가자들에게 몇몇 단어를 바탕으로 그림을 그리도록 하면서 fMRI 촬영으로 그들의 뇌 활동을 관찰했다. 그 결과 그림 그리는 임무가 어려울수록(단어를 그림의 형식으로 구현하기가 어려울수록) 주의력과 사고를 담당하는 전전두엽의 활성도가 높아졌다. 반면 운동을 조절하고 자세와 균형 유지에 힘쓰는 소뇌의 활성도가 높아지면 그림으로 구현해내는 창의력이 강해졌다. 다시 말해 의식적으로 자신의 생각을 통제하려 할수록 창의력은 낮아질 수밖에 없다. 그에 비해 그림을 그릴 때 생각을 적게 할수록 더 창의력 있는 그림을 그릴 수 있다.

창의력에 불을 지피려면 뇌에 자유롭게 발휘할 수 있는 소재가 충분히 있어야 하며, 또한 이 소재들을 창의적으로 재구성할 수 있어야 한다. 창의력이란 이미 갖고 있는 정보를 창의적으로 재구성하는 능력이기 때문이다. 애플의 창업자 스티브 잡스Steve Jobs는 평소 예술과 종교, 철학을 매우 좋아했는데 애플의 스마트폰 디자인에도 이런 그의 미니멀리즘 예술과 철학 이념이 녹아 있다. 그러므로 당신의 전문 영역과 전혀 상관이 없는 지식이라 해도 가능한 한 많이 흡수하도록 노력해야 한다. 소재를 많이 가지고 있어야 어려운 문제와 맞닥뜨려도 자신의 창의력을 제대로 발휘할 수 있다.

18장

'나'를 알기 위한 뇌과학 연구는 계속된다

내 친구 중 하나는 긴장되는 일이 있을 때마다 화장실로 달려간다. 어려서부터 지금까지. 그는 스물다섯 살이 돼서야 이 문제에 관해 의사 친구와 이야기할 기회가 생겼다. 의사 친구는 그의 증상에 대해 듣더니 전형적인 과민성대장증후군irritable colon syndrome이라고 말하며, 긴장할 때 장에서 급성 반응이 나타나는 건 많은 사람이 겪는 문제라고도 했다.

소화불량과 과민대장증후군은 대부분 뇌의 심리적 증상과 소화기관의 생리적 증상이 함께 만들어낸 결과다. 심각한 불안과 우울 증상이 있는 사람은 1년 안에 과민대장증후군이나 소화불량에 걸릴 가능성이 매우 크다고 한다. 반대로 불안과 우울 증상이 없지만 과민대장증후군을 앓는 환자는 1년 뒤에 심각한 불안과 우울 증상에 시달릴 가능성이 높다고 한다. 다시 말해 몸의 소화기관 질환과 정신질환은 서로 영향을 줄 수 있다. 실제로 사람들 중 3분의 1은 심리 문제가 소화기관 문제보다 먼저 나타나며, 3분의 2는 소화기관 문제가 심리 문제보다 먼저 나타난다.

미국에서 6,000여 명의 청소년을 대상으로 진행된 조사에 따르면 많은 정신질환과 신체질환이 연이어 나타났다고 한다. 이를테면 우울증에 걸린 사람은 이후에 관절염과 위장병에 걸리기 쉬우며, 불안장애에 걸린 사람은 피부병에 걸리기 쉽다. 또한 심장에 문제가 있는 청소년은 이후에 쉽게 불안장애에 걸릴 수 있다. 이런 사실을 통해 알 수 있듯이 정신질환과 신체질환은 서로에게 영향을 주는 관계다. 이를테면 위장병은 당신이 앓는 우울증의 후유증일 수 있다. 원인을 알 수 없는 피부병 또한 마음속 불안이 몸으로 드러난 것일지 모른다.

얼마 전까지만 해도 일반인뿐만 아니라 과학자들도 뇌와 몸이 상대적으로 독립된 부위라 굳게 믿었다. 정신질환과 신체질환은 서로 상관없는 일이라 여겼던 것이다. 이를테면 우울증은 기분이 나쁜 것일 뿐 감기에 걸려 열이 나는 것과는 전혀 관련이 없다고 생각했다. 그래서 언젠가 기술이 발달하면 장애가 생기거나 병이 든 몸을 버리고 영양을 공급할 수 있는 용기에 뇌만 따로 옮겨 정신을 오랫동안 보존할 날이 올 거라 믿었다. 하지만 최근의 연구에 따르면 이는 몸과 뇌에 관한 지나친 오해에서 비롯된 생각이다.

정신과 신체는 연결되어 있다

미국의 신경학자 조너선 키프니스는 다음과 같은 말을 했다. "다세포의 전쟁터에는 오직 두 가지 매우 오래된 힘만 존재하는데, 그것은 바로 병원체와 면역계다. 우리 성격의 일부도 확실히 면역계에 의해 통제될 수 있다." 앞서도 말했지만 많은 연구를 통해 정신질환과 신경질환 모두 적든 많든 면역계 활동과 관련이 있음이 밝혀지고 있다. 우울증이나 조현병, 강박장애, 자폐장애 같은 정신질환은 물론이고, 근위축성측삭경화증amyotrophic lateral sclerosis, ALS(흔히 루게릭병이라고도 함 – 옮긴이) 같은 신경질환까지도 말이다. 그렇다면 면역반응이 어떻게 정신질환과 관련이 있을까? 2018년 키프니스는 우리 몸의 면역반응이 림프계를 통해 뇌에 작용하며, 그렇게 생겨난 염증성 면역세포들이 뇌의 기능에 직접 영향을 준다는 연구 결과를 발표했다. 기존 인식을 뒤엎을 놀라운 발견이었다.

키프니스 연구팀은 뇌의 면역단백질인 인터페론감마Interferon γ의 활성화가 개체의 사회적 행동에 영향을 끼친다는 사실도 알아냈다. 다시 말해 인터페론감마가 활성화될수록 동물은 사회활동에 열심히 참여한다. 인터페론감마는 동물의 면역계가 진화하는 과정에서 세균과 바이러스, 기생충의 감염에 맞서고자 만들어낸 면역단백질이다. 동물들이 사회활동으로 질병에 쉽게 감염되는 환경에 노출될 때 활성화돼 동물이 질병에 걸리지 않도록 돕는다. 초파리나 제브라다니오zebra danio(열대어의 일종 – 옮긴이), 쥐가 사회활동을 할 때에도 이 인터페론감마가 활성화된다. 반대로 체내

인터페론감마의 분비를 막으면 금세 사회활동이 줄어든다. 우리의 사회활동은 면역계의 '허가' 아래 실행되는 것이라 할 수 있다.

위장이 손상되면 뇌세포도 사라진다

파킨슨병은 알츠하이머병에 이어 두 번째로 많이 걸리는 신경퇴행성질환이다. 발병률이 60세 이상 인구 중에서는 1퍼센트, 80세 이상 인구 중에서는 4퍼센트에 이른다. 안타깝게도 아직까지 파킨슨병을 완벽하게 치료할 방법은 없다. 파킨슨병의 주요 증상인 운동기능 이상이 나타나기 몇 년 전부터 환자에게는 후각 상실과 불면증, 변비, 우울감, 한쪽 엄지손가락이 떨리는 등의 초기 증상이 나타난다. 그 뒤로 점차 양손이 떨리고, 운동이 더뎌지고, 자세가 불안정해지며, 몸이 굳고, 근육이 무력해지며, 허리나 등이 굽는 등 운동기능의 손상 증상이 나타난다.

　신경학자들은 파킨슨병 환자가 대뇌에 뚜렷한 병변을 갖고 있다고 최근까지도 매우 확신하고 있었다. 앞에서도 말했듯이 흑질에서 분비되는 도파민은 운동회로에 관여해 사람이 정상적으로 수의운동voluntary movement(자신이 마음먹은 대로 할 수 있는 운동 - 옮긴이)을 통제할 수 없게 한다. 그런데 파킨슨병 환자의 흑질 신경세포는 퇴행이 빨라 수의운동 능력이 떨어질 수밖에 없다. 사실 파킨슨병 환자에게 팔다리가 떨리는 증상이 나타나면 흑질 신경세포가 80퍼센트 이상 사멸한 것이다. 병세가 중후반기에 들어서면 환자 뇌에서 넓은 부위의 신경세포 안에 알파시누클레인 *α-synuclein*(뇌세포 사이에 신경전달을 돕는 단백질로 파킨슨병을 일으키는 주요 원인 – 옮긴이)이 축적된다.

2003년 독일 괴테대학교 해부학자인 하이코 브락Heiko Braak은 파킨슨병에 걸리는 원인에 관한 논문을 《노화 신경생물학 Neurobiology of Aging》에 발표했다. 그는 그 논문에서 아주 대담한 가설 하나를 제시했다. 바로 파킨슨병의 시작이 뇌가 아닌 소화기관이라는 가설이었다. 이 허무맹랑해 보이는 가설은 최근 들어 증거들이 하나둘 나타나면서 설득력을 얻고 있다.

사실 의사들은 임상에서 파킨슨병이 발병하기 10~20년 전부터 소화기에 이상 증상이 나타난다는 사실을 알고 있었다. 이를테면 대부분의 파킨슨병 환자는 변비에 시달린다. 파킨슨병과 소화기관의 관계를 밝히려고 과학자들이 파킨슨병 환자의 위장을 연결하는 신경을 관찰한 결과, 대뇌에서 보이던 알파시누클레인이 파킨슨병 말기에는 위장을 연결하는 신경에도 축적돼 있음을 발견할 수 있었다. 또한 동물을 대상으로 한 파킨슨병 모델 실험에서 동물의 위 속 알파시누클레인이 미주신경을 타고 올라가 대뇌로 퍼져나갔다. 이것들 모두 파킨슨병과 소화기관의 관계에 관한 간접적인 추측일 뿐이지 않느냐고 한다면 2019년 과학잡지《뉴런 Neuron》에 발표된 한 연구가 확실한 증거가 돼줄 것이다.

이 연구에서 존스홉킨스대학교의 테드 도슨Ted M. Dawson 교수 연구팀은 파킨슨병과 관련이 있는 접힘 현상이 나타난 병적 단백질이 미주신경을 따라 위로 올라간 뒤 뇌로 들어가 흑질 신경세포를 사멸시킨다는 사실을 밝혀냈다. 이 연구는 파킨슨병이 위장에서 시작되는 온전한 과정을 보여줌으로써 앞서 하이코 브락 교수가 세웠던 가설이 얼마나 합리적이었는지 거의 완벽하게 증명했다.

이 연구에서 도슨 교수 연구팀은 병적 단백질인 알파시누클레인을 실험용 쥐의 십이지장과 위의 근육층에 주사했다. 그런 다음 유해한 알파시누클레인이 미주신경을 따라 쥐의 대뇌로 퍼지고, 그로 인해 도파민을 만드는 신경세포가 대량으로 사멸하는 과정을 관찰했다. 이를 통해 도슨 교수 연구팀은 실험용 쥐가 결국 인지와 운동 장애 등 파킨슨병의 전형적인 증상을 보이는 걸 확인했다. 이 결과를 통해 우리는 미주신경을 잘라내면 유해한 알파시누클레인이 대뇌로 들어가는 것을 막아 파킨슨병을 예방할 수 있으리라고 추측할 수 있다.

파킨슨병이 소화기관에서 시작된다는 가설은 '뇌와 몸이 하나로 연결돼 있다'는 주장을 직관적으로 이해할 수 있게 만들었다. 덕분에 우리는 뇌질환이 단순히 뇌에 병이 난 것이 아니라 몸과도 깊은 관련이 있음을 알게 됐다.

나의 행동을 조종하는 기생충이 있다

고양이 집사라면 자신을 본체만체하는 하는 고양이를 보면서도 그 무시당하는 기분마저 즐겨본 적이 있을 것이다.

쥐는 보통 자연의 포식자인 고양이를 무서워한다. 하지만 이런 쥐도 딱 한 가지 상황에서만큼은 고양이의 냄새를 사랑하는데 바로 쥐의 뇌가 톡소포자충에 감염됐을 때다.

톡소포자충Toxoplasma gondii이란 5마이크로미터 남짓한 기생충으로 전 세계 인구의 3분의 1이 이 톡소포자충에 감염된 경험이 있다. 프랑스와 브라질에서는 무려 80퍼센트의 사람들이 톡소포자충에 감염된 경험이 있다고 한다. 보통 사람은 생고기 또는 잘 씻지 않은 채소를 먹거나 고양이의 분변을 접촉하는 방식으로 톡소포자충에 감염된다.

쥐의 뇌에 톡소포자충이 있을 때 쥐들은 후각이 달라진다. 그 때문에 쥐는 고양이를 두려워하지 않게 되며, 오히려 고양이의 소변 냄새에 이끌려 먼저 고양이에게 다가가 더 쉽게 잡아먹히기도 한다. 그렇다면 톡소포자충은 어떻게 쥐를 조종할 수 있는 걸까?

많은 기생충은 유충에서 성충이 될 때까지와 다시 숙주의 체내에 들어가 번식을 할 때까지 전체적으로 매우 시간이 오래 걸린다. 또한 그사이에 몇 개의 중간숙주가 필요하기도 하다. 이런 기생충은 최종 숙주의 체내에서 번식을 해야만 생명의 순환을 끝마치게 된다. 그래서 하나의 숙주 체내에서 다음 숙주 체내로 성공적으로 옮겨가기 위해 몇몇 기생충은 숙주의 행동을 바꿈으로써 자신의 목적을 이뤄낸다. 다시 말해 이런 기생충들은 수단 방법을 가리지 않고 숙주를 조종하며, 하등한 숙주를 희생해서라도 자신의 목표를 이루려 한다.

대부분의 기생충 숙주는 하등동물인데 톡소포자충은 특이하게도 고등 포유동물의 체내에 기생한다. 특히 톡소포자충은 고양 잇과 동물의 체내에서만 번식할 수 있다. 따라서 기생충의 최종적인 목표는 현재의 숙주를 고양잇과 동물에게 잡아먹히게 만들어서라도 성공적으로 그 고양잇과 동물의 체내에 들어가는 것이다.

톡소포자충은 쥐의 체내에서 기생할 때 어떤 수를 써서라도 기어코 쥐의 뇌로 들어가 그들의 후각과 행동을 바꿔놓는다. 쥐들 스스로 죽을 길을 찾아 고양이에게 잡아먹히도록 말이다. 이런 쥐를 잡아먹은 고양이는 톡소포자충에 감염될 수밖에 없으며, 톡소포자충은 덕분에 고양이의 소화기관에서 번식할 수 있다. 이렇게 톡소포자충에 감염된 고양이는 또다시 음식물을 감염시키고, 다른 쥐들이 이 음식물을 먹으면 그들 또한 톡소포자충에 감염되는 연쇄적인 상황이 일어난다.

그런데 이런 톡소포자충은 쥐와 고양이의 뇌에만 기생하는 게 아니라 사람의 뇌에서 기생할 수도 있다. 그럴 경우 사람은 행동과 성격이 바뀌어 반응속도가 더뎌지며 집중력이 떨어진다. 하지만 사람의 뇌에 기생하는 톡소포자충은 쥐나 고양이의 뇌에 기생하는 톡소포자충과는 매우 큰 차이가 있다. 그것은 바로 사람의 뇌에 기생하는 톡소포자충은 아무리 사람의 행동을 조종해도 최종 숙주인 고양잇과 동물의 체내로 들어갈 수 없다는 사실이다.

사람이 톡소포자충에 감염된 뒤 행동이 어떻게 달라지는지 알기 위해 프랑스 국립과학센터의 클레멘스 푸아로트Clémence Poirotte 박사 연구진은 사람과 가까운 침팬지를 대상으로 연구를 진행했다. 그 결과 톡소포자충에 감염된 침팬지는 예상대로 그들의 자연계 포식자인 표범에 매료됐다. 그러나 이렇게 감염된 침팬지들은 사자나 호랑이 같은 다른 대형 고양잇과 동물에는 흥미를 보이지 않았다. 다시 말해 톡소포자충은 숙주에 따라 어떻게 조종할지를 맞춤화해둔 셈이다. 이를테면 숙주가 어떤 동물에 잡아먹힐지에 따라 그 동물에게 끌리게 만드는 것이다.

톡소포자충이 사람의 몸에 일단 들어가면 우리 몸의 면역계는 거세게 저항한다. 그 때문에 사람은 톡소포자충에 감염된 초기에 감기와 비슷한 증상을 겪는다. 이렇게 감염이 되고 얼마 지나지 않아 면역계의 공격을 받은 톡소포자충은 딱딱한 낭종으로 바뀌어 면역계와 항생제를 무력화시킨다. 이후에 톡소포자충은 휴면기에 들어가 인체의 면역반응이 완전히 균형을 찾길 기다리며, 인체도 거의 아무 증상을 드러내지 않는다. 사실 보통의 경우 톡소포자충은 정상인에게 큰 영향을 끼치지 못한다. 하지만 면역력이 떨어진 사람과 배 속의 태아는 치명적인 영향을 받을 수 있다.

물론 톡소포자충에 감염된다고 목숨이 위험한 것은 아니지만 사람의 뇌에 톡소포자충이 기생하면 정신적 특징과 행동에 변화가 나타난다. 예를 들어 조현병이나 우울증, 불안장애는 톡소포자충에 감염된 사람들 사이에서 더 흔히 볼 수 있다. 몇몇 연구에 따르면 톡소포자충 감염은 성격 및 행동의 변화를 불러온다고 한다. 그 예로 톡소포자충에 감염된 사람이 교통사고를 낼 확률이 건강한 사람에 비해 2.65배나 높다고 한다. 실제로 교통사고를 낸 경험이 있는 운전자들을 대상으로 한 연구에서 톡소포자충에 감염된 사람의 비율은 24퍼센트에 이르렀다. 또한 톡소포자충의 감염이 남성과 여성의 성격에 끼치는 영향도 다르다. 톡소포자충에 감염된 남성은 더 내향적이고 의심이 많아지며 반항심이 커진다. 반면 톡소포자충에 감염된 여성은 더 외향적이 되고 쉽게 남을 믿으며 복종심이 강해진다.

이런 행동과 성격의 변화는 톡소포자충이 사람의 뇌에서 기생하며 몇몇 화학물질을 분비하기 때문으로 보인다. 스웨덴 카롤린스카연구소와 웁살라대학교 연구팀은 국제학술지 《플로스병원체PLOS Pathogens》에 톡소포자충이 사람의 뇌에서 신경전달물질 GABA의 분비에 영향을 끼친다는 사실을 발표했다. 사람 뇌의 신경세포가 톡소포자충에 감염된 뒤 외부 병원체의 침입에 맞서기 위해 GABA를 더 많이 분비하는 것이다. 동물 실험에서도 실험용 쥐의 신경세포가 톡소포자충에 감염된 뒤 GABA의 분비가 영향을 받는다는 사실이 발견됐다. 뇌에서 GABA의 중요한 기능은 두려움과 불안감의 통제를 맡고 있다는 것이다. 그렇기 때문에 조현병이나 불안장애, 우울증, 양극성정동장애 같은 정신질환은 하나같이 GABA의 분비에 문제가 생기는 증상이 존재한다.

톡소포자충에 감염되면 뇌 속 신경세포 사이의 글루타민산염glutamate 전달이 눈에 띄게 늘어난다. 글루타민산염은 뇌에서 가장 대표적인 흥분성 신경전달물질이다. 그래서인지 뇌가 손상된 환자와 신경퇴행성질환(뇌전증이나 근위축성측삭경화증 같은) 환자의 뇌에서는 글루타민산염의 분비가 늘어난다. 이를 확인하고자 한 과학자는 실험을 통해 쥐의 뇌에 톡소포자충을 감염시킨 뒤 뇌에서 어떤 일이 벌어지는지 관찰했다. 정상적인 상황에서 하나

의 신경세포는 활성화된 뒤 세포 사이의 빈틈에 흥분성 신경전달
물질인 글루타민산염을 분비해 다음 신경세포를 활성화한다. 그
러고 나면 신경세포 근처의 성상교세포가 지나치게 많아진 글루
타민산염을 끌어당겨 좀 더 안전한 글루타민으로 전환한 다음 세
포에 에너지로 제공한다. 그런데 이 실험에서는 쥐의 뇌에 톡소포
자충을 감염시키자 성상교세포에 부종이 생겨 효율적으로 글루타
민산염을 끌어당기지 못했으며, 그 때문에 신경세포는 줄곧 흥분
상태를 유지하며 비정상적인 과잉 방전을 일으켜 뇌에 잇따른 이
상 증상이 나타났다.

하지만 고양이 집사들이 지나치게 당황할 필요는 없다. 당신
이 집에서 키우는 고양이가 꼭 톡소포자충에 감염됐다는 뜻은 아
니기 때문이다. 다만 고양이의 변을 치우고 난 뒤에는 손을 깨끗이
씻는 것이 좋다. 게다가 우리에게는 음식을 익혀 먹는 습관이 있기
에 톡소포자충에 감염될 위험은 그리 크지 않다.

톡소포자충은 이미 사람들과 수백만 년을 함께하며 진화해왔
다. 실제로 일반적인 톡소포자충은 목숨을 위협할 정도가 아니다.
하지만 우울증이나 자동차를 위험하게 모는 등의 정신질환 발병과
자살의 실행 가능성을 조금 높일 수 있다. 그러므로 우리가 자신의
행동에 반드시 책임질 수 있다고 장담하는 것은 섣부른 일이다.

| 참고문헌 |

1장

- J Wei, E Y Yuen, W Liu, X Li, P Zhong, I N Karatsoreos, B S McEwen, Z Yan. Estrogen protects against the detrimental effects of repeated stress on glutamatergic transmission and cognition. Molecular Psychiatry, 2013; DOI: 10.1038/mp.2013.8.
- Eran Lottem, Dhruba Banerjee, Pietro Vertechi, Dario Sarra, Matthijs oude Lohuis&Zachary F. Mainen. Activation of serotonin neurons promotes active persistence in a probabilistic foraging task. Nature Communications, volume 9, Article number: 1000 (2018) doi:10.1038/s41467-018-03438-y.
- Kamilla W Miskowiak, Maj Vinberg, Catherine J Harmer, Hannelore Ehrenreich, Gitte M Knudsen, Julian Macoveanu, Allan R Hansen, Olaf B Paulson, Hartwig R Siebner, and Lars V Kessing. Effects of erythropoietin on depressive symptoms and neurocognitive defi-cits in depression and bipolar disorder. Trials, 2010 Oct 13. doi: 10.1186/1745-6215-11-97.
- C D Pandya et al. Transglutaminase 2 overexpression induces depressive-like behaviorand impaired TrkB signaling in mice , Molecular Psychiatry, 13 September 2016.
- Leonie Welberg. Psychiatric disorders: The dark side of depression. Nature ReviewsNeuroscience 12, 435 (August 2011) | doi:10.1038/nrn3072.
- C L Raison, and A H Mille. The evolutionary significance of depression in PathogenHost Defense (PATHOS-D). Molecular Psychiatry, 31 January 2012.
- Laura Pulkki-Raback et al. Living alone and antidepressant medication use: a prospective study in a working-age population. BMC Public Health, 2012.

- Reut Avinun, Adam Nevo, Annchen R. Knodt, Maxwell L. Elliott, Spenser R. Radtke, Bar-tholomew D. Brigidi and Ahmad R. Hariri. Reward-related ventral striatum activity buffers against the experience of depressive symptoms associated with sleep disturbance. The Journal of Neuroscience, 2017 DOI: 10.1523/ JNEUROSCI.1734-17.2017.

- David Nutt, Sue Wilson, and Louise Paterson. Sleep disorders as core symptoms of de-pression. Dialogues Clin Neurosci. 2008 Sep; 10(3): 329-336.

- Elaine M. Boland, Hengyi Rao, David F. Dinges, Rachel V. Smith, Namni Goel, JohnA. Detre, Mathias Basner, Yvette I. Sheline, Michael E. Thase, Philip R. Gehrman. Meta-Analysis of the Antidepressant Effects of Acute Sleep Deprivation. The Journal of Clinical Psychiatry, 2017; DOI: 10.4088/ JCP.16r11332.

- DJ Hines, LI Schmitt, RM Hines, SJ Moss and PG Haydon. Antidepressant effects of sleep deprivation requireastrocyte-dependent adenosine mediated signaling. Transl Psychiatry (2013) 3,e212; doi:10.1038/tp.2012.136.

- Pilyoung Kim, and James E. Swain. Sad Dads Paternal Postpartum Depression. Psychia-try (Edgmont), 2007 Feb; 4(2): 35-47.

- Liu yi Lin, Jaime E. Sidani, Ariel Shensa, Ana Radovic, Elizabeth Miller, Jason B. Colditz, Beth L. Hoffman, Leila M. Giles, Brian A. Primack. Association between social media use and depression among u.s. young adults. Depression and Anxie-ty, 2016; DOI: 10.1002/da.22466.

- Wei Cheng, Edmund T. Rolls, Jiang Qiu, Wei Liu, Yanqing Tang, Chu-Chung Huang, Xin-Fa Wang, Jie Zhang, Wei Lin, Lirong Zheng, JunCai Pu, Shih-Jen Tsai, Albert C. Yang, Ching-Po Lin, Fei Wang, Peng Xie, Jianfeng Feng. Medial reward and lateral non-reward orbitofrontal cortex circuits change in opposite directions in depression. Brain, 2016; aww255 DOI: 10.1093/brain/aww255.

- Peeters F, Oehlen M, Ronner J, van Os J, Lousberg R. Neurofeedback as a treatment for major depressive disorder--a pilot study. PLoS One, 2014 Mar 18;9(3):e91837. doi: 10.1371/journal.pone.0091837. eCollection 2014.

- Xueyi Shen, Lianne M. Reus, Simon R. Cox, Mark J. Adams, David C.

Liewald, Mark E. Bastin, Daniel J. Smith, Ian J. Deary, Heather C. Whalley, Andrew M. McIntosh. Subcortical volume and white matter integrity abnormalities in major depressive disorder: findings from UK Biobank imaging data. Scientific Reports, 2017; 7 (1) DOI: 10.1038/s41598-017-05507-6.

- Andrew G Reece, Christopher M Danforth. Instagram photos reveal predictive markers of depression. EPJ Data Science, 2017; 6 (1) DOI: 10.1140/epjds/s13688- 017-0110-z.

- K. A. Ryan, E. L. Dawson, M. T. Kassel, A. L. Weldon, D. F. Marshall, K. K. Meyers, L. B. Gabriel, A. C. Vederman, S. L. Weisenbach, M. G. McInnis, J.-K. Zubieta, S. A. Langeneck-er. Shared dimensions of performance and activation dysfunction in cognitive control in fe-males with mood disorders. Brain, 2015; 138 (5): 1424 DOI: 10.1093/brain/awv070.

- Leandro Z. Agudelo, Teresa Femenia, Funda Orhan, Margareta Porsmyr-Palmertz, Michel Goiny, Vicente Martinez-Redondo, Jorge C. Correia, Manizheh Izadi, Maria Bhat, Ina Schuppe-Koistinen, Amanda Pettersson, Duarte M. S. Ferreira, Anna Krook, Romain Barres, Juleen R. Zierath, Sophie Erhardt, Maria Lindskog, and Jorge L. Ruas. Skeletal Muscle PGC-1a1 Modulates Kynurenine Metabolism and Mediates Resilience to Stress-Induced Depression. Cell, September 2014.

- R. J. Maddock, G. A. Casazza, D. H. Fernandez, M. I. Maddock. Acute Modulation of Corti-cal Glutamate and GABA Content by Physical Activity. Journal of Neuroscience, 2016; 36 (8): 2449 DOI: 10.1523/JNEUROSCI.3455-15.2016.

- Schuch FB, Vancampfort D, Richards J, Rosenbaum S, Ward PB, Stubbs B. Exercise as a treatment for depression: A meta-analysis adjusting for publication bias. J Psychiatr Res. 2016 Jun;77:42-51. doi: 10.1016/j.jpsychires.2016.02.023. Epub 2016 Mar 4.

- George Mammen, Guy Faulkner. Physical Activity and the Prevention of Depression. American Journal of Preventive Medicine, 2013; 45 (5): 649 DOI: 10.1016/ j.amepre.2013.08.001.

- Raymond W. Lam, Anthony J. Levitt, MBBS; Robert D. Levitan; et al Erin

E. Michalak, Amy H. Cheung, Rachel Morehouse, Rajamannar Ramasubbu, Lakshmi N. Yatham, MBA; Ed-win M. Tam, Efficacy of Bright Light Treatment, Fluoxetine, and the Combination in Patients With Nonseasonal Major Depressive Disorder A Randomized Clinical Trial. JAMA Psychi-atry, 2016;73(1):56-63. doi:10.1001/jamapsychiatry.2015.2235.

- Grav S, Hellzen O, Romild U, Stordal E. Association between social support and depres-sion in the general population: the HUNT study, a cross-sectional survey. J Clin Nurs, 2012 Jan;21(1-2):111-20. doi: 10.1111/j.1365-2702.2011.03868.x. Epub 2011 Oct 24.

- Genevieve Gariepy, Helena Honkaniemi, Amelie Quesnel-Vallee. Social support and pro-tection from depression: systematic review of current findings in Western countries. The British Journal of Psychiatry Oct 2016, 209 (4) 284-293; DOI: 10.1192/bjp.bp.115.169094.

- Yang Y et al., Ketamine blocks bursting in the lateral habenula to rapidly relieve depres-sion. Nature, 2018 Feb 14;554(7692):317-322. doi: 10.1038/nature25509.

- Gin S Malhi, J John Mann. Depression. The Lancet, 2018 Nov.

2장
- Cannon, Walter (1932). Wisdom of the Body. United States: W.W. Norton & Company.

- Boudarene M, Legros JJ, Timsit-Berthier M. Study of the stress response: role of anxiety, cortisol and DHEAs. Encephale, 2002 Mar-Apr;28(2):139-46.

- GillianButler, AndrewMathews. Cognitive processes in anxiety. Advances in Behaviour Research and Therapy, Volume 5, Issue 1, 1983, Pages 51-62.

- Laufer et al. Behavioral and Neural Mechanisms of Overgeneralization in Anxiety. Cur-rent Biology, 2016 DOI: 10.1016/j.cub.2016.01.023.

- R Zhang, M Asai, C E Mahoney, M Joachim, Y Shen, G Gunner, J A Majzoub. Loss of hypothalamic corticotropin-releasing hormone markedly reduces anxiety behaviors in mice. Molecular Psychiatry, 2016; DOI: 10.1038/mp.2016.136.

- S. Leclercq, P. Forsythe, J. Bienenstock. Posttraumatic Stress Disorder: Does the Gut Mi-crobiome Hold the Key? The Canadian Journal of Psychiatry, 2016; 61 (4): 204 DOI: 10.1177/0706743716635535.

- Elizabeth A. Hoge, Eric Bui, Sophie A. Palitz, Noah R. Schwarz, Maryann E. Owens, Jennifer M. Johnston, Mark H. Pollack, Naomi M. Simon. The Effect of Mindfulness Medi-tation Training on Biological Acute Stress Responses in Generalized Anxiety Disorder. Psychiatry research. DOI: http://dx.doi.org/10.1016/j.psychres.2017.01.006.

- Stephanie M. Gorka, Lynne Lieberman, Stewart A. Shankman, K. Luan Phan. Startle Po-tentiation to Uncertain Threat as a Psychophysiological Indicator of Fear-Based Psycho-pathology: An Examination Across Multiple Internalizing Disorders. Journal of Abnormal Psychology, 2016; DOI: 10.1037/abn0000233.

- David C Mohr, Kathryn Noth Tomasino, Emily G Lattie, Hannah L Palac, Mary J Kwasny, Kenneth Weingardt, Chris J Karr, Susan M Kaiser, Rebecca C Rossom, Leland R Bards-ley, Lauren Caccamo, Colleen Stiles-Shields, Stephen M Schueller. IntelliCare: An Ec-lectic, Skills-Based App Suite for the Treatment of Depression and Anxiety. Journal of Medical Internet Research, 2017; 19 (1): e10 DOI: 10.2196/jmir.6645.

- American Psychiatric Association (2013). Diagnostic and Statistical Manual of Mental Disorders (5th ed.). Arlington: American Psychiatric Publishing, pp. 214-217, 938, ISBN 0890425558.

- Hans S. Schroder, Tim P. Moran, Jason S. Moser. The effect of expressive writing on the error-related negativity among individuals with chronic worry. Psychophysiology, 2017; DOI: 10.1111/psyp.12990.

- Michelle G. Craske et al. Anxiety disorders, Nature Reviews, 4 May 2017.

- Mehta, Natasha, "Cognitive Biases in Social Anxiety Disorder: Examining Interpretation and Attention Biases and Their Relation to Anxious Behavior." Dissertation, Georgia State University, 2016. https://scholarworks.gsu.edu/psych_diss/150.

3장

- Gozzi M et al., Effects of Oxytocin and Vasopressin on Preferential Brain

Responses to Negative Social Feedback. Neuropsychopharmacology, 2016 Nov 30.

- Todd, Andrew R., Matthias Forstmann, Pascal Burgmer, Alison Wood Brooks, and Adam D. Galinsky. Anxious and Egocentric: How Specific Emotions Influence Perspective Tak-ing. Journal of Experimental Psychology: General 144, no. 2 (April 2015): 374-391.

- Li K et al.,A Cortical Circuit for Sexually Dimorphic Oxytocin-Dependent Anxiety Behav-iors. Cell, 2016 Sep 22.

- Monika Eckstein et al., Oxytocin Facilitates the Extinction of Conditioned Fear in Hu-mans. Biological Psychiatry, August 1, 2015 Volume 78.

- Hedman E, Strom P, Stunkel A, Mortberg E. Shame and guilt in social anxiety disorder: effects of cognitive behavior therapy and association with social anxiety and depressive symptoms. PLoS One, 2013 Apr 19;8(4):e61713. doi: 10.1371/journal.pone.0061713. Print 2013.

- Dagoo J, Asplund RP, Bsenko HA, Hjerling S, Holmberg A, Westh S, Oberg L, Ljotsson B, Carlbring P, Furmark T, Andersson G. Cognitive behavior therapy versus interpersonal psychotherapy for social anxiety disorder delivered via smartphone and computer: a ran-domized controlled trial.J Anxiety Disord, 2014 May;28(4):410-7. doi: 10.1016/j.janxdis.2014.02.003. Epub 2014 Mar 25.

- Niles AN, Burklund LJ, Arch JJ, Lieberman MD, Saxbe D, Craske MG. Cognitive mediators of treatment for social anxiety disorder: comparing acceptance and commitment therapy and cognitive-behavioral therapy. Behav Ther, 2014 Sep;45(5):664-77. doi: 10.1016/j.beth.2014.04.006.

- Andrews, G., Basu, A., Cuijpers, P., Craske, M. G., McEvoy, P., English, C. L., & Newby, J. M. (2018). Computer therapy for the anxiety and depression disorders is effective, acceptable and practical health care: an updated meta-analysis. Journal of Anxiety Disorders, 55, 70-78.

- Fang, A. , Sawyer, A. T. , Asnaani, A. , & Hofmann, S. G. . (2013). Social mishap exposures for social anxiety disorder: an important treatment ingredient. Cognitive and Behavioral Practice, 20(2), 213-220.

- Heimberg, R., & Magee, L. (2014). Social Anxiety Disorder. In D. H.

Barlow (Ed.), Clinical Hand-book of Psychological Disorders: A Step-By-Step Treatment Manual (5th ed., pp. 114-154). New York: Guilford Publications.

- Huang, Y. et al., (2019). Prevalence of mental disorders in China: a cross-sectional epidemiological study. Lancet Psychiatry, 0(0), 1-13.
- Mayo-Wilson, E., Dias, S., Mavranezouli, I., Kew, K., Clark, D. M., Ades, A., & Pilling, S. (2014). Psychological and pharmacological interventions for social anxiety disorder in adults: a systematic review and network meta-analysis. The Lancet Psychiatry, 1(5), 368-376.
- The National Institute for Health and Care Excellence. (2013). Social anxiety disorder: recognition, assessment and treatment (Clinical guideline 159). Retrieved from.

4장

- Kessler, R. C., Petukhova, M., Sampson, N. A., Zaslavsky, A. M., & Wittchen, H.U. (2012). Twelve-month and lifetime prevalence and lifetime morbid risk of anxiety and mood disorders in the United States. International Journal of Methods in Psychiatric Research, 21(3), 169-184. http://doi.org/10.1002/mpr.1359.
- Harvard Medical School, 2007. National Comorbidity Survey (NSC). (2017, August 21). Retrieved from https://www.hcp.med.harvard.edu/ncs/index.php. Data Table 1: Lifetime prevalence DSM-IV/WMH-CIDI disorders by sex and cohort.
- http://www.nimh.nih.gov/health/topics/bipolar-disorder/index.shtml.
- http://www.bipolarworld.net/Bipolar%20Disorder/Diagnosis/dsmv.htm (Adapted from DSM V).
- Shared Molecular Neuropathology across Major Psychiatric Disorders Parallels Polygenic Overlap, by Michael J. Gandal et al., in Science. Vol. 359; February 9, 2018.
- D Dima, R E Roberts, S Frangou. Connectomic markers of disease expression, genetic risk and resilience in bipolar disorder. Translational Psychiatry, 2016; 6 (1): e706 DOI: 10.1038/tp.2015.193.

- R Pacifico, R L Davis. Transcriptome sequencing implicates dorsal striatum-specific gene network, immune response and energy metabolism pathways in bipolar disorder. Molecular Psychiatry, 2016; DOI: 10.1038/mp.2016.94.
- Mertens J et al., Differential responses to lithium in hyperexcitable neurons from patients with bipolar disorder. Nature, 2015 Nov 5;527(7576):95-9. doi: 10.1038/ nature15526. Epub 2015 Oct 28.
- Gabriel R. Fries, Isabelle E. Bauer, Giselli Scaini, Mon-Ju Wu, Iram F. Kazimi, Samira S. Valvassori, Giovana Zunta-Soares, Consuelo Walss-Bass, Jair C. Soares, Joao Quevedo. Accelerated epigenetic aging and mitochondrial DNA copy number in bipolar disorder. Translational Psychiatry, 2017; 7 (12) DOI: 10.1038/s41398-017-0048-8.
- Jie Song, Ralf Kuja-Halkola, Arvid Sjolander, Sarah E. Bergen, Henrik Larsson, Mikael Landen, Paul Lichtenstein. Specificity in Etiology of Subtypes of Bipolar Disorder: Evidence From a Swedish Population-Based Family Study. Biological Psychiatry, 2017; DOI: 10.1016/j.biopsych.2017.11.014.
- B Cao, I C Passos, B Mwangi, H Amaral-Silva, J Tannous, M-J Wu, G B ZuntaSoares, J C Soares. Hippocampal subfield volumes in mood disorders. Molecular Psychiatry, 2017; DOI: 10.1038/mp.2016.262.
- GE Doucet, DS Bassett, N Yao, DC Glahn, S Frangou. The role of intrinsic brain functional connectivity in vulnerability and resilience to bipolar disorder. American Journal of Psychiatry, 2017.
- Eduard Vieta et al. Bipolar disorders. Nature Reviews. DOI:10.1038/nrdp.2018.8.

5장

- Rajita Sinhaa, Cheryl M. Lacadiee, R. Todd Constablee, and Dongju Seo. Dynamic neural activity during stress signals resilient coping. Proceedings of the National Academy of Sciences of the United States of America. 8837-8842, doi: 10.1073/ pnas.1600965113.
- Steven M. Southwick and Dennis S. Charney. The Science of Resilience: Implications for the Prevention and Treatment of Depression. Science vol

338 5 october 2012.

- Fani N et al. White matter integrity in highly traumatized adults with and without post-traumatic stress disorder. Neuropsychopharmacology, 2012 Nov;37(12):2740-6. doi: 10.1038/npp.2012.146. Epub 2012 Aug 8.

- Coan JA, Schaefer HS, Davidson RJ. Lending a hand: social regulation of the neural response to threat. Psychol Sci, 2006 Dec;17(12):1032-9.

- Coan JA, Beckes L, Allen JP. Childhood maternal support and social capital moderate the regulatory impact of social relationships in adulthood. Int J Psychophysiol, 2013 Jun;88(3):224-31. doi: 10.1016/j.ijpsycho.2013.04.006. Epub 2013 Apr 29.

- Kirsch, P. et al. Oxytocin modulates neural circuitry for social cognition and fear in humans. J Neurosci. 2005 Dec 7;25(49):11489-93.

- Maier SF et al., Behavioral control, the medial prefrontal cortex, and resilience. Dialogues Clin Neurosci. 2006;8(4):397-406.

- Lyons D M, Parker K J. Stress inoculation-induced indications of resilience in monkeys. J Trauma Stress. 2007 Aug;20(4):423-33.

- Binder EB et al. Association of FKBP5 polymorphisms and childhood abuse with risk of posttraumatic stress disorder symptoms in adults. JAMA, 2008 Mar 19;299(11):1291-305. doi: 10.1001/jama.299.11.1291.

- Morgan CA 3rd et al. Plasma neuropeptide-Y concentrations in humans exposed to military survival training. Biol Psychiatry, 2000 May 15;47(10):902-9.

- Sajdyk TJ et al. Neuropeptide Y in the amygdala induces long-term resilience to stress-induced reductions in social responses but not hypothalamic-adrenal-pituitary axis activity or hyperthermia. J Neurosci, 2008 Jan 23;28(4):893-903. doi: 10.1523/JNEUROSCI.0659-07.2008.

- Virginia Hughes. Stress: The roots of resilience. Nature, 490, 165-167 (11 October 2012) doi:10.1038/490165a.

- Gang Wu, Adriana Feder, Hagit Cohen, Joanna J. Kim, Solara Calderon, Dennis S. Charney, and Aleksander A. Mathe. Understanding resilience. Front Behav Neurosci, 2013; 7: 10.

- Anthony King , Neurobiology: Rise of resilience. Nature, 531, S18-S19 (03

March 2016) doi:10.1038/531S18a.

- Lupien, S. et al. J. Neurosci. 74, 2893-2903 (1994).

- Weaver, I. C. G. et al. Nature Neurosci. 7, 847-854 (2004).

- Taliaz, D. et al. J. Neurosci. 31, 4475-4483 (2011).

- Sandra E Muroy, Kimberly L P Long, Daniela Kaufer and Elizabeth D Kirby. Moderate Stress-Induced Social Bonding and Oxytocin Signaling are Disrupted by Predator Odor in Male Rats. Neuropsychopharmacology (2016) 41, 2160-2170; doi:10.1038/npp.2016.16.

- Krishnan, V. et al. Cell 131, 391-404 (2007).

- Timothy J. Schoenfeld, Pedro Rada, Pedro R. Pieruzzini, Brian Hsueh and Elizabeth Gould. Physical Exercise Prevents Stress-Induced Activation of Granule Neurons and Enhances Local Inhibitory Mechanisms in the Dentate Gyrus. Journal of Neuroscience 1 May 2013, 33 (18) 7770-7777; DOI: https://doi.org/10.1523/JNEUROSCI.5352-12.2013.

- Steven M. Southwick, Dennis Charney. Resilience: The Science of Mastering Life's Greatest Challenges. Cambridge: Cambridge University Press, 2012.

- A Sekiguchi et al., Resilience after 3/11: structural brain changes 1 year after the Japanese earthquake. Molecular Psychiatry (2015) 20, 553-554; doi:10.1038/ mp.2014.28; published online 29 April 2014.

- Minghui Wang, Zinaida Perova, Benjamin R. Arenkiel and Bo Li. Synaptic Modifications in the Medial Prefrontal Cortex in Susceptibility and Resilience to Stress. Journal of Neuroscience 28 May 2014, 34 (22) 7485-7492; DOI: https://doi.org/10.1523/JNEUROSCI.5294-13.2014.

- Charles C. White et al. Identification of genes associated with dissociation of cognitive performance and neuropathological burden: Multistep analysis of genetic, epigenetic, and transcriptional data. Plos Medicine, April 25, 2017.

- Bruce S.Mc Ewen Jason D.Gray Carla Nasca. Recognizing resilience: Learning from the effects of stress on the brain. Neurobiology of Stress, Volume 1, January 2015, Pages 1-11.

6장
- Wise RA. Catecholamine theories of reward: a critical review. Brain Res.

1978 Aug 25; 152(2):215-47.

- Roy A. Wise. Dopamine and Reward: The Anhedonia Hypothesis 30 years on. Neurotox Res. 2008 Oct; 14(2-3): 169-183. doi: 10.1007/BF03033808.

- Kent C Berridge, Terry E Robinson, and J Wayne Aldridge. Dissecting components of reward: 'liking', 'wanting', and learning. Curr Opin Pharmacol. 2009 Feb; 9(1): 65-73. doi: 10.1016/j.coph.2008.12.014.

- Whitaker LR, Degoulet M, Morikawa H. Social deprivation enhances VTA synaptic plasticity and drug-induced contextual learning. Neuron, 2013 Jan 23;77(2):335-45. doi: 10.1016/j.neuron.2012.11.022.

- Karen D. Ersche. Abnormal Brain Structure Implicated in Stimulant Drug Addiction. Science, 03 Feb 2012.

- Jennifer M. Mitchell, Alcohol Consumption Induces Endogenous Opioid Release in the Human Or-bitofrontal Cortex and Nucleus Accumbens. Science Translational Medicine, 11 Jan 2012.

- Belk, R. W. (1991). The ineluctable mysteries of possessions. Journal of Social Behavior & Person-ality, 6(6), 17-55.

- Russell Belk. Extended self and the digital world. Current Opinion in Psychology. Current Opinion in Psychology, Volume 10, August 2016, Pages 50-54.

- Di Chiara G, Imperato A. Drugs abused by humans preferentially increase synaptic dopamine con-centrations in the mesolimbic system of freely moving rats. Proc Natl Acad Sci, 85:5274-5278, 1988.

- Terry E Robinson and Kent C Berridge. The incentive sensitization theory of addiction: some cur-rent issues. Philos Trans R Soc Lond B Biol Sci. 2008 Oct 12; 363(1507): 3137-3146. doi: 10.1098/rstb.2008.0093.

- Wolfram Schultz. Dopamine reward prediction error coding. Dialogues Clin Neurosci, 2016 Mar; 18(1): 23-32.

- Henry W. Chase and Luke Clark. Gambling Severity Predicts Midbrain Response to Near-Miss Out-comes. Journal of Neuroscience 5 May 2010, 30 (18) 6180-6187; DOI: https://doi.org/10.1523/JNEUROSCI.5758-09.2010.

- Wolfram Schultz, Dopamine reward prediction error coding. Dialogues Clin

Neurosci, 2016 Mar.

- Paul W. Glimcher, Understanding dopamine and reinforcement learning: The dopamine reward prediction error hypothesis. PNAS, September 13, 2011.

- TE Robinson, KC Berridge . The neural basis of drug craving: an incentivesensitization theory of addiction. Brain research reviews, 18 (3), 247-291.

- Werner Poewe, Klaus Seppi, Caroline M. Tanner, Glenda M. Halliday, Patrik Brundin, Jens Volkmann, Anette-Eleonore Schrag & Anthony E. Lang. Parkinson disease. Nature Reviews Disease Primers 3, Article number: 17013 (2017) doi:10.1038/nrdp.2017.13.

- Del Casale A, Kotzalidis GD, Rapinesi C, Serata D, Ambrosi E, Simonetti A, Pompili M, Ferracuti S, Tatarelli R, Girardi P. Functional neuroimaging in obsessive-compulsive disorder. Neuropsychobi-ology, 2011;64(2):61-85. doi: 10.1159/000325223. Epub 2011 Jun 21.

7장

- https://www.ocduk.org/types-ocd.

- Claire M. Gillan et al. Functional Neuroimaging of Avoidance Habits in ObsessiveCompulsive Disorder. The American Journal of Psychiatry, Volume 172, Issue 3, March 01, 2015, pp. 284-293.

- Ann Graybiel, Kyle Smith. Can Obsessive-Compulsive Disorder Be Blocked in the Brain? Scientific American mind, June 1, 2014.

- Stella-Marie Paradisis, Frederick Aardema, Kevin D. Wu. Schizotypal, Dissociative, and Imaginative Pro-cesses in a Clinical OCD Sample. Journal of Clinical Psychology, 2015; 71 (6): 606 DOI: 10.1002/jclp.22173.

- Martijn Figee, Pelle de Koning, Sanne Klaassen, Nienke Vulink, Mariska Mantione, Pepijn van den Munckhof, Richard Schuurman, Guido van Wingen, Therese van Amelsvoort, Jan Booij, Damiaan Denys. Deep Brain Stimulation Induces Striatal Dopamine Release in Obsessive-Compulsive Disorder. Biological Psychiatry, 2014; 75 (8): 647 DOI: 10.1016/j.biopsych.2013.06.021.

- Claire M. Gillan, Sharon Morein-Zamir, Gonzalo P. Urcelay, Akeem Sule, Valerie Voon, Annemieke M. Apergis-Schoute, Naomi A. Fineberg, Barbara J. Sahakian, and Trevor W. Robbins. Enhanced Avoidance Habits in Obsessive-Compulsive Disorder. Biological Psychiatry, April 2014 DOI: 10.1016/j.biopsych.2013.02.002.

- Claire M. Gillan, Sharon Morein-Zamir, Muzaffer Kaser, Naomi A. Fineberg, Akeem Sule, Barbara J. Sa-hakian, Rudolf N. Cardinal, Trevor W. Robbins. Counterfactual Processing of Economic Action-Outcome Alternatives in Obsessive-Compulsive Disorder: Further Evidence of Impaired Goal-Directed Behavior. Biological Psychiatry, 2014; 75 (8): 639 DOI: 10.1016/j.biopsych.2013.01.018.

- Pin Xu, Brad A. Grueter, Jeremiah K. Britt, Latisha McDaniel, Paula J. Huntington, Rachel Hodge, Stephanie Tran, Brittany L. Mason, Charlotte Lee, Linh Vong, Bradford B. Lowell, Robert C. Malenka, Michael Lutter, and Andrew A. Pieper. Double deletion of melanocortin 4 receptors and SAPAP3 corrects compulsive behavior and obesity in mice. PNAS, June 10, 2013 DOI: 10.1073/pnas.1308195110.

- Vaibhav A. Diwadkar, Ashley Burgess, Ella Hong, Carrie Rix, Paul D. Arnold, Gregory L. Hanna, David R. Rosenberg. Dysfunctional Activation and Brain Network Profiles in Youth with Obsessive-Compulsive Disorder: A Focus on the Dorsal Anterior Cingulate during Working Memory. Frontiers in Human Neuroscience, 2015.

- Harrison BJ, Pujol J, Soriano-Mas C, et al. Neural Correlates of Moral Sensitivity in Obsessive-Compulsive DisorderMoral Sensitivity in Obsessive-compulsive Disorder. Archives of General Psychiatry, 2012; 69 (7).

- Piras F, Piras F, Chiapponi C, Girardi P, Caltagirone C, Spalletta G. Widespread structural brain changes in OCD: a systematic review of voxel-based morphometry studies. Cortex. 2015 Jan;62:89-108. doi: 10.1016/j.cortex.2013.01.016. Epub 2013 Feb 26. Review.

- Frick L, Pittenger C. Microglial Dysregulation in OCD, Tourette Syndrome, and PANDAS. J Immunol Res. 2016;2016:8606057. DOI: 10.1155/2016/8606057. Epub 2016 Dec 7. Review.

- Pauls DL, Abramovitch A, Rauch SL, Geller DA. Obsessive-compulsive disorder: an integrative genetic and neurobiological perspective. Nat Rev Neurosci. 2014 Jun;15(6):410-24. doi: 10.1038/nrn3746. Review.

8장

- Jim van Os. Introduction: The Extended Psychosis Phenotype Relationship With Schizophrenia and With Ultrahigh Risk Status for Psychosis. Schizophr Bull, 2012 Mar.
- Jim van Os. The Dynamics of Subthreshold Psychopathology: Implications for Diagnosis and Treatment. Am J Psychiatry 170:7, July 2013.
- John J. McGrath, Sukanta Saha et al. Psychotic experiences in the general population: a cross-national analysis based on 31,261 respondents from 18 countries. JAMA Psychiatry, 2015 Jul; 72(7): 697-705.
- A. R. Powers, C. Mathys, P. R. Corlett. Pavlovian conditioning induced hallucinations result from overweighting of perceptual priors. Science, August 2017 DOI: 10.1126/science.aan3458.
- N Yao, R Shek, Kwan Chang, C Cheung, S Pang, KK Lau, J Suckling, et al. The default mode network is disrupted in parkinson's disease with visual hallucinations. Human brain mapping 35 (11), 5658-5666.
- N Yao, S Pang, C Cheung, RS Chang, KK Lau, J Suckling, K Yu et al. Resting activity in visual and corticostriatal pathways in Parkinson's disease with hallucinations. Parkinsonism & related disorders 21 (2), 131-137.
- N Yao, C Cheung, S Pang, RS Chang, KK Lau, J Suckling, K Yu, et al. Multimodal MRI of the hippo-campus in Parkinson's disease with visual hallucinations. Brain Structure and Function 221 (1), 287-300.
- Freudenmann, R. W.; Lepping, P. (2009). Delusional Infestation. Clinical Microbiology Reviews. 22 (4): 690-732. PMC 2772366 Freely accessible. PMID 19822895. doi:10.1128/CMR.00018-09.
- Passie T, Seifert J, Schneider U, Emrich HM (2002). The pharmacology of psilocybin. Addiction Biology, 7 (4): 357-64. PMID 14578010.
- Jason J. Braithwaite, Dana Samson, Ian Apperly, Emma Broglia, Johan Hulleman. Cognitive corre-lates of the spontaneous out-of-body experience

(OBE) in the psychologically normal population: Evidence for an increased role of temporallobe instability, body-distortion processing, and impairments in own-body transformations. Cortex, 2011; 47 (7): 839 DOI: 10.1016/j.cortex.2010.05.002.

9장

- Michael J Owen, Akira Sawa, Preben B Mortensen , Schizophrenia. The Lancet, January 14, 2016 http://dx.doi.org/10.1016/S0140-6736(15)01121-6.

- R O'Halloran, BH Kopell, E Sprooten, WK Goodman. Multimodal neuroimaginginformed clinical applications in neuropsychiatric disorders. Frontiers in psychiatry, 2016.

- Nailin Yao et al. Inferring Pathobiology From Structural MRI in Schizophrenia and Bipolar Disorder: Modeling Head Motion and Neuroanatomical Specificity. Human Brain Mapping 00:00-00.

- Joel Gruchot, David Kremer, Patrick Kury. Neural Cell Responses Upon Exposure to Human Endogenous Retroviruses. Frontiers in Genetics, 2019; 10. DOI: 10.3389/fgene.2019.00655.

10장

- Faraone, S. V, Asherson, P., Banaschewski, T., Biederman, J., Ramos-quiroga, J. A., Rohde, L. A., ... Franke, B. (2015). Attention-deficit/hyperactivity disorder. Nature reviews, Disease primers, 1. https://doi.org/10.1038/nrdp.2015.20.

- Hinshaw, S. P. (2018). Attention Deficit Hyperactivity Disorder (ADHD): Controversy , Developmental Mechanisms , and Multiple Levels of Analysis. Annu. Rev. Clin. Psychol, (November 2017), 1-26.

- Crescenzo, F. De, Cortese, S., Adamo, N., & Janiri, L. (2017). Pharmacological and non-pharmacological treatment of adults with ADHD : a meta-review. 4 Evid Based Mental Health February, 20(1).

11장

- Daniel W. Belsky et al. Quantification of biological aging in young adults, Proc Natl Acad Sci U S A, July 28, 2015 vol. 112 no. 30.

- Timothy A. Salthouse. When does age-related cognitive decline begin? Neurobiol Aging. Neurobiol Aging, 2009 Apr; 30(4): 507-514.

- Ian J. Deary et al., Genetic contributions to stability and change inintelligence from child-hood to old age. nature, vol 482, 9 February 2012.

- Mather M, Harley CW. The Locus Coeruleus: Essential for Maintaining Cognitive Func-tion and the Aging Brain. Trends Cogn Sci. 2016 Mar;20(3):214-26. doi: 10.1016/j.tics.2016.01.001.

- Lu T et al. REST and stress resistance in ageing and Alzheimer's disease. Nature, 2014 Mar 27;507(7493):448-54. doi: 10.1038/nature13163. Epub 2014 Mar 19.

- Anna Oudin et al. Traffic-Related Air Pollution and Dementia Incidence in Northern Sweden: A Longitudinal Study. Environ Health Perspect; DOI:10.1289/ehp.1408322.

- M Cacciottolo et al. Particulate air pollutants, APOE alleles and their contributions to cognitive impairment in older women and to amyloidogenesis in experimental models. Translational Psychiatry (2017) 7, e1022; doi:10.1038/tp.2016.280.

- Hong Chen et al. Living near major roads and the incidence of dementia, Parkinson's disease, and multiple sclerosis: a population-based cohort study. Volume 389, No.10070, p718-726, 18 February 2017.

- Suzanne M. de la Monte et al. Alzheimer's Disease Is Type 3 Diabetes Evidence Reviewed. J Diabetes Sci Technol. 2008 Nov; 2(6): 1101-1113.

- Ricki J. Colman, T. Mark Beasley, Joseph W. Kemnitz, Sterling C. Johnson, Richard Weindruch & Rozalyn M. Anderson. Caloric restriction reduces age-related and allcause mortality in rhesus monkeys. Nature Communications 5, Article number: 3557(2014).

- Ramon Estruch et al. Primary Prevention of Cardiovascular Disease with a Mediterrane-an Diet. N Engl J Med 2013; 368:1279-1290April 4, 2013DOI: 10.1056/NEJMoa1200303.

- Brian T. Gold et al. Lifelong Bilingualism Maintains Neural Efficiency for Cognitive Con-trol in Aging.J Neurosci. 2013 Jan 9; 33(2): 387-396.
- Evy Woumans et al. Bilingualism delays clinical manifestation of Alzheimer's disease. Volume 18, Issue 3 July 2015 , pp. 568-574.
- Fries, James F. (1980). Aging, Natural Death, and the Compression of Morbidity (PDF). New England Journal of Medicine. 303 (3): 130-5. PMID 7383070. doi:10.1056/NEJM198007173030304.
- Patricia A. Boyle et al. Effect of Purpose in Life on the Relation Between Alzheimer Dis-ease Pathologic Changes on Cognitive Function in Advanced Age. Arch Gen Psychiatry. 2012 May; 69(5): 499-505.
- Block RA, Zakay D. Prospective and retrospective duration judgments: A metaanalytic review. Psychon Bull Rev. 1997 Jun;4(2):184-97. doi: 10.3758/BF03209393.
- Paul R. Duberstein, Benjamin P. Chapman, Hilary A. Tindle, Kaycee M. Sink, Patricia Bamonti, John Robbins, Anthony F. Jerant, and Peter Franks. Personality and Risk for Alzheimer's Disease in Adults 72 Years of Age and Older: A Six-Year Follow-Up. Psychol Aging, 2011 Jun; 26(2): 351-362.
- Bryan D. James et al. Late-Life Social Activity and Cognitive Decline in Old Age. J Int Neuropsychol Soc. 2011 Nov; 17(6): 998-1005.
- Brian R Herb et al. Reversible switching between epigenetic states in honeybee behavioral subcastes. Nature Neuroscience, volume 15, number 10, october 2012.
- A.S. Buchman, P.A. Boyle, L. Yu, R.C. Shah, R.S. Wilson, and D.A. Bennett. Total daily physical activity and the risk of AD and cognitive decline in older adults. Neurology, April 18, 2012 DOI: 10.1212/WNL.0b013e3182535d35.
- Wrann CD. FNDC5/irisin - their role in the nervous system and as a mediator for benefi-cial effects of exercise on the brain.Brain Plast. 2015;1(1):55-61. doi: 10.3233/BPL-150019.
- Bryan D. James et al. Life Space and Risk of Alzheimer Disease, Mild Cognitive Impair-ment, and Cognitive Decline in Old Age. Am J Geriatr Psychiatry, 2011 Nov; 19(11): 961-969.

- Eskelinen MH Kivipelto M. Caffeine as a protective factor in dementia and Alzheimer's disease. J Alzheimers Dis. 2010;20 Suppl 1:S167-74. doi: 10.3233/JAD2010-1404.

- Turner RS, Thomas RG, Craft S, van Dyck CH, Mintzer J, Reynolds BA, Brewer JB, Riss-man RA, Raman R, Aisen PS; Alzheimer's Disease Cooperative Study. Neurology. 2015 Oct 20;85(16):1383-91. doi: 10.1212/WNL.0000000000002035. Epub 2015 Sep 11.

- Sabrina K Segal, Carl W Cotman, Lawrence F Cahill. Exercise-Induced Noradrenergic Activation Enhances Memory Consolidation in Both Normal Aging and Patients with Am-nestic Mild Cognitive Impairment. Journal of Alzheimer's Disease, 2012 DOI: 10.3233/JAD-2012-121078.

- Kumar, D. K. V., Choi, S. H., Washicosky, K. J., Eimer, W. A., Tucker, S., Ghofrani,J., ... & Moir, R. D. (2016). Amyloid-β peptide protects against microbial infection in mouse and worm models of Alzheimer's disease. Science translational medicine, 8(340), 340ra72-340ra72.

- Jefferson, R. S. 2017. Mapping The Brain's Microbiome: Can Studying Germs In The Brain Lead To A Cure For Alzheimer's?Movement AsI. 2015. Researching Alzheimer's Medicines : Setbacks and Stepping Stones Summer 2015. PhMRA.

- Robert D. Bell, Ethan A. Winkler, Itender Singh, Abhay P. Sagare, Rashid Deane, Zhenhua Wu, David M. Holtzman, Christer Betsholtz, Annika Armulik, Jan Sallstrom, Bradford C. Berk & Berislav V. Zlokovic. Apolipoprotein E controls cerebro-vascular integrity via cyclophilin A. Nature 485, 512-516 (24 May 2012).

- Zdravko Petanjek et al. Extraordinary neoteny of synaptic spines in the human prefrontal cortex. Proc Natl Acad Sci U S A. 2011 Aug 9; 108(32): 13281-13286.

- Jerri D. Edwards, Huiping Xu, Daniel O. Clark, Lin T. Guey, Lesley A. Ross, Frederick W. Unverzagt. Speed of processing training results in lower risk of dementia. Alzheimer's & Dementia: Translational Research & Clinical Interventions, 2017; DOI: 10.1016/j.trci.2017.09.002.

12장

- Joshua W. Buckholtz et al. Disrupted Prefrontal Regulation of Striatal Subjective Value Signals in Psychopathy. Neuron, July 2017 DOI: 10.1016/j.neuron.2017.06.030.

- Sarah Gregory, R James Blair, Dominic ffytche, Andrew Simmons, Veena Kumari, Sheilagh Hodgins, Nigel Blackwood. Punishment and psychopathy: a casecontrol functional MRI investigation of reinforcement learning in violent antisocial personality disordered men. The Lancet Psychiatry, 2015; 2 (2): 153. DOI: 10.1016S2215-0366(14)00071-6.

- Jean Decety, Chenyi Chen, Carla Harenski and Kent A. Kiehl. An fMRI study of affec-tive perspective taking in individuals with psychopathy: imagining another in pain does not evoke empathy. Frontiers in Human Neuroscience, 2013. DOI: 10.3389/fnhum.2013.00489.

- Zhou J, Yao N, Fairchild G, Cao X, Zhang Y, Xiang YT, Zhang L, Wang X. Disrupted default mode network connectivity in male adolescents with conduct disorder. Brain Imaging Behav, 2016 Dec;10(4):995-1003.

- Meffert, H., Gazzola, V., Boer, JA., Bartels, AAJ., Keysers, C., (2013). Reduced sponta-neous but relatively normal deliberate vicarious representations in psychopathy. Brain, 136(8), 2550-2562.

- Fallon, J., (2006). Neuroanatomical background to understanding the brain of the young psychopath. Ohio State Journal of Criminal Law, 3:34 341-367.

- McDermott, R., et al. (2009). Monoamine oxidase A gene (MAOA) predicts behavioral aggression following provocation. PNAS, 106 (7) 2118-2123.

- Takahashi, A., Quadros, I. M., de Almeida, R. M. M., & Miczek, K. A. (2012). Behavioral and Pharmacogenetics of Aggressive Behavior. Current Topics in Behavioral Neuro-sciences, 12, 73-138.

- Nordquist, N., & Oreland, L. (2010). Serotonin, genetic variability, behaviour, and psy-chiatric disorders - a review. Upsala Journal of Medical Sciences, 115(1), 2-10.

- Galang, A. R., Castelo, V. C., Santos, L. I., Perlas, C. C., and Angeles, M. B. (2016). Inves-tigating the prosocial psychopath model of the creative personality: Evidence from traits and psychophysiology. Personality and Individual Differences, 10028-36. DOI:10.1016/j.paid.2016.03.081.

- Rauthmann, J. F., & Kolar, G. P. (2012). How "dark" are the Dark Triad traits? Examining the perceived darkness of narcissism, Machiavellianism, and psychopathy. Personality And Individual Differences, 53(7), 884-889. DOI:10.1016/j.paid.2012.06.020.

- Bartels, M., Hudziak, J. J., van den Oord, E. J. C. G., van Beijsterveldt, C. E. M., Rietveld, M. J. H., & Boomsma, D. I. (2003). Co-occurrence of Aggressive Behavior and Rule-Breaking Behavior at Age 12: Multi-Rater Analyses. Behavior Genetics, 33(5), 607-621. doi:10.1023/a:1025787019702.

- Hawes, S. W., Byrd, A. L., Waller, R., Lynam, D. R., & Pardini, D. A. (2016). Late childhood interpersonal callousness and conduct problem trajectories interact to predict adult psy-chopathy. Journal of Child Psychology and Psychiatry. DOI:10.1111/jcpp.12598.

- Hyde, L. W., Waller, R., Trentacosta, C. J., Shaw, D. S., Neiderhiser, J. M., Ganiban, J. M., ... Leve, L. D. (2016). Heritable and Nonheritable pathways to early callous-unemotional behaviors. American Journal of Psychiatry, 173(9), 903-910. DOI:10.1176/appi.ajp.2016.15111381.

- Miller, J. D., Jones, S. E., & Lynam, D. R. (2011). Psychopathic traits from the perspective of self and informant reports: Is there evidence for a lack of insight? Journal of Abnormal Psychology, 120(3), 758-764. doi:10.1037/a0022477.

- Neumann, C. S., & Hare, R. D. (2008). Psychopathic traits in a large community sample: Links to violence, alcohol use, and intelligence. Journal of Consulting and Clinical Psychology, 76(5), 893-899. doi:10.1037/0022-006x.76.5.893.

- Rogers, T. P., Blackwood, N. J., Farnham, F., Pickup, G. J., & Watts, M. J. (2008). Fitness to plead and competence to stand trial: A systematic review of the constructs and their application. Journal of Forensic Psychiatry & Psychology, 19(4), 576-596. DOI:10.1080/14789940801947909.

- Tuvblad, C., Wang, P., Bezdjian, S., Raine, A., & Baker, L. A. (2015).

Psychopathic per-sonality development from ages 9 to 18: Genes and environment. Development and Psychopathology, 28(01), 27-44. DOI:10.1017/s0954579415000267.

13장
- Heather Cody Hazlett et al. Early brain development in infants at high risk for autism spectrum disorder. Nature, vol 542, 16 february 2017.
- Joseph A. Schwartz, Kevin M. Beaver. Revisiting the Association Between Television Viewing in Adolescence and Contact With the Criminal Justice System in Adulthood. Journal of Interpersonal Violence, Vol 31, Issue 14, pp. 2387-2411.
- Leslie R. Whitaker et al. Social Deprivation Enhances VTA Synaptic Plasticity and Drug-Induced Contextual Learning. Neuron, Volume 77, Issue 2, p335-345, 23 January 2013.
- Bar-Haim Y1, Fox NA, Benson B, Guyer AE, Williams A, Nelson EE, Perez-Edgar K, Pine DS, Ernst M. Neural correlates of reward processing in adolescents with a history of in-hibited temperament. Psychol Sci, 2009 Aug;20(8):1009-18.
- Mandy B. Belfort; Sheryl L. Rifas-Shiman; Ken P. Kleinman; et al Lauren B. Guthrie; Da-vid C. Bellinger; Elsie M. Taveras; Matthew W. Gillman; Emily Oken, Infant Feeding and Childhood Cognition at Ages 3 and 7 Years Effects of Breastfeeding Duration and Exclu-sivity. JAMA Pediatr. 2013;167(9):836-844.
- Mandy B. Belfort. Breast Milk Feeding, Brain Development, and Neurocognitive Out-comes: A 7-Year Longitudinal Study in Infants Born at Less Than 30 Weeks' Gestation. The journal of Pediatrics, October 2016 Volume 177, Pages 133-139.
- Paul Tullis. The Death of Preschool. Scientific American Mind, 22, 36 - 41 (2011).
- Kennedy Krieger Institute. 'Could my child have autism?' Ten signs of possible autism-related delays in 6- to 12-month-old children. ScienceDaily, 26 March 2012.

- T Flatscher-Bader. Increased de novo copy number variants in the offspring of older males. Translational Psychiatry, 30 August 2011.

- Christopher P. Morgan and Tracy L. Bale. Early Prenatal Stress Epigenetically Programs Dysmasculinization in Second-Generation Offspring via the Paternal Lineage. Journal of Neuroscience, 17 August 2011, 31 (33) 11748-11755.

- Evans, Angela D.; Xu, Fen; Lee, Kang. When all signs point to you: Lies told in the face of evidence. Developmental Psychology, Vol 47(1), Jan 2011, 39-49.

- Kaffman A1, Meaney MJ. Neurodevelopmental sequelae of postnatal maternal care in rodents: clinical and research implications of molecular insights. J Child Psychol Psychiatry. 2007 Mar-Apr;48(3-4):224-44.

- Christopher A. Murgatroyd,a Catherine J. Pena,b Giovanni Podda,a Eric J. Nestler,b and Benjamin C. Nephew. Early life social stress induced changes in depression and anxiety associated neural pathways which are correlated with impaired maternal care. Neuropeptides. Author manuscript; available in PMC 2016 Aug 1.

- Ju-Xiang Jin, Wen-Juan Hua, Xuan Jiang, Xiao-Yan Wu, Ji-Wen Yang, Guo-Peng Gao, Yun Fang, Chen-Lu Pei, Song Wang, Jie-Zheng Zhang, Li-Ming Tao and FangBiao Tao. Effect of outdoor activity on myopia onset and progression in school-aged chil-dren in northeast china: the sujiatun eye care study.

- Sylvain Moreno and Yunjo Lee .Short-term Second Language and Music Training Induc-es Lasting Functional Brain Changes in Early Childhood., Child Dev. 2015 Mar 27.

- Moreno S, Bialystok E, Barac R, Schellenberg EG, Cepeda NJ, Chau T. Short-term music training enhances verbal intelligence and executive function. Psychological Science, 2011;22:1425-1433.

- Guo-li Ming and Hongjun Song. Adult Neurogenesis in the Mammalian Brain: Significant Answers and Significant Questions. Neuron, 2011 May 26; 70(4): 687-702.

- Maier SF. Learned helplessness and animal models of depression.Prog

Neuropsychopharmacol Biol Psychiatry, 1984; 8(3):435-46.

- Schroder HS, Moran TP, Donnellan MB, Moser JS. Mindset induction effects on cognitive control: a neurobehavioral investigation. Biol Psychol, 2014 Dec;103:27-37. doi: 10.1016/j.biopsycho.2014.08.004. Epub 2014 Aug 18.

- Lenroot RK, Giedd JN. Brain development in children and adolescents: insights from an-atomical magnetic resonance imaging. Neurosci Biobehav Rev. 2006;30(6):718-29. Epub 2006 Aug 2.

- Jason Lloyd-Price, Anup Mahurkar, Gholamali Rahnavard, Jonathan Crabtree, Joshua Orvis A. Brantley Hall, Brady, Heather H. Creasy, Carrie McCracken, Michelle G. Giglio Daniel McDonald, Eric A. Franzosa, Rob Knight, Owen White, Curtis Huttenhower. Strains, functions and dynamics in the expanded Human Microbiome Project. Nature (2017) doi:10.1038/nature23889.

14장

- Kahan T.; LaBerge S. (1994). Lucid dreaming as metacognition: Implications for cognitive science. Consciousness and Cognition, 3: 246-264.

- Sleep Paralysis , http://www.webmd.com/sleep-disorders/guide/sleep-paralysis#1.

- Cara A. Palmer et al. Sleep and emotion regulation: An organizing, integrative review. Sleep Medicine Reviews, Volume 31, February 2017, Pages 6-16.

- Fell J et al. Rhinal-hippocampal connectivity determines memory formation during sleep.Brain, 2006 Jan;129(Pt 1):108-14. Epub 2005 Oct 26.

- American Psychiatric Association. Diagnostic and Statistical Manual of Mental Disorders.

- Rahul Bharadwaj and Suresh Kumar, Somnambulism: Diagnosis and treatment, Indian J Psychiatry. 2007 Apr-Jun; 49(2): 123-125.doi: 10.4103/0019-5545.33261.

- de la Hoz-Aizpurua , Diaz-Alonso E, LaTouche-Arbizu R, Mesa-Jimenez J. Sleep bruxism. Conceptual review and update. Med Oral Patol Oral Cir

Bucal, 2011 Mar 1;16(2):e231-8.

- Antoine Louveau, Igor Smirnov, Timothy J. Keyes, Jacob D. Eccles, Sherin J. Rouhani, J. David Peske, Noel C. Derecki, David Castle, James W. Mandell, Kevin S. Lee, Tajie H. Harris & Jonathan Kipnis. Structural and functional features of central nervous system lymphatic vessels. Nature 523, 337-341 (16 July 2015) doi:10.1038/nature14432.

- Lulu Xie et al. Sleep Drives Metabolite Clearance from the Adult Brain. Science, 2013 Oct 18; 342(6156): 10.1126/science.1241224.

- Charles-Francois V. Latchoumane, Hong-Viet V. Ngo, Jan Born, Hee-Sup Shin. Thalamic Spindles Promote Memory Formation during Sleep through Triple PhaseLocking of Cortical, Thalamic, and Hippocampal Rhythms. Neuron, 2017 DOI: 10.1016/j.neuron.2017.06.025.

- Masako Tamaki et al. Night Watch in One Brain Hemisphere during Sleep Associated with the First-Night Effect in Humans. Current Biology, Vol. 26, No. 9, pages 1190-1194; May 9, 2016.

- Filevich E, Dresler M, Brick TR, Kuhn S. Metacognitive mechanisms underlying lucid dreaming. J Neurosci, 2015 Jan 21;35(3):1082-8. doi: 10.1523/ JNEUROSCI.3342-14.2015.

- Touma C, Pannain S . Does lack of sleep cause diabetes? Cleve Clin J Med. 2011 Aug;78(8):549-58. doi: 10.3949/ccjm.78a.10165.

- Jean-Baptiste Eichenlaub, Alain Nicolas, Jerome Daltrozzo, Jerome Redoute, Nicolas Costes and Perrine Ruby. Resting Brain Activity Varies with Dream Recall Frequency Between Subjects. Neuropsychopharmacology (2014) 39, 1594-1602; doi:10.1038/npp.2014.6; published online 19 February 2014.

- Rebecca M. C. Spencer. Neurophysiological Basis of Sleep's Function on Memory and Cognition. ISRN Physiol, 2013 Jan 1; 2013: 619319.

- Els van der Helm and Matthew P. Walker. Overnight Therapy? The Role of Sleep in Emotional Brain Processing. Psychol Bull, 2009 Sep; 135(5): 731-748.

- Robert Stickgold. Beyond Memory: The Benefits of Sleep. Scientific American, October 1, 2015.

- Jessica A. Mong et al. Sleep, Rhythms, and the Endocrine Brain: Influence of

Sex and Gonadal Hormones. Journal of Neuroscience, 9 November 2011.

- Melinda Wenner Moyer. The Hidden Risks of Poor Sleep in Women. Scientific American Mind, September/October 2016.

- Tanuj Gulati. Reactivation of emergent task-related ensembles during slow-wave sleep after neuroprosthetic learning. Nature Neuroscience(2014) .

- Burkhart K. Amber lenses to block blue light and improve sleep: a randomized trial. Chronobiol Int, 2009 Dec.

- Els van der Helm, Ninad Gujar, and Matthew P. Walker. Sleep Deprivation Impairs the Accurate Recognition of Human Emotions. Sleep, 2010 Mar 1; 33(3): 335-342.

- Eti Ben Simon, Noga Oren, Haggai Sharon, Adi Kirschner, Noam Goldway, Hadas Okon-Singer, Rivi Tauman, Menton M. Deweese, Andreas Keil and Talma Hendler. Losing Neutrality: The Neural Basis of Impaired Emotional Control without Sleep. Journal of Neuroscience 23 September 2015, 35 (38) 13194-13205; DOI: https://doi.org/10.1523/JNEUROSCI.1314-15.2015.

- Robbert Havekes, Alan J Park, Jennifer C Tudor, Vincent G Luczak, Rolf T Hansen, Sarah L Ferri, Vibeke M Bruinenberg, Shane G Poplawski, Jonathan P Day, Sara J Aton, Kasia Radwańska, Peter Meerlo, Miles D Houslay, George S Baillie, Ted Abel. Sleep deprivation causes memory deficits by negatively impacting neuronal connectivity in hippocampal area CA1. eLife, 2016; 5 DOI: 10.7554/eLife.13424.

- S. J. Frenda, L. Patihis, E. F. Loftus, H. C. Lewis, K. M. Fenn. Sleep Deprivation and False Memories. Psychological Science, 2014; DOI: 10.1177/0956797614534694.

- Leng Y, Cappuccio FP, Wainwright NW, Surtees PG, Luben R, Brayne C, Khaw KT. Sleep duration and risk of fatal and nonfatal stroke: a prospective study and meta-analysis. Neurology, 2015 Mar 17;84(11):1072-9. doi: 10.1212/ WNL.0000000000001371. Epub 2015 Feb 25.

- Khoury J, Doghramji K. Primary Sleep Disorders. Psychiatr Clin North Am. 2015 Dec;38(4):683-704. doi: 10.1016/j.psc.2015.08.002. Review.

- Paul D.Loprinzi, Bradley J.Cardinal. Association between objectively-measured physical activity and sleep, Volume 4, Issue 2, December 2011,

Pages 65-69.

- Bjorn Rasch and Jan Born. About Sleep's Role in Memory. Physiol Rev. 2013 Apr; 93(2): 681-766.
- Martina Absinta, Seung-Kwon Ha, Govind Nair, Pascal Sati, Nicholas J Luciano, Maryknoll Palisoc, Antoine Louveau, Kareem A Zaghloul, Stefania Pittaluga, Jonathan Kipnis, Daniel S Reich. Human and nonhuman primate meninges harbor lymphatic vessels that can be visualized noninvasively by MRI. eLife, 2017; 6 DOI: 10.7554/eLife.29738.

15장

- Tomonori Takeuchi, Adrian J. Duszkiewicz, Alex Sonneborn, Patrick A. Spooner, Miwako Yamasaki, Masahiko Watanabe, Caroline C. Smith, Guillen Fernandez, Karl Deisseroth, Robert W. Greene, Richard G. M. Morris. Locus coeruleus and dopaminergic consolida-tion of everyday memory. Nature, 2016; DOI: 10.1038/nature19325.
- Andre Schmidt, Felix Hammann, Bettina Wolnerhanssen, Anne Christin MeyerGerspach, Jurgen Drewe, Christoph Beglinger, Stefan Borgwardt. Green tea extract en-hances parieto-frontal connectivity during working memory processing. Psychopharmacology, 2014; DOI: 10.1007/s00213-014-3526-1.
- Heather K. Titley, Nicolas Brunel, Christian Hansel. Toward a Neurocentric View of Learning. Neuron, 2017; 95 (1): 19 DOI: 10.1016/j.neuron.2017.05.021.
- K. G. Akers et al., Science 344, 598 (2014).
- S. Fusi, P. J. Drew, L. F. Abbott, Neuron 45, 599 (2005).
- V. I. Weisz, P. F. Argibay, Cognition 125, 13 (2012).
- Javiera P. Oyarzun, Pau A. Packard, Ruth de Diego-Balaguer, Lluis Fuentemilla. Motivat-ed encoding selectively promotes memory for future inconsequential semantically-related events. Neurobiology of Learning and Memory, 2016; 133: 1 DOI: 10.1016/j.nlm.2016.05.005.
- George Savulich, Thomas Piercy, Chris Fox, John Suckling, James B. Rowe, John T.O'Brien, Barbara J. Sahakian. Cognitive Training Using a Novel

Memory Game on an iPad in Patients with Amnestic Mild Cognitive Impairment (aMCI). International Journal of Neuropsychopharmacology, 2017; DOI: 10.1093/ijnp/pyx040.

- Ines R Violante, Lucia M Li, David W Carmichael, Romy Lorenz, Robert Leech, Adam Hampshire, John C Rothwell, David J Sharp. Externally induced frontoparietal synchro-nization modulates network dynamics and enhances working memory performance. eLife, 2017; 6 DOI: 10.7554/eLife.22001.

- Maria Vittoria Podda, Sara Cocco, Alessia Mastrodonato, Salvatore Fusco, Lucia Leone, Saviana Antonella Barbati, Claudia Colussi, Cristian Ripoli, Claudio Grassi. Anodal transcranial direct current stimulation boosts synaptic plasticity and memory in mice via epigenetic regulation of Bdnf expression. Scientific Reports, 2016; 6: 22180 DOI: 10.1038/srep22180.

- Natasza D. Orlov, Owen O'Daly, Derek K. Tracy, Yusuf Daniju, John Hodsoll, Lorena Val-dearenas, John Rothwell, Sukhi S. Shergill. Stimulating thought: a functional MRI study of transcranial direct current stimulation in schizophrenia. Brain, 2017; DOI: 10.1093/brain/awx170.

- Aneesha S. Nilakantan et al. Stimulation of the Posterior Cortical-Hippocampal Network Enhances Precision of Memory Recollection. Current Biology, January 2017 DOI: 10.1016/j.cub.2016.12.042.

- Caroline Lustenberger, Michael R. Boyle , Sankaraleengam Alagapan, Juliann M. Mellin, Bradley V. Vaughn, Flavio Frohlich. Feedback-Controlled Transcranial Alternat-ing Current Stimulation Reveals a Functional Role of Sleep Spindles in Motor Memory Consolidation. Current Biology, 2016 DOI: 10.1016/j.cub.2016.06.044.

- Philippe Albouy, Aurelien Weiss, Sylvain Baillet, Robert J. Zatorre. Selective Entrainment of Theta Oscillations in the Dorsal Stream Causally Enhances Auditory Working Memory Performance. Neuron, 2017; DOI: 10.1016/j.neuron.2017.03.015.

- Van Dongen et al. Physical Exercise Performed Four Hours after Learning Improves Memory Retention and Increases Hippocampal Pattern Similarity during Retrieval. Current Biology, 2016 DOI: 10.1016/j.cub.2016.04.071.

- Julie A. Dumas et al. Dietary saturated fat and monoun-saturated fat have reversible effects on brain function and the secretion of pro-inflammatory cytokines in young women, Metabolism, 2017 Oct 1.

16장
- Jennifer Krizman, Viorica Marian, Anthony Shook, Erika Skoe, and Nina Kraus. Subcortical encoding of sound is enhanced in bilinguals and relates to executive function advantages. Proceedings of the National Academy of Sciences, 2012 DOI: 10.1073/pnas.1201575109.
- Mehta R1, Zhu RJ. Blue or red? Exploring the effect of color on cognitive task performances. Science, 2009 Feb 27;323(5918):1226-9. doi: 10.1126/science.1169144. Epub 2009 Feb 5.
- Battleday, R.M.; Brem, A.-K. (Nov 2015). Modafinil for cognitive neuroenhancement in healthy non-sleep-deprived subjects: A systematic review. European Neuropsychopharmacology, 25 (11): 1865-1881. PMID 26381811. doi:10.1016/j.euroneuro.2015.07.028.
- Repantis, Dimitris; Schlattmann, Peter (2010). Modafinil and methylphenidate for neuroenhancement in healthy individuals: A systematic review. Pharmacological Research, 62 (3): 187-206. PMID 20416377. doi:10.1016/j.phrs.2010.04.002.
- Repantis, Dimitris (June 2010). Acetylcholinesterase inhibitors and memantine for neuroenhancement in healthy individuals: A systematic review. Pharmacological Research, 61 (6): 473-481.
- Michael C. Trumbo, Laura E. Matzen, Brian A. Coffman, Michael A. Hunter, Aaron P. Jones, Charles S.H. Robinson, Vincent P. Clark. Enhanced working memory performance via transcranial direct current stimulation: The possibility of near and far transfer. Neuropsychologia, 2016; 93: 85 DOI: 10.1016/j.neuropsychologia.2016.10.011.
- Martine Hoogman, et al. Subcortical brain volume differences in participants with attention deficit hyperactivity disorder in children and adults: a cross-sectional megaanalysis. The Lancet Psychiatry, 2017; DOI: 10.1016/S2215-0366(17)30049-4.

- Jolien Rijlaarsdam, Charlotte A. M. Cecil, Esther Walton, Maurissa S. C. Mesirow, Caroline L. Relton, Tom R. Gaunt, Wendy McArdle, Edward D. Barker. Prenatal unhealthy diet, insulin-like growth factor 2 gene (IGF2) methylation, and attention deficit hyperactivity disorder symptoms in youth with early-onset conduct problems. Journal of Child Psychology and Psychiatry, 2016; DOI: 10.1111/jcpp.12589.

- Kathryn m. Fritz, Patrick j. O'Connor. Acute Exercise Improves Mood and Motivation in Young Men with ADHD Symptoms. Medicine & Science in Sports & Exercise, 2016; 48 (6): 1153 DOI: 10.1249/MSS.0000000000000864.

- Johan Wiklund, Holger Patzelt, Dimo Dimov. Entrepreneurship and psychological disorders: How ADHD can be productively harnessed. Journal of Business Venturing Insights, 2016; 6: 14 DOI: 10.1016/j.jbvi.2016.07.001.

- Patrick D. Quinn, Zheng Chang, Kwan Hur, Robert D. Gibbons, Benjamin B. Lahey, Martin E. Rickert, Arvid Sjolander, Paul Lichtenstein, Henrik Larsson, Brian M. D'Onofrio. ADHD Medication and Substance-Related Problems. American Journal of Psychiatry, 2017; appi.ajp.2017.1 DOI: 10.1176/appi.ajp.2017.16060686.

- Anna Chorniy, Leah Kitashima. Sex, drugs, and ADHD: The effects of ADHD pharmacological treatment on teens' risky behaviors. Labour Economics, 2016; DOI: 10.1016/j.labeco.2016.06.014.

- Alejandra Rios-Hernandez, Jose A. Alda, Andreu Farran-Codina, Estrella FerreiraGarcia, Maria Izquierdo-Pulido. The Mediterranean Diet and ADHD in Children and Adolescents. Pediatrics, 2017; 139 (2): e20162027 DOI: 10.1542/peds.2016-2027.

- Charles E.Connor, Howard E.Egeth, StevenYantis. Visual Attention: Bottom-Up Versus Top-Down. Current Biology, Volume 14, Issue 19, 5 October 2004, Pages R850-R852.

- Pinto Y, van der Leij AR, Sligte IG, Lamme VA, Scholte HS. Bottom-up and topdown attention are independent. J Vis. 2013 Jul 17;13(3):16. doi: 10.1167/13.3.16. http://time.com/3858309/attention-spans-goldfish.

- Michele Tine. Acute aerobic exercise: an intervention for the selective visual attention and reading comprehension of low-income adolescents. Frontiers in Psychology, 2014; 5 DOI: 10.3389/fpsyg.2014.00575.
- Altmann, E. M., Trafton, J. G., & Hambrick, D. Z. (2014). Momentary interruptions can derail the train of thought. Journal of Experimental Psychology: General, 143(1), 215-226.
- Ariga A, Lleras A. Brief and rare mental "breaks" keep you focused: deactivation and reactivation of task goals preempt vigilance decrements. Cognition, 2011 Mar;118(3):439-43. doi: 10.1016/j.cognition.2010.12.007. Epub 2011 Jan 5.
- Einother SJ, Martens VE, Rycroft JA, De Bruin EA. L-theanine and caffeine improve task switching but not intersensory attention or subjective alertness. Appetite, 2010 Apr;54(2):406-9. doi: 10.1016/j.appet.2010.01.003. Epub 2010 Jan 15.
- Kimberly R. Urban, Wen-Jun Gao. Performance enhancement at the cost of potential brain plasticity: neural ramifications of nootropic drugs in the healthy developing brain. Frontiers in Systems Neuroscience, 2014; 8 DOI: 10.3389/fnsys.2014.00038.
- Richard B. Silberstein et al., Dopaminergic modulation of default mode network brain functional connectivity in attention deficit hyperactivity disorder. Brain Behav, 2016 Dec; 6(12): e00582.
- Adrian F. Ward, Kristen Duke, Ayelet Gneezy, Maarten W. Bos. Brain Drain: The Mere Presence of One's Own Smartphone Reduces Available Cognitive Capacity. Journal of the Association for Consumer Research, 2017; 2 (2): 140 DOI: 10.1086/691.
- Michael D. Fox et al., The human brain is intrinsically organized into dynamic, anticorrelated functional networks. Proc Natl Acad Sci U S A. 2005 Jul 5; 102(27): 9673-9678.
- Eric I. Knudsen. Fundamental Components of Attention. Annual Review of Neuroscience, Vol. 30:57-78 (Volume publication date July 2007).
- K. F. Holton, J. T. Nigg. The Association of Lifestyle Factors and ADHD in Children. Journal of Attention Disorders, 2016; DOI:

10.1177/1087054716646452.

- Atsunori Ariga, Alejandro Lleras. Brief and rare mental 'breaks' keep you focused: Deactivation and reactivation of task goals preempt vigilance decrements. Cognition, 2011; DOI: 10.1016/j.cognition.2010.12.007.

- Chun Liang Hsu, John R Best, Jennifer C Davis, Lindsay S Nagamatsu, Shirley Wang, Lara A Boyd, GY Robin Hsiung, Michelle W Voss, Janice Jennifer Eng, Teresa Liu-Ambrose. Aerobic exercise promotes executive functions and impacts functional neural activity among older adults with vascular cognitive impairment. British Journal of Sports Medicine, 2017; bjsports-2016-096846 DOI: 10.1136/bjsports-2016-096846.

- Eric D. Vidoni, David K. Johnson, Jill K. Morris, Angela Van Sciver, Colby S. Greer, Sandra A. Billinger, Joseph E. Donnelly, Jeffrey M. Burns. Dose-Response of Aerobic Exercise on Cognition: A Community-Based, Pilot Randomized Controlled Trial. PLOS ONE, 2015; 10 (7): e0131647 DOI: 10.1371/journal.pone.0131647.

- Betsy Hoza, Alan L. Smith, Erin K. Shoulberg, Kate S. Linnea, Travis E. Dorsch, Jordan A. Blazo, Caitlin M. Alerding, George P. McCabe. A Randomized Trial Examining the Effects of Aerobic Physical Activity on Attention-Deficit/ Hyperactivity. Disorder Symptoms in Young Children. Journal of Abnormal Child Psychology, 2014; DOI: 10.1007/s10802-014-9929-y.

- Julia C. Basso, Wendy A. Suzuki. The Effects of Acute Exercise on Mood, Cognition, Neurophysiology, and Neurochemical Pathways: A Review. Brain Plasticity, 2017; 2(2): 127 DOI: 10.3233/BPL-160040.

- Colombe SJ , et al. Cardiovascular fitness, cortical plasticity, and aging. Proc Natl Acad Sci U S A. (2004) ;101: (9):3316-21.

- Hayley Guiney, Liana Machado. Benefits of regular aerobic exercise for executive functioning in healthy populations. Psychonomic Bulletin & Review, 2012; DOI: 10.3758/s13423-012-0345-4.

- Kirszenblat L, van Swinderen B. The Yin and Yang of Sleep and Attention[J]. Trends Neurosci, 2015,38(12):776-786.

- Maria Ironside et al., Effect of Prefrontal Cortex Stimulation on

Regulation of Amygdala Response to Threat in Individuals With Trait Anxiety A Randomized Clinical Trial, JAMA Psychiatry. doi:10.1001/jamapsychiatry.2018.2172.

17장

- Emanuel Jauk, Mathias Benedek, Beate Dunst, and Aljoscha C. Neubauer. The relationship between intelligence and creativity: New support for the threshold hypothesis by means of empirical breakpoint detection. Intelligence, 2013 Jul; 41(4): 212-221.doi: 10.1016/j.intell.2013.03.003.
- Manish Saggar, Eve-Marie Quintin, Eliza Kienitz, Nicholas T. Bott, Zhaochun Sun, Wei-Chen Hong, Yin-hsuan Chien, Ning Liu, Robert F. Dougherty, Adam Royalty, Grace Hawthorne & Allan L. Reiss. Pictionary-based fMRI paradigm to study the neural correlates of spontaneous improvisation and figural creativity. Scientific Reports 5, Article number: 10894 (2015) doi:10.1038/srep10894.
- Dietrich A, Haider H. A Neurocognitive Framework for Human Creative Thought. Front Psychol. 2017 Jan 10.
- William W. Maddux, Adam D. Galinsky. Cultural Borders and Mental Barriers: The Relationship Between Living Abroad and Creativity. Journal of Personality and Social Psychology, Vol. 96, No. 5.
- Lile Jia et al. Lessons from a Faraway land: The effect of spatial distance on creative cognition. Journal of Experimental Social Psychology Volume 45, Issue 5, September 2009, Pages 1127-1131.
- Gerben A. Van Kleef et al. Can expressions of anger enhance creativity? A test of the emotions as social information (EASI) model. Journal of Experimental Social Psychology, Volume 46, Issue 6, November 2010, Pages 1042-1048.
- Manish Saggar, Eve-Marie Quintin, Eliza Kienitz, Nicholas T. Bott, Zhaochun Sun, Wei-Chen Hong, Yin-hsuan Chien,Ning Liu, Robert F. Dougherty, Adam Royalty, Grace Hawthorne, and Allan L. Reiss. Pictionary-based fMRI paradigm to study the neural correlates of spontaneous improvisation and figural creativity. Sci Rep, 2015; 5:10894.

- Steven L. Bressler and Vinod Menon. Large-scale brain networks in cognition: emerging methods and principles. doi:10.1016/j.tics.2010.04.004 Trends in Cognitive Sciences 14 (2010) 277-290.

- Rex E. Jung, Brittany S. Mead, Jessica Carrasco and Ranee A. Flores. The structure of creative cognition in the human brain. Front. Hum. Neurosci., 08 July 2013, DOI: https://doi.org/10.3389/fnhum.2013.00330.

- Campbell, D. T. (1960). Blind variation and selective retention in creative thought as in other knowledge processes. Psychol. Rev. 67, 380-400. doi: 10.1037/h0040373.

- Randy L. Buckner, Jessica R. Andrews-Hanna, Daniel L. Schacter. The Brain's Default Network Anatomy, Function, and Relevance to Disease. March 2008. DOI: 10.1196/annals.1440.011.

- Anandi Mani, Sendhil Mullainathan, Eldar Shafir, Jiaying Zhao. Poverty Impedes Cognitive Function.Science, 30 Aug 2013:Vol. 341, Issue 6149, pp. 976-980. DOI: 10.1126/science.1238041.

- Sofia I. F. Forss, Caroline Schuppli, Dominique Haiden, Nicole Zweifel, Carel P. van Schaik. Contrasting responses to novelty by wild and captive orangutans. 26 June 2015 Full publication history. DOI: 10.1002/ajp.22445.

- Benjamin Baird. Inspired by Distraction Mind Wandering Facilitates Creative Incubation. Psychological Science, August 31, 2012.

18장

- Sangjune Kim, Seung-Hwan Kwon, et al. Transneuronal Propagation of Pathologic a-Synuclein from the Gut to the Brain Models Parkinson's Disease[J]. Neuron, 2019; DOI: 10.1016/j.neuron.2019.05.035.

- Braak H, Tredici K D, Rub U, et al. Staging of brain pathology related to sporadic Parkinson's disease[J]. Neurobiology of Aging, 2003, 24(2): 197-211.

- Killinger B, Madaj Z, Sikora J W, et al. The vermiform appendix impacts the risk of developing Parkinson's disease[J]. Science Translational Medicine, 2018, 10(465).

- Bojing Liu, Fang Fang, et al. Vagotomy and Parkinson disease: A Swedish register based matched-cohort study. Neurology, April 2017. DOI: 10.1212/WNL.0000000000003961.
- Holmqvist S, Chutna O, Bousset L, et al. Direct evidence of Parkinson pathology spread from the gastrointestinal tract to the brain in rats[J]. Acta Neuropathologica, 2014, 128(6): 805-820.

옮긴이 | 정세경

북경영화대학교에서 수학한 뒤 싸이더스픽처스에서 근무했다. 현재 중국어 출판 기획자 및 번역가로 활동하며 심리학, 철학, 자기계발, 소설, 교양 등 다양한 분야의 책을 번역하고 있다. 주요 역서로는 《애쓰지 않으려고 애쓰고 있어요》《매일 심리학 공부》《서른이면 어른이 될 줄 알았다》《진작 이렇게 생각할 걸 그랬어》《너의 세계를 지나칠 때》《인민의 이름으로》 등이 있다.

뇌는 당신이 왜 우울한지 알고 있다

초판 발행 · 2021년 3월 15일
초판 2쇄 발행 · 2021년 4월 14일

지은이 · 야오나이린
옮긴이 · 정세경
감수 · 전홍진
발행인 · 이종원
발행처 · (주)도서출판 길벗
브랜드 · 더퀘스트
출판사 등록일 · 1990년 12월 24일
주소 · 서울시 마포구 월드컵로 10길 56(서교동)
대표전화 · 02)332-0931 | **팩스** · 02)323-0586
홈페이지 · www.gilbut.co.kr | **이메일** · gilbut@gilbut.co.kr
대량구매 및 납품 문의 · 02) 330-9708

기획 및 책임편집 · 안아람(an_an3165@gilbut.co.kr) | **제작** · 이준호, 손일순, 이진혁
마케팅 · 한준희, 김선영, 김윤희 | **영업관리** · 김명자, 심선숙 | **독자지원** · 송혜란, 윤정아

표지 디자인 · this-cover.com | **교정교열 및 전산편집** · 이은경 | **CTP 출력 및 인쇄 제본** · 예림인쇄

• 더퀘스트는 ㈜도서출판 길벗의 인문교양 · 비즈니스 단행본 브랜드입니다.
• 잘못 만든 책은 구입한 서점에서 바꿔 드립니다.
• 이 책에 실린 모든 내용, 디자인, 이미지, 편집 구성의 저작권은 (주)도서출판 길벗(더퀘스트)과 지은이에게 있습니다.
  허락 없이 복제하거나 다른 매체에 실을 수 없습니다.

ISBN 979-11-6521-482-1
(길벗 도서번호 040160)

정가 17,000원

독자의 1초까지 아껴주는 정성 길벗출판사

(주)도서출판 길벗 | IT실용, IT/일반 수험서, 경제경영, 인문교양 · 비즈니스(더퀘스트), 취미실용, 자녀교육 www.gilbut.co.kr
길벗이지톡 | 어학단행본, 어학수험서 www.gilbut.co.kr
길벗스쿨 | 국어학습, 수학학습, 어린이교양, 주니어 어학학습, 교과서 www.gilbutschool.co.kr

페이스북 www.facebook.com/thequestzigy
네이버 포스트 post.naver.com/thequestbook